听大雪落满耶鲁

苏炜 著

苏炜自选集

广西师范大学出版社
·桂林·

听大雪落满耶鲁：苏炜自选集
TING DAXUE LUOMAN YELU：SU WEI ZIXUANJI

图书在版编目（CIP）数据

听大雪落满耶鲁：苏炜自选集 / 苏炜著. --桂林：广西师范大学出版社，2022.9
　ISBN 978-7-5598-5030-0

　Ⅰ．①听… Ⅱ．①苏… Ⅲ．①散文集－中国－当代 Ⅳ．①I267

中国版本图书馆 CIP 数据核字（2022）第 093314 号

广西师范大学出版社出版发行
　广西桂林市五里店路 9 号　　邮政编码：541004
　　网址：http://www.bbtpress.com
出版人：黄轩庄
全国新华书店经销
珠海市豪迈实业有限公司印刷
　　珠海市香洲区洲山路 63 号豪迈大厦　邮政编码：519000
开本：880 mm × 1 230 mm　1/32
印张：12.75　　字数：287 千
2022 年 9 月第 1 版　　2022 年 9 月第 1 次印刷
　印数：0 001~5 000 册　定价：69.00 元
如发现印装质量问题，影响阅读，请与出版社发行部门联系调换。

代序　讲台的诗与香味
——耶鲁二十年记

"幸福是灵魂的一种香味，是一颗歌唱的心的和声。而灵魂最美的音乐是慈悲。"

——罗曼·罗兰

讲台，或者说耶鲁讲台，于我，是一道什么样的风景呢？

耶鲁行走二十年，这是最近时时浮上我心头的一个念想话题。

"奇葩"两朵

那样的无眠之夜，几乎是二十年来四十个学季重复上演的"永恒"记忆：二十年前受聘于耶鲁，第一次面对春季开学，马上就要登上耶鲁讲台的前夜，通宵辗转无眠，兴奋得无法入睡，睁着眼睛从乌鸦黑熬到鱼肚白。那时临时租住在校园近旁的高层公寓，紧邻耶鲁医学院，听了一夜救护车声在窗底下啸叫，脑子里过电影似的，往返回放着自己与耶鲁结缘的种种偶遇奇遇。人生经历中的千回百转、沟沟坎坎，好像一条从大山奔突而出的小溪流，又几经峰峦屏障、沙漠阻隔而几乎枯竭断流，而今终于汇流到大海上了。眼看，耶鲁这片港湾护卫着的蔚蓝大海就展开在面前，马上就要沐浴、翔泳其间；微末如尘如土的自己，马上就要站到这个世界殿堂级的讲台上了，又怎么可能不欣然惶然跃然沛然——而兴奋而激动而惶惑不安呢？！漫漫长夜，闪烁的星空可以听见我的心跳。诧怪的是，连我自己都很难解释清楚，这样的无眠之夜，从此仿佛就成了耶鲁开学前夜的一种定格——自那时起迄今，二十年来，无论春、秋学季，只要在开学前一夜，我就一定会经历这么一个辗转无眠、脑子过电影的通宵。身体里的生物钟好像会告诉控制睡眠机制的大脑皮层：溪流出山，大海又要在前了！微躯在下，圣台又要在上了！你该要重新调动自己、振作自己、抖擞自己了！以至老婆、亲友、同事，都熟知了我这个奇怪的"开学失眠症候群"。近两年开学第一天，同事见面总会笑眯眯问道：苏老师，是不是昨晚又没睡好呀？见我鸡啄米似的尴尬点头，他们就会一笑而过，已经习以为常了。今年秋季开学第一天，我任教的高年级中文课上竟来了好些"新鲜人"（freshman，新生），问他们耶鲁开学第一天的感受，他们异口同声地说：睡不着觉哇！昨晚一整夜都没合眼！我告诉他们：不奇怪，苏老师跟你们一样，二十年来，每到开学前夜，就一定会兴奋得终夜失眠。顿时，他们瞪大了一双双灯笼似的大眼睛，像打量着一个长不大的"彼特·潘"，我便朗声笑道：因为和你们一样，苏老师，永远都是耶鲁校园的"新鲜人"哪！

看官或曰不信，则还有更奇的一事：耶鲁所在的美东新英格兰地区，每年春秋两季，正是姹紫嫣红的季节——春天的青枝绿芽、新蕾嫩蕊，秋天的漫山红叶、醉紫沉红，都带来一场场过不完的画廊盛景、赏不尽的视觉盛宴。可是,却也正是如我等的敏感症患者,一年中最为难熬的辰光。春秋两季的花粉过敏、尘毛过敏,总弄得你眼泪鼻涕稀里哗啦,三天两头地萎靡不振。可是,奇了,每年一到这两个折腾的季节,吃药打针都不顶事儿,唯一可以解救我的"对象",就是——讲台。无论是早晨出门多么的喷嚏连连、雷霆震天,涕泪横流加昏头昏脑,只要一踏进耶鲁课室,一站上教席讲台,这一切就会戛然而止,自然消失——马上,鼻子归鼻子眼睛归眼睛的,喉头润泽,气管通畅,人五人六的,从孔孟老庄到鲁迅莫言,一切就全都顺当下来了。连说带读,呱啦呱啦。满堂那些圆瞪瞪的蓝绿"灯笼"们,可是一点儿也看不出"苏老师"半分钟前的窘相。不过呢,下课钟点一到,一脚踏回自己的办公室,没待关上门,那番才刹住闸的喷嚏雷霆、鼻涕瀑布,马上就又稀里哗啦、轰天辟地地冒涌出来、震荡起来。更奇的是,身体这架生物机器,不光过敏症会挑着时间、地点发作,连冷热相交季节难免发生的头疼脑热、伤风感冒,也同样会挑选着日子来。查查过往记录,敝人任教耶鲁二十年,竟是满当当的"全勤上岗"——虽然并非完全无病无灾,却从未因身体的微恙而耽误过一次课堂上课。何故耶?说来也怪,只要踏上讲台,身体指针就会自然调整到健康尺度;每年必有的小病小灾,"它"都必定会"选"在假期发生——短则双休周末,长则寒暑假期,身体选着日子地"不舒服",二十年间,竟无一例外!迄今,我已经算是耶鲁东亚系中文项目年资最老的教员了,与同事聊起此"二十年全勤记录"却不敢自炫自夸,总是解嘲地说:或许,敝人就是教书的命吧!不然,讲台,教席,怎么可能就成为阻挡生理顽疾的天然屏障呢?

讲台,古人称之为"杏坛"——"杏花春雨江南"。耶鲁,二十年了。

国内的同龄人早已享受离退的安逸,自己却没有丝毫"老""退"的欲念。真的,我最近也时时在问自己:耶鲁这个讲台,究竟有什么样的魅惑风景,让你如此"反常",如此"奇葩",如此沉迷不已呢?

雪野履痕

总是想起雪地上那行无人重复踏过的脚印。

耶鲁地处美国东北新英格兰,是风雪之乡。冬天长达四五个月,每每一个冬季要来个十几场大风雪。几年前我换了房子,新居离公交巴士站很近。于是就干脆放弃了开车,日日以公交巴士往返耶鲁教课。尤其在风雪天,每天早早地顶着漫天星光穿过小路步向巴士站,黑暗中只见眼前一片茫茫白雪,身后却留下自己一行深深浅浅的脚印。每次下班归来,早晨踏出的脚印还清晰留在雪野上,晶莹而宁谧,透着蓝光,也带着几分神秘。我常常会停下来,默默注视一眼这道无人重复踏过的行迹,再小心绕道而行,让皑皑雪野上,印上一往一返的两串清晰脚印。

或许,人生的风雪来路上,这是命运的某种暗喻吧?那两串晨昏不愿重叠的脚印,是在诘问"你是谁?你从哪里来?要到哪里去"吧?

……人潮。旗帜。风起。云涌。死去。活来。从武斗、下乡的热血汗泪,到乡读、高考的废寝忘食,学刊、社群的高蹈轻狂,再到负笈出洋、带头海归的义无反顾,以及沙龙夜谈、水库裸泳伴随着的"发烧"与"新潮"……穿越20世纪七八十年代诸般热浪热潮热血而来的这具皮囊肉躯,已然进入"发苍苍,视茫茫"的年头。曾经有过的真实或虚幻的英雄主义已经远去,"最后一个(一代)理想主义者"的自慰式套话也已经说腻说倦。千帆过尽而识大海,潮水退去而见礁石。耶鲁,就是命运赐予我的那个带着美丽港湾的大海;讲台,就是海啸洪涛退下后留给我攀缘倚靠的那块礁石。

记得20世纪90年代初,当时二度去国不久,我曾在美国的《中国时报周刊》(后休刊)上发表过一篇题为《正午的地狱》的短文。借用意大利哲学家葛兰西的一段"夫子自道",表达了一点自己的时潮感悟——葛兰西说,当年在社会变革狂潮中折羽、被关在牢狱里的罗马知识分子每每最害怕的,是监狱里那段正午时光。因太阳当空、炽热在心却无所事事,人生毫无着力之处而变得狂躁不安,只好用互相斗殴来发泄,那是他们的"正午的地狱"。我在短文中说:作为漂泊海外的读书人,回到书本、回到专业,是摆脱这个"正午的地狱"的唯一可行之道。在我自己,则是回到写作,回到母语中文,在自己熟悉的领域里开拓耕耘,才能找回自己的安身立命之本。我万没想到,这篇随写随丢的短文(近年好些友人问要,我却至今无法找到),好几位今天已在各自专业行当里蔚为大家的海外友人都不时提及,当年拙文曾对于他们在人生拐点中,重新确认自己的抉择所起到的某种奇特作用。

普林斯顿大学当时既处于时代风潮余波的中心位置,亦是海外中文教学的领头羊和大本营。早在1986年夏我成为最早的"海归"回国前夕,我就曾在留美的母校洛杉矶加州大学(UCLA),顶替当时突然因为出任文化部长而无法出访的王蒙的访问教职,出任加州大学中国现代小说课程的暑校讲师。当时的讲课效果颇佳。有了这个经验的提示,我于是确定——以自己中文系出身的本行专业,未来在大学教授母语中文,作为在此邦安身立命的去处。从1991年开始,我利用普大的访问学者身份,从一年级到五年级,全程旁听普大的中文教学课程。

海外中文教学（包括任何的外语教学），其实是一门需要各种专业知识与技术训练的大学问（并非如一般坊间所言：会说中文的自然就会教中文）。最幸运的是，领我上路的头两位恩师，都是海外汉语教学界"殿堂级"的人物——林培瑞老师和陈大端老师。尤其是已逝去多年的陈大端老师，可谓今天在海内外"汉教"界已名满天下的"明德学派"的"祖师爷"——他是号称美国语言教学"黄埔军校"的美国东北部维尔蒙特州（Vermont）的明德学院（Middlebury College）中文暑校的创校校长，也是所谓"明德教学法"的创始人。他当年手书给我们的"中文教学的十要十不要"，一直被我视为皋陶圣喻般的珍贵教诲。我还记得其中最重要几个的"要"和"不要"，如：一定"要"重视汉语四声音调的教学，以学生发音标准作为整个汉语教学的基础（这与今天语言学界流行的"功能学派"——只强调功能使用效应而忽略标准发音——大异其趣）。另外，遇到教学难题，"不要"这样回答学生："按习惯就是这样说的。""不要"在课堂上对学生说：正在使用的教材有多么不好（实际上，几乎从来没有过一本"完美"的汉语教材），等等。

从那时开始，我坚持旁听普林斯顿大学的中文课程教学——从一年级林培瑞老师，二年级周质平、王颖老师，三四年级唐海涛老师到五年级袁乃莹老师，一边学习低、中、高年级现代汉语到古文言的教学，一边开始申请美国大学的中文教职。当时美国的中文教学尚处在低潮状态，僧多粥少。四五年间的各种申请先后碰壁——最接近成事的，甚至有面试两次的，如加州大学圣地亚哥分校、纽约皇后学院、密歇根州立大学……最后都因种种因素而功亏一篑。我没有放弃，屡战屡败却屡败屡战。更根据自身条件和中文教学的特点，加重了中、高年级的课程旁听和教学训练。也许是苍天不负有心人吧——正在普大访学研究资源行将告罄的当口，我人生最重要的伯乐与恩师——时任耶鲁大学东亚语文系主任的孙康宜老师，出现了。

我们相遇相识于美东一个学术会议上。她是会议的主题发言人之一，我则被邀请担任一个论题的讲评人。听说我一直在申请大学的中文教学工作，孙老师给予我许多肯定和鼓励。在她的牵线与推荐下，当耶鲁中文教职出缺的机缘出现时，她提醒我及时申请，同时我也经历了整个试教、面试的全过程，最后，1996年10月的一个深夜，我接到了孙老师欣喜相告的电话：你被耶鲁正式录用了！聘书不日内即会寄到。当时，我和妻子兴奋得相拥而泣！我还记得，在耶鲁旁听完我试教的课程后，郑愁予老师曾一再表示惊喜和赞许：看来你经验老道，很有课堂教学的"sense"（感觉）呀！含笑谢过这位后来成为我的好友同事的著名诗人，我默默回味着那句老话：机会，是留给那些准备好的人的。以后多次在全美中文教学会议上遇见王颖老师，我都一再由衷向她致谢（她开始为此诧异不已）——因为正是在赴耶鲁试教的当时，我正在普大旁听她任教的二年级中文课程。而耶鲁面试要求我试教的，恰好就是二年级华裔班的课。我从她课堂上学到的句型语法的训练方法、与学生的互动招数，等等，马上就现学现卖，"熟练"呈现到耶鲁课堂上了！

"耶鲁几乎是完美的。唯一的缺点就是：门太重。"这是每年新生开学时的一个笑谈，也是一句真实的抱怨——耶鲁几乎每一座大建筑的每个门，都是精雕细刻、缕金镶银的厚重，每每沉得让好些弱小女生畏难。做"耶鲁绅士"的第一课，就是要学会如何抢先一步，为随到的女生女士推开沉门。跋涉过诸般人生风雪，耶鲁校门——那道无形的、森严沉重的大门，在诸方"命运绅士"那一双双带着悯惜温热的大手"抢先一步"的推助下，终于，向我敲开了。

"澄斋"与"品味中文"

我把自己在耶鲁的办公室命名为"澄斋"（请张充和先生题写的斋名），家居则曰"衮雪庐"（用曹操传世的唯一手迹拓片"衮雪"），大抵都与"雪"的意蕴有关，那是任教耶鲁许久之后的事了。耶鲁二十年，这个"澄斋"里过往过无数学生、访客，也留下过无数故事、传奇。如今书籍、教案纷乱杂沓的书架、案桌上，这里那里，重叠陈放着历年学生送的一个个小谢卡、一件件小礼物。几乎每一个被我保留下来的物件，都藏着一个动人有趣的"本事"。有一副对子叫"澡雪情怀，幽兰香气"，我的二十年耶鲁故事，就从这些散发着幽兰香气和澡雪光华的"本事"说起吧。

书架上，这幅镶在小镜框里黑红基调的小图，是一位洋学生送给我的毕业礼物。那是她手绘的小说插图，画的是苏童《妻妾成群》中三太太梅珊的形象——梅珊早晨在宅院唱完戏后，披着黑长戏服翩翩走来的情景。飘忽的衣纹空白间，留下了一行竖写的中文小字："仿佛风中之草。"当时，接到这位名叫"汤凯琳"的洋女孩专程送到办公室的这件小礼物时，除了感谢她的诚挚用心和绘事精妙之外，我本来没太放在心上。及至打开她贴在画框后的小谢卡，上面一行小字让我大吃了一惊："Thank you for save my life."（感谢你救了我的命）——"救了我的命"？！这幅小说人物插画，难道会和"救命"有什么关联吗？不错，这幅插图确实缘起于我教的"中国当代小说选读"课里的开篇——苏童《妻妾成群》的选段"梅珊"。那行关于"风中之草"的文字,也是我在课堂上曾经给学生加以特别解说的。它与"救命"相关的困惑,直到学期末我请学生们一起到我家包饺子,向汤凯琳低声问询,她才略带腼腆窘困地告诉我——"苏老师,你可能想不到,就是你在课堂上教会我们的'品味中文',真的 saved my life(救了我的命)!"

——哦,"品味中文"。原来,在选修我教的这门课之前,汤凯琳刚刚自休学一年的忧郁症困境里走出来。在开课第一天,我就提出了这门课的教学目标——除了通过高级的文学阅读材料,让学生掌握高水平的汉语阅读和写作技能以外,"Taste Chinese"(品味中文)——让同学们体会汉语之美,学会比较"好中文"与"差中文"的区别,是我给自己设定的另一个教学目标。说起来,如何品评语言表述的优劣,这是学习任何一门外语在进入高层次后最高难的部分。多少年前就有好几位西方资深汉学家(也是翻译家)跟我谈过这一困境:中国朋友常告诉我们——当代作家×××的中文不如汪曾祺的好,或者巴金和鲁迅的中文其实不在同一个水平线上,作为"老外"的他们,哪怕学中文的资历足够深,就是不容易品味出来。其实,外语学习的道理都一样——就英语而论,海明威与福克纳的英文孰优孰劣?《纽约客》的好英文和《纽约时报》的好英文有什么区别?——"二语习得"不到一定的段数,你分辨不出其中的所以然来。于是,"品味中文",就成为我教的这门文学阅读课上一个与学生热烈互动的话题。台湾作家张大春曾经对苏童有过一个盛赞:"苏童,是张爱玲之后最有叙述魅力的一支笔。"我曾在课堂上挑出《妻妾成群》中"这样走着她整个显得湿润而忧伤,仿佛风中之草"这个句子,做详细的剖析,结合着改编电影《大红灯笼高高挂》里梅珊唱戏的画面，让学生品味其中汉语表述的妙处。

——奇迹就是这样发生的：汤凯琳告诉我，每次我和同学们一起在课堂上有滋有味地"品味中文"，她在沉浸其中的同时，也会问自己：我为什么不可以也"品味一下自己的人生"（taste my life）呢？——她发现，自己学了中文之后，打开了一个全新的世界——中文斑斓多姿的成语故事，在中国暑期中文班留学的种种新鲜见闻故事，中国人丰富而曲折的生活情态——这个新世界对于她是多么奇异、浩大，需要她打开心胸，放开眼界去学习、去留心的东西，实在太多太多了！比较下来，自己因为耶鲁校园的压力而生的种种重度忧郁烦恼，实在不算什么了！就因为这样，"品味中文"，让汤凯琳走出了忧郁症困惑，拓开了自己一个全新的视野和世界，重新获得了全新的生命动力。（耶鲁毕业一年后，汤凯琳请我为她写推荐信，她最后考取了美国西部某大学的中国文学博士项目，决定今后以中国文学为自己的终身志业。）

是的，"品味中文"，也是品味人生，可以获取全新的生命动力。而我——这位"苏老师"，何尝不是从每一次与学生们"品味中文"的课堂互动中，更加贴近了自己的母语，意外领略到母语诸般身在其中常常容易被忽略的精妙之处？比如，每次向学生细品中国成语"相濡以沫"，讲到庄周寓言里那两条"涸辙之鱼"，倚靠相互的唇沫存活的故事，我都会看见满堂那一个个闪着异彩的"灯笼"们的动情动容；当说解"相濡以沫，不若相忘于江湖"背后寓含的深意时，你甚至会看见某些善感的学生眼里莹莹闪烁的泪光！还有"风花雪月""青梅竹马""羞花闭月""沉鱼落雁"……那一个个带着色彩、画面、动作、诗境、故事的汉语日常用语，他们会在与自身母语（比如英语）的比较下，啧啧惊叹中文的奇丽、奇艳和奇伟，而让讲台上的"苏老师"蓦地仿佛坠入某种语言的神奇幻境！

远离了故土却更加贴近了原乡故土，品味浅近的日常汉语却让你更加亲近、贴紧了自己美丽深邃的母语——调动起内心的美来教学，用内心的美来感受母语、品味中文，然后再用内心的美、中文之美感染学生，如是，每一个平凡的日子，都可以澄怀观道，都可以花雨满天。"品味中文"，何尝不让你品味出另一种人生况味、另一番人生感悟，升华到另一个次元的人生境界？！

"Mr. 全力以赴"的通天宝典

书架上，搁着一个不起眼的小圆棒球。上面题着一行拙嫩的中英小字："To：苏老师　From：马元迈　一帆风顺！　非常感谢你！！！"这是中文名字叫"马元迈"的耶鲁棒球队队员送给我的小小毕业礼物。这个小棒球，却留下了"苏老师"讲台上，另一个被"经典化"的好玩故事。

若干年前的新学期开学的一个下午，我的恩师、我们东亚系德高望重的孙康宜教授突然给我打来一个电话，告诉我有一位大三的洋学生申请修读她的"中国古典诗词"课，这门课虽然以英语授课，却需要学生具备中、高年级的中文阅读水平。询问之下，这位同学只学过一年中文，他的汉语程度还不足以应付这门课程的需要。孙老师笑着说："没想到，这位学生连着用中文成语跟我说，孙老师，我一定会全力以赴的，我一定会全力以赴的！我已经大三了，只有您的这门课适合我的课程表安排，我会全力以赴的，请您一定收下我！"孙老师感叹道,"因为他接二连三的'全力以赴'打动了我,我决定收下他,可是,却一定要请你帮我一个大忙。"

"他已经'全力以赴'了,我还能帮你什么忙呢?"我笑着问。

孙老师说:这个学生目前的中文水平,确实还跟不上这门课的需要。就因为他说的"全力以赴"让我心软了,我要请你给他一个"独立学习"的辅导,为他开开"小灶"。

就这样,这位中文名字叫"马元迈"的牛高马大的"Mr. 全力以赴"("全力以赴先生"——这是我给他的新命名),在新学期同时成为孙老师和我两个人的学生。他每周二午后先到我的办公室上独立辅导课,再接着上周三孙老师的主课。孙老师课上需要阅读的中文材料,都会提前一周在我的小课上为他预习一遍。他的"全力以赴"果真不是一句虚言。他是大学棒球队的队员,每周至少有三四个下午的训练时间。可在我的课上,我要求他提前朗读、背诵、默写的中文诗词,他果然一丝不苟、一课不落地全都做到了。我知道他随后在孙老师的古典诗词课上表现踊跃出色,写出了一篇漂亮的英文论文,得了一个"A"。大四那年,他修读了我的"中国现当代小说选读"全年课程——也就是说,他只"正式"修过一年中文课,经过在孙老师的课和我的"独立学习"课上的"全力以赴",就跳到了我的属于五年级中文程度的文学阅读课上,同时也因此获得了他修读的双学位中的中文专业学位。就因为这个中文专业的学位专长,这位耶鲁棒球队队员毕业后,马上就被美国职业棒球协会(MLB)看中,把他派驻中国北京,成为MLB(美职棒)驻中国的代表。MLB意图追随NBA(美职篮)在中国运动市场风行的经验,在中国推广美式棒球。若干年前我在北京遇见过马元迈,这位一身"洋基"棒球服、晒得满脸黧黑的大高个子告诉我：中文已经成了他最有用的人生利器。他现在正日日在北京的中小学操场上洒汗训练中国孩子打棒球，好像还娶了一位中国太太，已经在北京安家落户多年。"苏老师，耶鲁毕业后，我可一直都在'全力以赴'啊！"他笑着跟我重复这个"梗"。

自此，这个"Mr. 全力以赴"的故事就成了"苏老师"课堂上的励志经典（"苏老师"确实以拥有众多"经典故事"著称呢）——每一学期开学的选课周，这个故事就会在选课学生中流传一遍。我会不时眨着眼睛提问学生：你们知道要征服老师，同时征服这门中文课的通天宝典，是什么吗？学生们就会捏着四声参差的嗓门怪叫："全力以赴！""全力以赴！！""全力以赴！！！"

那个为张爱玲洒泪的学生

若干年前，在短文《湿眼读杜诗》中，我曾记述过一位读杜甫诗落泪的耶鲁洋学生——韦德强；如今此刻，还在耶鲁校园大四毕业班上就读的柯亚华，则是另一位在中文课堂上当众洒泪，令举座动容的洋孩子。

那天，在我的"中国现代小说选读"课上，我让学生们背诵作为课外阅读短文的张爱玲的《爱》。课堂背诵，本来是低年级语言课的训练内容；可在我这门高级文学阅读课上，我同样要求学生们把一些经典作家的经典名句背诵下来，默写出来。比如鲁迅《故乡》里的"地上的路"，萧红《手》里的结尾片段，等等。

于千万人之中遇见你所要遇见的人，于千万年之中，时间的无涯的荒野里,没有早一步,也没有晚一步,刚巧赶上了,那也没有别的话可说,唯有轻轻地问一声:"噢,你也在这里吗?"

那天,我点名请柯亚华站起来背诵这一段张爱玲的名句。他操着略带四声不准的流利中文,一开口就语带情感,念到"轻轻地问一声",他的话语忽然哽咽起来,含着眼泪把余下的句子读完,他坐下了,一时竟泪流满面!全班同学都肃静下来。我静静地看着他,没有说话。他很快平复下情绪,抹抹眼睛,连声说:对不起,对不起。班上的同学却为他的动情投入,噼里啪啦鼓起掌来。

我示意同学们止住掌声,继续点名轮流背诵,让课程安排正常继续下去。

课后,柯亚华主动找我聊天,约我一起在学生餐厅用午饭。他没有跟我细说张爱玲句子触动他流泪的背后故事,却用了一个令我印象深刻的字眼——"残忍",与我讨论张爱玲的中文表述风格。"残忍,本来不是我说的,是导演 An Lee(李安)说的。他在导演《色戒》时通读了张爱玲的小说,就这么说:张爱玲的中文写得很'残忍'。"这位跟我说着"残忍"的胡子拉碴的美国大孩子,却显出少有的温情细腻,"我读了张爱玲别的小说,她的文字总能像刀子一样割人,说不上怎么地就啪啪啪打在你心上,所以我很理解李安说,张爱玲的中文,真的很残忍。"

这是一位典型的耶鲁学生——满校园都是"文青"气息的耶鲁,这种极度的敏感与善感,同时善于将之转换为诸般才华与动力、仿佛变得三头六臂似的能干的学生,可谓比比皆是。柯亚华现在主修东亚研究专业,并兼修电影戏剧课程,正在自编、自制、自演一部关于失忆症引发的惊悚题材的电影（我刚刚看过此电影的预告片）；同时还跟随一位人类学系教授在拍摄一个关于香港的文献纪录片。"……我上过的一些中国课程，那里有数据，但没有人，"有一回，他这么说，"苏老师，可在你的课上我学到的中国和中国人，都是活的。我最喜欢了解活的中国，活的中国人。"为了这个"了解活的中国人"，柯亚华已经连续两年夏天待在云南西双版纳哈尼族的村子里，做人类文化学方面的研究题目，帮助当地建立哈尼族阿卡人的博物馆。"版纳一个地方就住着好多个不同的民族，几乎每个村子、每个集市，都有不一样的风景。"有一回，他绘声绘色向我描绘，"我在楚雄的一位彝族老师，把我带到凉山去过彝族的火把节，我在那里整整待了一个星期，啊呀呀，凉山真穷呀，可彝族文化那个壮观，那个好玩啊……他们都不把我当老外，我光着脚在火光里跟他们喝酒，唱歌，跳舞……"他的眼眸里忽然闪出火光来，"苏老师，你相信吗？我还跟他们学会了做地道的回锅肉、红烧肉和水煮鱼！"

"是吗？"我也瞪大了眼睛——据说，这几样最普通常见的中国菜品，却是最考厨师功力的。

"我知道，每个地方都有不同的红烧肉做法，但川菜的回锅肉，却必须是用同一样的工序、火候、调料，才能做得地道的。"他说得有板有眼，"哎，对了，我的哈尼族朋友还教会我做一种阿卡人的煎蛋，"他咂吧着嘴唇，好像那诱人的美食就在眼前，"用细香葱、鸡蛋和鱼酱、小虾，裹着一起煎出来的蛋卷，那个喷香啊，那是我吃过的世界上最好吃的食物！可惜回到美国，我也试着做，那种野生的细香葱，哪怕跑到这里的港店也没有，无论如何做不出那种味道来……"

他显出沮丧的样子，我却似闻到了他话语间溢出的，那股带着云南山野气味又带着火辣辣青春气息的异香……

自然,我们已经约好了:下学期,我为他开一门"从曹禺、高行健到赖声川"的"独立学习"中文课;他呢,要给我做一顿包括他拿手的回锅肉、红烧肉、水煮鱼和哈尼煎蛋的中国饭。

那个"波兰妈妈"的拥抱

一个简单的作文题目——"搬家",这本是读完鲁迅的《故乡》后,我给学生布置的中文作业——就引出了这么一两个、三五个让你震撼、盈泪,甚至寝食不安的动人故事,这,其实是我在耶鲁教学生涯里的常态。

古人云,"教学相长",说的是教和学两方面相互促进与提高。语出《礼记·学记》:"是故学然后知不足,教然后知困。知不足然后能自反也,知困然后能自强也。故曰教学相长也。"在耶鲁,"教然后知困",正是时常逼临我讲台、书桌上的大课题,也是催策我上紧发条、不可怠懈的最大动力。耶鲁以重视本科生教学著称,同时也以本科学生的优质出挑、风格殊异闻名。每年的课堂上,你都会发现那么一两个、三五个让你眼前一亮的天才学生;每学期读改学生的作文,聆听学生的课堂口头报告(Presentation),你总会惊艳于他们的"超水平"发挥,为他们似乎在刹那间迸发出来的绚丽才情与生命光华而动容、而感佩不已。我教学生,学生教我。每回给学生改作文和点评他们的口头报告,我都似乎在和学生做心魂的对话,涉猎进不同的知识之流,体味着不同的人生感悟。每次讲评完,我会由衷地对学生说:其实,你们教会我的,一定不会比我教你们的少。

下面这个"搬家"故事,就是一个最真实的"学生教我"的故事。

这位白人学生叫"握路卡",很奇怪的一个中文名字。据说是他高中的中文课老师给他起的,是他本名"卢卡斯"的谐音。他说他早就知道这个中文名字很奇怪,但他不愿意改,"奇怪没什么,我的人生就很奇怪,我就喜欢这个奇怪。"开学第一课这样做完自我介绍,他不单看见了"苏老师",也看见了满堂同学的"奇怪"的眼睛。

可是作为学生,握路卡倒一点儿也不"奇怪"。他几乎可算最典型的"高大上"类型的"耶鲁学生"了——将近一米九的高个头,雄山大岳的眉目五官,站在那里,帅气挺拔得像一棵秋日的银杏。个性又谦虚和暖,开朗喜庆,课堂上随时听到他的主动发问和朗朗笑声,学起中文来则处处体现出他一流的语感和学习悟性。言谈举止,他更像一个翩翩贵家大公子。所以,我完全没有打开他的作文《搬家》时的心理准备。

原来,他出身于一个波兰移民的单亲家庭。四五岁时随母亲自波兰移民美国。他从小就没见过父亲,母亲也从不向他提及父亲。记忆中他印象最深的事情,就是——搬家。初到异国他乡,举目无亲加上言语不通,年轻的母亲一人打三份工,艰难拉扯着他和他的双胞胎弟弟长大。因为家境贫寒,母亲的工作又很不稳定,他们只能频繁地搬家。作文里,他描述了他搬住过的各种房子:从贫民区地下室到有钱人家的佣人房;从寄人檐下受到的冷眼,到兄弟俩从小自立打工,坚持十几年每天天没亮的凌晨送报生涯,这些,他在作文里都略笔带过,而把笔墨重点,放在他最近一次的搬家上。

可以想见,看见母亲含辛茹苦打工煎熬,双胞胎的弟兄俩更加努力自强,上进争气,在整个中小学课程中拔尖登顶,最后分别考进了耶鲁大学和哈佛大学，没有辜负母亲多少年来为他们辛苦付出的汗泪心血。他们兄弟俩一夜之间成了当地的耀眼明星，是数十年来所在的公立中学和当地波兰社区唯一兄弟俩同时考进常青藤大学的学子。万万没想到，这本来是家庭和社区的天大喜讯，却骤然之间，成为压在他母亲和兄弟俩头顶的一个天大的梦魇。一个温饱有虞的贫寒家庭，双胞胎兄弟俩同时被耶鲁、哈佛录取的惊世奇迹，从夸赞、羡慕到嫉妒、冷眼，也就是中文里俗称的"红眼病"，竟渐渐转换为这个小小的波兰移民社区里各种难听的流言——有鼻子有眼的谣言蜂起：说母亲是靠着跟人睡觉把两兄弟"睡"进哈佛、耶鲁的，先跟中学的Counselor（升学顾问）睡，再跟哈佛、耶鲁来的面试官睡，"耶鲁、哈佛学费那么贵，两兄弟上学的钱从哪里来？还不是靠她睡出来的？"等等，等等。甚至有人在路边摇下车窗，当着兄弟俩的面讥讽道：为什么你们从来不知道父亲是谁？这就是你母亲当初逃离波兰的原因！讥笑声中，车子绝尘而去。兄弟俩为此恼恨不已。每天从外面同学庆贺他俩"金榜题名"的欢喜聚会后回到家中，就看见母亲在以泪洗脸。他们这时才恍然明白：这些恶毒的流言竟是"冰冻三尺，非一日之寒"（握路卡在作文里准确使用了这个中国成语）。原来，以往，兄弟俩每次在学校的竞赛得奖、登报嘉奖，等等，移民小社区里这类难听的耳语流言就会暗暗泛滥一次。母亲常常因此而受到某些人的羞辱，甚至被打工同伴孤立，只是母亲怕兄弟俩受到伤害而一直隐忍不语。握路卡在作文里写道：我从来没想过，我们兄弟俩每一次的努力成功，都反过来成为压在母亲头顶上的乌云和石头，变成母亲一次次受欺辱的理由。这一回，眼看着母亲被恶毒流言伤害得身心俱损，精神颓靡，"我们应该搬家！这样的社区气氛有毒，随时都在伤害你，妈妈，我们要马上搬家!"考上哈佛、耶鲁的那个夏天,大学开学前,这是兄弟俩每天面对母亲的痛苦泪水时都要讨论的话题。可是,母亲却一再摇头——她的英文不好,移民小区毕竟是她自己熟悉的母语环境;况且两个儿子同时上大学更增添了经济负担,此时家里,已经没有可以应付搬家的余钱了。因此,自从兄弟俩分别进入哈佛、耶鲁就读之后,他们就默默节省着大学给的全额奖学金和助学金,同时利用各种打工、竞赛获奖的机会为母亲搬家攒钱,终于在去年夏天——他们大三那一年的暑假,兄弟俩在邻近的住区找到一所好公寓,帮助母亲搬离了那个人情凉薄、充满了冷语恶箭的浑浊社区。

读到文末的句子,"我们一家,就这样终于从××××搬走了。我不愿意猜测,搬家汽车开走那天,周围那些紧闭的窗户后面是一双双什么样的眼睛?我也不知道,这次搬家,究竟是给母亲带来了幸福,还是更多的痛苦?……"我的泪水,禁不住潸然而下。

——何谓"世态炎凉"?这个匪夷所思的"因成功而受辱"的搬家故事,让我想起了自己人生经历中也曾体味过的某种残酷世相。我怎么可以想象:在握路卡平日俊朗和暖的面容后面,竟隐藏着如此艰辛坎坷的成长历程和令人伤怀的"出色"痛楚!这是一个怎样宠辱不惊的母亲,才可以培育出这样两个坚韧前行、出类拔萃的儿子?兄弟俩又该要有多么坚强浩大的"内宇宙",才能承受住这样"奇怪"的——因为自己的出色反而使母亲一再受辱的痛苦经验?!

不必说,握路卡这篇《搬家》的作文,我给出了那次作文的全班最高分。那天课上的作文讲评,征得他同意,我向全班同学复述了握路卡的这个奇特的搬家故事,诵念了他文末那几行让我落泪的句子。可以想象,课堂上当时那片肃然的气氛里,莹莹的目光中,涌动着的是一种什么样的情绪波流。我对握路卡说：五月底的毕业典礼，请你一定要让我见见你的了不起的哈佛弟弟，和你的伟大得让人心疼的波兰妈妈。同学们一时轰然而起：我们也要见！我们也要见！！

还有一点余话：握路卡大学毕业前夕，已经接到两个公司的正式录用通知，他需要在一两天内做出选择答复。他为此专程登门向我咨询：这两家公司，一家很大，在行业内很有名，能被录用本身就代表一种成功，但待遇偏低；另一家中型公司尚在草创初期，不那么有名，但发展空间很大，待遇也比较高。"苏老师，我真的拿不定主意，我究竟该选哪一家？"这一回，"苏老师"倒是直接"入俗"了，毫不犹豫地建议他：就选那家待遇高的中型公司！没错，待遇高，对于你握路卡现在，非常重要！不必比较"成功"与"发展空间"之间的差距——走到今天，你握路卡的人生已经很成功了，我坚信无论把你放在哪里，你都一定会有很大的发展空间的！但待遇高，这是目前你的"刚性需求"——你和弟弟都一定要尽快找到一个"待遇高"的工作，尽快让你经受磨难多年的母亲脱离贫苦，过上真正幸福美好的生活！

握路卡听从我的建议，做出了自己的选择。

5月初夏，耶鲁毕业典礼日那个清爽朗晴的午后，握路卡专门领着他的母亲和他的同时也在哈佛毕业的弟弟，在一个小型音乐会开幕前跟我见面。我没想到，这一对长相酷似的双胞胎兄弟却性格迥异——哥哥握路卡外向开朗，弟弟丹尼斯却内向少言；而拥有这样两个牛高马大的出色儿子的母亲，竟是如此地矮小瘦弱，身量几乎只有兄弟俩的一半！我和这位满脸沧桑的小个子波兰妈妈紧紧相拥。她搂着我，喃喃地用带口音的、不算流利的英语，向我说着道谢的话，最后告诉我：很快，他们又会搬一个新家了……

母亲的话音很平静。抬起头我看见,握路卡兄弟俩,此时眼里都溢出了泪花。

不算结篇

"诗与远方",是近时的流行语。上面零星拉杂的讲述,是不是也可以让您闻见耶鲁讲台上点点溢出、袅袅飘来的某种"诗与香味"呢?

孟子说:"君子有三乐,而王天下不与存焉。"那第三种就是,"得天下英才而教育之"。他的意思是说教育家比皇帝还要快乐。他这话绝不是替教育家吹空气,实际情况,确是如此。

我常想:我们对于自然界的趣味,莫过于种花。……凡人工所做的事,那失败和成功的程度都不能预料;独有种花,你只要用一分心力,自然有一分效果还你,而且效果是日日不同,一日比一日进步。教育事业正和种花一样:教育者与被教育者的生命是并合为一的;教育者所用的心力,真是俗语说的"一分钱一分货",丝毫不会枉费;所以我们要选择趣味最真而最长的职业,再没有别样比得上教育。……

人生在世数十年,终不能一刻不活动,别的活动,都不免常常陷在烦恼里头,独有好学和好诲人,真是可以无入而不自得,若真能在这里得了趣味,还会厌吗?还会倦吗?

上面详引的,是梁启超先生于1922年4月10日在"直隶教育研究会"的一段演讲词。最近刚刚从友人传来的一篇网文上读到,却像是从自己心里自然流出来的,让我闻见了"种花人"(也是"种树人")手上带出来的那股花树的异香。

——是的,异香。一个误打误撞穿越过诸般劫难、社会跌宕的愣小子,骤然人五人六诚惶诚恐地登上了世界级殿堂的讲台教席;一支多年习惯耕犁砚田墨池的拙笔,忽然抡起黑板前吆喝吃灰的粉笔,从"波泼摸佛"讲到"鲁郭茅,巴老曹",再到"入世出世,有为无为"……那是人生的山荫道上阴晴互换花木回旋散发的暗香浓香,那是岁月醇酒和青春乳浆混合着流布的馨香秘香,那是露滴芽蕊雨融大地唤醒的草香泥香,更是海河相汇东西交融的刹那迸发的熏香奇香……

耶鲁确是一片诗的土地。她的在常青藤盟校里罕有的"四美学院"(音乐学院、戏剧学院、美术学院、建筑学院),为这座被世人称为"绝世美颜"的古雅校园,氤氲上一重如歌如诗如倾如诉的温婉情调;而永远名列前茅的法学院、医学院、商学院、林学院,当然更有人文学院,又在刚性耀眼的盔甲战袍里,流溢出醇酽的书卷气息和浪漫气息。从二十年前踏足斯土,我就知道我来到了一片可以有梦想有怀抱有寄托有空间有沉思有歌吟有付出有回报的神奇的土地。作曲家柴可夫斯基说过:"能像我一样全身心地从事自己热爱的工作是巨大的幸福,我的头脑里永远忙于种种音乐想象。"

诚哉斯言!二十年来,被学生需要,成为我的耶鲁幸福感的最大源泉——每个学期,我甘愿不计算正式课时地为有需要的学生开"独立学习"辅导课;每个周五下午,我义务为耶鲁学生开的公开书法课总是满员超员,弦歌不断……在我,这是一个可以和年轻生命共进又能独与天地精神往来的空间,这是一片美和爱可以越分越多(而不是像金钱和利益越分越少)的净土,这是一个"让一个人活出千军万马的模样"的舞台,同时,还是一个可以让我"保留对世界最初的直觉"(诗人学妹马莉语)的灵魂的窗口。是的,这确是我由衷敬畏和感恩的——夫复何求?在耶鲁度过的虽有瑕疵却绝无遗憾的二十年,这篇"超荷负载"的文辞,就算是我这一位微末的"耶鲁人"(Yaris)写给耶鲁和耶鲁讲台的礼赞吧!

搁笔之时,恰值2017年深秋。我不妨以耶鲁的中国学生新近发布的他们自创的耶鲁学歌(耶鲁中国学生会会歌,作词:田园,作曲:杨斯思),作为此文的收篇吧——

新英格兰最美一片叶,落在面前,你仰起脸,看白云在风中变。

你告别背后的夏天,收藏起从前。书页之间,听大雪落满窗沿。

还是一样的风,吹过百年心潮翻涌,吹入岁月懵懂,寻找那笑容和光荣。

你做一场遥远的梦,在这座天堂中。

你曾说真理与光明,是你背井离乡的理由。虽然人间烟火多烦忧,虽然光阴总难留。

迎着冷风你张开手,拥抱风雨和自由。我们走过冬夏与春秋,向前奔不回头。

喧闹草地初春时节,许多笑颜,蓝色海洋里,往事一幕幕重现。

初爬东石那个夜晚,繁星漫天。像在诉说,多少沧海桑田。

还是一样的风,吹过百年心绪翻涌。醒在这黑夜中,你已经不能再懵懂。

当你离开这场美梦，请道声珍重。

虽然人间烟火多烦忧，虽然光阴总难留。

迎着暖风你张开手，拥抱风雨和自由。我们走过冬夏与春秋，向前奔不回头。

人来人去你问是否，没人能在这里停留，但只要曾同爱与同愁，就永远如挚友温柔。

告别青春我的朋友，没人能在这里停留，我们走过冬夏与春秋，向前奔不回头。

告别青春我的朋友，请抬起头，向真理走，就会自由。

2017年10月31日于耶鲁澄斋

（此文曾刊《江南》2018年第一期）

序一　我们的"中国儿子"

——为苏炜的中文著作序

哈佛大学费正清东亚中心前主任

傅高义（Ezra F.Vogel）

当1980年我第一次能够踏入中国去做研究的时候，我和我太太Charlotte Ikels（艾秀慈）教授住在广州的中山大学。我们作为大学的客人在中大校园住了两个月。在那期间，我们可以参加中山大学的一些活动，并对广东做一些初步的研究，参观学校、公社和工厂。

就在1980年的那个夏天，我有机会认识了一些中山大学的教授和学生。苏炜成了我最好的朋友。苏炜当时是中文系文学专业的，他是学生文学杂志《红豆》的主编。他很有文学才情，已经发表了一些短篇小说。我和我太太看到，那时的苏炜有很多朋友，在中山大学的各种活动中表现很活跃。那时候，正是1977年"文化大革命"结束后恢复高考不久，一些大学的教材还没有全面修订，大学的许多建筑也比较老旧，正在修复中。苏炜向我们介绍了大学生的生活。那时八个学生住在一间宿舍里。学生的伙食非常简单，穿着也非常朴素。西方流行的东西还没有被介绍到中国。每天早晨都听到高音喇叭在播报新闻。

校园里没有电视，当然更没有手机。

在我们抵达中国之后的那些年里，几乎所有的大学生都是高中毕业那一年进入大学的。但是苏炜却不同，他在那个年龄时像很多其他同龄人一样正在农村插队，他和众多在农村插队的学生一起准备高考，最后通过考试才进入了大学。虽然苏炜的年龄比那些高中一毕业就上大学的学生大一些，但是他的气质仍然像一个年轻的男孩子。他的眼睛总是睁得大大的，总是带着渴望学习的光芒。

苏炜成长于广州一个大家庭。我们后来有机会认识了他的家人。他们当时住在广州一个比较简陋的家里。他的家人看起来都是知识分子，他兄弟姐妹中的大多数都考上了大学。① 当时的大学生都很害羞，不习惯也不太敢跟外国人打交道。苏炜却很愿意与我们见面，帮助介绍中国的情况，告诉我们他的"下乡知青"的经历。他解释说，他当"下乡知青"，是因为他当时被下放到海南岛的一个农场。我和我太太后来得到许可，可以去海南岛参观；而苏炜也被允许陪同我们一起去海南，回访他当时下乡的一个有名的国营农场。那里有一个国家热带研究所，位于苏炜下乡的农场附近，对许多国营农场的橡胶树进行研究。

苏炜带着我一起回到了他曾经下乡的村子。那是苏炜离开四五年以后第一次回去。当一个老农看到苏炜时，立刻大叫"苏炜！"然后紧紧抱住他，就像抱住一个多年不见的儿子。他看到苏炜非常高兴，苏炜也非常高兴。他们真的像是分别了多年的父子一样。

我在中山大学认识苏炜几年以后，苏炜作为中国文学专业的学生进入了加州大学洛杉矶分校。在加州大学洛杉矶分校学习以后，他取

---

① 这一点并不准确——苏炜。

得了良好的成绩获得了哈佛大学的入学许可。他来到哈佛大学并得到了哈佛大学的硕士学位。①

苏炜在哈佛大学两年多的时间里，住在属于我和我太太的房子的一个房间里。那时我自己的孩子都已经上了大学住在别的地方。我和我太太真的把他视为我们的儿子。即使苏炜已从中山大学毕业，并且获得了加州大学洛杉矶分校的硕士学位，他仍然保有一个年轻男孩子的活力和好奇心。那时苏炜又继续发表了一些小说，他用中文和我谈话，通过帮我阅读他写的小说，来教我学习中文。在哈佛期间，苏炜有很多朋友都是中国学生。他的房间成了中国同学晚上聚会的最佳地点。他们常常在一起讨论美国的生活和在中国的经历。

苏炜还在继续写他的小说和散文。我和太太都为他能在耶鲁大学教授中文感到非常骄傲。我从我们的耶鲁朋友中听到，他是一个非常受欢迎的老师。我们也为他的长篇小说被翻译成英文并正式出版感到异常兴奋，同时我们也为他中文精选文集将要出版，感到由衷的兴奋和骄傲。我们仍然认为他是我们的儿子——"干儿子"。②

2018年5月23日于哈佛

---

① 后一点记忆有误——苏炜。
② 傅老师最后写上了这个中文词"干儿子"——苏炜。

序二　我所认识的苏炜

耶鲁大学　孙康宜

苏炜是 1997 年春季开始到我们系里（耶鲁大学东亚语言文学系）教书的。多年来我一直很佩服苏炜，尤其他最近又荣获耶鲁大学的理查德·布鲁海德最佳教学奖（Richard H. Brodhead Prize for Teaching Excellence），所以打从心底我为他感到骄傲。正巧几天前，广西师范大学出版社的多马先生来信，邀请我为苏炜的新书写序，因此我希望借此机会谈谈我所认识的苏炜。

首先，我佩服苏炜，因为他不但是一位杰出的作家（已出版过许多优秀的作品），同时也是个少有的模范老师。我之所以称他为"模范老师"，并非仅指他在教学上所付出的那种不寻常的精力，更重要的是，他是以爱心来教育学生的。在他的一篇文章里，苏炜曾把自己作为老师的心情比成"秋心"："秋天，是一种老师的心情，也是一种父亲的心情。学生来了，去了，聚了，散了；树叶绿了，红了，开花了，结实了，我们，也就渐渐步上人生的秋季了……但是，秋收冬藏的日子，同时也是昭示来年的日子……也可以看作是一个文化生命在另一个生命里的延续吧。"

苏炜对教学所持的这种"秋心"可以说是由种种师德凝聚成的一

颗热心，其中既有教学的耐心和责任心，也有他对与他交往的很多人都常有的关心和爱心。凡跟他选过课的学生，大多能感受到苏炜这种爱教书、更爱交结学生的特殊情怀。许多耶鲁学生都说，他们因为选了"苏老师"的中文课而"爱上了中文"，甚至改变了他们的学业选择和生命情调。此外，苏炜还自动给学生们开课外书法课，并且来者不拒，令学生们感激万分。有一位名叫屈光平的美国学生就曾在信中写道："我们学生们大概不知道我们有多么幸运。"

所以这次苏炜得到教学奖，大家都不感到惊讶。5月初，当苏炜得奖的消息刚传下来，全体师生一致感到由衷的喜乐。其中系里的另一位杰出高级讲师周雨（William Zhou）先生（他曾在十二年前荣获理查德·布鲁海德最佳教学奖）也在给我的来信中称赞苏炜：

有关苏炜荣获教学奖的事，我一直要告诉您：我很为他感到高兴，而且这个奖赏完全是他所应得的。他是我平生所见最有献身精神的老师。他对学生总是无私地奉献精力和时间，难怪学生们都爱他。(I meant to write to you about Su Wei's winning of the teaching prize. I am so happy for him and he very well deserves it. He is the most dedicated teacher I have ever met in my career. He is so selfless when it comes to giving his energy and time to his students. No wonder his students love him.)

此外，系里另一位高级讲师康正果先生（已荣休），也同时赋诗祝贺：

耶鲁同事苏炜获优秀教学奖日,有蝴蝶飞止,久留不去,拍照出示微信朋友圈。赋诗祝贺:

蝶来人正喜,春去树常青。
非做庄周梦,光天化日灵。
阿苍热泪眼,动辄欲盈眶。
岁月熬磨久,甘泉回味长。

康正果诗中所述"阿苍热泪眼,动辄欲盈眶"正好说中了苏炜一贯的赤子之心。就我所知,苏炜曾"捧着一颗心"阅读一位中国作家的文章;他曾被郑振铎冒着生命危险去保存民族典籍的热情感动得"泪水湿润了"眼眶;他也为另一位中国作家的回忆文章"动容落泪"。又,苏炜平生最喜欢晚清诗人龚自珍,特别欣赏他那"落红不是无情物,化作春泥更护花"的诗境,但却没有龚自珍那种"空山徙倚倦游身"的落寞之感。

就因为苏炜拥有一颗赤子之心,所以他充满了好奇心,而他的日常生活也就有了无穷无尽的乐趣。他每天都在努力深入了解不同的人和不同的文化传统。他甚至努力向他的耶鲁学生们学习,他一边耐心地修改他们那些可爱的病句——例如"我很病","我一定要见面她","我对他不同意","我要使平静别人的痛苦"等,一边被他们的精彩故事感动得"泪光滢滢"。总之,苏炜从他的美国学生身上读到了西方人的单纯、质朴和诚实。

值得欣慰的是,多年来苏炜花在学生方面的精力并没有白费。他的许多学生都已"开花了,结实了。"其中一个最显著的例子就是他的学生温侯廷(Austin Woerner)。温侯廷的中文程度好得令人惊讶,而且他原来就有英文写作"天才"之誉。温侯廷目前执教于杜克—昆山大学（Duke Kunshan University），而年纪轻轻的他，早已成了一名优秀的翻译家。去年他刚发表了翻译苏炜《迷谷》一书的英译本（书名是：*The Invisible Valley*），最近又完成了诗人欧阳江河的诗集英译。此外，温侯廷的作品早已发表在《纽约时报杂志》（*New York Times Magazine*）、《诗歌》（*Poetry*）、《亚裔文学评论》（*The Asian American Literary Review*）、《Kenyon评论》(*the Kenyon Review*)等著名杂志上，其前途未可限量。不用说，苏炜对他学生的非凡成就感到十分欣慰。

必须提到的是，本书收集了不少苏炜本人在耶鲁教学的各种心得和乐趣。其中文章之生动、语言之富吸引力，令我想起美国作家彼得·赫斯乐（Peter Hessler）于2001年出版的一本名著《河城》（*River Town*）。彼得·赫斯乐在该书中描写了他到四川教中国学生学习英文的种种经验，书刚一出版就得到《纽约时报》和《泰晤士报文学副刊》（*Times Literary Supplement*）等报的好评。著名作家哈金也极力赞赏该书，说彼得·赫斯乐的书"坦白、热情、极富洞察力"（"suffused with candor, compassion, insights"）。苏炜的文章，虽篇幅较短，但也同样写得"坦白、热情"和富有"洞察力"。更让人感到鼓舞的是，苏炜和彼得·赫斯乐都同样透过他们的语言教学改变了学生们的"生命"。我尤其欣赏苏炜的这句话："进入一个语言，就是进入另一条生命的河流。"这正好是对苏炜本人教学及生命体验的最佳阐释。

我衷心盼望读者在阅读本书的过程中，也能以充满"坦白、热情"和富有"洞察力"的心怀读出苏炜的"生命"体验。

2019年5月27日写于美国耶鲁大学

目 录

辑一 数峰无语

琴台烟雨行⋯⋯003

凛凛犹生⋯⋯011

赤壁怀大苏先生⋯⋯021

东坡书院三鞠躬⋯⋯031

"我的"西南联大⋯⋯043

敦煌梦寻⋯⋯054

辑二 关河晨望

学生的三句话⋯⋯071

"教书比天大"⋯⋯075

"一个不小心⋯⋯"⋯⋯079

一点秋心⋯⋯082

秋心再题⋯⋯085

湿眼读杜诗⋯⋯088

讲台与蝴蝶⋯⋯091

辑三　春风一纸

雪浪琴缘……101

金陵访琴……115

易水访砚……132

台北访茶……140

天地之门……144

记住那双脚……151

秋光神笔……158

西湖晨茗……161

辑四　昨夜几枝

"人生紧要处"的引路人……169

大个子叔叔……180

蓝手……185

书箱渡海……188

胶杯猪肉……191

对着大山读书……194

队长的眉头……197

班长的身手……200

巴灶山的蛇神……203

辑五　江湖相忘

雁犹如此⋯⋯213

香椿⋯⋯216

绿腰长袖舞婆娑⋯⋯225

张门立雪⋯⋯232

我的"美国父亲"⋯⋯242

豆青龙泉双耳瓶⋯⋯247

佛拾⋯⋯261

诗人之矛⋯⋯271

犹子之谊⋯⋯299

小鸟依人⋯⋯317

旧游时节好花天⋯⋯339

后记　光亮种种⋯⋯361

會元卷十七載吉州青原惟信禪師語云老僧三十年未參禪時見山是山見水是水及至後來親見知識有個入處見山不是山見水不是水而今得個休歇處依前見山祇是山見

辑一

数峰无语

琴台烟雨行

浩浩长江，就在脚下滚流。眼前烟雨迷蒙，打着伞也是上下濡湿，却一点不减我的游兴，反似为我的龟山古琴台之行，拉开一幕雨气氤氲的布景。

千秋烟景烘托下的汉阳龟山古琴台，确似历史高台上由岁月精心装点的一件道具——古意盎然又新旧驳杂，屡毁屡建却似真若幻。我穿过滴着雨珠的古柏新松，雨帘中的青砖黛瓦、铭文碑刻，仿佛全是被淡墨洗染过的，疏密深浅，一派郁深幽黑。此地，果真就是两千年前俞伯牙与钟子期相遇相知之处吗？地上的石板青苔，黄紫落叶，可还残留着伯牙、子期的足印气息？多少年来，我都痴迷于这个名传千古的知音相遇故事，今日，不顾友人的雨天出行劝阻，终于了了我一个古久夙愿了。

关于伯牙、子期的知音故事，古来各种典籍多有辑载——《列子·汤问》《吕氏春秋·本味》《说苑·尊贤》《风俗通义·声音》《文心雕龙·知音》《琴史》，以及历代诗词歌赋戏文，等等，都有或详或略的言述歌咏；其中尤以明代作家冯梦龙的《警世通言·俞伯牙摔琴谢知音》一文，以话本小说的方式加以细节、情境的铺染，因而成为此一历史传奇的坊间定本。细查资料，原来在山东泰山、浙江海盐、安徽蚌埠、江苏常州等地，都各各有伯牙、子期传说在当地流传；甚至武汉蔡甸马鞍山下有钟子期墓，安徽凤阳马鞍山也有一座钟子期墓，并且也都各自流传有序——只能说明，伯牙、子期的知音故事之广被四域、牵动世代人心吧。

我们还是先回到典籍的源头，重温一下传奇的本事吧：

伯牙子鼓琴，钟子期听之。方鼓而志在泰山，钟子期曰："善哉乎鼓琴，巍巍乎若泰山。"少选之间而志在流水。钟子期复曰："善哉乎鼓琴，汤汤乎若流水。"钟子期死，伯牙破琴绝弦，终身不复鼓琴，以为世无足为鼓琴者。（《吕氏春秋·本味》）

苍烟袅袅，斜风细雨不住。眼前的琴台轮廓在雨中恍惚，一若影像模糊、被岁月划上痕痕道道的黑白默片。我慢慢步上台阶，浏览着形制古旧的琴台石碑上的碑文，轻抚着雨水打湿的、四壁嵌着伯牙、子期浮雕的栏干。据《皇宋书录》，此古琴台建筑，北宋时已有之，而在清嘉庆年间扩容重建。遥想着两千载风烟萦绕的春秋当年，晋国上大夫俞伯牙抚琴在此——巍巍乎高山兮汤汤乎流水，与楚地隐士樵夫钟子期相遇相知亦在此——人生得一知己足矣，斯世当以同怀视之；翌年中秋伯牙携琴赴约再聚，却蓦地惊闻子期病殁仍在此——那种种样样铭心彻骨的相知之喜、相失之悲，果真历百载千年的风霜雨露而凝聚于此、板结于此啊！

我的脚步沉缓下来。眼前幽幽千古，雨洗风抚，心境也渐渐变得澄静下来。荀子《劝学篇》曾言："伯牙鼓琴，而六马仰秣。"伯牙弹琴，连低头吃草的群马都会仰头聆听。此一刻，领首细聆，疏疏雨声中，可是隐隐传来了《高山》《流水》那琮铮的琴音？头顶乌云厚重，似有远雷滚荡，那可是伯牙在子期墓前碎琴绝弦、仰天悲鸣的古远回响？本来，相遇，就是没有错过；骤逝，这错过就太惨烈了。"士为知己者死"。少时不懂：为何成为知己，就要生死与共？年长后才明白："知己"二字，不是任何人都当得起的。《文心雕龙·知音》曰："知音其难哉！音实难知，知实难逢，逢其知音，千载其一乎！"杜甫《南征》诗曰："百年歌自苦，未见有知音。"岳飞《小重山》词曰："欲将心事付瑶琴，知音少，弦断有谁听？"可见，人求知己，知音难觅，竟是一个千古难题，也是千古士人的追思顽念。所以这古琴台的苔迹履痕，高情余韵，才让人如此低回难舍，陡生慕古思古追古之幽情啊！

对此，我亦别有怀抱也。

出生在一个多子女的传统家庭。父爱母爱，在革命年代贫寒多子的环境中，本就显得稀松淡泊；自小离家，从十二岁那年赴远地住寄宿学校后，就成了家里"永远的出门人"。十五岁上山下乡，天涯海角一去十年；大学刚一毕业便负笈西行，学成归国后又京师任事，几经跌宕辗转，从此海国漂流，客居西域，更成了家国乡土的"永远的异乡人"。返顾人生来路，我很早就发现：这大半辈子，自己与朋友的相处，远多于与亲人的相处。人生路上陪伴着我的友情，每每多于亲情——"文革"批斗的凄风惨雨中那一坂坂护卫的肩膀，乡居油灯下那一本本并首共读的残缺书页，无涯黑夜里那一注注信任的目光，车站码头上那一双双紧握的粗手暖手……无论"土插队""洋插队"，是风雨如磐或是丽日蓝天，是离合悲欢还是得失哀乐，朋友，总是朋友，随时伴随着我，环拥着我，熨慰着我。所以我常说，是朋友塑造了我的人生；是多于亲情的友情，予我以生命动能与尘世温热。这，正是千古流传的伯牙、子期的知友相遇故事里，那种无关乎功名、势利，只在乎山水清音相闻相照的澡雪情怀，那种可以为知音知己毁琴绝弦的刚烈侠义，会如此深久地打动我、震慑我的地方。

……雨幕垂帘的知音树，巨伞一般遮笼着琴台的高宇低檐。像是头顶凝聚的一团岁月的浓墨，濡染着彤云密布的天空；滴沥滴落的，竟是千古文墨的斑斑印迹、隐隐馨香……伯牙亭。子期亭。印心石屋。琴台画廊、碑廊……我在时而淅沥时而滂沱的雨声中穿梭游赏，忘情亦忘言，默默地只想听雨话、听风吟，与自己对心，与古人对话。雨伞早已不管用，飘飞的雨丝雨滴—若古人的声口余音，穿透时光雾障，轻抚着我也湿润着我。

忽然想起，钱钟书先生好些关于友情和友谊的絮语："真正友谊的产物，只是一种渗透了你身心的愉快。没有这种愉快，随你如何直谅多闻，也不会有友谊。"又曰："在我一知半解的几国语言里，没有比中国古语所谓'素交'更能表达友谊的骨髓。一个'素'字把纯洁真朴的交情的本体，形容尽致。素是一切颜色的基础，同时也是一切颜色的调和，像白日包含七色。真正的交情，看来像素淡，自有超越生死的厚谊。"（钱钟书《论交友》）

"超越生死的厚谊"的浓烈，却以"君子之交淡于水"的"素交"方式呈现；无关乎世俗生计利害的相知相交，却要以"士为知己者死"的绝弦碎琴的决绝方式完成——这浓淡之间、生死之间的辩证法，正是伯牙、子期的故事昭告我们的啊。所以人们常说：爱情是酒，友情是茶——如果再延伸：亲情，则是衣食米饭。黄山谷的《茶词》说得最妙："恰如灯下故人，万里归来对影；口不能言，心下快活自省。"

以交友比吃茶，可谓确当之喻。说起来，亲情是无以选择的，所以它是饭食，是不言自明的生命存活的基本。酒茶，则是自斟自酌的产物。酒，以醉人为力，茶，则以沁心作本。酒乃高温蒸馏过的琼浆玉液，茶则为饱孕山林风露的甘泉清水——水。水之清淡无闻却不可或缺，一若老子所言："上善若水，水善利万物而不争，此乃谦下之德也……天下莫柔弱于水，而攻坚强者莫之能胜，此乃柔德；故柔之胜刚，弱之胜强坚。"（老子《道德经》）因之，爱情，浓醇若酒的世间爱情，是排他占有的，每会因人欲的迷乱、势利的诱惑或时空的损耗而因爱生恨，变质变味；友情，清淡若水若茶的友情，却是收纳包容的，因之无关乎得失利害而弥久常新——虽然也会有利障，有背叛，但真正的友情，常常有着比爱情更加细水长流而绵长恒久的生命力。呵呵，这么说来，敝言敝论，一似贬"酒"而褒"茶"，抑"爱情"而扬"友情"哩，哈，这龟山琴台之行，难道竟让我这一本来笃信"问世间情为何物，直教生死相许"的"爱情至上主义"者，一经楚天风露之沐浴，便"沦为""友情至上主义"者了吗？！

碑廊前，我一再为清道光年间宋湘的"竹叶书"狂草驻足流连："相逢在此，万古高山，千秋流水，壁上题诗，吾去矣。"当代学贤饶宗颐，曾为此法书佳作生出豪兴感慨："想见兴酣落墨，俨欲槌碎黄鹤楼踢倒鹦鹉洲也。"（见饶宗颐《琴台铭》）我则在那一若疾风中劲舞飘飞的笔墨中，凝神于"万古""千秋"二字而沉吟良久。为什么伯牙、子期这个一天相知而一年相离的故事，竟可担得起这"万古""千秋"之名？这是一种什么样神异的时间尺度？何以英语里"soul mate"（灵魂伴侣）一语，本可与"知音""知己"通译却大异其趣（"soul mate"在英语日常使用中，一般仅指有性爱关系的爱人），莫非人性共有的关于"友谊""友情"的释义,也有华洋、中西之别吗?

记得在耶鲁课堂上,每次给学生讲述中国成语"相濡以沫",讲到庄周寓言里那两条涸辙之鲋,倚靠彼此的唇沫微温而得以存活的故事,每每让美国学生激动感慨不已(甚至有学生为此而盈泪课堂),他们惊叹:中文实在太高妙精美了!一个"friendship"(友谊)或"help each other in the crisis"(在危机中互相帮助)的英语释义,怎么能表达清楚如此深刻、动人的中文意蕴和精神?!当我引导他们循此成语,进一步追溯剖析中国传统道德里那个"义"字之重——何以"义重如山""义薄云天"?何谓"肝胆相照"和"为朋友两肋插刀"?又何谓"相濡以沫,不若相忘于江湖"?……每一回,借着解说"相濡以沫",我给他们讲述起这个春秋时代伯牙、子期知音相遇的故事,每讲到子期墓前伯牙绝弦碎琴的悲鸣,我总看见满堂学生,一个个肃然动容,眸子里有异光闪烁。他们啧啧感叹道:西方话语系统中,似乎很少给予"友谊""友情"以如斯高言、如斯高位的!可是,当我细述"不若相忘于江湖"——这种"友情"与"诚信"生死扭结的意蕴,这种超越世俗功利、可以为友情友谊付出生命代价却又可以"挥挥手不带走一片云彩"的"相忘于江湖",其温情与刚烈,决绝与洒脱,他们似乎闻所未闻,却又一似蓦然面对巍巍青山,浩浩江海,令洋孩子们仰止生敬,衷情神往。

德国哲学家汉斯·布鲁门伯格(Hans Blumenberg)在其《神话研究》一书中,曾提出过一个"幻体"(phantom body)的概念——(人类)"其对压力的回避,靠的则是树立某种与进化机制相对立的东西,比如幻体。这是他的文化领域,他的制度——也是他的神话。"他指出:故事传说经历数个世代的传述,往往变成传统、习俗,甚至法律和制度，来为我们的生活提供秩序和意义。其目的，正来自于人类传承的持久性需要。我们需要这个世界以某种方式而存在，而我们的故事就是这种方式的指路标。（引自2017年8月6日《纽约时报》中文版《我们为什么该追求生活的目标？》）我当然知道，千古流传的伯牙、子期故事，包括今天立在风雨中的这座古琴台，正是这样的"幻体"。其意义，并不在史料真实细节的考据（包括自古即有人质疑这古琴台地点之真实性），而在于它成为文明进化和人性提升的某种"指路标"。平时在课堂上，其实我很难有闲暇向耶鲁孩子们细细讲述那些关于忠义大德的价值的绵远源流，关于"友情""友谊"千古流传的人事佳话。可是此刻，微风细雨中，那一个个从史册画卷里走出来的凛凛面影、飒飒身姿，似乎倏忽之间，都从长江之畔这座被岁月风雨销蚀的古琴台上，翩翩序列起来，浮游过来了——

由伯牙、子期的身影导引，管仲与鲍叔牙，程婴与公孙杵臼，刘备、关羽、张飞与诸葛亮，阮籍与嵇康并"竹林七贤"，李白与杜甫、贺知章及汪伦，欧阳修与苏轼及"苏门四学士"，文天祥与张千载，顾贞观与纳兰性德并吴兆骞，一直到鲁迅与瞿秋白，闻一多与李公朴，陈寅恪与吴宓……

言必信，行必果；手足情重，心神相融；披肝沥胆，患难与共；志同道合，许国赴义；海内存知己，天涯若比邻……那是一道贯通中华文明血脉源流的浩然正气，那是一架跨越古今、贯通中西的文明彩虹，那是一座座显彰传承中华民族精神的丰碑啊！

步过那个挂满新旧"知音锁"的新建亭廊，我的脚步忽然停了下来。本来似乎一若各地旅游点常见的那种"爱情锁""同心锁"一样，单薄俗陋的亭子，透着浓烈的商业气息。我却蓦地对着眼前这些斑驳杂沓挂着、拥挤着的大小锁头，沉下心来，凝起神来。雨气氤蒙中，那一只只色泽沉暗的大小锁头，倾着脑袋，滴着雨珠，并头相连，悬结成层层叠叠的锁之链。真情，哪怕微末俗拙，也是不可轻慢嘲笑的。"知音锁"，你可以嘲讽此乃"消费友情"的勾当，可细细想来：那每一个锁头，不正包含着结伴而来的友人的心志，才会成为诚心购置，甚至相对默默盟誓的仪式，挂到了这座简朴的亭子之上的吗？其每一锁每一匙，或都是世俗的，微末的，不足道的，但它们锁结着的，何尝不是一如当初伯牙、子期相遇相知一般的，带着深深期许的，被千古咏赞的对于知音知己的执念和寄愿啊！

"千载朱弦无此悲，欲弹孤绝鬼神疑。故人舍我归黄壤，流水高山深相知。"我轻轻吟诵起众多琴台咏诗中我最喜欢的王安石的《伯牙》诗句，心头却脱尽了诸般"孤绝"的悲情。放眼龟山古琴台托举着的浩渺楚天，远眺着那座烟雨迷茫处新挑起的琴台音乐厅，眼前成摞成串、似带着某种戏谑色彩的"知音锁"，倒仿佛一个个簇新的寓言：千载之下，鬼神莫疑——俞伯牙的朱弦，已经不单遇见了钟子期，更遇见了如我辈一样栉风沐雨而来的、如这些锁儿们一样成群结队而来的、千千万万在"高山流水"的传承清韵中，重新焕发人生的"深相知"了。

浩浩长江，仍在脚下滚淌。流水如斯，逝者如斯，千古不易。头顶上密布的彤云，此时却又如水墨一般地晕开了。风消雨住。我步出古琴台的拱门，收起湿漉漉的雨伞，掠手抹去了脸颊上满盈的水珠。

2017年10月18日于康州衮雪庐

凛凛犹生
——稼轩故里行

行离"三孔"——孔庙孔府孔林,友人问:下一程何去?我答:就辛宅辛府吧!都曰文治武功,方辞文殿,我想沾沾稼轩故里剑胆琴心的文武英气呢!此时,日已西斜。离曲阜后再赴历城,还要一路车程驱驰百里。怕时间赶不及,友人特意致电故居纪念馆,馆方答曰:恭候你们到来,我们才闭馆。诚意拳拳对上挚心拳拳,一若目下的清风朗日,濯濯然热怀暖心。

史载,历城"四风闸"小村,乃南宋词人辛弃疾的出生地。辛家祖上为西汉陇西著名的武将,有"虎臣"之誉,移居山东历城已历五代。但在辛弃疾出生之时,山东以及华北地区,早已经沦陷于金人铁蹄达十三年之久。父亲早亡,他从小跟着爷爷长大。他的名字就是爷爷辛赞起的——"弃疾",即"去病"。有气节的爷爷虽因为尽孝,不得不苟活于金朝仕位,却寄望于自己最疼爱的孙子仿效西汉名将霍去病,激励他未来要做敢于马踏匈奴、收复河山失地的民族英雄;时时带他"登高望远,指画山河",明示他成年后要"投衅而起,以纾君父所不共戴天之愤"。(见辛弃疾《美芹十论》)辛赞老人大约在孙儿二十一岁时去世，小弃疾擦干泪水，刚刚年过弱冠，就义无反顾地踏上了抗金复国的道路……

历城今已属济南远郊一区，一路的楼亭相毗，水接山迎。斜阳下热风扑面，衣装端整的老少馆员们笑脸盈盈，果真还敞着大门在迎候我们。我诚恳谢过，告诉他们：多年来漂泊在外，不同版本的稼轩集子始终是我驿旅行囊中的必备之书——辛弃疾是自己此生最为景仰的为文楷模和人生导师之一，这就是旅程安排再紧，我也不愿意错过瞻拜历城辛府辛宅的原因。

我当然知道，眼前新亮规整的"辛弃疾故居纪念馆"，是当地政府于20世纪90年代末的全新建造，断然无法寻觅任何古远的辛宅遗迹了。但是，土地还是那方土地，林泉还是那脉林泉，甚至蔼然眉眼间的民风民气，还带着那方水土的绵远承留。读史料，我特别喜欢这片俗称"辛家坟"的土地的那个古久传说——原来，沧桑历尽，陵谷巨变，即便在20世纪中叶各方辛学学者争相调查考据之时，古老的"四风闸"村落当时只剩任、韩、孟、王、吕等姓氏部族，连"辛"姓都不复存在了。但村子西南角这片三亩见方的肥厚沃土却八百年来无人耕种，世代由异姓村民代纳钱粮税赋，称"辛家坟"——原来这是辛家族人的祖坟所在地。辛弃疾殁于公元1207年的江西铅山，并归葬斯土。是时山东尚处于金朝统治之下。但在没有子嗣守护的八百年间，"辛家坟"却被家乡父老默默留存着，守护着，不耕不耘，茂草丰盈，留着地气，更留着念想。我没有向馆方询问眼下这片故居纪念馆所依属的土地，是否就是当年的"辛家坟"原址？但眼前的仿宋六角碑亭里，那个按照"铅山辛谱"刊载而放大复刻的"稼轩公遗像"，也包括高高耸立眼前的抚剑远眺的"稼轩雕像"，还分明保留着得自这片土地精魂的侠义轩昂之气，倒是一目了然的。

天蓝如洗，碧清清地透着晶莹水色。我久久仰望着蓝天烘托下的这座由花岗石雕琢而成的青年稼轩塑像，身长八尺，目光如电，炯炯澄亮；深眉隆鼻一如雄山大岳，紧咬的嘴角微翘，含着乐观，更带着坚毅；被风轻轻扬起的战袍征衣包裹着硕壮厚实的身躯，那个插腰扶剑、仰望河山的身姿，就那样浮凸在落霞里，在岁月之流里永恒定格了。

是的，如果不是熟读辛传，我一定会惊诧异常——这塑像，真的是辛弃疾辛稼轩辛幼安吗？眼前，这分明不是一个"我见青山多妩媚，料青山，见我应如是"的风流倜傥的文士词人的形象，这完全是一位"壮岁旌旗拥万夫"、征战四方尚未解下盔甲戎装的凌云武士的身影。我注意到他手中那把紧握的剑，是正面持剑状，似欲随时都准备怒然拔起；却又无奈紧紧按压着剑鞘，以致挤压得指掌变形。这，恰正是稼轩人生的莫大隐喻啊。

读辛传，年方弱冠的辛弃疾借金朝内乱之机，在故乡济南山区举旗起事，率二千余士卒投奔济南府人耿京拉起的抗金义军，在一众义士襄助下，耿京迅速聚凝起二十五万人之众的起义大军。不料叛徒投敌生变，辛弃疾以迅雷之疾追缉、砍下叛徒之头颅奉献于耿京面前；在获得耿京信任奉旨南报朝廷后，在北归时获知义军领袖耿京竟被内贼杀害，辛弃疾怒然而起，以五十精兵领三支轻骑飞马独闯有万人之众的金营，将叛贼绑上战马，并当场号召上万汉族士兵反正，随即率万人渡淮水长江，献俘于南宋朝廷，并亲见叛贼斩首于杭州街市示众。是年，辛弃疾年方二十三。此一系列惊世之举当时震动南宋朝野，"壮声英概，懦士为之兴起，圣天子一见三叹息，用是见深知。"（洪迈《稼轩记》）连当时的高宗皇帝接见他时都为之三叹息。所谓"用是见深知"，或许青年英雄辛弃疾此举，一扫当时弥漫南宋的懦弱之风，深深触动了苟且偷安多年的宋皇之内心柔弱处吧。

故居纪念馆之青年稼轩塑像，其气质风貌不若文人，而纯然一英气逼人的武夫形象，所本者，正在于此也。

此一刻，碧空朗朗，无一丝云翳，映照着年轻稼轩那张如朗月星空一般的英毅脸庞。幸耶不幸？文人若武夫，或者，武夫变文人——眼前凝神定格的雕像，果真，就被历史定格了。少年英雄那双按剑之手，从此永难再拔鞘而起。自南归直到终老，辛弃疾却再亦无以成"霍去病"。"明月团团高树影，十里水沉烟冷"。南宋朝廷畏敌如虎，当权者明知辛弃疾武功盖世，才识超人，偏偏就不肯重用他，不予委以任何抗金重任。反而他这个南渡的"归正人"，还处处受到南宋官场中人的歧视和排挤。一心收复北地失土的抗金抱负，竟成为他在朝廷中处处受到猜忌、谗言的由头。入仕多年，虽游走于"吴头楚尾"，眼见江南江北，兴亡满目，可是，以武护国的重要事务，却从来没他参与的份儿。反而，因了他的山东汉子的硕壮身架和豪饮天性，为大官员们的游从宴会陪酒赋诗、酬答唱和，成了他这位沉在宦海底层的"添差通判"的日常职责。读辛传的每令人扼腕之处，是史家论辛词创作的第一个高峰期——建康十年（建康，即今南京。辛弃疾为仕头十年，曾先后进出建康四次），那些最有名的篇什，大多就是此时他为皇族官员祝寿、与行宫过访官员应酬留下的文字履痕——这，反而成了辛弃疾"暴得大名"，其文名一时间在南宋士大夫圈子里显头露角、造就出"南宋第一大词人"桂冠的前因！

比如，光是登建康赏心亭与各方官员应酬，就写下过好几首当时享誉词坛的名篇。这里不妨略引——

《念奴娇·登建康赏心亭呈史留守致道》:"我来吊古,上危楼,赢得闲愁千斛。虎踞龙盘何处是?只有兴亡满目。……"

《菩萨蛮·金陵赏心亭为叶丞相赋》:"青山欲共高人语,联翩万马来无数。烟雨却低回,望来终不来。……"

还有更有名的、被誉为辛词"压卷"之一的《水龙吟·登建康赏心亭》:"楚天千里清秋,水随天去秋无际。遥岑远目,献愁供恨,玉簪螺髻。落日楼头,断鸿声里,江南游子。把吴钩看了,栏杆拍遍,无人会,登临意。……"

此时,站在稼轩故居仿南宋官府风格的灰砖黛瓦的议事厅,默念着这句"把吴钩看了,栏杆拍遍,无人会,登临意……"念想起当时年方而立、一身武人甲胄却无才可用、有志难申的少壮稼轩,抗金抱负已成明日黄花,只能日日在诗酒应酬里虚度光阴,却无意成就出其傲视后世千古、"苏辛"并称的一代词人桂冠——谁能会其"登临意"?谁能读出那种"拍遍栏杆"的无奈?!真真是有"美丽错误"之讥、锥心滴血之痛啊!

偌大庭院,有幸只有我等几位到访。已过闭馆时间,馆方也不催促,放任我们细细徜徉,缓行慢赏。故居庭院不大。瞻拜过纪念祠堂里的稼轩神位,浏览完由历代书法名家誊写稼轩诗的碑廊刻石,我在三个展厅里吟赏着以"文东武西"方式(文事在东室,武事在西室),以壁画、书法、彩塑、文物等手段重现辛弃疾活捉逆贼、登临赋诗、献呈《美芹十论》等的文武功略史迹。亭廊清寂,只听见我的踱踱步声。我默默在想:辛弃疾自小就企望成为霍去病一样的以武护国的名将,却最终不甘不愿地成为以文立世的一代词宗,是"国家不幸诗家幸",还是无心栽柳的"歪打正着"?是必然之树结的偶然之果,还是偶然之籽培育出的必然之树?其背后的因缘义理,又是什么呢?

晚霞轻披,碧天如镜。眼前,忽然流闪过几个似乎人生际遇毕肖的古贤的面影。没想到,最先浮现在我脑海里的,竟是——颜真卿。书名几乎与王羲之并驾齐驱的唐代书法大家、写出被誉为"天下第二行书"《祭侄文稿》("第一行书"为王羲之《兰亭集序》)的颜真卿,后人尊称的"颜鲁公"。

世人都知"颜体"——在继承"二王"(王羲之、王献之)的"唐初三大家"——欧阳询、虞世南、褚遂良之后,由颜真卿独创而奇峰突起的全新书体。颜体端庄,中正,厚重,大别于"二王"的秀美,峻拔。"颜筋柳骨"("柳"是柳公权),则更是今天学书人的常识。因之,颜真卿以书法名世。今天世人论及"颜真卿""颜字""颜体""一代书圣",成了颜真卿光耀千古的倾世之名。殊不知,回到历史的当时场景,颜真卿的书法荣光,自是辉耀当朝;但颜真卿以武事救国,其忠义节操,一门英烈及其淋漓血光,更是震撼朝野,令举世为之躬首垂泪的一代传奇。

颜真卿身历唐玄宗、肃宗、代宗、德宗四朝,直言敢谏,心系苍生,德高望重而仕途坎坷。在颜真卿五十岁那年发生的"安史之乱"——那是唐朝由盛转衰的转捩点。当时安禄山兵变,大军势如破竹,唐玄宗出逃四川,大唐江山危在旦夕。时在山东仕任的颜真卿不顾自己年迈力弱与势单力薄,首举义旗,振臂一呼,率众坚守抗敌,为唐王朝平定叛乱立下了汗马功劳。其奋勇当先的堂兄和侄子更在被安禄山俘虏时当庭痛骂逆贼,堂兄被割去舌头,最终父子俩双双罹难。哀恸万分的颜真卿战后派亲友去收尸,只找回堂兄的一只脚和侄子的一块头骨。"颜氏一门死于刀锯者三十余人,其状惨绝人寰。"今天被称为"天下第二行书"的《祭侄文稿》,其笔势急疾奔放,含悲带愤,记述的就是这段为江山社稷染血、撼动朝野的惨烈故事。

如今,每次路过耶鲁校园的史特灵中心图书馆,其正面门楣上镌刻的八种世界上最古老的文字中,我都会默默注视一眼上面雕刻的汉字——由颜真卿书写的"颜氏家庙碑"的一段皇帝表彰昭文:"卿兄以人臣大节,独制横流。或俘其谋主,或斩其元恶。当以救兵悬绝,身陷贼庭,旁若无人,历数其罪。手足寄于锋刃,忠义形于颜色。古所未有,朕甚嘉之。"字字如刀劈斧削——这"颜体"笔力所蕴含的,正是颜真卿一生于刀光血火中屹然挺立的伟岸人格啊!

宋代贤哲欧阳修曾言:"颜公书如忠臣烈士,道德君子,其端严尊重,人初见而畏之,然愈久而愈可爱也。"当代大书法家唐云论《祭侄文稿》时曾言及"颜字"的"无法之法"——那是由自身的人生历练、人格魅力、自发的情感流动所激发出的灵光所驱动,洞见本真,呈现本真,方造就出"一代书圣"的"天下第二行书"!

可不是吗?由颜字之端厚忠烈,想到辛词之悲歌慷慨——如果没有"家本秦人真将种""西北望长安,可怜无数山"的人生际遇,辛弃疾何来"平生塞北江南,归来白发苍颜"之叹?没有"醉里挑灯看剑,梦回吹角连营"的失落之境,那"布被秋宵梦觉,眼前万里江山"的行云浩气,那"却将万字平戎策,换得东山种树书"的终极无奈,也不会千古以降,一仍如额首刺字、利刀剜心、惊涛裂岸一般地撼动世人心弦啊!

辛弃疾让我想到颜真卿,自然,就不能不想到稼轩的同时代好友——交情深笃的忘年至交陆游了。感叹"此身合是诗人未?细雨骑驴入剑门"的陆游——"细雨骑驴"乃古来诗人之雅兴,正是因为无以"铁骑渡河"——"铁马秋风大散关"成了终生梦寐,一心报国无门的陆游,也才会不甘不愿地戴上"诗人"桂冠;临终的《示儿》诗,才会如此泣血叮咛:"王师北定中原日,家祭无忘告乃翁"!陆游(1125—1210)比辛弃疾(1140—1207)年长十五岁,却比辛弃疾晚逝三年。两人际遇才华相似,相互倾慕神交几十年,直到陆游八十岁、辛弃疾六十五岁的暮年,才得以借辛在绍兴仕任,于绍兴鉴湖陆游宅所相见相识,相见恨晚(陆游有《送辛幼安殿撰造朝》七言长诗存世)。陆游临终悲绝的《示儿》诗,同样令人想起1207年秋,被诬罢官多年而病入膏肓的六十八岁的辛弃疾临终,回望自己曲折坎坷的一生,"大仇不复,大耻不雪,平生志愿百无一酬"(谢枋得《祭辛稼轩先生墓记》),他挣扎着想起身摘剑而不能,只好运出最后一口气,大呼:"杀贼!杀贼!"戛然气绝而亡!

"……所不朽者,垂万世名。孰谓公死,凛凛犹生!"——此乃辛弃疾当年不顾"庆元党禁"之政治忌讳,亲临武夷山拜祭被朝廷贬斥为"伪学"的好友、一代大儒朱熹时写下的祭文。今天读来,这毋宁也是一生英风飒飒、风骨凛然的辛稼轩,自鸣其志的人生写真和人格映照啊!

残阳如血,四野寂然。我在无遗迹处仰瞻遗迹,在无栏杆处拍遍栏杆——辛弃疾,辛弃疾!辛稼轩,辛稼轩!我心头轻轻叩念着这个滚烫在中华文脉,也必将烁然陪伴我终生文路的名字。虽然历城此行,奔突劳顿,留存的只有介绍纪念馆的薄纸一张,我仍旧觉得今天不虚此行。因为仿若一霎的电光火石之间,我忽然明了了一点:虽然与我的本家先祖东坡齐名而"苏辛"并称,由宋至清,古来词人多矣众矣;

辛词的傲世特立之处——辛词中特有的那种犁庭扫穴、一剑封喉、单刀直入、直见性命的"临门一脚"（写作此时刚刚看完世界杯足球赛，我愿意用这个别致的足球术语去喻辛词的力度与风华），其来何自？其来何处？

——血性。男儿的血性。

辛词之美，首先来自于他人格中的血性。在今天这个喜欢把"做个安静的美男子"挂在嘴头的娱乐至上、娱乐至死时代，在这个知识人格普遍缺钙、"娘炮"成为"时尚""品位"代名词的道德与审美荒芜的世道，辛词之美，有一种警世的力量。血性，不仅仅只是俗说的"男性荷尔蒙"，血性，是一个民族文明和文化的骨干和根基。它是一个大写的人（无论男人，女人），可以傲然挺立于天地尘世间的底色、动能和基质。血性是风骨，是倔强，是担当，是正义感，是舍身赴义，是临危不惧，是拍案而起，是敢为天下先、明知不可为而为之的斗志和勇气。血性，可以唤醒良知的冲动，激发人的潜能。在辛弃疾，其诗词歌赋里"大声鞺鞳，小声铿鍧"（刘克庄语）的琴心，即得自其少年英武、"气冲牛斗"、"欲飞还敛"的剑气与血气；辛弃疾似乎"志不在此""无意得之"却可以傲视千古的惊世文名，同样是得自于他的披沥于救国救民的血火经历，所铸造、所凝聚的血性的底蕴！读到南宋人辛弃疾铿然慨然唱诵的"男儿到死心如铁"，"倚天万里须长剑"，再听听当今某某知名"流量明星"嘴里冒出的类似"吓死宝宝了"之类的"软语"与"嗲语"，真真让俺这位"21世纪男儿"——无地自容、羞见古人啊！

我默默仰望着眼前"凛凛犹生"的辛稼轩塑像。

画界有一句话：笔墨即人。原来，从颜真卿到陆放翁到辛弃疾，

"字如其人""文如其人",从来不是一句空话——人,无论文人武人,诗人歌人,伟人凡人——人格与德性,是血性的底色,也永远是一切才华、才情的底色。只有身有金石之刚才能文有金石之声,只有心有灵犀才能文有灵光,也就是俗话说的"没有金刚钻,难揽瓷器活";反之,献媚于流俗与权势的"娘炮味儿",畏首畏尾、患得患失的"缩头龟儿",当然也包括"假大空"式的理想主义,贴胸毛式的"英雄气",只会造就人格懦夫、精神侏儒、"巧伪人"和"精致的利己主义者"。司马迁曾说屈原,"其志洁,故其称物芳",因为屈原的心志高洁,连他称述的万物都变得芬芳。辛词的千古芳馨,正是得自于辛弃疾意志心力的高朗芳洁啊。反之,自然一样:一个诗人歌者、文人学人,设若其志浊,血性必淡必颓,最终必沦为趋炎附势、欺世媚世之徒,其言行举止,其笔下之万物,又怎么可能高洁得起来,硬朗得起来?又怎么不会是伪声嚣嚣,秽气袅袅,以致污染和销蚀整个社会、整个民族的文化气质与公民素质呢?!

夕阳晚风和煦,拂面抚心。步出辛馆大门,我再一次向特意为我这位远路访客延期闭馆的几位新老馆员,表示由衷的谢忱。我笑着告诉他们:万里迢迢而来,我今天从你们这儿,悄悄带走了一把宝剑呢!他们惊问:什么宝剑?真的吗?什么剑?我说:等我回去之后写成诗、写成文字,一定传给你们看,你们自然就知道啦!

2018 年 8 月 2 日于康州衮雪庐

赤壁怀大苏先生

那只白鹤,始终在赤壁矶下徘徊不去。时远时近,掠飞水面,白羽白翎,总在我眼前闪烁。我便觉得,她是背负着大苏先生的魂灵,穿今越古,在此一时此一地守候着我、陪伴着我了。

"大苏先生",我喜欢这个称谓。这本是得自于《黄州赤壁集》里清人彭阆的七言古风《黄州怀大苏先生旧游》(古来习将"三苏"父子——苏洵、苏轼、苏辙,昵称为"老苏,大苏,小苏",见宋人王辟之《渑水燕谈录·才识》),可它一下子,把赤壁近千年流淌的各种传奇,更将这位平生景仰的古圣先贤和平民贵胄,在我心头拉近了,贴紧了。作为苏氏的本家后人,"苏老泉"(轼父苏洵之号)是从小就听父亲念叨的昵称;"苏子""坡公""坡仙"之谓,则是古来民间流传的对"苏文忠公"的"爱称"。但此刻,站在黄州"东坡赤壁"最高点的"望江亭"上,临风眺望,耳畔似闻《前后赤壁赋》和《赤壁怀古》的琅琅诗声,"大苏先生"!"大苏先生"!是的,只有这称谓,最中我意,最称我心。

不只是为观景觅胜而来。若纯论景观,眼前的"东坡赤壁",由于古来陵谷巨变,山河改道,早已不复"大江东去"的壮伟——江流早被推行到三五里之外；当初曾"惊涛拍岸，卷起千堆雪"的赤壁矶头，如今只剩一汪浅塘；四周灰楼杂沓，市声环绕，更无一丝高古野旷之气了。（最可诟病的是，这样一处古来诗文传诵的国家级文物古迹，进门处竟设一个不伦不类、造型俗劣的西洋海盗船游乐装置，可谓大煞风景。）更不必说，坊间都知道，"东坡赤壁"乃"文赤壁"——此地的"赤壁矶"本是"赤鼻矶"附和而来，与远在鄂州嘉鱼的"武赤壁"——当初真实发生过横槊大江、火烧连营的"三国周郎赤壁"，压根儿不是同一地点，同一回事儿。

然而再然而，那又怎么样呢？！此赤壁非彼赤壁，如今你知我知，未必当初，自"乌台诗案"贬谪至此的大苏先生，就不知？遥想当年，寒春早日，站在赤鼻矶浪涌波翻的红岩赫岸之上，刚刚写过"是处青山可埋骨，他年夜雨独伤神"，误以为自己行将葬身冤狱的苏学士苏才子，蓦地获赦发配黄州，沦为"不得签书公事"的变相囚徒，一身惊尘未拂，带着满心的彷徨疲惫，只见眼前雨雪凄迷，浊浪滔滔，面对梦醒无路的现实，苍茫无涯的将来，他首先要寻觅的，就是逼在眉睫的自拯自救之道。

循级而下，我站在"放龟亭"临水的栏杆上，俯望水中明清遗留的那只大石龟。亭名本因东晋将军在此放生白龟而起，亭下褐岩壁立，据云正是苏轼当年所见的"乱石穿空，惊涛拍岸"的古赤鼻矶之所在。如今，却只剩下死水一潭。饱读诗书的大苏先生不会不知道，早在北魏郦道元的《水经注·江水三》里，就已言明真实赤壁之所在："江水左径百人山（今纱帽山）南，右径赤壁山北，昔周瑜与黄盖诈魏武大军处所也。"此黄州赤鼻矶，并非昔年孙权与刘备联军大破曹操军队之鄂州嘉鱼赤壁矶（其实后来史家对"嘉鱼赤壁"也有争议，所以赤壁词中，东坡别有玄机地加了"故垒西边，人道是"数语）。可以说，东坡的"赤壁之思"，既是写实，更是写意；把此"赤鼻"误作彼"赤壁"，与其说是"误"，不如说是"故"——那样一种将错就错的天真狡黠（令人想到苏轼的进士考卷里故意杜撰的"三杀三宥"典故），其实出自我们大苏先生身上固有的一种"万物寓己，己寓万物"的"泛爱"之情。

有论者指出："这种泛爱万物，也相信自己为天地万物所爱的精神，使苏轼能处处随遇而安，这是他获得快乐的秘诀。"（洪亮《放逐与回归——苏东坡及其同时代人》）意识到这一点，似乎我也是一只穿越千古之手，悄悄地，也不无愧赧地，掀开了苏姓老祖的襟胸，窥见了其中的奥秘。步过"坡仙亭"，一方裂纹斑驳的古石塔，灰黄黑褐杂陈，刻缕着岁月陈迹，让我驻足良久。遥想那一年（元丰三年，1080年）正月初一，苏轼携子自京城贬赴黄州。正是在传统年节的朝野嘉庆之中，父子俩顶风冒雪，凄凉就道，一路鞍马劳顿，半月后进入黄州境内之麻城。在过显治春风岭时遇见梅花，苏轼写下了《梅花二首》："其一：春来幽谷水潺潺，灼烁梅花草棘间。一夜东风吹石裂，半随飞雪度关山。""其二：何人把酒慰深幽？开自无聊落更愁。幸有清溪三百曲，不辞相送到黄州。""万物寓己"，乃亦"喻己"。这里的"梅花""清溪"，皆苏轼自喻也。"深幽"草棘间的梅花，流水落花相伴的清溪，以及遍布黄州山野的万松（见《万松亭诗叙》），都可以与大苏先生目遇神接，可以成为他精神上的依伴。如今，站在雪浪滔滔的赤鼻矶上，因此赤鼻而彼赤壁，而思接千古，而返照自身，苦行人的苏轼，才会写下如是旷世通达的名句：

"……且夫天地之间，物各有主，苟非吾之所有，虽一毫而莫取。

惟江上之清风，与山间之明月，耳得之而为声，目遇之而成色，取之无禁，用之不竭，是造物者之无尽藏也，而吾与子之所共适。"（苏轼《前赤壁赋》）

所以，眼前的"赤鼻"——"赤壁"，正是天地万物所赐，才可以"耳得之而为声，目遇之而成色"，才可以成就出苏轼光烁千古的《前后赤壁赋》与《赤壁怀古》；黄州，才真正成就出"东坡居士"今日在世人心目中的那个"千古一人""一轮满月"的光辉形象！

我喜欢尼采说过的这段话："理想主义者是不可救药的，如果他被扔出了他的天堂，他会再制造出一个理想的地狱。"海德格尔还有另一句话："运伟大之思者必行伟大之迷途。"黄州——无论是黄州东坡还是黄州赤壁，正是大苏先生为自己打造的一个"理想的地狱"；赤鼻矶—赤壁矶之"美丽误会"，即是"运伟大之思者"的苏东坡，有意为之的一段"伟大的迷途"——为无名赋予意义，自空无中见出实有，于虚妄里重建目标，将人生苦厄化作历练通途。时语曰：水到绝处成风景，人到绝境是重生。林语堂把苏东坡一生誉为"人生的盛宴"。殊不知，此"盛宴"——东坡自解的"平生功业"，却恰恰一直处在"心似已灰之木，身如不系之舟"的贬谪途程——"黄州惠州儋州"！（见苏轼《自题金山画像》）

都谓，"黄州之后，方有东坡"。今天，人们谈到苏东坡，无论"东坡居士""坡公"或"坡仙"，这个"东坡"，给人带来的都是一种光风霁月、潇洒出尘的飘逸气息与朗阔意象。殊不知，回到九百年前真实情境的黄州东坡——那本是"大苏先生"走到山穷水尽之境时，追随他二十几年的友人马梦得（字正卿）不忍见他"俸入所得，随手辄尽"的窘况，为他筹措到的几十亩遍布荆蒿瓦砾的荒废军营旧地作农地，以求解其燃眉之急。苏轼曾作《东坡八首》，其序云："余至黄州二年，日以困匮。故人马正卿哀余乏食，为余郡中请故营地数十亩，使得躬耕其中。地既久荒，为茨棘瓦砾之场，而岁又大旱，垦辟之劳，筋力殆尽。"可见当年之黄州东坡，实乃苏轼苦役劳作、筋骨寸断之地。其地时在黄州东门之外，苏轼又以白居易贬为忠州刺史时有《东坡》诗，因之效其名，名此地为"东坡"，并从此以这个凝聚人生最多苦厄寒愁的地方作为自己的别号。某个冬夜，"大苏先生"在这片曾自嘲"刮毛龟背"之地拄杖独游，作诗曰："雨洗东坡月色清，市人行尽野人行。莫嫌荦确坡头路，自爱铿然曳杖声。"好一个"市人行尽野人行"，"自爱铿然曳杖声"！"市人"逐利，而"野人"自适。以东坡绝境自号，自谓"野人"，既是一种自嘲，更是一种风骨。自此，"苏轼"悄然别去而"苏东坡"傲世而出，方开启出自己人生与文学的全新境界、全新高度了！

此刻，我站在黄州赤壁的"雪堂"之上，默默细览着眼前的一砖一瓦，一草一木。暑气郁蒸，雨后的青砖黛瓦黑白分明，葳蕤的枝叶氤氲着一层薄薄的烟气。壁上毁后重建的《东坡躬耕图》《梅雪图》及《雪堂飞雪图》，一仍让人追抚旧迹，思绪逶迤。我当然知道，一若此"赤鼻"非彼"赤壁"，此"雪堂"亦非彼"雪堂"也。"去年东坡拾瓦砾，自种黄桑三百尺。今年刈草盖雪堂，日炙风吹面如墨……"今读东坡《次韵孔毅父久旱已而甚雨三首》古风长句，有躬耕田亩的辛劳疾苦，却无一丝弃臣弃妾类的怨尤自怜；有劳而有获的欣喜欢愉，却无一丝隐逸自得的酸腐之气；反而从滴汗斯土中体味黎元苦辛，在朝廷冷眼与身世困厄中挺然而立，"不以物伤性"，"不以谪为患"（苏辙《黄州快哉亭记》），超越小我，又重新确立新我。我想，不屈折，不抱怨，甘苦自适，这正是大苏先生这一系列黄州东坡务农诗的最大特质吧。

忽然想起若干年前，自己曾为文探讨过古来中国士人的"屈贾情结"——"三闾大夫"屈原和"长沙太傅"贾谊，虽为不同时代人，司马迁在《史记》中却把两人平列于"屈原贾生列传"。除了太史公敬重二人身上共有的士人气节之外，盖因二人都才高气盛，又都因忠被贬，都在政治上不得志，为皇恩未及而自伤自怨，最后或自沉泽畔，或郁郁而终。（司马迁："屈平之作《离骚》，盖自怨生也。"）一个"怨"字，使得"屈贾"同质。细细想来，这种一旦离开"皇恩浩荡"即哀怨自怜、不能独处，"君命即臣命妾命"的精神奴性，真可谓中国士人千古难脱之紧箍咒，甚至成为某种群体性缺钙、脊梁腰骨千年发育不全的民族宿命。所以，在王朝末岁、新纪之初的陈寅恪先生，才把"独立之精神，自由之思想"，视为中国读书人需要重塑重建的至为珍贵的品性与骨格——"唯此独立之精神，自由之思想，历千万祀，与天壤而同久，共三光而永光。"（陈寅恪《清华大学王观堂先生纪念碑铭》）又曰："一切都是小事，唯此是大事。碑文中所持之宗旨，至今并未改易。"（陈寅恪《对科学院的答复》）

就才情惊世而含冤被贬的身世而言，苏轼是颇具"屈贾"范儿的。虽然仍旧脱不了"忠君许国""身在江湖，心在魏阙"的传统士大夫情怀，但读"大苏先生"黄州诗文，其不折不怨，跳出一己得失视界，从拥抱天地万物中获取生命元气与精神资源，从而"此心安处是吾乡"，正是"大苏先生"远远高于"屈贾"之处。

"缺月挂疏桐，漏断人初静。谁见幽人独往来，缥缈孤鸿影。惊起却回头，有恨无人省。拣尽寒枝不肯栖，寂寞沙洲冷。"（《卜算子·黄州定惠院寓居作》)"竹杖芒鞋轻胜马,谁怕?一蓑烟雨任平生。……回首向来萧瑟处,归去,也无风雨也无晴。"(《定风波·三月七日沙湖道中遇雨》)此大苏先生黄州词之新境也。"方其破荆州,下江陵,顺流而东也,舳舻千里,旌旗蔽空,酾酒临江,横槊赋诗,固一世之雄也,而今安在哉?"在此,雄才霸业、殿堂轩冕,均不足道、不足惜,"况吾与子渔樵于江渚之上,侣鱼虾而友麋鹿,驾一叶之扁舟,举匏樽以相属。寄蜉蝣于天地,渺沧海之一粟。哀吾生之须臾,羡长江之无穷。挟飞仙以遨游,抱明月而长终。知不可乎骤得,托遗响于悲风。"(《前赤壁赋》)此大苏先生黄州文之新象也。在我看来,赤壁之于东坡,一曰气象,一曰风骨。"身在万物之中,心在万物之上。"(见夏葳《一蓑烟雨任平生——苏轼传》)此等超旷之境,既自儒道佛而出,又非儒道佛可囿。果如金人元好问之语:"自东坡一出,性情之外,不知有文字。"或问:"性情"者何物?记得宗白华先生曾在其美学论述中,曾将苏轼《前后赤壁赋》(包括唐人张若虚《春江花月夜》)咏叹的这种物我皆忘的人世苍茫之感,称为"宇宙意识";在我看来,黄州赤壁"大苏先生"东坡诗文之所以烁丽千古,"独立之精神,自由之思想",正是其"性情"的旋律主调啊!

斜阳淡抹,炊烟四起,空气里弥漫着楚湘烹饪里那种特重的烟火气。我徘徊于"二赋堂""快哉亭"与碑阁长廊之间,暑热潮闷并不能拂走我的兴致。平素就爱苏字。此行黄州赤壁,可谓过足了我赏览"苏字"之瘾也!天哪,如浪如潮的"苏字"四面环绕,滔滔涌来,与赤壁矶遥相呼望的碑刻长廊,简直是此生仅见的"天下第一碑廊"!一眼望不到头的长长廊亭,蜿蜒于赤壁矶相对的湖塘岸际。苏字之集成,历代崇苏敬苏之诗文集成,当代当地名家书家唱苏咏苏之诗文集成……选材得当,刻工精妙,玻璃护壁,哪怕是走马观花,我和友人也足足花了令"老婆大人"不耐的好半晌时辰。我才发现,被誉为书法"宋四家"之首(苏黄米蔡)的"苏字"之成型立世,原来,同样也得之于黄州!被誉为"天下第三行书"的《黄州寒食帖》自不必说,《赤壁赋帖》之行书宏大精妙,《梅花诗帖》之草书飞龙在天,《羁旅帖》《满庭芳词帖》之行楷厚重端丽,众多书帖尺牍的率意天成……无须说,《苏轼书法全集》《苏东坡黄州书法集》《黄州赤壁集》与《梅雪图》拓片,更是我此行皆大欢喜的有形收获了!

赏苏字,一如吟苏诗、咏苏文,你读不出丝毫逆境自伤的衰颓之气,一径是笔饱墨满,元气沛然,落笔轩然昂然慨然,一若黄庭坚题《黄州寒食帖》所言:"东坡此诗似李太白,犹恐太白有未到处。"我呢,此刻沉醉于如雪飞来如潮涌来的苏字之中,却蓦地闪过一悟:噢——美,不但可以战胜丑,还可以战胜恶,战胜小人算计,战胜贫病交加,战胜命运坎坷,特别是,战胜时间——岁月,这把今天网语说的"杀猪刀"!

可不是吗?千岁之后,"乌台诗案"那些小人嘴脸,何足道哉!

陵谷变,而"大苏先生"不变:永远的光风霁月,永远的乐天朗阔,峭拔年青;赤壁变,而"赤壁赋"与"大江东去""寒食帖"不变:任荣辱毁誉而无损其美韵,历千古兴亡而篇章弥新——或如笔者之读史诗云:"三千宫阙高墙厚,不抵冠巾几首诗。"(拙笔《春思十吟之五》)"……真正惊人的美,会有一颗期求极高的心灵。它向生活要的东西太多,这是它的天赋的权利。""丑,是生活忍受痛苦和不平的被扭曲的印记,它正是爱的阳光理应普照的遗弃之地,因而也是爱的自我完成。"(友人张志扬语,引自赵越胜《渎神与缺席》)哦,谢谢友朋的真言，我明白了——正是这颗"期求极高的心灵"和"爱的自我完成"，成全了也成就了我和世人都深爱挚爱的黄州"大苏先生"啊！

……时夜将半，四顾寂寥。适有孤鹤，横江东来。翅如车轮，玄裳缟衣，戛然长鸣，掠予舟而西也。须臾客去，予亦就睡。梦一道士，羽衣蹁跹，过临皋之下，揖予而言曰："赤壁之游乐乎？"问其姓名，俯而不答。"呜呼！噫嘻！我知之矣。畴昔之夜，飞鸣而过我者，非子也邪？"道士顾笑，予亦惊寤。开户视之，不见其处。（苏轼《后赤壁赋》）

我的视线，始终追索着赤壁矶下那只白鹤的身影。我在此地盘桓良久，它的白翼白翎，就一直在眼前徘徊不去。"大苏先生！""大苏先生！"我心里呼唤着，向它挥了挥手，它蓦地俯冲向斜晖闪烁的水面，一掠而起，又在我头顶打了个旋儿，飞走了。

2017年8月28日夜，于康州衮雪庐

篇后小记

此文的写作，得益于三本苏轼传记——洪亮《放逐与回归——苏东坡及其同时代人》，夏崴《一蓑烟雨任平生——苏轼传》与林语堂《苏东坡传》甚多，在此特揖手鸣谢！犹记起多年前中秋夜读林语堂《苏东坡传》，曾写下一首和友人的《金缕曲》，其题旨意趣，竟奇巧地与今文相吻合，在此录下，以作收篇——

金缕曲　中秋夜读

寂寂深深院。两三声,断鸿惊唳,天低人远。谁把碧天浑圆月,零缺裁剪书畔?月映人,人月如雁。万里绡光碎几截,且振羽穿飞治和乱。青史问,只深叹。

烛光秉起星光暗。溯千流,清源脉脉,有思有幻。坠地儒冠今犹在,狗监鹰谋损半。信人间,天厚肝胆。心在寒潭血在水,尽滔滔一洗禹冈岸。箫剑事,谈何怨!

【小注】"浑圆月"者,既是中秋月,也是本文之"一轮满月"也。(笔者曾多次为文提及苏轼乃中国古典文脉之"一轮满月"。)"狗监鹰谋",本为汉代掌管猎犬猎鹰的官名。套借自龚自珍诗典"狗监鹰谋尽边将"。

2017年9月4日补记

东坡书院三鞠躬

我是来寻根的——不,寻祖的。

踏入东坡书院,我想。

位于海南岛儋州(古称儋耳)中和镇的东坡书院,离我当年下乡落脚的西培农场不远,却是我多少年来心思萦绕却不得其门而入的所在。不全是附会——坡公苏轼,乃我的本家老宗祖。好多年前,父亲告我:世世代代,国中苏姓族人一般拜两个祠堂:"武公堂"与"眉山堂"。我家世居汉时即立郡、有"合浦珠还"典故传世的广西北海。合浦苏姓族人拜的是"武公堂"——以汉代名将苏武为族谱第一位"太祖公";苏姓祖地,则为陕西眉县。史称:祝融的后代昆吾封于"苏",故子孙以国名为姓。四川"眉山"之"眉",与陕西"眉县"之"眉"有何关联,待查。"眉山堂"所拜之宗祖,乃"三苏父子"。更因苏轼的惊世大名,自立出苏姓宗族的一支"眉山"血脉。但遥想北宋当年,四川眉山"三苏"所拜之宗祖,想必也是苏姓一源所出的陕西眉县之"武公堂"吧?我问父亲,父亲说:必当如是的。

下乡的当年(1968年),我才十五岁。在"文革"那样的"火红年代",自是不能谈"宗"论"祖"的。但从踏上海南土地的那一刻开始，我就知道自己来到了一片古来朝廷贬谪罪臣的荒蛮之地，而且自己要落籍务农的儋州，恰正是当年苏东坡的流放地。在那些大会战连年接月、啃着萝卜干熬过台风天、在破茅棚的缝隙里夜夜数星星的岁月里，我会时时念想起自己这位苏姓老祖，遥想着将近千年以前——确切的，是约八百六十余年前，坡公在此地的起居作息、躬耕劳作，所暴晒的骄阳，所躲避的急雨，包括所沉醉的椰寨风物、羹汤薯酒、俚语谣歌，大概也一如我辈今日亲历的情境吧？便不止一次地谋划：一定要踏勘一遍苏东坡当年在儋州留下的所有足迹遗址。然而，每次向当地乡老探问，都只见一片摇头：没有了，毁尽了，"文革"年头砸的砸，烧的烧，更加上儋州那大、中和两地都是武斗重灾区，所有苏东坡的遗址遗迹，都难得找见了。后来闻知，仅存的东坡书院残垣曾一度沦为猪圈牛厩，现在早湮没在一片荒草藤蔓之中了。姐姐当年同样下乡海南，落脚地是澄迈县。隐约记得，苏东坡似乎也到过澄迈（苏轼存世的著名墨迹《渡海帖》中有"轼将渡海宿澄迈"句；渡海北归时，则留下《澄迈驿通潮阁二首》）。当初我翻山越岭去探望家姐，也曾向当地人探问，他们笑我：你是丢了西瓜来捡芝麻呀！儋州既不存，澄迈安在哉！此地，真是连芝麻点儿大的苏东坡遗迹，都找不见了！只是，那一回探亲，回程找不着车子，心一横，就一大早从澄迈昆仑出发，穿山过岭，用脚步丈量过澄迈、儋州的大半土地，步行回到西培时已近半夜。当烈日下大汗淋漓，在山道上踯躅前行的时候，也曾想过：至少，我把苏老祖在儋耳、澄迈踏抚过的土地，用自己的双足，大体亲炙过一遍了！土里有余温，风中带余泽。我的汗气足印，总会有和老祖宗当年的"雪泥鸿爪"相和应、相重叠之处吧？

踏进东坡书院门廊，我就向着重修的庭院，深深鞠了一躬。

——苏老祖,我来了。梦魂牵绕,寻寻觅觅,离开此地三十年,绕了地球大半个圈,你的隔世隔代却心脉相通的本家儿孙,总算找到、回到老宗祖的故地怀抱了!

不似许多新修的"旅游景点",眼前重造的载酒亭,并不显得新丽俗艳。四角的碧瓦拱顶下伸张着六角飞檐,造型方正,样式古朴,似带着几分"苏体字"的沉厚敦重;亭后的载酒堂,堂边的左右书房、前后耳房,白墙黑瓦,沉檐重柱,色泽素淡斑驳,颇带几分宋时书院的神韵。映衬着环绕的莲花池、桄榔林的一片新绿,倒让人一时难辨今古新旧,忘却时空嬗变,好一似坡公的屐履还刚刚踏过,坡公的襟袖才刚刚拂过;清风里还留下他自制的玉糁羹的熏香,艳阳下还听见他带领黎峒孩童诵读的琅琅书声。……岁月苍苍,东坡不老。眼前的载酒堂于风霜凋蚀中一再毁颓又一再屹立,一如东坡在连遭贬谪、流离颠沛而不改其襟怀旷达、笑声朗朗。我漫步在毁后重建的东坡书院,这里摸摸,那里抚抚,不嫌其新,更不厌其旧——只觉其新,尚带东坡的飒飒英风;其旧,亦蕴涵东坡的浩浩慨叹。我当然知道,如今书院内能够存留下来的史痕旧迹,实在是不多了。(简直空空如也。)可是,对于苏东坡,那些世俗标准里的新旧、有无以至成败、得失,难道真有什么意义吗?论成败,他可谓"仕途经济""功名事业"的"败者"——后半生几乎就在越贬越远的流亡路上打发;然而,从黄州、惠州到儋州,坡公苏轼,难道不是完成了中华文化史千秋功业上最辉煌的凯旋吗?论新旧,他曾因反对滥施新法而受"新党"迫害,又因与"元祐旧党"司马光的不合而被一再外放;他的人格,巍巍乎旷于高山莽原又磊磊兮质似沙石泥土;他的诗文,出手即成典章而开一代新调新风——"新",不足言其锐猛,"旧",无以状其淹博;出道入儒,亦文亦侠,似佛若仙,既庄又谐。我喜欢一位友人信中的这句话:苏东坡,是中国古典文化留给我们最完美的一个人格,如一轮满月。完全可以说,数千年中华古文明所淬炼所陶铸的传统中国士人的完美形象,在苏东坡身上实现了最后的完成;而居儋三年,则是完成这一形象的最为精妙绝伦的一笔重彩!

眼前矗立的载酒堂,其缘起故事,本身就透见古来中国士人的嶙峋骨骼。北宋绍圣四年(1097年),新党上台后被贬为"宁远军节度副使惠州安置"而谪居惠州的苏轼,据说因写了一首《纵笔》诗,中有"报道先生春睡美,道人轻打五更钟"句而被小人禀报朝廷。宰相章惇见而怒曰:"苏子瞻尚而快活!"因名中带"瞻",遂下令将苏轼从广东惠州,再贬到海南岛儋州,"责授琼州别驾昌化军安置"。苏东坡以年逾六十的垂老之年,携子苏过渡海投荒,落籍儋州。在抵儋初时,受昌化军军使张中善待,邀住衙门官舍。不料,翌年——元符元年(1098年)四月,朝廷派湖南提举董必察访广西,至雷州时闻知东坡住在昌化军衙门,当即遣使渡海,临门相逼,将苏东坡父子逐出官舍!仿佛是古往今来一幕重复上演的闹剧:那些借天命营私的朝廷权势者,果真是对有才情见地、又有操守担当的一代士人菁英,以赶尽杀绝为快啊。"旧居无一席,逐客犹遭屏。"一时之间,东坡父子,几陷于上无片瓦遮头、下无立锥之地的荒绝境地!面对加之眉头额首的朝廷凌虐,东坡泰然处之。"结茅得兹地,翳翳村巷永。"当即买地结茅于城南桄榔林中,在当地儋人义助下,一个月后,建成可以栖身的五间茅屋,东坡以"桄榔庵"名之。与此前后同时,军使张邀苏东坡同访儋人黎子云兄弟。当时座中有人建议:在黎子云旧宅涧上建屋,作为东坡居所和以文会友之地。东坡欣然同意,当下解衣带头聚钱集资,并取《汉书·扬雄传》"载酒问字"的典故,命名为"载酒堂"。数月后,"载酒堂"落成。但见莲池荡荡,芭蕉三两,果香四溢;每于月明风清之夜高朋满座,桄榔竹影间书声琅彻——"载酒堂",又营造出瘴疠蛮荒之上另一片"苏子瞻尚尔快活"的自足天地!东坡曾有诗纪其事:"……临池作虚堂,雨急瓦色新。客来有美载,果熟多幽欣。丹荔破玉肤,黄柑溢芳津。借我三亩地,结茅为子邻。鴂舌倘可学,化为黎母民。"(《和陶田舍始春怀古二首并引》)

"桄榔庵"几座茅舍,今已不存;"东坡书院"则因历代的毁颓重建,不断扩展其遗址规模,得以幸存至今。如今新造的载酒堂中,似依旧例,立有苏轼、苏过父子与儋人黎子云相对坐立的三尊彩塑人像。虽稍嫌工艺粗率,也可想见当日"载酒堂"内东坡父子与当地士人把盏酬唱、相濡以沫的深挚情谊。我来到堂侧的纪念广场,一尊高达丈余的东坡笠屐铜像立于其上。东坡老人头戴斗笠,面容清癯,舒眉远眺;一手执书卷,一手挽襟袍,似乎刚刚趿着木屐跨过一片泥泞。南天艳阳下,映着苍苍天穹,须髯飘飘间,真有一种如南宋大儒朱熹所赞的"傲风霆,阅古今之气"。

我想起《东坡海外集》中《与侄孙元老书》中的这一段文字:"……海南连年不熟,饮食百物艰难,及泉、广海舶绝不至,药物鲊酱等皆无,厄穷至此,委命而已。老人与过子相对如两苦行僧尔。然胸中亦超然自得,不改其度。"好一个"超然自得,不改其度"!古人谓,"时穷节乃见"。晚年流落海外,"食无肉,病无药,居无室","风土疑非人世"。然而,一生精彩的苏东坡,却依旧立言精彩,立德精彩。居儋三年,身处逆境,苏东坡却以当地汉、黎儋人为助力,倡黎汉平等,劝农耕植,教乡人破迷信,改陋俗,求医药,挖水井;更敷扬文教,开设私学,自编经说,传授生徒,以"载酒堂"为讲学育才之地。数年之间,便使得这片"生理半人禽"的荒蛮之地,"听书声之琅琅,弦歌四起"(见《重修儋州志叙》)。记得当年,我在东坡诗中咏诵过的"儋耳山"下务农,时常听到当地农人说的土话,竟带着一种川蜀口音(比如把"去",发成"克"),他们自称说的是"东坡话"。我当时大为震惊感慨:苏东坡居儋仅三年有余,竟能使一种异域方言在此地生根流传——哪怕在语言学意义上,都是一种传播奇观哪!由此可想见,东坡当日在此地转化风俗、教化人心的力度与深度!(郭沫若先生也曾为文述及此"东坡话"。近年虽经学者考据,"东坡话"不为东坡所传,实为自汉代以来琼州驻军所流传延续的受北方语系影响的"军话",但当地百姓却习称"东坡话",可见"苏文忠公"深得琼人爱戴。)

不独此也。尤为难得的是,孤悬海外,苏东坡之心系天下、忧国忧民之志,则依旧不改;其笔力锐猛,风骨凛然。据南宋郎晔《经进东坡文集事略》的梳理,居儋三年,东坡曾写下《论商鞅》《论管仲》《论养士》《论青苗》等十六篇直言国事的"海外论"。倡以德治国的仁政;批判反智愚民、以严刑峻法为核心的暴政;直指新党变法中的"恃法以侵民",天下不得其利反受其弊;同时斥责海南当地的"贪夫污吏,鹰鸷狼食"……总之,凡关涉社稷,有益民众之言、之事,东坡无不勉力而行,奋笔而书,"精深华妙,不见老人有衰惫之气"。一部《东坡海外集》,今天披阅,仍可触感其蓬蓬脉动,耿耿丹心,炙热烫手。"百世下犹想见蛮烟瘴疠之乡,当日其事其人之有如是者,以是知公之大有道于是邦也。"(刘凤辉《居儋录序》)

漫步在坡公屐印留香的庭院，不由得想起自己一段与"苏氏智慧产权"有关的逸事。记得那一年，为编辑一本海外文集，记写一群为坚持理想而甘于承受苦难的国人故事，朋友们想找一个合适的封面题字人。我说：就苏东坡吧！苏轼，苏东坡——中国士人中"不死的流亡者"的一代祖先，一个屡经冤狱、贬谪、流放而不改其志、其度、其乐的硬骨头、大胸襟、厚肩膀！有谁比苏东坡，更合适做这样一本书的题字人呢！连夜伏案，自《三希堂法帖》翻检诸体苏字碑拓，竟仿佛天意怜我，书题中每一字，都可从苏字中顺利检出，并且一似挥笔而就，浑然天成！自此几成通例，海外出版的好几本相关集子，编辑都点名要集苏字为书题。一时之间，鄙人这个如假包换的苏氏后人，几乎成了"苏体碑帖集字"的专业户，每书每题，竟仿如祖先有灵，都能奇迹般地集齐诸字，一若墨痕尚新！

苏子有云："今世要未能信，后有君子，当知我也。"我仰望着蓝天白云辉映下的坡公铜像，目光隔代相交，心中默默叩念：苏老祖，请恕谅本家小辈后生的僭越冒犯——擅集苏字作书题，是我等海国漂流的一代士子，百世之后，愿以一身正气傲骨、活得洒脱出尘的坡公苏轼为绳尺为楷模，以承继古来中国士人重义守节，"为天下，济苍生"，"造次必如是，颠沛必如是"的那一脉幽幽香火啊。

万里归来，想起海外诸友的嘱托，我向着"东坡居士像"，深深鞠了一躬。

"载酒堂"后面重建的大殿，如今成为"东坡书院"历代幸存文物的陈列馆。历经劫难毁弃，"幸存"也者，实在是凤毛麟角。最吸引我目光的，是这一幅黑白阴文拓片——原为嵌于载酒堂前壁上的刻石

"坡仙笠屐图"。图中描画的是：东坡遇雨，头戴斗笠，咧嘴吟笑，挽襟侧身跨步，似在回应童稚的嬉闹。上面留有明代宋濂的题词："东坡在儋耳，一日访黎子云，途中遇雨，从农家假笠屐着归。妇人小孩相随争笑，群犬争吠。坡曰：笑所怪也，吠所怪也。觉坡仙潇洒出尘之致。百世之下，犹可想见。"这，或许是历史存留下来的，最真切的一个东坡居儋生活场景实录吧。

"从农家假笠屐着归"，仅此一语，就道出了东坡谪居儋耳当年，与当地民众水乳交融、摩肩相亲的情境。细细浏览东坡居儋期间的文字，你会发现，虽然天性乐观豁达，抵儋初时，东坡其实是充满了惶恐、绝望之情的。"使命远临，初闻丧胆"，"某垂老投荒，无复生还之望"，"此生当安归，四顾真途穷"，"久逃空谷，日就灰槁而已"。但是，与海南土地、民众的相炙相亲，成为对东坡灵魂心智真正的拯救。椰风蕉雨，黎歌峒调，一若赤壁江上的明月清风，徐徐抚慰着"罪人"的身心，点点滋润着诗家的健笔。读着坡公那些与当地儋人相往还的诗篇文字，就像面对沧海间浮来的满钵珍珠一样，随便拎起哪一颗，你都会看到饱孕天地精华的闪光。

"己卯上元，予在儋耳，有老书生数人来过，曰：'良月佳夜，先生能一出乎？'予欣然从之，步城西，入僧舍，历小巷，民夷杂糅，屠沽纷然，归舍已三鼓矣……"（《儋耳夜书》）这是记写上元佳节，东坡与登门相邀的当地士人一起出游，察民情，观风俗，尽兴而归。

"总角黎家三四童，口吹葱叶送迎翁。莫作天涯万里意，溪边自有舞雩风。"（《被酒独行，遍至子云、威、徽、先觉四黎之舍·其二》）这是坡公到四位当地友人家中做客，受到了黎家孩子口吹葱叶的迎送，感受到天涯海角的人情暖意。

"黎山有幽子，形槁神独完，负薪入城市，笑我儒衣冠。生不闻诗书，岂知有孔颜。倏然独往来，荣辱未易关……遗我吉贝布，海风今岁寒。"（《和陶拟古九首·其九》）这是一位不识孔子颜回，甚至言语不通的黎山男子，给东坡送上自己手织的吉贝布以御海岛风寒，让他从中看淡荣辱得失的故事。

当然，其中最著名的故事，自是东坡在田间路遇"春梦婆"而顿悟人生的趣事了。"符老风情奈老何，朱颜减尽鬓丝多，投梭每困东邻女，换扇惟逢春梦婆。"（《被酒独行，遍至子云、威、徽、先觉四黎之舍·其三》）据《儋州志》记载："春梦婆家居儋城之东，年七十余，常负大瓢行田野间，口歌《哨遍》，方馌食，遇苏文忠公。公曰：'世事如何？'婆答曰：'世事只如春梦耳。'公复曰：'何如？'曰：'翰林昔日富贵，一场春梦耳！'公曰：'然！'因号为春梦婆。"这一个"公曰：'然！'"几可亲见，坡公当日与乡间老妇在田畴上随性交谈、共悟人生的眉眼丰采！

大殿两边，如今重新立起了一座座历代诗人咏诵东坡书院的诗碑。也许是古迹无存，最显眼的，反而是近人邓拓、田汉、郭沫若等人的手迹碑刻。其实，所有古今诗作中，让我感触最深的，是南宋诗人杨万里《登载酒》诗中所言："先生无地隐危身，天赐黎山活逐臣。"是的，正是海南的熏风热土，黎山的挚语温情，熨暖了东坡一颗被放逐的赤子之心，使得最后走出人生低谷绝境的坡公，写下了这些同样在百世千载之后，仍旧熨暖着琼州土地人心的诗句——

"他年谁作舆地志，海南万古真吾乡。""我本儋耳人，寄生西蜀州，忽然跨海去，譬如事远游。""九死南荒吾不恨，兹游奇绝冠平生。"

子瞻子瞻——儋州儋州。当年的权势者，以此作为一种惩贬性的语咒；岂不知，天赐儋州，天佑子瞻，成就出这样一段中华文化史上人亲土地、土地亲人、暖人、成就人的奇缘奇观！政治可以讲"成王败寇"，文化却蔑视"成败论英雄"。"章惇"们今何在？除了耻辱柱上的宵小嘴脸，却早已在历史文化的记功册中灰飞烟灭了；而苏东坡与他的东坡书院，经历代劫后重建再重建，将会在这片热土上长存永续——历史，以其自身不动声色的逻辑，嘲弄了那些弄权自辱的"章惇"们！

我环望着庭院里熟悉的海南风物——挺挺的椰树，亭亭的槟榔，果实累累的荔枝、芭蕉、木瓜、菠萝蜜……早晨下过一场新雨，草木都氤氲在一片淡淡的薄岚之中。这些当年荫蔽、滋润过东坡的一花一树，如今也在我的眼帘中熠熠生辉。我知道，不可能存有任何"东坡手植"的古木了。摘一朵狗吊钟的花蕾夹进书页，喝一口东坡井的泉水润润喉咙，总想在这一片苏祖谪居的故地上，多留存一点记忆，多感受一点滋润。说来难以置信，仿若真的斯土有灵，就在我流连徘徊、寻寻觅觅之际，我忽然在庭院正中一棵菩提树的粗根上，看到了一朵据说是早晨刚刚萌长出来的硕大的白灵芝！"奇了奇了！这样巨大的白灵芝，平日就是在深山老林里，也难得一见的！"陪同的当地友人惊叹着。俯身端详，那半月圆的灵芝足足有小脸盆大小，被羊脂白玉似的底子托举着，厚实的身子波折着往外伸张——细细看去，神了，灵芝底部，正淡淡地袅起一缕细细的白烟！"你们看，她好像在微微抖颤，她真的还在往外长着呢！"同行友人七嘴八舌地议论着那道奇妙的烟气，"嘿，都叫坡仙坡仙的，这可是东坡土地上升起的仙气，迎接你们这些远客归来哪！"

我心里蓦地一热。

不，我不是客。我也是儋耳人。从1968年到1978年，我在这片亚热带土地上整整生活了十年。在那座"儋耳山"——儋州最高峰沙帽岭下的小山村里，我也曾有过一段凄凄惶惶的时光。"文革"遭劫，父兄系狱，整个家族受牵连，竟有大半成员进了"牛棚"。我是当时全村知青中"家底最黑"的人，又是"岁口最嫩"的人。却又因为习惯寡言独行，埋头干活读书而不听"招呼"，遭到某些知青"大佬"的"孤立"，各种骚扰几乎无日无之——灯油被灌水，书箱被撬开，书籍被偷走，日记被偷看，更散布各种当时可以随便治罪的流言。我的班长洪德江——一位当地老农工看在眼里，主动让我把小书桌搬到他狭小的家中，在我的大油灯边添一盏小油灯，从此，无论风雨阴晴，夜夜陪我读书。那时候，与父母家人音讯断绝。下乡头两年，别人有返城的"探亲假"，因须"划清界限"，我甚至无"亲"可探。洪班长家的茅草房、小窄屋，就是我的家；他的妻子阿花和两个孩子，就是我的亲人。大热天冲一碗白糖水，他们也留着等我回来喝一口；冬夜里总是煮好一锅热水，等着我下工回来洗澡歇息。每在冬雨泥泞中下工归来，远远望见洪班长家那座小茅房的幽幽灯火，就觉得心头熨帖踏实——那真是人生暗夜中，上天赐予我的最温暖、最亮眼的一盏烛照啊。还有疼爱呵护我的老队长梁汉武。他的长相一如他的名字，两道横挑的寿眉扬起一股英气。记得队里第一次分肉，因为惦记着我年龄最小和没有炊具，是队长自己"偏心"留下了我的"份儿"，让阿婶把肉烧好了悄悄给我送过来的。我平生发表的第一篇文字，也是被队长"逼"出来的。那时候，因为"出身太黑"，我唯恐为文罹祸，坚拒参与一切与文字有关的公众活动。那一年大会战,老队长绷着脸,给我下了道"军令状":"都知道你能写会画,我给你两天工,你不给我写出一篇在全团打响的稿子来,我唯你是问!"末了又扔下一句话:"怕什么怕?出身不由己,道路可选择嘛!"稿子,随后果真写出来并且"打响"了——不但全团广播而且登上了省报。我因之,自此步上了陪伴此生的文字生涯。记得上调那天,队长亲自送我出山,走了十几里山路,像送自己的亲生孩子一样不忍不舍,感叹着说:"真想把你小苏炜多留在身边几年,没想到逼你写作,反而就把你逼走啦……"他挥挥手,"当然,该让你飞走的,你就飞得远远的吧!"

倦鸟知还。那天,顶着大雨雷暴,我带着满腹牵挂,从大洋彼岸回到儋耳山下的培胜小山村。洪班长、老队长却都不在了,都因为年迈告老还乡了。我久久抚着班长家当日那间矮瓦房苍苔斑驳的木门,在队长从前带着我们一起挖掏扩深的老水井前,依依不舍地离去……我默默地,望着巍然仰在头顶的儋耳山。自然,我不敢跟老祖东坡光耀千古的巨椽之笔相比;但,"小苏炜"手中这支笔,也是蘸着儋耳的山魂水气走出来、写出来、立起来的。当年熨暖过坡公襟怀的黎山热土熏风,也同样洗涤过我的笔锋,陶冶过我的心灵。此刻,我又站在这片护拥过苏轼同样又护拥着我的土地上了。脚边的白灵芝,仿若神喻一般地,正袅袅升起一缕细细的烟气。"千山动鳞甲,万谷酣笙钟"。当初苏轼抵儋之日在梦中所得的这一诗句,一时之间,在我心头钟鼓齐鸣。

顶着炎赤的日头,摘下了头顶的草帽,我向东坡书院告辞。面向大殿门庭连同托举着她的土地,再一次地,我深深鞠了一躬。

2007年11月1日于耶鲁澄斋

"我的"西南联大

拂晓出门，不为赶路，只为刻意想把那一分晨早的清寂，留给身边的西南联大遗址。

我是前夜从呈贡新校区回到云师（云南师大）老校园的。知道住所侧畔就是联大旧址，便一下子放下了那份急迫瞻仰的心情。不料晚饭后在校门外散步，满眼车水马龙沸沸扬扬之际，友人随手一指，说："那里，就是李公朴遇难处。"凝眼望去，隔着马路，那是一条写着"先生坡"路牌的上斜窄街的街口。再想定神细览，友人一抬手，又说："闻一多先生殉难处，就是从对面这个街口走进去，那里有一座民盟立的石碑。"心头更是一抖。身上有民盟的血脉——老父曾为民盟老人（"文革"前任广东民盟的头儿），自小就随同父亲陪伴过每年南来越冬避寒的沈钧儒和史良先生等创盟先辈贤达。李公朴和闻一多——这两位同被黑暗势力暗杀于1946年的民盟先烈的名字，自然是自己从小就熟悉并景仰的；闻一多，则更是近期自己写作言及的几位长辈的亲近师友，又算是自己的文学同行先贤和杏坛前辈。作为民盟后人，李、闻两先生的遇难处，我当然应该好好凭吊一番。可是此刻，人流车流滚滚，市声嚣肆盈耳，完全没有了肃穆瞻仰的氛围与心情。于是就想：

不可以的,我不可以再在这样嘈杂的市声里面对联大遗址,面对——"我的"西南联大。

——这个"我的"由来已久,且让我慢慢道来。

晨光熹微。晨早空气清凉,鸟声叽啾清脆。踏着露水穿过草坪,一下子仰在眼前头顶的,就是那座由冯友兰撰文、闻一多题额、罗庸书丹的"国立西南联合大学纪念碑"。圆拱形的碑冠素朴井然,如若一位修身长立的贤者,清寂中,灰黑碑面仿如一位慈父的面容,默默俯望着我。

说起来,国中的"西南联大热",是自20世纪90年代末生发而一直持续至今的一个"现象级"的文化事件。连我自己也万万没有想到(是友人的多次提醒我才恍然的),一个不小心,鄙人,竟成了这个"跨世纪热点"的"始作俑者"之一——一颗小小的引燃"热点"的"火星"。有心的读者如果稍作浏览就会发现,今在厦门大学任教的谢泳先生的《西南联大与中国现代知识分子》一书(湖南文艺出版社,1998),以及谢泳于此前后的相关著述,正是近年"西南联大热"的引发点及学术集大成者。我与谢泳先生素昧平生,承蒙他日后在多次的文章、访谈里提起——"十年前我曾在《读书》杂志上读过苏炜先生一篇文章,印象很深,他说他在美国参加一个学术沙龙,有一次的主题就是讨论延安知识分子和西南联大知识分子的异同。我后来想到做西南联大的研究,就是从苏炜先生那篇文章受到启发的,非常遗憾的是,我至今没有能够见到苏炜先生提到的那篇文章。"(见谢泳《延安归来》)他提及苏某"十年前"的文章,即1987年我发表在北京《读书》杂志的《有感于美国的中国学研究——哈佛大学费正清东亚研究中心一瞥》一文。文中记述了我在1985年出席哈佛大学费正清东亚中心每周举办的"中国研讨会"的感受。我自己,也是得自于那些哈佛研讨会的启发,才真正开始关注起西南联大的话题的。

发现自己的人文血脉中,竟有重重的一支,直接得自于"西南联大精神"的荫护,却已经是许久以后的事儿了。我大学本科的母校——广州中山大学中文系,担任系主任达二十多年之久的吴宏聪老师,原来正是自1938年至1946年,在抗战时期的昆明受教并留校任教的"西南联大人",这也是我毕业离校后才知道的。说起来,我算1977年"文革"后恢复高校入学的第一批77级大学生中的"异数"——因为高考数学分数太低未入录取分数线,我成为在大学开学三个月后方被中大中文系"破格录取"的"特招生"(我当时是广东高校77级学生中仅有的两位"特招生",另一位是同时被招的学妹——诗人马莉)。这段特殊经历我已有另文详述,而在"人生的要紧处"一手改变我个人命运、缔造此桩被今人称为"匪夷所思的人生奇迹"的,正是当时任中文系系主任的吴宏聪和楼栖、金钦俊等几位独具慧眼的老师。中大四年,我担任了三年的学生文学杂志《红豆》的主编。那是一个百废待兴、新潮勃发的解冻年代。《红豆》发表的众多新锐勇猛的诗文、小说,使她一时间成为当时全国高校文刊中一面广受瞩目的旗帜,同时也马上迎受到来自不同层面的冷言与冷箭。但是,无论风声雨声,落到中大康乐园内,都成了琅琅的读书声和热烈的争鸣声。从《红豆》办刊一开始,系主任吴宏聪就是我最大的后盾,每次见面必给予我抚肩暖言的鼓励。从创刊时系里调拨的印刷资金到成刊后的全力支持,一直到风暴袭来时为我遮风挡雨,都极大地增加了我这个嫩竹竿儿"主编"的"底气"和定力。面对诸般压力,当时坊间对苏某人有各种吓人的传闻。但是，从系主任吴宏聪到系里各位教授师长——王起（王季思）、楼栖、黄天骥、卢叔度、陈则光、金钦俊，等等，都在各种场合主动站出来为我和《红豆》说话；王起、卢叔度两位老师甚至专门为此把我请到他们家里吃饭，真切诚挚地给我打气鼓励。我清楚记得这个场面：1982年早春，在中文系77级毕业的谢师宴上，吴宏聪老师举着酒杯特意走到我面前，在全体师生面前，高声说："这些年你为《红豆》、为系里做了许多工作，我要特别向你敬一杯酒！"我当时热泪盈眶，久久说不出话来。确实，中大康乐园四年，我和我的伙伴们尽情翔泳在一个理想高昂、精神自由的蓝天大海舞台。我的可谓起伏跌宕而又收获众多师友抬爱的人生历练，曾多次让我内心生出"何德何能"之问；同时，也听到来自各方友朋们的善意诘疑——在那个乍暖还寒的年代，各种时紧时松的政治风潮让多少人担惊受怕，凭什么，你老兄却可以无伤无损，全身而退？！此问，在若干年后，由今天已名满天下的北大陈平原兄给出了一个清晰答案。在中大77级中文系本科毕业后，陈平原成为吴宏聪、陈则光老师的硕士班学生。他的一篇研究生论文因为与吴宏聪观点相左而师生间发生争议，但此文最后却被吴宏聪老师推荐到《中山大学研究生学刊》发表；随后陈平原"背叛"中大，申请到北大读博士，也得到硕士导师吴、陈二师的理解和支持，"吴先生的这种胸襟，除了个人气质，还得益于西南联大的学术背景"。陈平原写道，"我之所以敢如此断言，是因为我到北大师从王瑶先生，偶然说起此事，王先生脱口而出：'那是很自然的，没什么好说。当年（在西南联大）朱自清、闻一多指导我们，也都这么做。谁能保证自己永远不错？要学生绕着自己转，导师、学生都没出息。'"（见陈平原《吴宏聪与西南联大的故事》）结果平原兄此文被吴宏聪老师读到后，他马上给平原写来一封长信,并附上回忆长文和图片,谈及他当年在西南联大中文系读研究生,每每学术观点与导师杨振声、沈从文相左,却受到老师的包容和首肯,毕业后杨振声反而和闻一多先生一起,推荐他留校任教的昆明往事。噢噢!原来,敝人的"中大式幸运"——吴宏聪等中大老师当年施予我身上的温热和荫护,正是得自于"西南联大精神"的遥远烛照啊!

更不必说,二十多年前到耶鲁任教,"西南联大"的"宏大叙事"更直接进入了私己的"个人叙事"了。具体说来,与生活在耶鲁社区、广受尊崇的张充和老人的忘年交往,让我直接且多面地受到"西南联大"流水渊源的润泽。被称为"民国最后一位才女"——著名的"合肥张家四姐妹"的四妹张充和,是作家沈从文的小姨子,"昆明"和"西南联大"曾在她的生命中刻下了深如沟壑的印痕(拙书《天涯晚笛——听张充和讲故事》中记录了许多相关的故事)。抗战年间,充和老人曾与三姐张兆和和姐夫沈从文同住,先住昆明,后住呈贡,与沈从文、朱自清一起,为当时的教育部编写高中语文教材。她虽属教育部编制,但从西南联大发薪。沈从文、杨振声、杨荫浏、朱自清、闻一多、金岳霖、梅贻琦、陈寅恪等等这些"西南联大"贤达的名字和故事,是我和老人的日常交谈中,几乎是如同空气流水一般无处不在、无所不及的存在,自己也时时如溯川流、如沐春阳一般地与这些民国先贤隔世相遇,他们的举手投足、音容笑貌甚至眉眼细节,常常活现在老人家的话风中,让我随时承受着"西南联大"绵延至今的雨露甘霖。我清晰记得那一回,充和老人拿出一枚玉色的黄印章,告诉我:这是闻一多当年在昆明治印时赠予她的。"闻一多?!"我当时捧着那枚由黄藤刻制的印章,仿佛濡抚着先贤的手泽,心中竟一时抖颤不已!

（顺及：描述过此段掌故的拙书《天涯晚笛》出版后，有学者曾专门对此黄藤印章作过考据，认定此章草体的"张充和"印章为魏建功所刻，赠者不是闻一多，此乃老人记忆有误——可备一说。）以致，中大恩师金钦俊老师不久前在他缅怀吴宏聪老师的一篇长文中，直接就把我和张充和老人的合影与《天涯晚笛》书影放到了文中，作为文内"中大师生与西南联大精神血脉相连"观点的一个佐证。

是的，无论于公于私，我都需要这么一个与"西南联大"相对独处的、属于"我的"早晨啊。

露气湿重，树影苍郁，我在重建复旧的联大老校舍间穿行。以铁皮和沥青纸覆盖的屋顶，泥红色的砖泥护墙，高条凳为桌、矮条凳为椅的连排课室，还有今天美国大学还在使用的连小桌面的简易木靠椅……朝露濡湿了我的凉鞋。脚趾被清冷的露水一激，心头不禁一颤：我似乎触摸到久远久远之前，同一片泥土上的同一片朝露，耳畔，是伴随着空袭警报声和防空洞哨子声的琅琅读书声……

"缅维八年支持之苦辛，与夫三校合作之协和，可纪念者，盖有四焉……"我默默吟读着冯友兰撰文的《西南联大纪念碑》上的文字，"……唯我国家，亘古亘今，亦新亦旧，斯所谓'周虽旧邦，其命维新'者也！旷代之伟业，八年之抗战已开其规模、立其基础。今日之胜利，于我国家有旋乾转坤之功，而联合大学之使命，与抗战相终始，此其可纪念者一也。"

眼前，似乎那支于烽烟血火之间，由闻一多、曾昭抡等十一位教授带领，1938年早春从长沙出发，有国军护卫的"湘黔滇步行团"远征队伍，正穿越湘水黔山，徒步三千余里，人影幢幢、步声跺跺地向我走来。行伍里的文科学生穆旦（我一向最喜欢的中国现代诗人之一）

怀揣一本小型英汉字典，边行军边背单词，背一篇，撕一页，身后纸片飘飞……

"……文人相轻，自古而然，昔人所言，今有同慨。三校有不同之历史，各异之学风，八年之久，合作无间，同无妨异，异不害同，五色交辉，相得益彰，八音合奏，终和且平，此其可纪念者二也。"（冯友兰《西南联大纪念碑》）

幽黑如镜面的《西南联大纪念碑》上，似乎隐现出北大、清华、南开三校校长蒋梦麟、梅贻琦、张伯苓清癯的面影（云师大门边新矗立的三校长半身塑像，当时我竟没有留意）。我想到从文献资料里读到的——从1938年12月实际就任联大校长、一直具体任职至1946年8月联大结束的梅贻琦先生，在1941年4月8日的一段日记："上午九点余有预行警报，初未介意。十点余赴校办工。……12:45紧急警报，1:05敌机二十七架由南而北，炸弹数批连续过后，而见城中起黑烟二三处，趁便办工。4:45解除……"

这"起黑烟二三处，趁便办工"一语，所透现的，可不正是中国一代士人国难当头而弦歌不辍、泰山崩于前而色不变的英风伟气！可是此刻，我脑海里历历闪过的，却是耶鲁时光，张充和老人时常向我言及的那些西南联大跑警报的逸事——人往城外跑，他却往城里去，抱着宠物大公鸡跑防空洞的金岳霖；慷慨陈言"文化不可以亡"，"救国经世，尤必以精神之学问为根基"的陈寅恪，却笑称跑空袭警报为"见机而作，入土为安"。还有，充和老人曾向我谈起她和梅贻琦一起去探望音乐教授杨荫浏，而杨荫浏"absent-minded"（跑神、不专注），夹着个算盘低头计算音乐节奏，对他们连连点头说着"对不起，对不起"却视而不见、匆匆而去再猛醒折返回头的好玩趣事。于艰危困迫中的坦豁气度，幽默以对命悬一线的血火危情，在国难中相濡以沫却不脱个性的自由真率……一时之间，生动的声口，活泼的人物，联大校训"刚毅坚卓"的活水清澜，就在我眼前有声有色地流淌、荡漾、弥散啊。

步过苍松翠柏掩映下的李公朴先生墓，闻一多衣冠冢，"一二·一"民主运动四烈士墓，细览着冯友兰撰文的纪念碑上镌刻的那八百三十二位在抗战中牺牲的西南联大学生的名字（据统计，抗战中联大学生牺牲的实际人数为一千一百多人），我放缓脚步，凝神屏息，默默地向每一位牺牲在抗战血火中的先烈先贤致意。当我在"一二·一四烈士墓"旁的影壁上读到冯至先生留下的悼亡诗句，心中铿然一亮——冯至！冯至！心头一时竟抖颤不已！原来这位曾与我熟悉交往过的老前辈老诗人的人生印迹，竟也铭刻在这里！早年间就曾被鲁迅生先称许为"中国最为杰出的抒情诗人"的冯至老师，当年曾为西南联大德语系的教授；他曾在我任职中国社科院文学所之时，担任外文所所长之职，广受大家的敬重爱戴；我因之有机缘得识这位文坛贤长，亲见冯至老先生的傲立身姿和傲世风骨。我轻抚着诗碑上"冯至"的名字，不禁眼热心折……

因了张充和，又因了冯至，"西南联大"于我一时变得如此贴心亲近，可触可感，仿佛此刻的晨光晨雾里，正流走闪烁着一个个先辈贤达的话音光影；仿佛围绕"西南联大"的那一连串惊世数字——立校八年，培养出了两位诺贝尔科学奖获得者，四位国家最高科学奖获得者，一百七十一位两院院士和一百多位人文大师……冰冷的数字一下子变得如此鲜活灵动，炽热滚烫，我忽然明白：坊间常言的"中国教育的珠穆朗玛峰"，其惊世之山体峰巅，竟是由下面这些有血有肉、有歌有哭的名字，一个一个，累叠起来、堆砌起来的——闻一多、朱自清、冯友兰、沈从文、梁思成、林徽因、金岳霖、陈省身、钱钟书、钱穆、费孝通、周培源、华罗庚、赵九章、朱光潜、吴宓、潘光旦、吴晗、陈寅恪、袁复礼、冯至、吴大猷、吴有训、叶企孙、王力、卞之琳……还有——杨振宁、李政道、朱光亚、邓稼先、彭佩云、汪曾祺、穆旦、巫宁坤、郭永怀、何其芳、任继愈、何兆武、李长之、黄昆、叶笃正、吴讷孙、陈忠经、屠守锷、吴大观、王浩杨、陈芳允、王希季、邹承鲁、戴传曾、吴庆恒、谢玮、凤林景……

上面的每一个名字后面，几乎都藏着一个史诗级别的故事。我却在其中，反复找寻一个似乎不起眼的、多少坊间流行的"西南联大"名人录都没有他、连"两弹一星"元勋名录上也没有他的、今天已很少为一般人知悉的名字——赵忠尧。

这是一个多少年来一直让我揪心动容的名字。

我的目光，久久停留在"赵忠尧"与"西南联大"相关联的这样一个长卷画面上——

1937年7月，在北平沦陷于日寇铁蹄之后，清华大学物理系教授赵忠尧恳请同事梁思成为他开车，趁傍晚天黑潜入清华园，抢救出约五十毫克的放射性镭。为了保住这份极其珍贵的高能物理材料，他把盛装镭的铅筒放在一个咸菜坛子里，混在逃难人群里，抱着坛子往南方逃亡。为了躲避日伪军的盘查，他弃大路选小道，弃舟车选步行，昼伏夜行、风餐露宿，一路上饥寒交迫，几乎丢掉了所有的行李，而咸菜坛子却紧紧与他相伴。辗转跋涉两个月后，当他破衣烂衫、蓬头垢面地来到长沙临时大学报到时，因为拄着一根木棍，手提咸菜坛子，几乎要被门卫认作乞丐而驱赶。当他捧着舍命救出的盛装放射性镭的咸菜坛子,奉送到梅贻琦校长面前时,梅校长紧紧搂着眼前的"乞丐",禁不住泪水长流……

每回念想起这段故事,总难禁盈眶的泪水。

赵忠尧(1902—1998),专治科学史的友人曾告诉我,赵忠尧其实是第一个真正被西方学界确认的、曾被诺贝尔科学奖忽略错过的中国人。他是中国核物理、中子物理、加速器和宇宙线研究的先驱者和启蒙者。早期在留美期间,赵忠尧对 γ 射线散射中反常吸收和特殊辐射的实验发现,在正电子、反物质的科学发现史上有重要意义。他在1930年成为历史上首名捕捉正电子的人,其研究直接促成他的同学、物理学家卡尔·戴维·安德森于1936年获得诺贝尔物理学奖,安德森在晚年承认,他的研究是建基在赵忠尧的基础之上的。李政道甚至如是说过:"凡是从1930年代到20世纪末,在国内成长的物理学家,都是经过赵老师的培养,受过赵老师的教育和启发的。"

然而,这样一位国难当头为延续国家科研命脉舍命的科学家,这位杨振宁、李政道的老师,在全部二十三名"两弹一星"元勋中,至少有八位是他的学生(包括:王淦昌、赵九章、彭桓武、钱三强、王大珩、陈芳允、朱光亚、邓稼先)的伟大科学家,直到1998年他以九十六岁高龄辞世之时,始终籍籍无名。赵忠尧身历坎坷而多彩的人生却不求闻达,晚年生活一直过得饱满充实,从容安谧——八十七岁高龄还在参与北京正负电子对撞机的建造,亲自在北京谱仪鉴定书上签字,九十岁上还在蹬着自行车出入中关村,他因之广受晚辈师生的亲近敬爱,得享高龄仁寿。对此,身边师友称赞他"习惯于默默奉献",学生杨振宁则称誉他"诚朴的处世态度"。在我看来,正如太史公在《史记·李将军列传》所言:"桃李不言,下自成蹊。此言虽小,可以喻大也。"司马迁所述，正是汉代飞将军李广虽多年战功显赫却屡屡不被朝廷授勋嘉奖之史实。唐代学者颜师古如是解释"桃李不言，下自成蹊"：桃李繁茂，却不会说话，从不自我宣传，但是吸引到桃李树下来的人却经常不断，树下的野地也会自然地踏出一条路来。做事力求实际，不尚虚言虚名虚声，最后反而实至名归。这，不正恰恰是近年"西南联大"的史迹，随着时光推移愈加光华显彰，所昭示我们的吗？如玉温润坚挺，如山默立端重，却不吝殿阁高名，不炫金艳浮华——此"大"，正是"大美不言"之"大"，"此中有真意，欲辨已忘言"之"大"；也正是"西南联大精神"——"刚毅坚卓"之"大"啊！

"万物并育不相害，道并行而不相悖，小德川流，大德敦化，此天地之所以为大。斯虽先民之恒言，实为民主之真谛。联合大学以其兼容并包之精神，转移社会一时之风气，内树学术自由之规模，外获民主堡垒之称号，违千夫之诺诺，作一士之谔谔，此其可纪念者三也。"（冯友兰《西南联大纪念碑》）

"八载弦歌惊劫火，一方净土醒迷舟。"（引自拙诗。）晨风清爽，天色已朗晴敞亮。独自徜徉在1988年"西南联大"建校五十周年纪念时所重修重建的遗址公园，我轻抚着"师林记"那本翻开的铁铸的大书，吟想着"西南联大教授名录"后面记述着那一个个惊世警世的故事。新建的"三校亭"上刻的校训"刚毅坚卓"尚墨迹新润，夏日的初阳刚刚洒满茵茵草坪，我傍在青铜铸就的联大师贤群像的边上，请一位过往晨练的学生，为我按下了快门……

2017年3月19日晨于康州衮雪庐

敦煌梦寻

好熟悉的大戈壁、大沙丘！好熟悉的骆驼刺、馒头柳！……仿佛是长在骨头里的记忆，望着车窗外忽闪而过的浩莽景色，我心里头在惊叹，在啸叫。

不是诳言——我确曾在某个冥冥中的时空维度里抵达过这里。若干年前，我的中篇小说《米调》（正式出版时扩写成长篇），曾被中国小说协会选入某年度"最佳中国小说排行榜"，写的就是一个与敦煌相关的、发生在大西北沙漠戈壁上的传奇故事。我当时对所有"大漠孤烟扑面而来""视野开阔，心胸远大，气吞万里"的评论一概保持沉默——因为那是一个难言的隐衷：其实我从未踏足过敦煌，全无在大漠荒沙里求生存的经验；个人出生和成长的经历，更完全与"大西北"风马牛不相及。读过拙作而又知晓底细的友人全都为此讶异不已，调侃我说：大概你的前世，就是个敦煌人吧？那些个"黑河故道""汉长城土垛""地窝子"和"骆驼粪"的逼真场景，肯定是来自你血液里的"基因记忆"吧？

奇特的是，当我真实置身于黄沙枯河和沙崖石窟之时，把我此行到敦煌"寻梦"的奇特因由，告诉陪我一起吃饭聊天的"老敦煌"

们——敦煌研究院的老哥老姐们,他们倒一点儿也不表惊诧,纷纷说道:日本作家井上靖从未踏足过敦煌,早就写出了他的成名作《敦煌》呢!我们这些在莫高窟滚爬过来的人,都恍惚会有这种错觉:一脚踏入敦煌就再也离不开这儿了,仿佛自己的前世,就是属于这里的!

某位西哲说过:"一切历史都是当代史。"现实的"敦煌叙事",可不就把历史的"基因记忆",附丽在每一个"敦煌人"身上了嘛!看来佛门的"轮回说"并不玄奥——"历史",果真就可以用"前世""今生"和"来世"定义的啊。

我的这一点领悟,是在整个敦煌寻梦之旅中,点滴累加而渐渐变得丰厚充实起来的。

"……敦者,大也;煌者,盛也。"这个关于"敦煌"的义解,或许是每一个"老敦煌人"挂在嘴上的常言。当千里迢迢专程陪同我们自上海飞回敦煌的陈菊霞老师,用她的西北口音向我道出这两句解语时,我竟一时没听明晰。其实,为了敦煌此行,我不光积攒了"前世"的缘分,更结上了今生与"老敦煌人"陈老师的大缘——这本身就是一个故事:两年前的韩国首尔"敦煌与丝路国际研讨会",我因为一篇三十年前发表在北京《读书》杂志的旧文被邀请与会(该文曾简略提及:美国及西方之"汉学"与"中国学",均有一个古老源头——"敦煌学"),在会上与一众真正的敦煌学专家结缘。当我听说,眼前学养滔滔、仍是风华正茂的陈菊霞老师,已在敦煌工作了二十三年;掐着指头往回算,我很难想象:她的青嫩年华与那黄沙冷窟的艰辛——这是什么样的二十三年?!实在掩饰不了自己的由衷敬意,便脱口而出:我崇拜每一个敦煌人!菊霞老师马上回了我一句:那我以后,一定要陪你去一趟敦煌!"真的吗?你是说真的吗?"我惊问连连。"当然真的，一言为定。"她的话音沉稳。韩国首尔的初雪，映照着她素净清雅的脸庞。

世事苍茫，也幻如白云苍狗。一年半以后的去年夏天，我访学上海大学，在一次讲座毕随教授们到教工餐厅吃午饭，奇迹一般，陈菊霞教授竟忽然出现在我面前。原来，她和夫君不久前刚刚都被上海大学作为特殊人才从大西北引进到了上海。一席惊喜寒暄之后，她竟没忘记当日在首尔与我的约定，说："我当然不会失约，明年你从美国回来，我一定会陪你去一趟敦煌！"

果真是"世间所有的相遇，都是久别重逢"啊！敦煌之梦，两洋之隔，万里之遥，一诺千金的陈菊霞老师，于是真的在今夏那个新雨沐浴后的早晨，与我和妻子一起，自上海虹桥机场登机飞往敦煌。

热浪滚滚。扑面而来的沙崖蓝天——焦黄与碧蓝的反差，令人心折。白杆绿冠的穿天杨，齐崭崭地把我的视线引向了党河对岸的黄土石窟。拜"专家陪同"之赐，菊霞老师早为我们预订好了A级参观票（为了石窟的保护，分A、B、C三级来控制参观人流和观赏类别）。先是室内坐卧舒适，欣赏了制作精美大气的、介绍敦煌史迹和莫高窟珍品的三百六十度环幕电影；然后戴上耳机，随着莫高窟慢慢行进的人流，听着娓娓低语的讲解，仅以导游的手电筒之光，进入每一个编了号的洞窟，观赏创痕斑驳又繁复华美的佛像、藻井和壁画。黄褐混凝土以"甩砌"方式重建的洞窟门户和多层栈道（据说是20世纪60年代梁思成受周恩来总理之托的保护性设计），每个编号的洞窟前都镶嵌着密封严实的带锁合金门帘（据说是20世纪八九十年代以香港邵逸夫先生捐赠的资金打造）。偌大的莫高窟，景观素朴，自然融和，虽不乏新修新建，却没有一般热门旅游景点所见的俗媚包装及商业气息。设施合理简捷，讲解细致专业。看得出来，每一个参观程序，每一个保护细节，都经过了精心设计和演练打磨，显得用心用力而又不动声色。已经进入旅游旺季，在穿插有序的人流和达到国际化高水平的管理后面，我看见了一双双随时凝神关注的眼睛，和一双双日夜专注护持的双手。及至下午，陈菊霞老师在特别陪同我们参观完几个专为我们开放的洞窟后，又带我们参观了正在盛大展出的"吐蕃历史文物专展"——在如此僻远的地域，来自全国各地和世界各国博物馆的吐蕃历史精品，以惊人的超高质量和非凡的布展规模，震慑了所有参观者的耳目，"这不光是国家级的展览，简直是世界级的展览……""这样层级的展览，非敦煌无以为之……"我听见身边行走的学者专家的啧啧惊叹。我忽然明白：把每一项与敦煌有关的工作都推向精细的极致、完美的极致，这，或许正是"敦煌人"之为"敦煌人"的基本特质吧？敦煌——莫高窟，作为最早被联合国认定的世界文化遗产的莫高窟，于荒漠风沙间奇迹般屹立千年而不倒的举世闻名的艺术宝库，她，果真是被岁月尘烟无情摧残掩蔽，又被世道人心、志士良人"捧在手心怕摔了，含在嘴里怕化了"的世纪宁馨儿啊！

站在枯涸的党河岸边，望着漫漫黄沙中耸立的莫高窟，九层塔楼，孤高而深邃，我一时竟有无语失语之感。当今时世，关于敦煌的介绍文字可谓浩如烟海。行前，我也曾抱着厚厚的几本敦煌专著，提前做足了案头功课。可是此刻，当我真实地而不是想象地、亲炙地而不是书本地踏足在敦煌的土地上，遇到暖土暖人暖事，见着奇闻奇事奇迹，还是处处感到触目，虐心，让我惊叹，让我动容。

首先,还是回到那个"基因记忆"的话题吧——仅仅一天的莫高窟游赏(因为有菊霞老师的陪同,我们比一般的 A 票游客多看了好几个洞窟),敦煌之深、之大、之厚、之全,果真是令人仰之若星空河汉啊。走进任何一个看似方圆狭小的洞窟,随着专业讲解员的手电筒光——彩塑壁画,藻井地砖,经变图礼佛图,本生画尊像画,伎乐飞天,羽人神兽,菩萨天王金刚力士,伏羲女娲东王公西王母,维摩诘文殊佛,修行者供养人,降魔成道,教化众生……鸿蒙时光和经典故事,在你眼前流泻滚荡,你会惊觉:小小一窟,即如一本大书,一片汪洋,一顶星空,你几乎要穷尽半生才能探清其中奥秘,悟出此中真谛;可是,仅仅一个莫高窟("敦煌石窟"还包含了西千佛洞,肃北五庙石窟,安西榆林窟,东千佛洞等石窟),至今就保存了七百三十五个石窟,四万五千平方米的壁画和两千多身彩塑,那是一个何等深广浩瀚的大千世界!难怪通览中西文明的季羡林先生的话,说得如是斩钉截铁——

"世界历史悠久、地域广阔、自成体系、影响深远的文化体系只有四个:中国、印度、希腊、伊斯兰,再没有第五个;而这四个文化体系汇流的地方只有一个:就是中国的敦煌,再没有第二个。"(引自不一《"敦煌女儿"樊锦诗》。新华每日电讯 2019 年 9 月 5 日。)

置身莫高窟实地,我才惊觉:作为四大文明体系汇流之处的敦煌,其实也是诸般人文景观、艺术精粹汇流而随处让人拍案惊奇的处所。比方——建筑:原来敦煌壁画,乃中国古建筑的一大宝库。建筑界一代宗师梁思成先生 1951 年发表的《敦煌壁画中的中国古建筑》一文中说:"敦煌壁画中,建筑是最最常见的题材之一,因建筑物最常用作变相和各种故事画的背景。在中唐以后最典型的净土变中,背景多由辉煌华丽的楼阁亭台组成。""壁画中最奇特的一座城是第二一七窟所见。这座城显然是西域景色。城门和城内的房屋显然都是发券构成的……"1937年6月,由梁思成和林徽因率领的中国营造学社的一个调查队,就是以莫高窟六十一窟的"五台山图"作旅行指南,在南台外豆村发现了当时国内已知的唯一唐代木建筑——佛光寺正殿的。

——音乐。著名作曲家谭盾曾在莫高窟留连了六个多小时,他震惊于此地洞窟里竟有三四千幅壁画与音乐有关。唐代壁画上的乐队已经有几百人的规模了,他感慨:巴洛克时期形成的西方交响乐不过三五百年的历史,看到敦煌壁画,他恍然惊震:整个世界的音乐史,需要因敦煌而改写!更不必说,由音乐而舞蹈,以伎乐飞天和反弹琵琶的飘逸影姿为象征——"敦煌乐舞",已成为今日中国舞蹈行当里一个全新的舞蹈学派了。

——服饰。著名作家沈从文改行做中国古代服饰的研究,其最大量最直观的古人服饰的原始形象和视觉材料,大多来自敦煌壁画。沈从文在《中国古代服饰研究》一书中,曾多次提及敦煌,如《北朝敦煌壁画甲骑和部卒》《隋敦煌壁画进香妇女》《唐贞观敦煌壁画帝王和从臣》等多个敦煌壁画里的服饰专题。(但沈从文在撰写这些专题时并未到过敦煌,1978年8月,他终于由妻子和友人学生陪同,圆了造访敦煌莫高窟的夙愿。)

——书法。曾经听过"敦煌是中国书法的基因库"的说法,略感纳闷:记忆中的敦煌壁画,上面只有很少的文字留存啊。此次踏足敦煌,才诧然获知:莫高窟十七窟的藏经洞自1900年被发现后,其保存的遗书包括了由晋、十六国一直到北宋的四万多卷墨迹,是研究中国文字楷化时期的历史及其书法艺术最丰富、最系统的第一手资料。其写经书法数量之巨大、书体之多样、功力之深厚、延续时间之长，完整呈现了中国书法隶变完成后向唐楷过渡的全过程，是中国书法史上最完整、最鲜活的墨迹档案馆——果真是一座庞大的中国书法基因库呀！而且，由于敦煌地处高寒干旱的沙漠戈壁，敦煌遗书打破了纸寿千年的宿命，奇迹般地保存了一千六百多年的古代墨书真迹，而没有像中国其他地方的古代文书那样，屡屡遭遇战乱兵燹或腐朽霉变的命运。这，实在是中国书法的一大幸事。

甚至，医学。有关医学的遗真也散落在敦煌众多壁画、古卷、彩塑等等文物中，内容从阴阳五行、肺腑理论、诊断方法到内、外、妇、儿等临床各科，从本草、方剂到腧穴、针灸，涵盖医学各个方面。出土文献中，竟有关于《素问》《伤寒论》《针灸甲乙经》等十三类著作，涉及十八种诊法理论。北魏第二百五十四洞窟，甚至描绘了一个方外人能够通过叩听骷髅之声，辨别性别、死因；北周第二百九十六洞的窟顶，描述了医生为半卧着的患者精心诊脉；盛唐第二百一十七窟，绘有医生带着医童赶来为患儿诊病的《得医图》……

——"基因记忆"？"基因记忆"？……艳阳当空，行走在钻天杨掩映的莫高窟步道上，眼前的荒漠黄沙一时浮凸着霞彩七色。对敦煌的了解越多，夹带着惊诧和惶惑的欣喜就越大——本来，于我带有某种宿命色彩的敦煌乃"前世基因记忆"之说，置身此地，你会恍然惊悟：这里，果然真个是当今中华文明的"前世基因记忆库"——在琳琅壁画和庄谐彩塑之间，中华文明形态的各类"基因呈像""基因记忆"与"基因异变"俯拾皆是，简直是滔滔滚滚而来，逼眼劈面而来啊！

终于来到了莫高窟十七窟。听完壁画解说，我待参观人流散漫行出，特意留到了最后，默默站在那个闻名遐迩的藏经洞口，想独自凝神片刻，却也得到那位学识丰睿的讲解员的默许。日光斜照，洞清空寂，仅留些数壁画残迹，我一时不禁浮想连连。

读过许多世人诅咒王道士的文字。那个国衰势颓、兵荒马乱的年月，将藏经洞发现的稀世经卷售予外国人，以致国宝珍稀流失大半，于国于公，于文于史，那都是一道深深的耻辱疤痕。但，世事如云，云卷云舒。于今之你我，已然走出那个国衰势颓的时代了，已是站在全球化视界——"人类命运共同体"之人了；我等，或可获得一个高于耻辱、也高于民族情感的观想视角了。今天藏于伦敦大英博物馆、巴黎吉美美术馆以及美国、俄国、日本诸方博物馆的敦煌藏经洞宝物，有幸避过了20世纪诸般战火、劫难而得以全身而退，可以以相对完整的风貌呈现于世人面前，她——敦煌藏经洞遗真，已成为人类文明共同拥有与共同享用的巨大宝库，这真令人感慨万分。且以陈寅恪先生的两句话"敦煌者，吾国学术之伤心史也""敦煌学者，今日世界学术之新潮流也"或可点明，这确实是人类文明史上曲折的一页。

然而，连我自己都没有想到，莫高窟之行，最让我一再回头寻觅而久久不舍离去的，不是那些斑斓繁丽的洞窟，却是眼前这座低矮老旧的、由古寺院改建的四合庭院。

这是自20世纪40年代一直持续到八九十年代，原来"敦煌艺术研究所——敦煌文物研究所——敦煌研究院"的旧院址所在。庭中两棵树皮深如沟壑的合抱粗的老槐树，石磨台上圆滚滚的老石碾子，以及屋宇下木轮残缺的简陋发电机轮叶，桩桩件件，都在向我这个海外游子述说着一个久远的落地生根的故事。我在首任院长常书鸿先生和继任院长段文杰先生的办公室前盘桓良久。小桌上那绿盖子的弯臂旧台灯似还亮着,画架上的那幅风景油画稿似乎油彩还未干,地上的缺角方砖,似还留着他们俩的足迹体温……从1944年、1945年前后脚踏入敦煌,他们俩就把此生交给了敦煌,在这里生根散叶,再没有离去。

"斯氏伯氏去多时,东窟西窟亦可悲。敦煌学已名天下,中国学者知不知?"在巴黎留学时读到伯希和出版的敦煌壁画图录,再读到民国元老于右任先生于1940年代寻访敦煌千佛洞后写下的沉痛诗句,这是刺激常书鸿决意在留法归国后立即投身保护敦煌事业的最大动力;并且随即,得到当时国民政府于右任、陈立夫等元老贤达的鼎力支持。从此,风沙雨雪披沥,饥寒困绝煎熬,官逼妻离要挟,以至"文革"批斗摧残,都没有让他后退,低头,屈折,放弃;大漠黄沙冷窟之间,他以非常有限的资源,带领非常有限的追随者,赤手空拳,从无到有,从清除积沙开始,修补洞窟,抢救壁画,争取各方奥援,终于以"有限"赢得"无限"——使得敦煌莫高窟这一人类文明至高无上的艺术瑰宝,获得了得以延续千年并必将照亮永恒的浩博生命。常书鸿,因之被世人誉为"敦煌保护神"——这五个字,今天就镌刻在他的可以俯望莫高窟的高坡墓碑上。

在艰难存留下来的敦煌民国时期的老旧图片前,我久久瞻望着以亲笔墨迹"敦煌之梦"题写的三幅段文杰先生的泛黄照片——从青发玉颜的侧影,白发满鬓的倦容,到额头爬满深沟皱纹的老貌,自1946年始,这位艺术家型的第二任老所长先后共临摹各洞窟不同时期的壁画三百四十多幅,创下了莫高窟个人临摹史上多个第一。他所临摹的《都督夫人礼佛图》,更是复原临摹的典范传世之作。段文杰,于是被称为弘扬敦煌艺术的首席标杆性人物。三幅画像从青壮、中年到暮年，只有上面那双微微眯张着的眼睛，目光一如既往的专注、执着而澄澈，正如他在画像下的夫子自道："坚持下来，从不后悔。"

还有被称为"敦煌的女儿"的第三任所长樊锦诗。这位在这座庭院里从豆蔻少女成长为栋梁大树的江南女子，同样把自己几十年的青春热血浇灌到敦煌，同时又坚持在市场化大潮中把商业化、娱乐化的诱惑屏蔽于敦煌，与此同时，又将现当代的管理体制和国际视野倾注于敦煌；把敦煌艺术、敦煌考古、敦煌文献、敦煌科技保护等跨学科研究领域融会贯通，使得今天身处僻壤荒沙的敦煌研究院，就像位居京师心脏的北京故宫博物院一样，成为一个可以代表国家民族文化最高文化品位的、可与当代世界一流的艺术与学术研究机构及顶级博物馆比肩平坐，频繁进行交流对话的超一流处所。（就在我造访此地前不久，上一任敦煌研究院院长王旭东，接替退休的单霁翔，出任了北京故宫博物院院长。）

我在敦煌所旧庭院里徘徊流连。掏出身边的纸头，反复吟读和勉力记下那个曾在此院工作生活的员工名牌上的名字——那些出发前我"做功课"而熟悉的敦煌人名字（比如常、段、樊，等等），还有那些世人完全不知不晓的名字——范华，窦占彪，李仁章，刘鲽，马金花，李丁陇，霍熙亮，李云鹤，何山……我知道自己的笔头是笨拙的，记录是残缺的，可我还是执拗地记着、写着，似乎只有这样一笔一画地留痕，才能让我可以触摸到当年"莫高人"（这是敦煌人的自称）的些许足迹和体温。以至妻子在庭院展厅转完一圈回来，惊问：你还在这里记什么？这些材料上网都可以找到的啊。我才窘然收笔。

——网上。是的，如今网上的敦煌文字早已如山如海。此刻，我还是忍不住再一次从网上记下——如今，莫高窟对面山坡的敦煌研究所墓地上，黑色的墓碑，还记录着那些埋骨此地的敦煌人的名字：李承仙（1924—2003，常书鸿夫人）、龙时英（1914—1984，段文杰夫人）、李复（1924—1986）、赵友贤（1930—1991）、陈明福（1932—1986）、陈亦农（1963—1997，陈明福之子）、杨汉璋（1911—1997）、刘曼云（1933—1991）、许安（1936—1976）、潘玉闪（1931—1989）、吴小弟（1927—1997）……

不错，敦煌今日的安居条件早已今非昔比，但却依旧是一个僻远荒寒之地。记得当年，到敦煌临摹壁画的张大千离开时，曾半开玩笑地对常书鸿说："我们先走了，而你却要在这里无穷无尽地研究保管下去，这是一个长期的——无期徒刑呀！"是的，上面这些远远不完备的残缺名字，也包括这次由陈菊霞老师引见，连日来陪同我们在敦煌一起游览、便餐的张先堂、张元林、夏生平、吴军和刘艳艳夫妇、曾俊琴、李珊娜、杜永卫……这些或非凡或平凡的名字——他们和她们，一个又一个，一批又一批，后浪追着前浪，都是心甘情愿并甘之如饴地，为了敦煌的事业给自己"上刑"——甚至上"无期徒刑"的可敬的人哪！

"太阳下山，紫色的暮光隐没在慕士塔格峰西山坡的后面。一轮满月升至冰川以南，我走出帐篷，踏入浓浓夜色，欣赏着这片我在亚洲大地上所见过的最为壮观的景象。"这是当年涉足敦煌的瑞典探险家斯文·赫定留在《亚洲腹地旅行记》的一段话。

"To be? Or not to be?"（生存？还是毁灭？）一千九百年建窟以来，敦煌千佛洞的浩茫上空，时刻与始终，都笼罩着、回荡着这一道哈姆雷特之问。"毕生与毁灭抗争，为了让它保存得久一些。"敦煌几日，这是我听到的莫高窟守护人们说的最多的一句话。以有限守护无限，以肉身对抗永恒，以个体的几十年维系美与价值的千万年——敦煌，以其三生三世的繁华、衰败与重生,"标心于万古之上，而送怀于千载之下。"(《文心雕龙》)这，让我想起大漠上那些"活着千年不死，死了千年不倒，倒了千年不朽"的胡杨树群落。巍巍莫高窟，漫漫黄沙，迢迢来路，这样一个一个、一队一队如同胡杨树般摧折不倒、前仆后继的人群，黄土荒沙背景下他们像明月一样素朴沉静的脸庞——这，才是我在党河岸上、千佛洞边这片"西出阳关有故人"的大地上，见到的"最为壮观的景象"啊。

向晚时分，从"吐蕃历史"展厅走出来，一场暴风雨不期而至。原定的瞻拜常书鸿先生墓地的安排只好取消。斜风斜雨中，陈菊霞老师向我遥指着山坡上的墓碑远影。我收下雨伞，站直身子，任由风雨劈面，向着远方隐约在雨幕深处的那个埋葬着一代英杰的遥远处所——向着那些一生都在为维护人类文明"最为壮观的景象"而"受刑"的英魂们，深深鞠了一个躬。

2019年11月25日于耶鲁澄斋—康州衾雪庐

补记

这场"不期而至的暴风雨"，发生在2019年7月2日傍晚到7月3日凌晨。万万想不到，我们遭遇的竟是一场可以载入史册的——敦煌地区多少年来罕见的破历史记录的暴风雨。晨早惊闻：一夜风雨引发山洪暴发，从祁连山脉涌撞下来的滔滔大洪水，竟冲垮了平日的枯河——党河上通往莫高窟的新加固的大桥，莫高窟旅游区只好紧急关闭。这是五十多年来敦煌头一遭发生的大事故。此事当天上了全国新闻，令得各方亲友纷纷来电焦虑问询。莫高窟我们刚刚参观完毕，断桥闭窟之祸恰巧与我们擦身而过。陈老师便因之拿我们开玩笑：都说"贵人出门招风雨"，你们万里迢迢而来，可是一夜之间，就穿越了莫高窟一道破纪录的生死之门呀！……可是，在我看来，如此天时巧合，不如说：是冥冥中那个"基因记忆"的神明之手，刻意让我们在一两天内，就经历了敦煌似真若幻的三生三世吧！（随后便获知：正是旅游旺季，敦煌研究院的领导、员工迅即紧急动员起来，只用一天时间就让损毁大桥修复通车，保证了莫高窟的及时开放。）

本文的写作，参阅了大量有关敦煌的书籍、网文等资料。因非学术文类，恕不一一列写资料出处。谨向丰腴滋润了拙文写作的各方来源作者深深致谢！

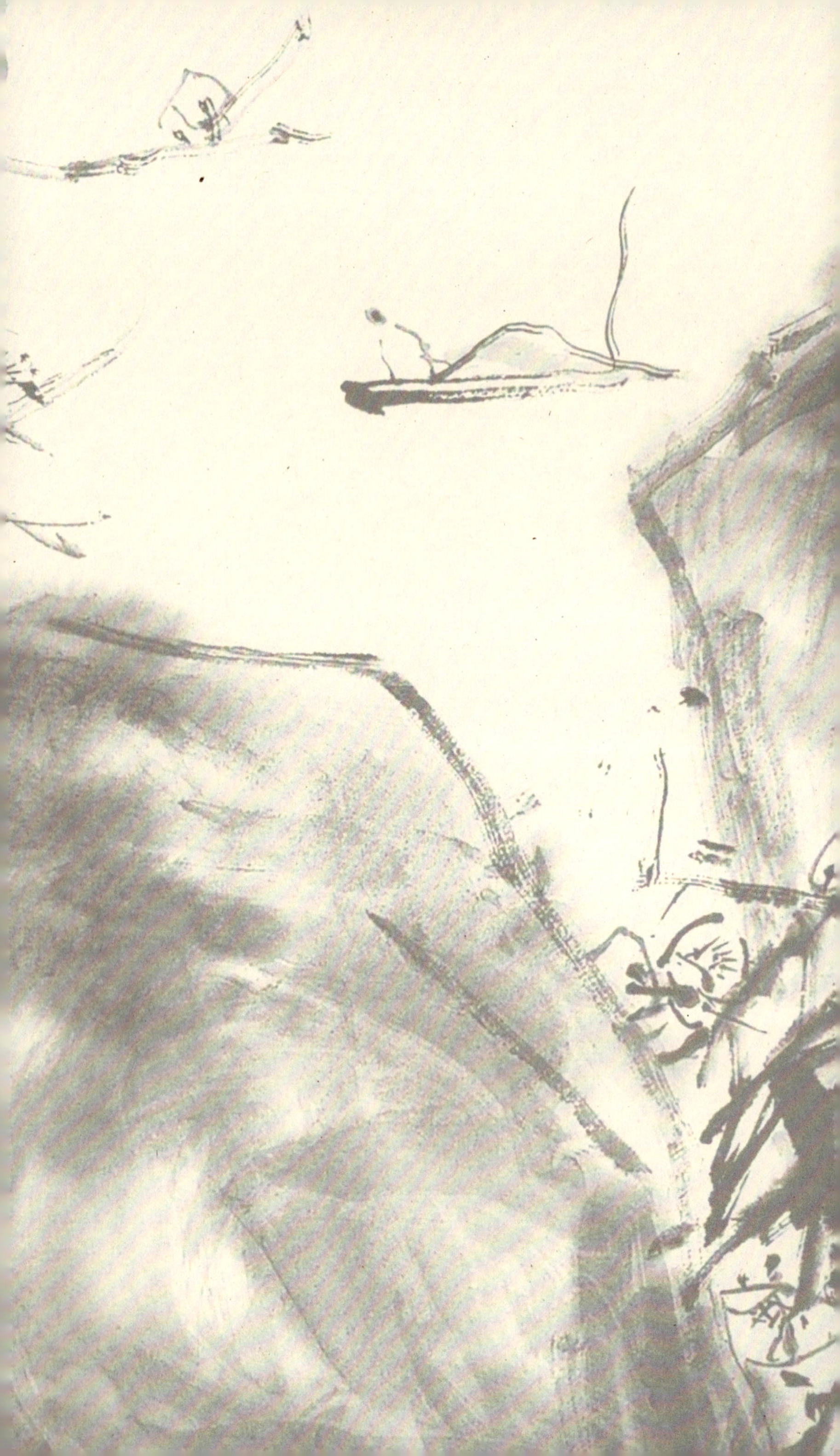

辑二

关河晨望

学生的三句话

一晃眼，在耶鲁教中文已经超过二十年。春花秋月，日出日落，看看镜子里的自己，也早从青丝玉颜变得两鬓如霜了。这些年来，时常听到这样的问询：你，值吗？或者，问得更戏谑也更具体：你，撂下手头抡惯的笔杆吃起了粉笔灰，倾下腰身去给小洋鬼子讲解"波泼摸佛"，值吗？

本来，我一般不会回应那一类在此地属于"得了便宜还卖乖"的混话。不必说，在此洋风洋水的异域，可以借中文母语在此方安身立命，更可在一流"藤校"中为人师表，于漂泊流离中可以谋得如是一片绿荫，一坂净土，我只有感激命运厚待、上苍佑护的份儿，时时心存感恩、谦卑和敬畏，从不敢胡诌任何玩"酷"、玩世的狂言。然而，这一类问询多了（尤其在遇见京师故交时），我就会时时拿出下面这三句学生的话来"搪塞"，反问道：值不值，你看呢？

第一句话——

"苏老师，毕业这些年，我仔细想过，我在耶鲁遇见过这么多好老师，上过这么多好课、精彩的课，可对于我最重要的课，分量大到影响了我整个人生的课，还是——中文课。你一定没想到吧？"

我确是完全没想到,毕业离校多年,他们竟然会说出这样一句"撞得我心头嗡嗡响"的"重话"。而且,说过此类"重话"的,并不仅仅只是一两位学生。不错,多年前我曾写过《语言改变生命》一文,谈到自己的一个课堂观察:进入一门语言,就是进入一条生命的河流。正如西哲所言,语言即存在。学习一门全新的语言,将可能会怎样地改变一个人的生命形态和人生轨迹。但是,我也同样深知:大学的语言课程,一般只是专业课程之外的"公共外语",处在滔滔滚滚的"名师授课"的"主流"之外的"边缘"位置。(可我这种"人微言轻"之论,马上就受到一位恩师同事的诚恳批评:大学课程,可有贵贱之分?)然而如今,看着眼前这些毕业多年已然长成一棵大树、拥有自己人生一片绿荫的学生,他们或是因为学会了中文,打开了人生最大的一扇窗户,获得了生命中另一片博大的世界;或是以中文作为职业利器,开拓出自己一片可以恣意驰骋的事业疆场;甚或,以中文找到了自己的终生伴侣,更以"1+1"大于2的双语优势在异国他乡成家立业,落地生根——他们把中文课视作"最重要的耶鲁课程",自是"其来有自"的由衷之言了!

第二句话——

"苏老师,我在你的课上学过很多中文成语和中国文化,但你知道吗,毕业这几年,在几个不同的工作环境中,我觉得你教会我的这句话对我最有用,也最能影响我未来整个人生的方向……"

"是哪一句话呢?"我很好奇。

"是你教会我的——'用出世的精神,做入世的事业。'"

我心头又一次被"撞得嗡嗡作响"。这位当年"校草"级的大帅哥已经毕业离校三五年,先后在广州及上海的华、洋公司任职,他的华夏任职故事甚至登上过《纽约时报》。还在当学生的时候，家世优裕的他就一直担任着耶鲁校园内的资源回收垃圾车的司机，每天开着垃圾车跟他的黑人兄弟一起在校园里收垃圾；并且组织过校内颇具规模的关于经济发展与环境保护的议题讨论。那天他自中国回美探亲，回耶鲁见过我后就连夜匆匆登车远行，原来他要连夜去为当时的总统大选当义工（事后他告诉我：当晚他通宵敲了至少五百户家门，动员选民出来投票）。他果然一直身体力行着"用出世的精神，做入世的事业"这句话。我欣慰于中国古圣先贤的文化血脉，已经可以沛然贯通到这样一位洋小伙子的身上。我当时感慨地说："就凭着你学懂了这句话，在心里种下了这句话，你在耶鲁苦熬四年的中文就没有白学，我这位'苏老师'呢，也就没有白教你！"

第三句话——

"苏老师，我虽然已经在耶鲁的中文课熟练掌握了中文，也上过北京的中文暑期班，但我自己对中国，其实并没有多少真实深入的了解……"这是一位天才型的聪慧学生，毕业几年后已然在汉译英领域取得了非凡成绩，在接受中国某著名大学聘约赴华任教前夕，专程到耶鲁向我辞行，"我才发现，过去这些年，你就是我的中国。我心目中的中国，就是你。我对你的了解，就是对中国的了解，这是远远不够的……"

他说得很随意，我心头，却又一次被他的话"撞得嗡嗡响"——"你就是我的中国。我心目中的中国，就是你。"如此吓人的"高大上"话题，他是用一种平静自省的语气说的。我，却不能不为之肃然，动容，陷入长久的省思，甚至有点临深履薄的惶恐——可不是吗？对于这些中文零起点的洋孩子，他们心目中具体的"中国"，他们对"Chinese"

的基本了解，不就是从你——他们最早接触到的中文老师身上开始的吗？说"中西文化交流""文化使者"与"文化使命感"，好像已成了一种"贴标签"的俗套；可是，当你"倾下腰身去给小洋鬼子讲解'波泼摸佛'"的时候，"中国"，就不但是在你的身后，而且，就在你的身上——你一己的立身行事、言行举止，确确实实，就是学生眼里的"中国——China 和 Chinese"啊！

——"值"吗？

2017 年 8 月 25 日晨新学期开学前夕，于耶鲁澄斋

"教书比天大"
——耶鲁大风雪记感

2011新年伊始，美国东部连续遭受了数场规模惊人的暴风雪袭击。从华盛顿、纽约一直到波士顿，东岸沿线的城市几陷于瘫痪——机场关闭、公车停开、学校停课，高速公路则车祸连连。某日早晨起来，打开车库门，积雪足足厚达二十几英寸，外面风雪还在肆虐，车子却无论如何开不出去。我退回屋里，打开电脑，接到同事转来的系主任通知：如果风雪太大，交通困难，今天的课程可以取消。"圣旨"在握，我乐得当一天风雪寓公，便发电邮通知学生停课改课，望着窗外纷飞的大雪发呆。

只是我不知道，此时的耶鲁校园，风雪弥漫之中，开学各门专业课程的第一堂课，大都按部就班、一丝不苟地在进行之中。第二天大雪止停，我如常回校上课。下午临下班，接到孙康宜老师的一个电话，请我下班时顺带把她捎回家。我略略吃惊：难道是因为下大雪，康宜老师自己不敢开车吗？细问之下，我愣住了——六十过半的孙康宜教授是我们东亚系最资深的，也是唯一的中国文学讲座教授。原来，为着不耽误学生大雪天的正常上课，她已经在学校的简易招待所住了两晚。日后我从耶鲁校报获知：按课程表，昨天全校共有五十八门专业课要开，世纪大风雪中，其中五十门课照常如期开讲；而敝人所任课程，正是那八门的停课之一！

不是来自校方的硬性要求（院长反而是一再发电邮强调安全第一，请任课教师自主决定课程安排），全校却有五十多位资深教授，在接到暴风雪来临的天气预报之后，提前一两晚住进校园，连续多日不回家——有的自掏腰包住入附近的旅馆，许多人干脆就在自己的办公室过夜，只是为着不受风雪干扰，全力以赴为新学期开课启程。

那天顺路送康宜老师回家，她微笑着告诉我：这是耶鲁教授们坚持多年的因应风雪之道，因为耶鲁有三百年来不因天候停课的老传统，"这也是一种Professional的坚持呀！"

我心头一震，脸上不禁红了起来。

"Professional"（专业性，专业化，专业精神），在中文里常常被译为"敬业"；但它在英文里的意义，却有着某种特殊的标尺，特殊的沉重。

任何"职业中人"，恐怕最大的过失、最怕听到的批评，就是这个——"un-professional"（不专业）了。全力聚焦本科生的教育，重视课堂教学，对教书有一种几近宗教性的崇敬，这确是我在耶鲁任教十几年来所深深感受到的"耶鲁精神"之一。美国常青藤大学都以拥有众多大师级的大学者、名教授著称。但在别的某些名校，大牌教授们忙着飞来飞去到世界各地出席各种学术会、研讨会，课堂教学往往就交给他们的博士生或者TA（助教）代庖，以致留下了众多诸如"教授在哪里？教授在空气（air—航班）里"的学生俚语。

在某些名校，这或是一种教学常态，在耶鲁，这却是校园大忌。

那一年北京某顶尖大学国学院成立，广邀国际汉学界名流出席成立庆典。操办其事的恰是我的大学同窗，因为发出了对耶鲁著名史学家史景迁（Jonathan Spence）的邀请受到婉拒，知道我和史景迁个人相熟，便对接待规格层层加码（如夫妇双邀、来回机票一概头等舱，等等），想让我私下里帮助说项说项。我不好拂友人面子，带着一纸"高规格"信函去见史景迁教授。老先生看完信就笑了，"谢谢他们的诚意和超常待遇，"却向我正色道，"苏炜，你在耶鲁教了这么多年书，难道不知道，学期中间，任课教授绝对不可以丢下学生去参与任何课程以外的活动吗？"

一句话，同样把我说了个大红脸。

在耶鲁，"教书比天大"。任何最有名气、地位再高的教授，都得给本科生开课，都需要拿出你的浑身解数，在课堂教学上有亮眼的成绩。正因为如此，名满天下的史景迁教授每年开课，都要成为校园的特殊景观（半年前史教授荣退，令多少误过了选修史课的学生扼腕痛惜）。他任教的中国历史课程，动辄选修的学生就达到三五百人，以致他一门课的TA（助教）人数，常常比一个普通系的教职员的总和还多。耶鲁校园内还流传着史景迁的另一段逸事：今天耶鲁校长的尊崇位置，多年前，本来是校董会一致推举史景迁出任的。但史景迁坚拒不受，曰：我适合教书、做学术研究，却不适合做行政管理。这，正是一种"Professional"（专业化）的标准所然啊。我深信，如果没有退休，近日的纷扬大雪之中，如期开堂讲课的，一定也会有我们满头白雪的史景迁教授。

今年的雪，仿佛下疯了，一场紧连着一场。那天，我向我任教的两门课的学生讲了孙老师风雪住校、坚持上课的故事，说：从今往后，苏老师的课，也会按照教学日程走，再不会因任何风雪雷暴而改变。

2011年2月6日记于耶鲁雪霁后

补记

　　此文写完的一年后，又有一两场百年不遇的雪灾和飓风袭击美东新英格兰，耶鲁所在地纽黑文均是重灾区。当那场世纪飓风肆虐的时候，耶鲁校方几乎史无前例地果断下令：为了保证师生安全，全校全线停课两天。在灾后复课中，另一种场景出现了：风灾造成耶鲁周围住区停电停水长达一周之久（耶鲁有自身发电厂，校区内水电一直保持正常运作），许多教职员在"自家难保"的情况下，为了保证正常的课堂教学，又一次把铺盖搬到了学校自己的办公室，连续几天吃住在学校。校方也特别发通告，对因住区停电停水造成生活不便的教职员，提供特殊的照顾。

"一个不小心……"
——校园教趣

"这里开车要特别注意，一个不小心，你就会撞倒一位诺贝尔奖得主。"那一年访学芝加哥大学，刚安顿下来就听到这个笑话——据说，芝大集中了密度最高的诺贝尔奖得主。在普林斯顿，人们则曾常常听到这样的叮咛："在这里选课你要打醒精神，一个不小心，你就错过了一位爱因斯坦。"我则在美国电视的法庭节目上，听过法官这样斥责一位少年杀人未遂犯："你知道吗？一个不小心，你杀掉的可能就是一个未来的巴赫、莫扎特和贝多芬！"看来，确实不能让王朔"一个不小心，就写出一本《红楼梦》"的豪语专美于前了。因为在号称"总统摇篮"的耶鲁，我们东亚系教员之间最常开玩笑的话题则是："一个不小心，你就会教出一个会说中文的美国总统来。"

这倒不仅仅只是一句戏语。这里面，其实深蕴了一种职业的责任及其责任的尊严呢。记得那一年刚到此地任教，第一个学期就吃了耶鲁学生的一个"下马威"。大学里对学生上课的考勤有着非常严格的规定，一般没有校监出具病假条的缺课，是要影响学生的期终评分的。有一回，一位学生喏喏地向我请假：老师，对不起，我不能上下星期一的课,但是……校监不能为我出具病假条子。"为什么?"我瞪圆了眼睛。"因为这个周末我要赶到华盛顿去,出席下周一克林顿总统的就职典礼。"我倒抽一口冷气——这样的缺课理由,也未免太"至高无上"了!原来眼前这位不起眼的憨厚学生,竟然是全国范围内遴选出来的出席总统就职典礼的大学生代表!好像为着让我领教更多的"惊吓",下一回,是第二年吧,又有一位学生这样向我请假:老师,很抱歉,我不能来上星期×的课。"为什么?"话音里不无得意:"因为那天我要陪贵国的国家元首吃饭。"不显山不露水的,原来眼前这位学生曾担任过"美中交流委员会"里基辛格的助手,这回是基辛格亲自点的名,要他陪着一起作国宴贵宾呢!学生里顶顶真真把两国的首脑都陪遍了,你还敢不把"教出一个会说中文的美国总统来"咬咬牙当作一回事儿吗?

确实,作为生源百里挑一的大学,耶鲁学生里的藏龙卧虎本来是不难想象的。一般来说,大学里敢于选修"最难学"的中文的学生,大都是一些要么有憨劲、要么有异禀的人物,这就使得每一年任教的班级里,几乎都会遇见那么一两位每每让你眼前一亮的角色。比方,教过的学生里,有见诸各种大报小报,得过各种学术、科学奖项的,这不算稀奇;拿过各种全美和国际性体育、音乐、演讲大奖的,也算司空见惯;担任各种义工、社团领头人物的,更是大有人在。最让我吃惊的是,我的一位前后教过两年的女学生,竟然多次得过国际烹调大赛的大奖——有一回缺课请假的理由,就是赶去巴黎领取法国年度烹调大赛的"蛋糕类金奖"。另一位,则跟我学完普通话后又学广东话,认认真真筹划他的大学毕业之后从香港进入广州开始的全球步行环游之旅,准备在上研究院前花两三年时间,作一场艰苦漫长的人生勘探。就在提笔的此时，两位跟我作"独立学习"的洋学生，一位以中文写出探讨清代习惯法的惊人论文，一位翻译起"两司马"——司马相如、司马迁来"脸不改色心不跳"……面对这样出类拔萃并且多姿多彩的学生，你一方面不能不深深感叹：作为"总统摇篮"的耶鲁大学，其对学生综合素质的要求及其培养方式启人思迪；另一方面，在此地"为人师表"，你就得时时擂响自己心头的大钟小鼓，为自己的教学时钟暗暗上紧弦儿了——辜负这样的学生和轻慢自己的工作，简直就形同一种罪过啊。

是的，"不想当将军的士兵，不会是一个好士兵"。同理，不想教出一位"美国总统"来的老师，也不会是一位好老师哪！

一点秋心

其实知道今天是中秋节的。海外无此类节庆，忙了一个上午给学生上完课，脚步匆匆回到办公室，秘书告诉我：有一位学生等候了你好久，今天是你的"办公室谈话时间"吧？我心里打了个突：并没有任何学生的事先约定呀。上得楼来，果然见一位个子高高的男学生笑眯眯守在我的门前，开口说：苏老师，认得我吧？我是李逸斌。李逸斌？我大吃一惊，这是我到耶鲁后教过的第一拨学生，掐指算算，他毕业离校至少也有四五年时间了。赶紧让进屋，他握着我的手，老师老师地叫得亲切，第一句话，就几乎要把我的泪水勾下来：老师，今天是中秋节，我带了一小盒月饼，从纽约过来看看你。他果然从随身的包里掏出一盒月饼，轻轻放到我的桌子上。看着我手足无措、久久没能从惊诧和感动中缓过神来的样子，他连忙说：当然，不是专程来的，我的女朋友正在读耶鲁法学院，我常常回来看她。不过今天想到是中秋节，就特意过来看看老师。几年不见，这位华裔小伙子长高长壮了，还能操一口流利的普通话，跟我絮絮说着他在纽约投资银行的工作，从前一个中文班的同学现在还常有联系，不时相约见面吃饭，常常还谈到老师，谈到那一年的中文课真有意思，非常感谢老师让他们爱上了学中文，等等，等等。窗外的树叶刚刚开始泛红，话语绵绵在耳际流过，我一时竟有点恍惚：觉得这像是一个错置了地方的中秋故事——这里，可是"酷"文化大行其道的美国，这位喝洋风洋水长大的ABC孩子，何来这么一番"月饼敬师"的温情呢？便想起他当初在班里其实并不算一位太用功的学生，但喜欢提问题，喜欢在课堂练习中用古怪字眼开同学的玩笑……我切开月饼，沏上茶，和他一起吃着谈着，回忆着当初课上的种种趣事，谈论着各个同学毕业后的去向、谁谁因课结缘成了佳偶、谁谁从北京回来后现在又再回到中国去工作……"连我爸妈都不相信我能学好中文，现在公司要我管中国大陆方面的业务呢，真没想到，中文变得这么有用！"他大口大口啃着月饼（一副美国孩子啃汉堡包的样子！），质朴的笑容里带点羞涩，"老师总告诉我们，要从中文里看到一幅幅图画。我就记得你说过，中国文化里重视'圆'——中秋月亮的圆，月饼的圆，和团圆的圆，都是同一个圆……"

一转眼，秋深了。一整个秋天，这盒多少年来第一次在异国中秋节收到的月饼，始终在我眼前萦绕不去，便一直想把这个中秋故事写下来，却总觉得找不到合适的切入点。这几天，新英格兰秋天满坑满谷的金碧火红，烧得人心头抖颤。燃在树头的，飘在空中的，踩在脚下的，都是这样仿佛从调色盘里直接淌流下来的鲜丽颜色，便蓦地想起晋人陆机的诗句"及子春华，后尔秋晖"。心里头，好像一下子被点亮了。秋天，是一种老师的心情，也是一种父亲的心情。学生来了，去了，聚了，散了；树叶绿了，红了，开花了，结实了；我们，也就渐渐步上人生的秋季了。栽树人是重视春天而淡忘秋季的。因为树叶、儿女离枝飘散的季节，其实是一个收获的季节，也是一个互道珍重的季节。但是，秋收冬藏的日子，同时也是昭示来年的日子。那盒学生送我的中秋月饼，或者，既可以看作是绿叶对于树根的致意，也可以看作是一个文化生命在另一个生命里的延续吧。每想到这一点，就对自己身担的这份似乎人微言轻的工作，增加了几分虔重、几分尊敬。套用龚自珍"落红不是无情物，化作春泥更护花"的名句意蕴，我把自己随口杜撰的句子写在下面：

醉紫沉红话重山，天风海雨入斑斓。
几番浓淡几分墨，一点秋心万树丹。

2004年11月15日于耶鲁澄斋

秋心再题

大约十多年前，我曾写过短文《一点秋心》，记写我教过的一位耶鲁华裔学生，在毕业离校五年后的中秋节当日，专程登门拜访并赠送一盒月饼的感人小故事。当时我在文后附了一首记感小诗："醉紫沉红话重山，天风海雨入斑斓。几番浓淡几分墨，一点秋心万树丹。"

整整十年后，也就是离开耶鲁十五年后，又是十一月的金秋季节，我又接到这位名叫李逸斌（Jerry Lee）的耶鲁老毕业生的来信，告知我：他要回到耶鲁参加校友会的年会活动，"虽然日程安排很紧，我还想专程上门看看老师。"我欣然回复："老地方见！""老地方"——我的雅名"澄斋"的耶鲁办公室，位处耶鲁校园的一栋百年红砖小楼，书籍琳琅凌乱依旧。十年未见，小伙子仿佛又长高了，几乎要高出老师一个头了。其实我知道是自己的错觉：从前的"小李子"如今脱尽了当年的"婴儿肥"（美国大学生都有"头一年，重十磅"之说），变成一个身材高挑、面容俊朗而思维敏捷、谈吐睿智的成熟男士了。热情相拥之后，他奉上了一瓶红葡萄酒，第一句话就是：苏老师，我已经是两个孩子的父亲了！孩子比你还多了一个！原来这十年间，他先在华尔街投资银行任事，后到宾大华顿商学院读了一个金融硕士,随即成家立业,现在已经是鼎鼎大名的高盛投资集团的高层主管。一仍是十年前同一个话题:回忆当年上课的趣事,记住老师教课时的某个口头禅,哪位同学现在在哪里高就……"真奇怪,我们当年上过你课的那几位同学,现在还会不时在纽约聚会,每次聚会都会提到老师……"他忽然放慢了夹带着英文字句的语速,"你是我们大家最favor(喜爱)的耶鲁老师,你在课堂上的passion(激情),你对我们的impact(影响),不但让我们一直热爱学中文,也会一直在我们的生活中continue(延续下去)……"

我心头一震,一时竟接不上话来。

"师者,所以传道,授业,解惑"(韩愈《师说》),乃我中华民族古来为师者的职责之谓。美国大学强调"专业化"(professional),按说,语言教师的"授业",就是教识学生一门语言,其他"传道、解惑"之责,大可不计。但对于求真求知的学生,特别是对于耶鲁这样重视"通识教育"(Liberal arts education)、有着三百年深厚人文底蕴的大学的顶尖学生们,他们对教学的要求,对课程和任课教师的期待,就绝对不止"专业知识"这么简单了。我们是一直这样教导耶鲁学生的:专业训练的成熟,物质上获得的成功,并不是你们在耶鲁受教育的目的;耶鲁坚持三百年而持之以恒的校园风范,首先就是要培育出具有完整美好人格,富有批判性、创造性思维能力,具备在任何领域的领袖气质的杰出人才。耶鲁对所有本科生的课程设置,都围绕着这么一个"综合素质"培养的目标。这,恰是和传统中国儒家"教育即育人","经师易得,人师难求","赞天地之化育",强调道义远重于职业的教育观,相吻合亦相映照的。钱穆先生谈中国传统教育,也强调传统儒家对通德通识的重视,"士先器识,然后文艺。"钱穆先生曾言:中国人之重师道,其实同时即是重人道。这里的"道",其实就是人类精神的生命命脉之所在。因之,"教统"即在此"道统"上,"政统"亦应在此"道统"上。孟子言:"君子之教,如时雨化之。"教育如好雨,只要一阵好雨,万物都可以生化。以上所引,可不就是我中华民族古圣贤的"通识教育"之思吗?为此,钱穆先生甚至把"师道"之尊,看得比任何世俗的权势利害都更高、更重:"不要怕违逆了时代,不要怕少数,不要怕无凭借,不要计及权势与力量。单凭小己个人,只要道在我身,可以默默地主宰人类命运。否世可以转泰,剥运可以转复。"这,也正是我珍视自己幸运获得的教职、从未敢看轻似乎在大学里人微言轻的语言教师之职的缘故。在耶鲁这样的"通识教育"氛围里,作为任课教师,站在讲坛上,你又怎么能仅仅满足于专业知识的灌输呢?怎能不把"人师"的"天地化育"之责,同时也担在自己的肩头身上呢?

刚刚过去的2015年,又是十月金秋。这位鬓角已略现华发的李逸斌,在毕业离校十七年后,又一次提着一瓶红酒,出现在我的面前。这一回,却不是在我的办公室,而是在我办公室楼下的大课室里。我正在"中国当代小说选读"的课堂上给学生们讲莫言和王安忆,听到了轻轻的敲门声。两年没见的我的"小李子"好学生李逸斌笑吟吟地走进来,向着所有同学微微鞠了一个躬,轻声用夹带着英语的中文说:很抱歉,不得不打扰一下大家的上课,因为参加完校友董事会的活动后,我需要马上赶回纽约……我给老师送上的这瓶红酒,是送上我对老师教导的永远的铭记和感恩……在同学们哗哗的掌声中,我拥别了李逸斌,把那瓶红酒轻轻放到讲台上,我知道我捧着、触摸着的,是一颗沉甸甸的心——秋之心。

2016年2月3日于耶鲁澄斋

湿眼读杜诗

戴尔,按照英语发音,我一直以为他跟美国电脑大腕"Dell"同宗,问清楚了才知道是"Dale"。他是跟我作"独立学习"的一位洋学生,哥伦比亚大学的音乐学博士,作曲家兼爵士钢琴手,正在耶鲁做民俗音乐的"博士后"研究,有一个地道的中文名字——韦德强。他早年跟随当传教士的父亲住在香港多年,学得一口流利的广东话,妻子又来自台湾,所以普通话也说得不错。我问他:你有这么好的中文底子,我能帮你什么忙呢?刚开始,我们还是按部就班地根据他的研究课题,指导他读一点关于广东音乐与地方史志一类的材料。读着读着,两人似乎都觉得有点意犹未尽,案桌上恰好常年摆着一本《杜甫诗选》,我说:我跟你一起读杜甫吧!

第一首读的是《蜀相》:"丞相祠堂何处寻?锦官城外柏森森。映阶碧草自春色,隔叶黄鹂空好音。……"窗外正是红叶初妍,秋天的周五日暮,东亚系的红砖小楼里一片空寂。我一边逐字逐句跟他解释着字意与韵脚,一边让他分别用广东话和普通话,高声诵念诗句。这位极力咬准字音的洋学生铿锵读出的"杜甫",一时间乘风驭雾地,就在流隔千年的北美秋日的黄昏小楼,琅琅回荡起来。他很认真,每次都要用录音机把我的朗读和讲解录下来，回去再仔细反复地读听，并提出：他要把每一首诗，全部用广东话、普通话分别背诵下来。于是，从此每个周五，见面的第一件事，就是他用南北两种汉语，为我背诵杜诗，并讲述他自己的理解。那天，我正低头沉浸在他抑扬顿挫的语流中——"……三顾频烦天下计，两朝开济老臣心。出师未捷身先死，长使英雄泪满襟。"抬起头，我发现戴尔的眼里，竟然闪着隐隐的泪光！"太好了，这样的诗太好了……"他喃喃说着，掩饰似的转过脸去。我心里微微一动。

"花近高楼伤客心，万方多难此登临。锦江春色来天地，玉垒浮云变古今。……"到了读第二首《登楼》的时候，我知道面对的是一位完全可以在杜诗中灵犀相同的"解人"，便站起来，一边念诵，一边向他忘情直陈我对这首冠绝千古的律诗的起句意境，多年来的痴迷与沉醉。我的解释还没完，我又看见，戴尔眼里已经满盈着熠熠的泪光。"……我读到了贝多芬！我真的听到了杜甫诗里响着贝多芬的旋律！"他激动地说。下一周回来，他用两种汉语为我背诵《登楼》，"……北极朝廷终不改，西山寇盗莫相侵。可怜后主还祠日，日暮聊为《梁甫吟》……"戴尔的声调变得忧伤起来，告诉我：杜甫诗歌里对国家和社会的忧虑，很吻合他自己在美国大选之年的心情——他觉得国家现在整个走错了方向，他最近一有空就去为民主党总统候选人克里助选做义工，选举的结果，却让他感到一种杜甫式的报国无门的失落与悲哀……窗外落叶飘飘，我心里又是微微一动——这是一个真正把杜甫读进去了的美国人。他是学音乐的，他用汉语双音向我吟诵的杜甫，似乎真的把杜甫的忧国伤时，化进了自己的灵魂血液之中了——这，可不也是我在异国异邦，听到的另一阕《梁甫吟》吗？

下一回，我真的放响着中国古曲，跟他一起读杜甫。"人生不相见，动如参与商。今夕复何夕，共此灯烛光……"听罢二胡曲《江河水》《二泉映月》的倾诉，老杜的《赠卫八处士》读来更是如闻青空鹤唳、高树悲风。读到结篇的"十觞亦不醉，感子故意长。明日隔山岳，世事两茫茫……"我们——一个中国老师和一个美国学生，一时间都訇然动容，湿眼相对了！隔着千山千水千年千岁，杜甫在鞭打我们。人生，聚散，生死，浮沉……此刻化作了一缕缕连接古今中西的烟云，在我们眼前拍荡、浮涌。戴尔后来花了两周的时间，才把《赠卫八处士》完整背了下来；我呢，则因为此诗意境的触动，写出了前此的短章《路边的印第安老太太》一文。于是，从杜甫诗，戴尔又进而把拙文当作一个中文读本，杜甫的诗境，一时又转换成现实人生"在路上"的咏叹。戴尔便向我讲起许多他尊敬的玩音乐的友人，常年乐此不疲"在路上"而淡泊名利的故事。因为杜甫，我们一下子发觉彼此有了这么多"心有戚戚焉"的共同话题，每次的"独立学习"，反似成为一场与古人神交、一齐在时光之流中含英咀华的精神盛宴了。"我的老父亲听说我在跟中国老师读杜甫，他说，他为我骄傲。"有一回，戴尔对我这样说。"Proud of me"这句英文俗语似乎忽然带上了诗意，在晴明的秋日，泛漾起酒样的酣醇。

一整个秋天，我为戴尔安排的课程，都是在杜诗的吟诵中度过的。冬意薄临，学期即将结束。读杜诗读上了瘾的戴尔，要求我最后再给他选一首可以背诵的短章。那是一场初雪之后，我们在窗外淡淡飘降的雪点子中，一起吟诵起杜甫的《旅夜书怀》："细草微风岸，危樯独夜舟。星垂平野阔，月涌大江流。名岂文章著，官应老病休。飘飘何所似，天地一沙鸥。"

2004年12月8日于耶鲁澄斋

讲台与蝴蝶

读过前面为本书开篇的孙康宜老师的序文，读者或许已经略略知闻这个"蝴蝶"的小掌故了。那个朗晴的暮春傍晚，我刚刚从耶鲁2019年度优秀教学奖的颁奖礼归家，带着兴奋与疲惫，坐到户外的阳台小歇。夕照霞光中，一只锦背蝴蝶翩然飞临，先是伏在墙上，后是飞落在我眼前的椅背桌面、报纸书页，甚至停留在我的头顶，一直到天黑以前，这只蝴蝶来来去去，就是在我身边徘徊不去。粤地民俗历来有"灵蛾"之说——老派粤人相信，每逢红白喜事，像蝴蝶一样的蛾子会携带先人的魂灵，倏忽出现在亲友面前，寄望或者守护。这个联想让我陡然一惊，便把目光投向那只黄黑花纹的漂亮蝴蝶，默默发问：天上的双亲，是你们的魂灵借着蝴蝶翩然而至，专门来为小儿贺喜的吗？我用手机拍下了蝴蝶诸图发给亲友，大姐和妹妹马上回复，口气笃定：是的，那真是父亲，是平素最惦挂你的父亲化身蝴蝶来看你，为你贺喜助兴来了！眼前的蝴蝶仍在高低盘桓，心头不禁为之抖颤。随即，各位熟友好友纷纷在微信朋友圈里附和点赞，甚至为之赋诗——不是痴迷于灵异传说，更多的是一种美好心情的寄托吧。于是，这只讲台上飞出来的蝴蝶（噢噢，是不是让人想起"梁祝"里那双象征永恒爱情的美丽"化蝶"），既带着九天外的亲情牵挂，更带着中文讲席上袅袅漾散的诗情与香味，顿成一段新的人生传奇了！

眼前的获奖证书——这个耶鲁大学 2019 年度五个最高教学奖之一的"理查德·布鲁海德最佳教学奖"（Richard H. Brodhead 68 Prize for teaching excellence），的确让我感慨千端。

迄今，我在耶鲁给美国学生教授中文，已经二十余年。许多年前，我曾在一篇题为《语言改变生命》的小文里，写过这样一段话："进入一个语言，就是踏入一条生命的河流。"也就是说，我带着异域孩子们翔泳在中文这条全新的生命河流里，已经超过了二十年。这份语言教学的工作，在大学众多赫赫有名的专业领域里，或许是最为"人微言轻"的（美国大学校园里，的确存在某些对语言教学的轻视和偏见），甚至我在耶鲁的职称"Senior Lector"，虽然已属校内语言教学的最高职称，但译为中文"高级讲师"，却显得很不"高大上"（Lector 一词的用法是耶鲁特有的，原是拉丁文，指教授拉丁文的导师。所以，也有人译成"资深导师"）。但是，坦白说来，我从来"高看"语言教学，高度珍视自己这份本职工作。不但因为，在洋风洋水的此邦凭借自己的中文母语专业安身立命，这本身就是命运的厚待与原乡文化的恩泽；更不必说，在世界一流的"藤校"获得教职的那一份幸运和虚荣了。于我，语言教学最值得"高看"之处，首先是——人们都熟知西哲海德格尔"语言即存在"的名言；我则把古希腊哲学家赫拉克利特说的"人不能两次踏进同一条河流"，引申为另外一个常识化的定见：同样，人，也很难一脚同时踏入两条河流。而语言教学呢，却恰正是为学生创造出一个海德格尔说全新的生命"存在"身份，同时，是让他们打破常规定见，可以"一脚同时踏入两条生命河流"的非凡历练过程。二十多年的教学实践，以我亲历亲闻——一个个耶鲁孩子们在熟练掌握了中文这把全新的语言利器之后，是怎样巨大无垠地，也判然有别地，改变了他们的整个生活视野和生命形态。曾经编辑过80年代震撼整个中国书坛士林的《走向世界丛书》的钟叔河先生如是说过："每一种语言里都包含着一种世界观。"读过本书中的短文《学生的三句话》里的那"第二句话"的故事——当那位毕业离校多年后的耶鲁帅哥学生向你道出：他将把耶鲁课堂上学会的"用出世的精神，做入世的事业"作为自己未来人生的座右铭时，你会怎么惊震于汉语言里包含的"世界观"的深邃魅力，你又怎么会不兢兢业业、临深履薄，倾付全副身心地面对自己的教学工作呢？！

古人言，"文如其人"。一如"诗如其人""画如其人""艺如其人"；在本文的语境里，则是"教如其人""课如其人"。知人论画，翻开画史，"元四家"的倪瓒"浅水遥山"的散淡画风，正得自作者清高孤傲的襟怀；而另一家王蒙"深邃繁密"的笔墨，又与他"不为五湖归兴急，要登嵩华看神州"的高远志向并存。细想自己耶鲁任教筚路蓝缕二十多年而终于获得这个耶鲁最高教学奖的漫漫行旅，可谓是一个鲜活的"教如其人""课如其人"的例证。写文章，我喜欢把自己"交出去"；上讲台，我也喜欢把自己"交给学生"——把自己的语言感悟、知识储备、生命历练、人生教诲包括与课文内容相关的趣闻故事，等等，等等，有所选择又有所节制、却是"一股脑儿"地统统倾倒给学生——倾洒在敞开的讲坛上，翻开的书页里，龙飞凤舞的板书中。正如康宜老师序文里提及的，我确实喜欢听到学生们那些带着真诚真挚、又带几分稚气生涩的评语——"因为苏老师，我爱上了学中文"，苏老师上课总是"精神饱满",因为苏老师"心里有一把火","课堂上也有一把火"……

或许,这"一把火"之论,恰恰也可以算是贯通本人任教耶鲁漫漫生涯的一道隐约的脉络?高一脚低一脚,跌跌撞撞走过的人生大半途程,对这"一把火"的专注和执着,从不因世事的凉薄、犬儒和功利而有所放弃——这,或许竟不是一种"褒扬",甚或是本人的某种"硬伤",又或是某种"瘾"和某种"癖"吧?我曾因某位"名笔"友人的约稿却因为我的文字太"warm"(暖)而毁约,跟他在越洋电话里大吵过一场。我说:如果没有那一点"warm",那"一把火"的温热,我甚至不知人生何为,也不知文字生涯伊于何底!所以,我"酷"不起来,也不想改变!奇特的是,"warm"(暖),多少年来,传统上都是耶鲁师生或者外校师友,用来形容"耶鲁校风""耶鲁人特质"的最常用的字眼。我承认(也一直警惕着),为文太"warm"(暖),容易落入"Sentimental"——"温情化"和"感伤化"的窠臼。"Sentimental"(伤感,滥情)这个英文字,因为被哈佛教授李欧梵老哥不无戏谑地译为"酸的馒头",每次我在我的中国现当代小说选读课上,和学生们一起讨论这个中国现代文学与文化史中的"道德化""感伤化"话题时,提到这个"酸的馒头"的妙译,学生们都会哈哈大笑。"酸的馒头",自然是为文的大敌;"滥情"和"煽情"是一种恶谥,更是当今一般为文者避之唯恐不及的。并且,相当一段时间以来,似乎文字书写得够冷够"酷"(包括够痞够脏),才符合新世代"新新人类"的时尚和口味。但即便如此,在人生中,包括写作中和课堂上,这个内心"一把火"的"warm",是我从未想过要轻慢或放弃的。如果我的文字中的某章某文让读者您感受到不适的"酸"(不光是"酸的馒头"之酸,也包括人世酸楚之酸，甜酸苦辣之酸吧），笔者也只能感到抱歉了。因为，很不幸，人生中和书写中那点点滴滴的"warm"（暖意），就是支撑我虽经大波大劫大谷大壑却磕磕碰碰可以走到今天的唯一动力。

"一个人的阅读史，就是他的生命史。"套用这位智者的话语（好像是北大教授洪子诚在他的《我的阅读史》中说的），本书页码翻检到最后，可不可以说"一个人的文字足迹，就是他的生命足迹"？我想是可以的。作为一个教书匠和一个文字从业者，我的文字中"人生履迹"的特征是非常明显的。讲席声口，先贤痕影，故友音容，时代余响，跌宕人生，历险奇遇，以至人琴人墨之缘，人狗人鸟之情，等等，等等，无一不是自己蹉跎而多姿、坎坷亦幸运的人生驿旅中的点点履痕、斑斑足迹。"兰之猗猗，扬扬其香"。如果读者可以在我的文字行旅中，闻得见任何一点耶鲁讲台上袅散的馨香美韵，领悟到其中的任何一点"warm"（暖意），从而可以点燃起或生发出自己人生行旅中的"一把火"，这就是作者最大的安慰和满足了。

合上"耶鲁蓝"的证书——"获奖"已成了过去。

正如本文开篇提到的"蝴蝶"寓意一样，我总是相信，人生的某个时刻，冥冥中那个超越性的力量，总会给予你特殊的启示的。这次获得的耶鲁奖，名为"理查德·布鲁海德最佳教学奖"（Richard H. Brodhead 68 Prize for teaching excellence），这个"理查德·布鲁海德"（Richard H. Brodhead）的名字，其实是曾担任耶鲁本科生学院（习称"耶鲁学院"）的院长、后任杜克大学校长的大名。因为理查德·布鲁海德（Richard H. Brodhead）是耶鲁三百年来最受学生爱戴的本科学院院长之一，故此奖专为纪念他而设。本文行将结篇，却忽然读到孙康宜老师重发的一篇描述理查德·布鲁海德的旧文（她称呼他的昵称：

Dick)。仿佛就是冥冥中呼应我的写作需求一样,孙老师文中提到布鲁海德众多富有启迪的教育思想和学术成就中,最打动我的,是他对学生说过的这样几段话:"你们一定要记得,你们所有活动的真正目的是为了求得智慧,不是为了只是忙碌。""你们的教育过程是一种进行式,它包罗万象,永无休止。也只有这样,你们才能培养足够的能力,来了解这个繁复世界的众多面貌,并进而培养凡事思虑周到、凡事积极的处世态度。""我想用 Moby Dick(《白鲸记》)里的一句话告诫你们:'我要尝试所有的事情;我凡事尽力。'"

我想,这个"求得智慧"的"进行式",这个"凡事思虑周到,凡事积极"和"凡事尽力",就是当下此刻,命运上苍赐予我的神谕和启示吧?就应该成为自己人生新起点上的界碑石和座右铭吧?

——老兄,又该上路了!

2019 年 5 月 30 日晨,于康州衮雪庐

附　诗二首

其一,《惊闻获耶鲁奖喜讯,首告康宜老师有记》:

弹剑长歌夜雨时,客途蹭蹬感相知。
繁雄万碌贵移履,劲夜一灯君引岐。
蝉蜕坛间飞蝶羽,汗凝页际结芳芝。
灵犀牛渚燃心照,虫臂化龙傲凤姿。

【小注】首句借用陆放翁句:"呼鹰小猎新霜后,弹剑长歌夜雨时。"(《猎罢夜饮示孤独生》)"繁雄"句,借自白居易:"雪川何寂寞,茂苑太繁雄。"牛

渚，语出《晋书·温峤传》："至牛渚矶，水深不可测，世云其下多怪物，峤遂燃犀角而照之，见水族覆灭，奇形异状……"虫臂，语出《庄子·大宗师》，喻微小卑贱之物。凤姿，语出《旧唐书·李揆传》："龙章凤姿不见用，獐头鼠目之子乃求官。"

此诗写于获奖消息在校内正式公布的三天前，"蝉蜕坛间飞蝶羽"句此时已落笔成文，不料却似乎预言了其后发生的"蝴蝶"故事——此亦"文谶"之一奇也！

2019 年 5 月 5 日夜，康州衮雪庐

其二，《蝶临翩双翼——步韵正果兄》：

己亥春获耶鲁优秀教学奖归家，一只锦背蝴蝶飞临身边，徘徊不去。留影于微信朋友圈，老友同事康兄为之赋诗一首，"母亲节"晨特唱和之：

蝶临翩双翼，一展众山青。
闻喜来天路，亲魂托远灵。
双亲遥一念，热泪忍盈眶。
高阁凌烟短，悠悠流水长。

【小注】凌烟阁，古之纪功亭也。

2019 年 5 月 12 日晨于"母亲节"日，康州衮雪庐

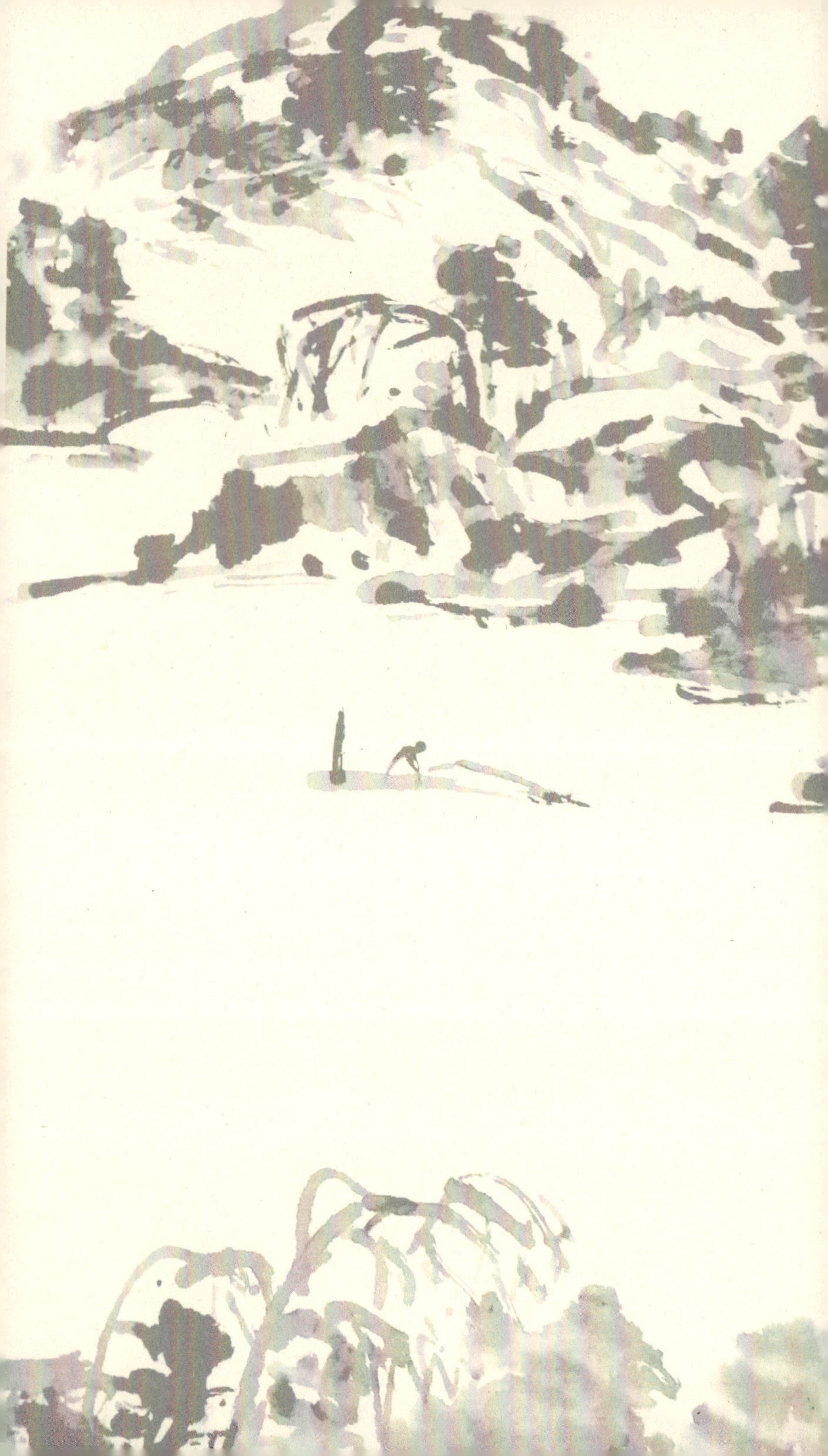

辑三 春风一纸

雪浪琴缘

云根一脉泉飞落,琴上飘流碧玉珂。
律细弓深分月影,韵长弦重断沧波。
浩茫沉戟东吴水,高峻悲觞燕赵歌。
过尽千帆闲放眼,秋涛雪浪举青螺。

这是我为耶鲁青年大提琴家潘畅的演奏,以及为他手上那把新琴的命名,写下的一首旧体诗。2016年2月某日午后,下了课就忙着携妻会友,顶着滂沱大雨驱车前往纽约,为的是出席耶鲁音乐学院在卡内基音乐厅专门为潘畅举办的独奏音乐会。很凑巧,这天恰好是我的生日。仿佛是上天特意为我安排的一个别致的生日庆典,一想到这不光是潘畅音乐人生中迄今最重要的一场"Debut"(献演),更是他手上这把新琴面世后的首次正式亮相,又听闻制琴师还要专程为此千里迢迢从西雅图赶过来,众缘聚喜,千水汇流,就不禁让人为此生出许多遐想了。

"……我,我还能怎么办呢?"年前,多次为琴事碰壁之后,潘畅常常在我面前蹙眉犯难，我也一时为之语塞——琴，琴，琴。对于一位年轻的弦乐手，也许没有什么是比拥有或失去一把好琴更大更要命的事情了！

潘畅——二十郎当岁的川蜀伢子，挺拔个头，面容素净，耶鲁音乐学院一位近年崛起的大提琴新秀。因为担任我的中文助教而结缘，我则被他的弦刀入骨般的大提琴演奏一再震颤心魂，从此结为忘年莫逆。过去这些年间，潘畅手头拉得顺手的一把旧琴——可能是把苏联琴，大概是"文革"抄家的遗物，潘畅孩童时代的老师从旧货摊上以极低价购得，借给他学琴使用多年。不料此琴经潘畅经年的抚弄调理，伴随着他琴艺的成长，竟越拉越出光彩，从音质、音色到音量，都一显奇幻魅力。我在耶鲁音乐厅几次被潘畅的琴声打动，那些巨微俱现、远远超越潘畅年龄的仿佛沧桑历尽的琴声，就是从这把不起眼的"山野琴"上发出来的。潘畅拉琴走心。一阕格里格的奏鸣曲，他可以拉得宏大处惊天地泣鬼神而细微处丝丝缕缕揪人肺腑，震颤心魂。以致一场学院的"午饭室内乐"表演，他一曲拉罢却下不了台，被观众的掌声鼓噪一再唤出，不停地谢幕。耶鲁音院的各位行家宗师们，似乎也在一夜之间，发现了这块璞玉——讶异于藏在潘畅这个来自中国西南的大男孩羞涩、木讷的外表下，那个非凡的弦乐之灵。他的每一次演出都是那样弦深韵重，浑然天成，令人刮目相看。随之，一个个多少音乐人或许毕其一生之力都未必能获得的绝佳机会，似乎毫不费力地，落到潘畅身上了——

当年年底，他被盛邀到广州星海音乐厅，担任专为大提琴大师马友友新创制的大型大提琴与笙协奏曲《度》（写唐玄奘西行取经的故事）的独奏，他的精彩演出受到了在场的著名指挥家余隆的盛赞并许以厚望。在成功举行完他的毕业独奏音乐会后，他的耶鲁业师——被誉为"大提琴界祖师爷"的九十六岁的一代宗师奥多·帕里索特（Aldo Parisot）先生，又推荐他在校外为当地社区开一场个人独奏音乐会；他本该随即就毕业离校了，在他并未申请的情况下，音院院方破例决定：把潘畅留下，以全额奖学金让他再在耶鲁延读一年。显然，校方是下决心，把潘畅作为另一个未来的"马友友"加以精心栽培、额外加持了。不独此也，随即，一个个惊人的好消息接踵而来——已经有数十年传统的耶鲁年度大提琴专题音乐会，2015年的盛会，潘畅被选为唯一一位担任独奏的学生；而下一年度的耶鲁音院开学典礼，仅有的一个大提琴独奏曲目，也将由潘畅担任。院方还决定：请潘畅作为耶鲁音院优秀学生的代表，2015年12月末在纽约某业界沙龙乐厅，为一位乐界尊崇的百岁音乐人举办一场祝寿独奏音乐会；随后，2016年2月，将由耶鲁音乐学院挑头主办，在纽约著名的卡内基音乐厅，为潘畅举办一场独奏音乐会——据闻，这已是耶鲁音院若干年来久未为单个学生做过的惊人举动了！

然而，就是在这么一派鲜衣怒马、烈火烹油的意气风发之中，潘畅，却骤然遭遇到他音乐人生中的一道大坎儿。

——琴，琴，琴！2015年秋季开学，刚从成都探亲回来，出现在我面前的潘畅，满脸的疲惫憔悴，完全像一个失了魂的孩子。他哭丧着脸告诉我：他手上那把已被他拉得出神入化的大提琴，没有了，不见了——被他那位孩童时代的老师收走了，拿回去了！据说，因为有人看中潘畅所拉之琴的异质异彩，想出价几百万元购之，老师听闻之后，二话不说，就将这把借给潘畅使用多年、他本来从未"正眼看过"的"山野琴"要了回去——可谓：有借有还，再借却难；滴水不漏，理所当然!

一夜之间,潘畅失魂了。失去了手中的琴,就像战士被下掉了枪,武士被收走了剑,爱恋被掏走了心!随后开学,那场令人瞩目的耶鲁音院开学典礼的独奏演出,潘畅拉的是一把他以往学琴时凑合用着的旧琴,尽管潘畅使出吃奶的力气去走弓、提按、收敛、强化,那咿呀干号出来的乐音还是显得牵强而窘涩。虽然收获的同样是"掌声如雷"(日后有人说:哪怕一把"塑料琴"在潘畅手中,他也能把它拉出彩来……),却着实让坐在台下的我,为他大大捏了一把汗。

"工欲善其事,必先利其器。"看来,不跨过这道坎儿——找到一把可以上手拉的好琴,必定要成为潘畅个人音乐生涯的最大羁绊,甚至无解的死结。可是,对于一位乐手,能找到、获得一把上档次的好琴,又谈何容易?!稍稍了解琴业行情的人都知道,当今时世,一把上好的弦乐器——无论是小提琴,中提琴,大提琴,先别说那种18世纪意大利瓜达尼尼制琴家族制作的斯特拉迪瓦风格的古琴,动辄就是上百万、上千万甚至过亿美元的价位;但凡一把能够"稍稍出得了场面"的优质好琴,除了一般都在天价之外,人琴之遇、之合,就如同前世的夙缘一样,绝对是乐手"可遇而不可求"的奇缘难事。那几个月里,为此琴事,潘畅和他的老师、同学,连同我这位门外的忘年之友,都在"上穷碧落下黄泉",东奔西扑,四方问询,以至求爷爷告奶奶,试图以各种可能的渠道、方式——向熟悉不熟悉的琴行、乐社、基金会,等等,借琴、贷琴、踅摸好琴(行业内,本来有着各种带不同"潜规则"的借琴机制)。最终,却都因种种障碍而功亏一篑。眼看那两场性命攸关的"Debut"——"百岁贺寿"与"纽约卡内基"音乐会已经逼在眉睫,一次又一次地琴事碰壁回来,潘畅和我相对的眼神，只剩下无奈、无力，又无助，"我，我还能怎么办呢？……"

一时之间，此事也变得与我忧戚相关。

"云的那边早经证实什么也没有／当全部黑暗俯下身来搜索一盏灯／他说他有一个巨大的脸／在昨晚，以繁星组成"。那些日子，台湾老诗人痖弦的这句诗，于我，像是悬在头顶的一个偈语。是的，不错，"全部黑暗俯下身来搜索"的那盏"灯"，就在不意间突然光临了，然而，却又马上飞逝而去了。

某个周一早晨上课前，又是一脸疲惫的潘畅，出现在我的雅名"澄斋"的耶鲁办公室里。告诉我：他昨晚刚刚从纽约一个小型琴展归来，他试了一大溜名家制作的要价不菲的新琴，虽然价位惊人，毕竟还是让他触摸到了一点好琴的影子。他最后试的一把样子不算古拙的新制琴，忽然袭来一阵惊喜：其弦其声，音宏而质实，"要什么有什么"，正是他最心仪的好琴模样！他怕自己耳朵走偏，又请同行女友（也是一位大提琴乐手）拉了一圈——从"他者"弦上响起的淙淙乐音一时撞壁绕梁，更是如同凤鸣玉佩，清涧出山。低头看看价码更是喜出望外——制琴师刚刚在国际大赛中获过金奖，此琴的定价，竟比前面那几把好琴，低了许多！

"我问了问办琴展的老板，"潘畅呐呐说着，"她说，这把琴确实定价偏低。她跟制琴师提起，那位年轻的得奖人说，先就定这个价吧，有人喜欢就好……我，我就认准这把琴了！"潘畅脸上飞起了红晕，却又霎地消失了，"可是再一问，心里当场凉了半截——这琴已经有了买家，早被人订走了！"

我盯着他："你是说，这位制琴师，自己不愿意把价钱定高？"

"是呀，可惜我没见到那位制琴师，他刚好出去了……"

我心里一动:"这位制琴师,现在人就在纽约?"

"对呀,一般制琴师都是带着自己制的琴来参展。可是我听说,他明天就要回西雅图去了。"

——年轻。好琴。得奖。低价。这么几个字眼,在我心头铿铿撞出了火花——我看见了字眼之间漾起的某种异彩。我忽然想起古来那些高山流水的传说:伯牙琴,子期遇;恒伊笛,蔡邕乐……不禁兴奋起来:"潘畅,我看,你的琴事有望了!你需要紧紧把握的契机,就在今天!"

"今天?为什么是今天?"潘畅瞪圆了眼睛,"可是,那把好琴已被人订走,我已经没有机会了!"

"不是制琴师还在纽约吗?"我毫不迟疑,"你今天,无论如何要争取见他一面,要当面告诉他,你喜欢他制的琴,你是他的知音人!"

"可是……"小伙子有点狐疑地打量我一眼,很感为难,"不可能了,今天一整天,直到傍晚六点,我都在上课哪!"

"下了课,不是还有晚上时间吗?"我的直觉让我使出了拗劲,"你马上跟制琴家联系,今晚下了课就赶往纽约——无论多晚,今天你都要争取和制琴师见一面!"

我看见潘畅还在迟疑,又一次跟他讲起那个千古流传的伯牙、子期的古琴之遇。我说,我相信人和琴的缘分,首先就是人和人的相知与相契。"潘畅,你听我的,无论古今中外,人和琴之间,都会有一种很神秘的关联,你抓住了,就抓住了,错过了,就会永远错过!"

潘畅涣散的眼神,渐渐聚拢,锐亮起来。

"今晚,你一定要搏一搏——不就两三小时的车程吗,就是下刀子,你也要赶到纽约去,设法见上这位制琴师一面!"我顿了顿,"潘畅,相信我，你的琴难死结能不能解，今晚就会——一锤定音！"

潘畅望着我，点了点头。

坊间对这几样西洋乐器，有好几种譬喻：有说钢琴是乐器的"皇上"，小提琴是"皇后"或"公主"的；大提琴，则是那个陪伴漂亮"公主"的沉静的"王子"。也有说大提琴像"父亲"，小提琴像"儿女"，中提琴则是"母亲"的。还有说——小提琴是"女性的"，大提琴是"男性的"，小提琴是姑娘的歌唱，大提琴则是男人的倾诉。在我个人的偏好里，年轻时候，或许会钟情于小提琴音色的华丽缠绵；现在年岁稍长，大提琴最接近人声频率的低语吟哦，则成了心头至爱。所以，在中国乐器里是——古琴，在西洋乐器里则是——大提琴，于我，都是那种"潦水尽而寒潭清"式的神器。只要乐声一起，便觉繁华褪尽，海天澄碧，身与心，慢慢地沉凝、澄澈下来……这，或许就是我今天，为什么会对潘畅及其琴事如此之上心的一点极其个人化、私己化的"情愫"吧。

一夜无话。那晚，无论是微信或电邮电话，都没有潘畅的信息。

"苏老师，I made it！"第二天一大早，又是课前的时间，潘畅急急敲开我办公室的门，满脸的欣悦雀跃，"我做成了！"他的声音似乎微微在颤抖，"我昨晚，真的连夜赶到了纽约，见到那位制琴师Michael Doran 了！"

小伙子眼睛里还泛着血丝——他是今天凌晨才刚刚从纽约赶回来的。

原来，昨天和我谈完话后，潘畅就马上与尚在纽约的制琴师取得了联系。傍晚一下课——他到那位九十六岁的大提琴宗师奥多·帕里索特先生的家里上完专业课，天已落黑。急急开车赶往纽约，又碰到高速公路上的大塞车。他一直用手机跟制琴师联络着,等真正抵达纽约的琴行——那位名叫麦克·多伦的年轻制琴师果然一直耐心守候在那里,等着这位酷爱他制的琴的"小疯子"的到临。令潘畅大出意料的是,眼前这位他心仪仰慕多时的金奖制琴师,竟也是个同辈年轻人!那骤然拉近的距离感,马上就被彼此对音乐、对大提琴的痴迷融化了——"相见恨晚"!两个年龄相仿、取向相近的爱乐人,仿佛是两道千山外几经颠簸的清涧,蓦地汇流到一处了!……大提琴。制琴拉琴。琴箱琴柱。卷轴弦轴。拉弦拨弦。面板底板。音准音色音域……虽然还有语言交流上的磕巴,潘畅一边拉奏一边剖示,一席照心照肺地交谈之后,制琴师当即爽快答应:就根据潘畅的演奏个性,专门为他量身定做一架新琴,并且,还是以最低价位——就抢在翌年2月潘畅的卡内基独奏音乐会的前夕,为他送上他心仪的新琴!

曙光乍现了!困扰小伙子多时的琴事琴难,终于有解了!一切果如所料——还有什么,比两位"琴人"的心气相投、需求相契,更值得额手称庆的呢?人生路上,也许会有许多关卡转折,途程是否平顺,命运是否眷顾,其关键的关键,就在于你能不能掐住那个时间的节点呀!

……我正在为自己日前的"神算"自得,却见潘畅刚刚还显得鹰扬昂奋的神色,似乎又变得暗淡了下来。

"又怎么啦?"

"……我在考虑,是否要把自己的车子卖掉,"潘畅喃喃低语着,"可卖掉车子,又该怎么去老师家上课呢?"潘畅的专业课,平日都是在奥多·帕里索特老先生的家里上的,"……即便卖掉车子,还是差一大截子呀……"

不必细言，我很明白：在弦乐器这个行业，琴，琴，琴，其实也就是——钱，钱，钱。一把专业好琴，哪怕是"最低价"，也是常人的"天价"——动辄过万美元的两叠三叠，对于潘畅这样靠奖学金存活的穷学生，在这把眼看可以到手的好琴面前，还是横亘着一道晃眼吓人的金山银山！

一时间，我也哑然了。虽然不乏古道热肠，可一介穷教书匠，于金钱的隔膜，其实并不亚于夏虫之语冰。以往想在琴事上帮助潘畅的各位师长朋友，都知道名琴好琴的昂贵天价，所以都是往帮他"借琴"上使力；从未仔细设想过，一位年轻琴手，要想真正拥有一把自己心仪的好琴，即便是"最低价位"，也都是远远超过他实际的承受能力的——"爱莫能助"。此一刻，竟忽而体察到此成语所表述的痛楚之精妙奥微！

解开一个结，又要面对一个更大的，更要真刀真枪、真金白银面对的"结"。莫非，此"临门一脚"，最后又要变成真正的"死结"吗？

秋气临，秋叶坠，窗外落红飘飘。我忽然遥念起一位在春日落红满地的时节，与我数十年暌别后在耶鲁校园相遇的友人——霍君。霍君与我，同是当年下乡海南岛的知青，今天已为一位成功的企业家，同时又是一位"业余九段"的音乐高手。我们一次无心插柳的合作，我词他曲，曾成就出一件音乐快事。我也因此知悉他多年来以自己的企业家实力回馈社会、义助弱势的众多义举义行，其足迹遍及下乡故里、知青网站、教坛乐坛以至地震灾区、内蒙草原……我很具体地想起：若干年前，就为我一句无心之言，他曾一声不吭资助一位彼此熟悉的音乐人医治手疾的旧事，便忖思：霍君从来对乐人乐事很上心，或许，他，正是可以援臂相助潘畅度过这场"琴事之难"的最后一位——

"贵人"?

——知道很冒昧。知道他与潘畅素昧平生。也知道近些年他的公司营运曾遇到过各种难题。婉拒是情理之中,应允才是情理之外……忧虑,踌躇,七上八下之后,我还是利用大学的秋假长日,把一封详述一位年轻音乐人的才华、梦想与挫折的求助电邮,发出去了。

本不敢期待奇迹,却又偏偏在期待奇迹。

——我愿意。读到回邮上这三个字,我乐得几乎要蹦跳起来!一激灵,跳进脑子里的倒是这句话:我知霍兄,霍兄知我也!是的,潘畅与琴师之遇,乃知音之遇;我向霍兄之请,同样是彼此的相知相契、真情和信任,才搭造起这架臂助的桥梁!潘畅,真是有福之人,有缘之人也!我马上以微信告知他这一天大的好消息。潘先以"表情包"发来几个惊喜、不可置信、泪奔、深谢的画符,后回了四个字:"天都亮了!"

大概,小伙子昨晚,为此困境,又一次辗转难眠了。

——天亮了,确实,天亮了!潘畅头顶那片本来被琴事的乌云遮得严严实实的音乐天空,先被一双双人力和时机之手,一点点撕开那厚厚的云层;如今,终于被这道挤破世俗想象、充满人世温热的最后的阳光,彻底照亮了!命运的"临门一脚",真真正正,"破门"了!

千山红透,秋光如沸。不必详述,我和潘畅对霍君那些深谢、感念的话语;也不必细言,以霍兄名义的文化教育基金会如何与潘畅联络及转账、潘畅与制琴师如何做琴事协调等等的烦琐过程。时序,很快就来到暮冬时分的大学冬假,潘畅前来辞行——他马上就要飞往西雅图,亲自从制琴师手上接过那把为他刚刚完成的新琴。在此以前,我一直随着潘畅手机里陆续收到的图像,始终关注着从面板、色泽到琴盒成形、弦轴取样等制琴的全过程。制琴师告诉他：新琴都要"去火"——就像刚出炉的宝剑、精瓷都要淬火一般，新琴刚制作完毕，他马上就把琴送到西雅图交响乐团的乐师手上，请他们在新年音乐会上使用，通过频繁的拉奏来润琴和"去火"。他希望潘畅到临西雅图时，马上获得的，是一把经过揉抚调适、已经可以看到"成色"的完整好琴。

我叮嘱潘畅：一定要代我向制琴师麦克致意问好，告诉他，有这么一位"亚洲老家伙"，竖着对大提琴音色尤其敏感的长耳朵，始终在远远追踪他制作新琴的步履足迹。

冬雪飘飘。再次见到潘畅，已经是冬假结束前的周末，他和女友带着他那把刚从西雅图背回来的新琴，顶着新年薄薄的雪花，出现在我的雅名"衮雪庐"的耶鲁郊野宅所前。

小心翼翼地把新琴从琴盒里抱出来，调弦，立杆，潘畅扶着琴说的第一句话就是："苏老师，你给这把琴起一个名字吧！"他眯眯笑着，"这是制琴师麦克把新琴交给我时，郑重提出的第一个要求——他说我应该为这把琴，定一个好听的名字。"

像是新岁怀抱里拥着的一个宁馨儿，两道对称的双弯弧线，勾勒出一张婴孩赤子的脸庞——新琴微黄带褐的琴面，挺峭的轴柱上绷得紧紧的琴弦，都闪着幽幽的光。弓杆一抖，一阵雪亮雪亮的乐音，顿时滚珠漱玉，倾泻而来！……潮起万里霜天，潮落敛尽惊雷。一波又一波的雪浪，在我眼前翻滚，在耳畔流荡，在屋宇间拍击冲撞。声宏而透，音厚而淳，高音入骨而低音走心，一时仿若置身千仞高山观瀑，独立苍茫大海凭栏，"……乱石穿空，惊涛拍岸，卷起千堆雪。江山如画，一时多少豪杰。"我已记不清，潘畅当时一口气用新琴为我和妻子拉奏下来的，都有些什么曲子；我只记得，苏东坡《赤壁怀古》的意境画面，始终像虹霓、像波流、像光斑，在眼前流闪，滚动，铺展……拙诗曾曰："每从雪浪悟东坡。"曲罢，我等着那个久久绕走不去的余音消隐，对潘畅说："雪浪琴！这琴，就叫作——'雪浪琴'吧！"

那个二月微冷的夜晚，在纽约卡内基音乐厅与制琴师麦克·多伦（Michael Doran）的相遇，也有点戏剧性的奇巧。慷慨义助琴款的霍兄因为太忙，虽经潘畅和我的一再热邀，仍无暇出席此次音乐会，我便把所有注意力，倾注到与制琴师会聚的热切期待之上。可是，偌大的剧场，满当当的听众，又素未谋面，我怎么可能从衮衮诸公、芸芸众生之中，分辨出某某谁谁来呢？不必细叙，当晚台上的潘畅是如何地全力以赴，他操演新琴拉奏的那些高难曲目（光是全套奏鸣曲，就上了三个），焕发出何等绚丽的光彩。曲终谢幕，在掌声和欢呼声中潘畅又拉了一首返场曲——新编的中国曲子《鸿雁》，那来自遥远故乡大草原的歌吟果然揪心催泪，激起了更高声浪的鼓噪大潮。观众纷纷站起来欢呼致意。这时我听到身后响起一个英语的低喃声："那是我做的琴，那就是我为他新制的琴……"好像是自语，又好像向邻座友人作说明。我赶忙回头看去，却见一位扎着一根马尾、面容俊朗的大小伙子，隔着人丛迎向我们，大声说道："是的，我就是潘手上那把琴的制作人。"他仿佛早就知道我们一直在人群里四处寻觅他，先就把我们辨识出来了。

"你，你就是麦克·多伦？"我紧紧握着他的手，上下打量着，"你，你怎么会——这么年轻？！"

此语一出，我们相视大笑。

因为，自西雅图归来，在潘畅的描述里——他当天开着车出城，朝雪山的方向走，是在雪山高坡下一座雪杉环绕的低矮小屋里，按地址找到的制琴师和他的作坊。潘畅说：那里像一个古人或者仙人住过的地方，与世隔绝，渺无人烟，四周出入的只有麋鹿、黑熊这样的动物。而制琴师说，他每天可以从早到晚在琴坊里待个八九小时而毫不生厌，外面万千的风光喧嚣，都抵不过潜心琴事给他带来的无尽欢悦；哪怕一分钱都挣不到（开始制琴创业时，他真不知道自己手制的琴能否卖得出去），只要自己的手掌能够摩挲着琴盒琴柱琴面，听到那琤琮共鸣，就会感到内心的充实、宽慰……如此这般，我早把这把新琴的神奇制作人，想象成一个须髯飘飘、仙风道骨的老者了——就像中国古书古画里那些隐居深山老林的世外高人一样。万万没想到，似乎超凡出尘，已经得过许多国际最高级别的制琴赛金奖却偏偏视名利浮华为无物的名牌制琴师，竟是眼前这么一位如若邻家男孩一般的、谈吐随和、质朴而不失时尚的年轻人！

又是"一见如故"。彼此一时就有说不完的话。我们簇拥着麦克，来到同样被观众簇拥着、怀里捧满鲜花的潘畅面前。潘畅将一束鲜花送给了麦克，和我紧紧相拥，轻声在我耳边问："你告诉了麦克，这把新琴的名字了吗？"

完稿于 2016 年 4 月 13 日，耶鲁澄斋

篇后小记

同是此稿的完篇日，耶鲁音乐学院一年一度的"大提琴之夜"，如期在樱花盛开的春日傍晚举行。九十六岁的奥多·帕里索特（Aldo

Parisot）先生率领他的十二位大提琴弟子登台，门票在两天前就全部售罄。我扑了个空，幸好潘畅设法为我留了一张。到了音乐厅打开节目单，我打了个愣：怎么，今晚全场唯一的独奏曲目，还是安排的潘畅？！潘畅此前从未言及。已经是第二年的同题音乐会，潘畅曾担纲去年唯一的独奏，当时就让我惊诧异常（耶鲁音院每年这十二位大提琴研究生，可全都是当今世界的一流好手，好些都是各项国际大赛的得奖者），今年潘畅被音院破例留下来延读，没想到，年度晚会这个唯一的独奏机会，还是交给了他！大概，这又是破了学院纪录的。

当晚，序曲合奏后潘畅头一个登台，演奏的是难度极高的肖斯塔科维奇大提琴协奏曲的第二乐章。新琴——"雪浪琴"在潘畅手中，显然已经拉拨揉捏得褪尽涩火而声宏韵足，潘畅拉得沉着、自信，高低俯仰，尽见弓弦风骨，同时又不失技法炫丽。一曲终了，满当当的观众席里又出现了以往潘畅在此厅演奏的"常态"——才是第一个曲目的表演，潘畅就被观众的欢呼鼓噪"逼"得反复出来谢幕，仿若演出终场一般。显然，这把"雪浪琴"，焕发出了潘畅音乐生命全新的能量，他没有辜负观众的期待，更没有辜负烘托着"雪浪琴"的众多目光、机遇和师友重托。我想，我应该再写几个字，告慰远地义助的霍君了……

2016年4月17日补记（此文曾刊《江南》2018年第五期）

金陵访琴

"这本书,算是向你们借;不过读完了,或许我就不还了。"我笑嘻嘻地说。

"凭什么?你老兄……"这边陈平原还在诧异我的唐突,夏晓虹已经一口回绝了,"不行不行,这书我们得留着,平原和我,最近都在对这个话题有所关注……"

我其实是倚熟卖熟。趁着暑假回国探访亲友,向大学老同学——如今已经名满天下的北大教授陈平原"讹"书来了。

茶几上摊满了学生们题赠给他俩"指教"的书——都是学生毕业离校后的著述,"桃李满天下"之谓,莫不以此为甚也。我品着平原沏的潮州风味的酽茶,一边翻看着这些"桃李"们,从一摞书下面,抖出了这本不甚起眼的《古琴丛谈》。觉得话题冷门,离他们的专业行当也远,便大剌剌地提出这个"连借带拿"的要求。

说起来,我的"关注"古琴,倒是有年头了。二十年前在哈佛燕京图书馆,从北京、台北两家的《故宫博物院院刊》上,都读到关于故宫收藏的传世古琴的研究文字——从"大圣遗音"到"九霄环佩",再旁及"飞泉"和"玉玲珑",当时就心生异动,觉得像是有哪根弦儿被拨动了一下。由此想起：几年前，在洛杉矶加州大学（UCLA）读研究生的时候，住在廉价的学生公寓里，曾有一位同是大陆来的留学生，托我代他存放一个粗布囊包着的一把老琴——我当时是"琴""筝"不分，对古琴毫无概念；只是随眼看了看，见是琴弦崩散的一方旧物。只记得琴底镂刻着黯晦不清的文字，琴面上有隐隐可见的蛇腹裂纹，当时还以为是古旧残缺之征，不知道，这原来就是书上说的"五百年一断纹"的传世珍稀的标记！那把旧布包裹着的古琴，大概在我没上锁的衣橱里存放了几个月，就被主人取走了。事情想来有点蹊跷：他和我并不太熟，我事后甚至连他的名字都没记住。大概是当时，国门初开，百业萧条，这位朋友带上这把或许是家传的珍宝，想到海外来探探古物行情，期间又因了什么缘由，出于对我个人的信任，求我代他暂为寄放的吧？若不是这几页文字的触动，我几乎要把此事淡忘了。我复印留存了故宫资料，自此就留心起所有关于古琴话题的书籍、文字，想：也许，可以借着这个由头，写一部与古琴有关的小说？

第一次听到的古琴录音，是听的成公亮先生的《广陵琴韵》——20世纪80年代由香港雨果公司录制的盒带。那琴声一起，像流水抚过山壁，整个人就觉得澄静下来。自此，古琴就成了我读书、小憩时常时陪伴的背景音乐，响起的时候尘埃不惊，休止下来也是不惊尘埃。这一听，就听了进去。

我大口大口喝着茶，向平原、晓虹絮絮着我跟古琴的这些因缘旧事，晓虹便笑着说："这样吧，这书的作者其实不是我们的学生，却是平原一位学生的好友，在南师大教书，跟我们也熟。你不是有计划去一趟南京吗？我给他发一个电邮，你向作者讨一本书好了。"

放下书本，对他们前面说的"关注"，我的兴趣倒是起来了——本来，古琴千年来就是孤清之物，早在隋唐年代，就被白居易感叹"古声淡无味，不称今人情"，自来很少知音，更少"关注"的。

平原、晓虹随后断断续续向我言说的古琴故事——其间也掺进了我这一路听来、读到的各种野史传闻，值得在此记下的，有以下几则：

两三年以前（2003年11月），当古琴被联合国教科文组织选定为全世界第二批公布的"人类口头与非物质文化遗产"时，北京某主管部门曾准备在人民大会堂举行一个"盛世古琴大演奏"之类的晚会，以为庆祝。其弘隆盛况，或可想象这些年来流行的某某打破吉尼斯纪录的万人功夫表演、千人钢琴、古筝演奏等等"盛世"之举。结果，通知传达下去，晚会的组织却遇上了滞碍——在世的老一辈琴家反应者稀，了解古琴传统的学者更是对此大摇其头。却原来，古琴虽乃雅乐重器，"贯众乐之长，统大雅之尊"，自古被视为"八音之首"，却以"清微淡远"为旨趣，从来就不是一件供燕乐喧集、庆祝热闹用的表演性乐器。以《红楼梦》八十六回中的林黛玉所言："琴者，禁也。古人制下，原以治身，涵养性情。"所以，古来文人弹琴，"坐必正，视必端，听必专，意必敬，气必肃"。各种传世的琴书、琴谱中，更是有诸种"五不弹""十四不弹"等等的讲究。比方，《文会堂琴谱》定的"五不弹"为："疾风甚雨不弹，尘市不弹，对俗子不弹，不坐不弹，不衣冠不弹"。其中"对俗子不弹"，在千百年形成的规矩俗例里，就特别强调了对"王公巨贾"的"不与趋附"的态度。据闻，即便1949年之后的红色岁月，进中南海、人民大会堂表演成为多少艺术家们翘首期盼的隆厚盛遇，却被好些老一辈琴人视为畏途，每每委曲推搪而难就。在一篇介绍当代琴坛领袖查阜西的文字中，有这样的披露：尽管查老生前一直热心于各种推介古琴的社会活动,对1955年至1965年十年间的琴事复兴厥功甚伟;但是,"迟至50年代,他还曾因不将琴视为自己职业而对参加演出产生排斥情绪。"某些琴人热衷于"紧跟时代",改编创制入时新曲,还曾受到过琴会前辈"弃雅从俗"的内部批评(这是当年参加过北京琴会活动的一位兄长向我言及的掌故)。其因由,说深亦简——古来琴人,无论各门各派,或显或隐,都墨守一条"不入时俗""不为王者门下伶人"的清规。其中最著名的故事,自是东晋名士戴逵、戴勃两代琴人,父亲戴逵在皇庭太宰司马晞登门,强令他为王府弹琴之时,当门把琴砸碎,道出"不为王者伶人"的金石之言;儿子戴勃在中书令王绥带人登门求访,邀弹一曲时,默然不予搭理,埋头继续喝他的豆粥(见郭平《古琴丛谈》)。自然,在那个年代,这个一点儿也不"火红",甚至刻意求"清"求"淡"的古琴及其琴人,就更加重了其"封建余孽"与"遗老遗少"的罪名,必欲埋之葬之毁之灭之为快了。琴坛、画坛的一代宗师、清室后人溥雪斋,就是在"文革"高潮中的1966年8月30日,遭受抄家、毁琴、焚画、批斗的羞辱之后,离家出走,传说被清陵守墓人偷偷藏到了陵墓中还被红卫兵追剿包围,最后无声消失在旷野大荒之中,生不见人,死不见尸。这是管平湖先生一位晚年弟子亲口告诉我的琴界故事。

那么,千岁以降,古琴究竟为谁而弹、弹给谁听呢?弹给自己听,弹给知音、好友听;或者,就抚琴于水泽林泉、舟中松下,直直弹给高山流水、清风明月的万籁大自然听。古琴贵"古",贵"清",贵"雅"。用今人文词,作为一种"琴格",古琴从来都是"小众化""个体化"的,同时也是不求闻达、甘于寂寞的。论"文化保守主义",千岁古琴,可谓笙弦鼓板中崛崛走出来的"陈寅恪"——"独立的精神,自由的思想"，实在没有任何别的乐器，比它更特立独行、择善固执而洁身自好的了。

回到开初平原、晓虹提到的故事——那场"盛世献演"的僵局，在有关机构的从善如流下，最后处理得还算妥帖：古琴既不宜作大轰大嗡的"公演"，也不宜作"首长讲话""颁发奖状"式的官式捧场，最后，便回归"以琴会友"的传统套路，请来了如陈平原、夏晓虹等一众京中大学文科教授与学生作东道与听众，以"为古琴传承立命"作题旨，总算费心费力，请到了来自全国各地、各流各派的琴家，在人民大会堂雅致的厢厅里举行了一次百余人会聚的"琴会"——据说，就各派琴家会聚的规模而言，已破了1949年后的纪录。各方新老名家，各持珍稀古琴，挑抹吟揉，将传世的大部分琴曲，弹奏了一遍。其中，因为故宫藏的几张传世国宝名琴不宜用作演奏，还特别把本由王世襄先生珍存、后被以天价拍卖的稀世之宝——传世唐琴"大圣遗音"，专程从宝物的新主——深圳某富商手中隆重"请"回北京，参加了这一次没有冠名的"世纪琴会"。"……可惜的是，"平原淡淡说道，"这么难得的琴会，我当时环望一周，发现本来不多的听众里其实懂琴的人很少——像我和晓虹就不懂，老一辈的琴家琴人就更少了。许多老先生都没来，比方，我本来以为一定会到场的王世襄先生。"

没有想到，平原和晓虹随后向我提到的一段关于王世襄与古琴的故事，却草蛇灰线一般，成为本文故事的日后伏笔。

前面提及，王世襄老珍藏的那张"大圣遗音"琴（故宫存有另一张同年代、同品题的宫中藏琴），是1948年王世襄夫妇"鬻书典钗"，以倾家之资从一位藏琴世家手中求得的。作为一代古物"玩家"、收藏家和鉴赏家，《明代家具赏识》等传世名著的作者王世襄，本人并不是古琴家，他的夫人袁荃猷，却是古琴一代宗师管平湖的入室弟子。家中藏有的几把唐宋元明的传世名琴，都是夫人袁荃猷追随管平湖学琴、抚琴的日常用器，所以，王世襄常常以"琴奴"自居。年前夫人久病辞世，王老先生悲痛恒久，实不忍睹物思人，便将家中所存古琴连同与夫人共度几十岁艰难时光的各种珍藏，尽数释出，交付古物市场拍卖。上言之稀世"大圣遗音"琴，在嘉德"俪松居长物"拍卖会上竟然拍出了八百九十一万元（人民币）的天价，创出中国古琴迄今为止世界最高的拍卖纪录。然而，正是在这样一琴值连城万金的卖场喧嚣之中，王世襄却轻轻一挥手，将家藏的另一张同是传世稀珍的宋琴（一说明琴），无偿送给了一位年轻的琴人——曾跟随袁荃猷学琴，也是平原、晓虹的学生某君。据说，当日看王老事忙，某君上门搭手相助。"你懂琴，这张琴，你拿去。"就这么一句话，万金过手而不假辞色。可以用倾世之价为心爱宝物寻一个华贵的寄托，也可以将一言九鼎之约托付给两袖清风的少小知音——这就是古琴。和静清远，宏细自持。"放情宇宙之外，自足怀抱之中"。虽千万人吾往矣，虽万金难鬻却举重若轻。千岁之下，清风朗澈，古琴的高格若此，琴人的高风若此啊。

我想，近些年在杏坛学府过尽千帆的平原和晓虹，近时对古琴的"关注"，大概就肇因于此吧。

离开平原、晓虹家，我是带着一肚子对古琴的牵挂走的。掐着指头算算，离赴南京还有一段日子，念琴读琴之心却是等不得了，便忙着到就近各家书店去淘书。没有太费工夫，这本《古琴丛谈》，很快就被我从三联书店当眼的摊架上找见了。京中连日高温，时髦的叫法是"桑拿天"——赤日炎炎且潮闷逼人。挥汗捧读，却难以释卷。从"削桐为琴"读到"管先生手斫'大扁儿'",有时汗水把书本濡湿了,冲个澡再坐下来,拼力摇着扇子,贪婪吞嚼着纸页字辞,一时觉得自己这副狼狈样子很是不雅,实在与古琴这样的千古雅器不称当的,便想:你这是抽哪门子疯呢?隔洋隔海的一介布衣俗人,离古琴的清雅世界何止渊壤之遥?万里迢迢地归访故地,怎么倒是一不问进退二不问桑麻,天天废了耕罢了织的,一头沉进古琴的虚渺幽深里而不知自拔呢?

——"不合时宜"。忽然想到本家老祖宗苏东坡当初那个"一肚皮的不合时宜"——似乎是宗族祖传的一种宿命?从下乡的海南岛儋州开始(那是苏老祖的贬谪故地),一直到越走越远的海国大荒,这个"不合时宜"就像一方城堞古月,始终隐隐照临着我,魅惑着我,追引着我……

古,距今远矣,距时尚远矣,是时间的概念,但更是心理的一种时间尺度。好古之人,爱琴之人,不肯随波逐流,不肯相信时间可以改变永恒的美。他们固执地坚守着,心里充满悲愁,也充满欢乐。众人以为他们明智的,因为他们现实;好古之人也以为自己不糊涂,因为他们有固执的梦想。到底谁超越了生的病痛和烦恼,各有各的标准和道理。执着于古的人们,当然是迷恋被时间之浪淘洗之后留存下来的精华,以为它们的美得到了肯定,它们已经具备了不朽的证明,想把超越依托于这种不朽,可是这与当下的眼光不合。现在的人不爱它们,于是,古便被当下抛到了一旁,而爱古的人却正因此而超越了时俗。

这是什么人说的话?能写出这样的话的,又是一个什么样的人?

放下书卷，窗外细雨霏霏。此时于我，南京一行，已不为求书了——我想识人。当此欲海横流、灯红酒绿之世，能把"不合时宜"说到这样的点子上——如此心水清明的一个人，就是过蒸笼、下刀子，我也要见一见！

带着女儿上路。妻此时恰正在南师大修读一门暑期课程，就落榻在玄武湖边。不若各地大兴土木的那些"盛世风景"，六朝故都的金陵古城，从城街景观到民风民情，倒还旧貌依稀，闻得见几分熟习的"江北气"——南京乃南城中的北郭，南人而有北气；最是心喜的，是没有为着那些"旅游景点"而毁掉那连城蔽天的绿树浓荫。几天下来，朱雀桥、乌衣巷无暇光顾，夫子庙、秦淮河匆匆浏览而过，心头念着的，还是古琴，古琴，古琴。却偏偏，和我"念兹在兹"的人物搭不上联系——他恰好出国归来，似乎尚未返抵家门。眼看明天就要离宁上黄山，看来，真是要与这位"郭平"仁兄，继续"素昧平生"下去了。

电话终于拨通，已是临行前的午后——他总算在昨夜里回到南京。兴致勃勃赶到那个临街的住宅小区，迎接我的，是一声平静的招呼，一个平静的人。"早就接到夏老师的电邮，我一直担心我赶不回来呢，还真赶上了。"郭平，比我约略年轻十岁的样子，理一个短平头，清爽、干练，瘦挑的个子恰似一竿临风青竹，平实的眉目五官，泛着一层暖暖的喜色。趁着他返身进厨房沏茶，我静静打量着眼前的厅堂——线条简洁的木质家具，墙上几幅装了框的字画、没有装框的油画，再加上架子上几排年月古久的瓷器，点缀出一种素雅的文人趣味。我注意到朝阳的一角窗户上堆满了植物绿影，有一个深色的大盆里清水盈盈，轻轻响着滤水器的声音，似乎养着鱼。

品着茶，因为来意自明，话题倒是开门见山——就是古琴。我掏出已经快被我读成残本的"大作",请他为我题写一个作者签名;然后也奉上一本自己题签了的"小书"——这是文人相交最惯常的见面礼吧,似乎完全没有经过初识的寒暄阶段,知道我不为求书,反而专为谈琴而来,话题便直直从琴人琴话撒漫开去了。

人和人的相交相知,真是一门大学问。有的人,相识一辈子,识时相距一丈远,老时仍是一丈远的相距;有的人,陌路相逢又陌路一程,却最终仍是形如陌路。对于迅捷的投契融合,中文里的"一见如故",其实是寓含了西文里说的复杂的"化学反应"(Chemistry)的。事后追想起来,我和郭平这一个下午的相聚海聊,究竟谈了什么了?似乎把彼此心弦儿都拨动了的,究竟都有哪些话题?如今写来,我记起的,都是一些趣事:比方,他养鱼,喜欢直用长江之水。早晨初潮的江水相对清澄,正是上下班时间,他常常不管不顾的,挽着裤腿、驮着大桶,踩着一脚泥到江边去汲水。好几回被他的南师学生撞见了,"老师,早晨我看见一个人蹲在桥下滩头汲水,很像是你,真的是你吗?""不错,正是我。"学生听着觉得有点难为情,他倒显得坦然而又怡然——那是一种都市渔樵似的谐趣。又比方,早时为着向镇江一位难得找到的老师学琴,孩子还小,妻子上班,他要尽照顾之责,就一手抱着孩子,一手抱着琴,大半年的节假日挤在长途汽车里往往返返,在奶瓶、尿布之间操习《白雪》《幽兰》,越是学得苦,就越是学得上心。他听说山东一位善斫琴的琴友,在当地寻不到髹琴用的生漆和鹿角霜,就自己利用假日到江苏乡下去踏勘查访,终于说动了山里一个原来产松香的社办企业恢复生产生漆。生漆是违禁品,一般无法进入长途运输托运,他又得打通各种人情关节,递烟送酒的,最后找到一位可以信托捎带的长途车司机,把生漆穿州过省为琴友送去。其实他和这位山东琴友一不沾亲、二不带故,热心做着这一切,更是分文不收。"琴事,是不该沾势利钱气的。"他说。便又提起刚刚发生不久的一件趣事:他好弹琴,却从来不收学生。他的一位琴界好友倒是收了一位在中国留学的美国洋学生,因事外出,想求他帮一个忙,暑假把学生转给他教。他开始推托,实在推不过去了,便提出一个条件:琴可以教,但不能收钱。这一下子,倒让这位美国学生为难了:"时间就是金钱",花了你的时间、精力,怎么可以不收钱?若真是这样,洋学生倒是要知难而退了。事情果真就这样僵持了下来,好友来劝,也劝不通。最后的结果,自然是洋学生勉为其难地退让——"可是,这是一种什么样的'勉为其难'呀!"我乐呵呵道。

"不合时宜"。又想到东坡老人的这个字眼。眼前这个谈吐轻缓、语不惊人亦貌不惊人的"琴人",自有一副在今天的时俗世界里久违了的精诚肝胆、古道热肠。这分古风古气,确是古琴赋予他的,因古琴而生,为古琴而发的。古琴进入了他的生命世界,或者说,他的生命世界里,始终呼吸着古琴的气息,支撑着古琴的骨骼,流荡着古琴的千古魂魄……

我顿了一顿,说:"我发觉,古琴是一种很有担当的乐器。"

他闪着亮光瞥了我一眼。

"至少,可以担得起生命的价值。"我又补了一句,"读你书的时候我就想:一个真正进入了古琴世界的琴人,应该是一个可以以身家性命相托的人。"

"你真这么看?"他定定望我一眼,站起来,在屋里默默走几步,"我也一直是这么看的,至少,是这么自我期许的。"他跟我说起他熟知和敬慕的那些琴人的故事——管平湖的清贫守恒,成公亮的清刚耿介，管先生大弟子王迪先生对他的亲切清和……都离不开一个"清"字。我便随兴跟他谈起：他书中以专节谈到的古琴的"古"和"清"——巧合的是，我曾将自己的耶鲁办公室定名为"澄斋"，并用过"阿苍"作笔名，是因着对"澄"和"苍"两个字眼的偏爱；不期然地，就吻合了他谈论的古琴精神了。

他笑道："这说明，你早就跟古琴有缘了。"

我朗声笑着："至少，是想跟古琴结缘吧。这就是我今天，蒸着南京的大火炉，也一定想见一见你这位'郭荆州'的原因。"

他站起来，拂拂手说："来，你跟我上楼来。"

原来这是一个复式的二层公寓，楼上才是他日常抚琴、习琴的雅室。我相随着踏进楼上一个格局雅致的小厅，他掀开一块薄布幔，只见案桌上一溜排放着四五床古琴，托出了一屋的静气。他坐下来，用一方绢巾轻轻拂拭了一遍琴面的尘土，抚着就近的一张琴，定定神，不发一言，低头弹奏起来。

斜阳一抹，窗外的车声、市声嚣然入耳。他却似乎浑然不觉，双手一触琴弦，整个人一下子就沉进去了。我傍立身后，见他背影凝然若钟，一时飞弦走指，琴音便时若流泉跳珠，时若枯松遏风似的，汩汩流泻开来。果真，扰在耳畔的嚣杂市声，渐渐，就被琴音推远了，廓清了，心境，也就一点点澄明起来。一曲弹罢，他回转神来，笑容里略带赧意："我平日从来不在白天弹琴的，今天，兴致倒是来了。"

琴音余绕，一室空蒙的馨香。

"太好了……"我啧啧赞叹着，试探着问道："你刚才弹的是……？"

"《流水》。"

——果然。那琴曲音韵,是否真的一若当日伯牙、子期"洋洋乎志在流水"的相遇相知之音,或许难以确证;但流转千年,终由古琴国手管平湖先生一手弹出,那确就是承自管先生真传的著名的"七十二滚拂"的《流水》——那也正是20世纪70年代,收录在美国太空署发射的旅行者一号太空飞船上,播向茫茫宇宙,为人类寻找太空知音的那首真正永世不朽的曲子啊。

一时百感会心。我只是沉默着,不说话,好像特意要为琴音留一个回旋的空间,心神还羁留在那萦绕不去的流水之中。

他站起来,低头端视一眼,向我轻轻一扬手,说:"你仔细看看这几张琴——你今天,就从我这里,带走一张琴。"

我一惊,以为听错了,呐呐说道:"不不,这怎么可以……我原来只是想,也许明年、后年回来,可以委托你,帮我物色一张好琴。"

他直直望着我,语气恳切地说:"不,这琴就是你的。"又重复一遍,"你今天,可以从我这里,选一张琴走。"他微微笑着,"虽然没有琴,你早就是一个琴人了。"

——果真?一时间,我的震愕和惊喜,只能用如临深渊、如闻轻雷来形容!琴,琴,琴——古琴,古琴,古琴。眼前一字排开的琴床,琴弦荧荧,漆色幽幽,波澜起伏,像横亘在我眼前的一坂山岳,一片沧海。"为我一挥手,如听万壑松。"(李白)多少古来的悲风清响,似从琴面上凛凛拂过。郭平的话音,却徐徐地、絮絮地,流过耳畔——

"这几张琴,不是我的。是我那位会斫琴的琴友——就是我前面提到的那位山东斫琴家的。他每年亲手斫几张琴,也就那么三四张吧,放在我这里,让我送给跟古琴有缘的人……"

"不不不,"我醒过神来,"这情分太重了,我怎么可以接受这么厚重的礼物？要带走琴，我一定要花钱……"

"这样的琴，花钱也买不到的。"郭平抚弄着那几床琴，弦声淙淙流响着，"张培宏就是不让我随意卖他的琴，"他道出了斫琴家的名字，"这样好了，张培宏这个人，一门心思用在斫琴上，自己却生活清寒，家徒四壁的，可是多年来只肯用琴结缘，把自己手斫的琴一张张地送人。我就劝他，一定要收一点钱，哪怕是工本费呢。我不是在为他卖琴。他把琴放在我这里，委托我为他物色跟琴有缘的人。这琴，今天就该是让你带走的，你若是愿意，也可以给他寄一点钱去……"

我一下子释然了："这样好，这样子，我才会心安……"

我拨试着琴弦，从三坂横卧的"山岳"中，选中了这床琴声苍透、漆色沉凝、名为"霜钟"的琴。小小心心抱琴于怀中（郭平教我该怎么抱——琴面向外，岳山、龙池在上，凤沼、雁足在下），像是抱着一个初生的婴孩，一身的细润娇嫩，左右上下端详个不够，一时竟有点不敢置信："真的吗？这真是我的琴吗？我今天真的有了一床古琴了吗？"轻轻把琴卧放在几上，一时又像孩子一样拍手乐起来，"哈哈，这么说，我真的是有琴啦？我真的是一个琴人啦？"

真个是"一琴在手，蓬荜生辉"！我乐呵呵、傻呵呵地抱着琴，抚着琴，在屋里兜着圈子，一时真觉得眼前的空间，豁亮了，高旷了，落霞变成调色盘，小小雅室，一下子烟霞滚滚，变成万松之壑、万川之流了！

郭平掉头又离去了。他回转来的时候，手里提着一个黑色长腰的包囊，笑盈盈说："别光顾着傻乐，你可是要穿山过海把这把张琴背回美国去的呢！你就把我的琴囊一起带走吧——这是我为自己那张琴量身定做的，你看看，给你的'霜钟'，合适不合适？"

——天作之合：合适得严丝密缝。

我的感动、感激一时无以名状："这……这怎么好！这怎么好！"那一边，他已经用琴囊将"霜钟"装裹起来，合上丝绒内套，拉上拉链，"这样背起来，这样摆着放，在长途旅行中才不会损伤琴，你试试看……"他叮咛着，比试着。

抱着琴，他忽然像个母亲，眉风里，拂动着母性。

——"孤芳众赏"。心里头，突然跳出这个字眼。刚才，我们曾经谈论过古琴自古秉持的"孤芳独赏"的品格，对于古琴的成全和局限。正如他的书中所言：一种理念，成就了一门艺术，创造了一种境界，却又同时阻碍了艺术的发展，这是中国艺术境界、艺术思维的二律背反。古琴的"孤芳"——那种出尘脱俗、敢于遗世独立的高旷孤清，自是要后辈人以心血、以生命去珍惜、去呵护的；然而，古琴的运命，可不可以从"独赏"的幽斋，走上"众赏"的桥头，从而在新世纪的江枫渔火、杏花春雨里，让更多现实愁眠中的客船与船客，闻到历史深巷里的酒香和杏花香，听到雪夜霜晨里的袅袅钟声呢？……

唐人薛易简在《琴诀》中云：古琴"可以观风教，可以摄心魂，可以辨喜怒，可以悦情思，可以静神虑，可以壮胆勇，可以绝尘俗，可以格鬼神"。

我望着他为我的"霜钟"拾掇忙碌的背影——那真是一个母亲，为行将出远门的儿郎的"临行密密缝"哪。我早从《古琴丛谈》书中，读出了他为古琴焚膏继晷的传道热忱；如今，我更从他和张培宏这样的新一代琴人身上，看到一副深具宗教情操的有担有当的肩膀。传统中国文化，历经千百年来尤其是20世纪的诸般烽火劫难——真是庙堂砸尽了，典籍毁遍了，千古流传的国之圣器珍宝被摧残损弃得遍体鳞伤、花果飘零；而一国文明之命脉——"传统"，却依旧默默崛立着，于劫灰余烬中沉潜着火种，于霹雳雷霆间留下深辙与深根，只要有一点雨露华滋，就能迅捷地在一片血火废墟中泼剌剌地重生——它所依凭的，就是如同管平湖、查阜西们，也如同郭平、张培宏们一样的，一代又一代不为时潮所动、不为世态所驯的执着自持的力量——这是一种来自黄土深层巉岩深处的草根的力量，也是一种自动自发因而自在自足的生命的力量啊。

我知道，这个人和这张琴，同样启开了自己生命里程中新的一页。从此，沧浪之上，天地之间，浩浩烟波、迢迢逆旅之中，我又多了一个健行的伙伴、一个心灵的依傍了。

琴积淀了那么多，却又似乎总是不言不语。从来也没见琴大声喧哗过，没见哪个琴人借琴而腾达过。古琴有些像磊磊山岩上的一株孤松，有些像杳然出岫的一朵孤云，有些像不舍昼夜奔流的大河，也有些像寻常之人一张诚恳质朴的脸。它的悲恸、欢乐与盼望，都以朴茂的方式述说，以从容的态度存在，如同无限蕴含的大自然。（郭平《古琴丛谈》）

那天，我搂着古琴，仿若搂着一缕乾坤清气，登上了西行的越洋航机。

结笔于 2006 年 10 月 19 日，星期四午后，耶鲁澄斋

篇末小记

旅途风尘未拂,归返耶鲁校园的头一件事,就为着识琴、学琴事,造访年逾九十的张充和先生——她是沈从文先生的内妹,抗战年间重庆、昆明名重一时的"张家四姐妹"之一,当今硕果仅存的民国一代书法、昆曲、诗词大家。老人家听说我从南京带回来一张名为"霜钟"的古琴,眼前一亮;仔细询问了我的金陵访琴、得琴经过,会心笑道:"这是最典型的古琴故事——千古觅知音哪!"她笑盈盈把我引到楼上,向我展示她的一件珍藏了大半辈子的宝物——一床名为"寒泉"的宋代古琴,那是古琴一代宗师查阜西当年送给她的结婚赠礼。

晨光中,我轻抚着苍深透润的琴面,只见流水断纹隐隐,那是岁月凝就的斑斓贵胄。老人向我忆起1940年前后的重庆时代,查阜西和荷兰汉学家高罗佩常常一同切磋琴艺,她就在一旁听琴、学琴,并曾与高罗佩、查阜西一同登台献艺——她唱昆曲,他们弹奏古琴。回到家里一翻书,吃了一大惊:这位高罗佩(Robert Hansvan Gulik,1919—1967),不但是西方汉学界的一座雄山大岳(国人一般熟知他的《中国古代房内考》),而且是中国古琴的一位真正的西方知音和国际传人。他的古琴启蒙师,正是琴史上大名鼎鼎的清末民初著名琴家叶诗梦。今天北京故宫收藏的"天下第一琴"——琴背龙池上嵌刻着黄庭坚、苏轼等历代藏家姓名的"九霄环佩",正是得自于叶诗梦当年家传的收藏。高罗佩乃叶诗梦入门弟子,在叶诗梦去世后的第二年——1938年,他就以题献"我的第一个古琴导师叶诗梦"的名义,用英文写作出版了《琴道——琴的思想体系之论著》(*The Lore of the Chinese Lute: An Essay in the adeology of Ch'in*),并在1941年出版了《嵇康及其琴赋》(*His K'ang and his Poetical Essay on the Tute*)一书,至今,此二著，还是西方世界关于中国古琴的最经典、也最精辟的论述。

从"寒泉"到"霜钟"，其间竟然连缀着那么多仿若星辰斗宿一般的名字，这是一段何等的奇缘哪！那晚夜半，释卷临窗，见满天星斗，密似繁舟，沸沸然自天海四方涌来。望着如今安卧在书房中的古琴，我似乎忽有所悟了……

2006 年 10 月 23 日补记

易水访砚

那一年春事来得晚,四五月天,还是满眼萧索的。沟边垄头,到处是斑斑驳驳的残雪。我们一行人在易水河边下车的时候,竟又下起冰雨来了。雨丝夹杂着冰粒,满地里只听见一片星星桑桑的脆响。这雪雨冰花的,总算把一路车途上凝集的火气,一点点浇熄了。

这一回,本来是北京十几位文化人相约一起到河北易县的清西陵春游。可是一伙人身在当日慈禧、光绪赋闲出游的行宫里,耳根就没有一分钟清静过。我知道自己的脾性,年来诸事的纷扰已经耗尽了心力,既离开了书本,也荒疏了学问,这一回,是无论如何不该脑袋发热了。便力排众议,坚持不变原定行程,执意让冷风冷雨把我们带到荆轲塔下这个出产"中国十大名砚"之一——易水砚的村子边。

荆轲塔不高,年久失修,灰黢黢地顶着一头衰草抖立在雨雾中。易水河却早已成为一段枯河,细细的水流在一大片焦褐的芒草丛下若有若无。有几位头戴竹笠的老人孩子蹲在旧河道上,摆卖着一小捆一小捆的香椿芽苗。我上前搭话,买了两捆香椿,发现这里的孩子,眉目间已经养出一种旅游地人特有的狡黠,一时便觉得无趣。进得村来,立时有一簇簇的汉子、女人把我们团团围住,举着一个个龙凤砚台高声叫卖。低头看去,图案刻工千篇一律不说,好端端的石台,竟都一色涂上了乌光光的墨油,材质尽殁,便大叫上当。这边村长、支书等人已经热哄哄吆喝着把来人分成三五堆,分头领着上专业户买砚台去。我慌忙找了个由头退出来,心下明白:这冷雨荒村其实早已浸满俗媚,与那"风萧萧兮易水寒,壮士一去不复还"的悲歌清响,隔膜何其久远了。

独自在村道上踯躅,微雨中听得村子里家家户户传出叮叮咚咚的琢砚之声。在一座破磨坊边碰见王鲁湘,原来他和我不谋而合,都是耐不住那龙凤上的人造油光,直说,还不如走走泥泞乡间路,听听雨中驴叫声呢。

冷雨在青石板路上敲出一片清音。两边高墙的青砖玄瓦,倒还透出森然的古意。终于还是顶不住叮叮之声的诱惑,便又跑进几个琢砚人家去看砚台——还是只能说几句客套话,低着头退出来。没完没了的龙凤呈祥,大大小小,油油光光,只有价钱之分,没有砚品之别。倒是越能拿出俗艳货色的人家,门楣就修得越是排场。心想,这易水砚,大概也一如此地的人们,元气早已散尽了。

北方的村子没有几大方圆,举步之间已经走到村头。看看离集合还有一段时间,便干脆钻进路边一家供销社里避雨。哪怕就是看看粗朴的泡菜坛子,和老乡拉上几句农事家常呢。柜台前一片清冷,满眼又是那种油光光的龙凤呈祥。一时兴致索然,便又走了出来。才走出几步,听见身后有一个声音跟了上来,窸窸窣窣地显出了踌躇。回身站定,见一个个头不高的灰衣汉子,慌措地收住脚步,四下看看,陪着一脸谦卑得近乎谄媚的笑容,问:买砚台吗?我没好气地说:都看过了,不想买。他眼里突然就放出光来:厄(我)就是,看上了于

（你）不想买，跟上了于的。一口当地土音，那个"于"，怕就是古音里的"汝"吧。我笑起来：明知我不想买，怎么又要跟上我？莫非你有好货色吗？他便忙不迭地点头：跟厄来，跟厄来。

村边一座低矮倾斜的夯土小屋，推开半掩的门，脑袋就几乎碰着屋梁悬挂下来的玉米、大蒜和农具。地上堆着各种石材石块，灶台、炕铺和琢砚案子挤在暗影里，一片兵荒马乱。那汉子要让座、要沏茶都被我谢过了，便哆哆嗦嗦从哪个角落里抱出一个尼龙化肥袋来。在案桌上打开，里面是一摞摞用旧报纸包着的砚台。纸张黄旧，似乎已积攒了有些时候。

掀开前面几个纸包，露出的砚台原质已经让我亮眼：一色水滑的灰石、油润的绿石，仍是那些龙龙凤凤的图案，布局、刻工却已见不凡。移开那些龙凤们，汉子的动作变得小心翼翼起来。一个个层层包裹着的方圆，大大小小排开在炕铺上。我伸手想帮他开包，他不让，似乎要按照一个预定的顺序，刻意予我幡然的惊喜。

先打开一个：松竹梅，"岁寒三友"。那虬曲的松枝是浅浅地刻在砚池边上的，砚盖上浮起片片竹叶，透过一角竹影，赫然挑起的是两朵怒张着的梅花骨朵儿，花瓣雕镂得丰厚劲道，连花蕊的颗颗粒粒都清晰可辨。我叹了一声好，又看他打开第二个："松鹤延年"。完全是立体浮雕的刻法：砚池边的空间，被几条粗放的云线省略掉了，砚盖上的老树松皮是用角刀劈削出来的，质地粗粝有如生铁；占满图案的那只仰颈欢叫的仙鹤，却线条温软细腻，一曲一弯，一羽一鳞，都是毫不含糊的。

我知道我遇上琢砚大家了。抬眼问：是你刻的？了不起。他连连哈着腰：现眼了，现眼了。仍是一脸的谦卑。你再看看这个，他又慢慢给我打开一个纸包。这叫什么?"犀牛望月"。犀牛?可这不是犀牛,明明是水牛呀!厄(我)、厄也不知道,老辈人传下的说法。厄……我故意笑着发问,本来是为了松缓他的拘谨,却反而平添了他的惶乱。这汉子,欠点丈夫气。这样想着的时候,只觉得手上那方砚台似有一道灵光逼过来,收住笑,人却懵住了:

比巴掌略大的一方灰绿水石,打磨得温润生光。砚池边还是同样风格的省略云线,着力全在那砚盖上——一片锦云凌空突起,厚度夸张得比砚盖本身还厚重;遥对着一只悠然伏卧的水牛,牛眼浮突,鼻孔绷张,仰看云朵,带着一种俏皮调侃的神气。摇甩的尾巴,牛背的肌肉、毛纹,都是用刻刀细刃一点点细挑出来的,大朵的云团却深浅不拘,刀法淋漓。锦云和水牛之间,则是一大片磨光打滑的空白,是大地,也是天海。虚实之间,似乎那云彩那牛步,随时都会飞走出来。

晦暗的屋里顿觉莹然生光,直是被这方奇砚照亮的。

我一直攥着的矜持这时再也拿捏不住了,啧啧惊叹:神品神品,真是砚中神品!神刀手,大师级……冲口而出。他却望望我,问:于(你)是买的刻工,还是买的砚台?

我一愣,没明白他的意思。他笑笑说,厄看,于不太在意看墨池哩。我发怵了:可不,磨墨聚墨的墨池,才是一砚之本呢。都说易水砚的材质不如端砚、歙砚,讲究的只是刻工,原来自己也落入那些"旅游俗套"里啦!他指指门外说:这易水村里,刻工有比我好的,打墨池,没有。我赶忙掀开刚才那方"犀牛望月"砚,目光立时就被那汪透润的清池揪扯住了。这才惊觉,石材的精魂全凝在那里——打磨得犹如冻玉莹脂的石心石壁,透出隐隐的绿眼斑纹;明明是浅浅的一池光滑,却又恍觉深不见底。

一时觉得肃然：眼前这位灰衣汉子，低眉木讷，砚里却见浩然乾坤。真乃江湖遇上的异人了。

他慢慢说道：老辈人打砚台，十冬腊月都愿跳到易水河底摸冻石，就讲个墨池有冻哩。于听说过，咋叫墨池冻吗？

我摇摇头。他就向我解释，易水砚材一般分水石、旱石两种，上好的石材都有一层凝脂一般的冷光，叫"有冻"。那大抵是水石，在流水里打磨了千百年留下的印迹。

他指指门外，话音里就来了火气：一味只在刻工上玩花哨，好来钱，就上山挖粉石，落起刀来像削土豆，反正打上光油啥也看不见。老辈人传下的易水砚，就这样败在他们手上啦！同志于说，不是？

我没忙着回话，等着他拉开话匣子，他却顿住了，放低声音说：这话，只能在屋里讲。

我连忙掀开刚才那几个被我忽略掉的砚台，一个个墨池果然幽明逼人。顺着他拆开的纸包看过去：石榴抱子，五蝠（福）临门，金猴祝寿……一色都是立意翻新、刻工精巧的上品，那光鉴的墨池，更仿佛是磨剑铸器的所在。可是，我又很快发觉，我越是亢奋，越是惊叹连连，他似乎就越是变得神情委顿。他袖起手，再不多言，开始让我随便翻弄他的黄旧纸包。一时觉得这陋屋的暗影中似乎藏着许多隐曲，又不便多问，屋里气氛变得沉凝起来。

翻出了一方没刻完的砚坯，他说那叫"竹林三贤"。我说：是"竹林七贤"吧？他眼里一闪说：哦，是七贤吗？目光却又暗淡下来：记不得了，上辈人传下来的说法，难怪厄做不上路。我便趁势问他：师傅您，是祖传的好手艺吧？他笑笑：这村里，哪家的手艺都是祖传。我指指他的破炕陋席，更把疑问逼过去：那，凭什么，你这么好的砚台，就卖不出好价钱？那些打油上光的，龙凤都上房啦！他淡淡回道：没咋，不愿屈头，就不让当专业户，上不得他们的台盘。我惊问：真有这样的事？凭着你这一手好功夫，还上不得——台盘？他却立刻变得吞吞吐吐起来：厄，厄，上辈人作的孽……得罪不起……不说这个啦，不说这个啦。你挑你中意的砚台吧。

他就这样打住了话头，再不肯往下细说。门外的雨声一时灌进来，又是那一片飒飒作响的雪雨冰花。

看看时间不早，我是该告辞了。我把第一个照面里就相中的两方砚台——"岁寒三友"与"犀牛望月"挑出来，他怔了怔，有点不舍的样子，却又推过手来说：同志好眼光，同志好眼光。问价钱却又吃了一惊，每方砚，他只要八块人民币。怎么要那么少？我说，刚才村上那些油腻腻的龙凤粉石块儿，最小号的起价，都是十五块的。不料他慌忙摆起手来：别别别，同志于别害厄……厄只拿他们要的收购价，不想让人落话把儿……一再推托，两方砚台，他最后只肯收下我的二十块钱。临出门还千叮万嘱：别告诉人家是在我这里买的砚台，要等开了车，离了村，才好把砚台给你的同志看。

为什么？我又问。

他说，他怕没开车，我的"同志"要折回来买他的砚台，坏了村里的规矩。

揣上那两方砚台在泥泞村道上急急往回赶，微雨中传来了村头汽车催促的喇叭声。回望一眼，那汉子并没有如我想象一般，以他站在蓬门边的孤影愁目让我哀怜不舍。那门仍旧那样半掩着，就像这灰蒙蒙的村落里所有那些我没有造访过的蓬门一样。心里突然有点犯酸：都说，天下不平，一叶知秋。没想到，就这么一方小砚台，还要把世事的五脏六腑直直剖给你看。易水砚，果真就这样败在那些龙凤油光里了，可这位能救易水砚衰运的一代能师贤匠，却又早已被那陋屋矮梁，压折了腰杆。而我又能做什么呢？搬弄几句书本上"哀其不幸，怒其不争"的套话？一家伙停下车来驻下马来为他和他的砚台们打抱不平？读书人，除了书本纸笔，这些，算不算一门也需要念想的学问呢？

冷雨中，一时竟觉得眼热心紧起来。

车子碾着满地冰碴子离开了易水村庄。满车的同伴都在互相炫耀着此行的收获，比试着价钱。大大小小的龙龙凤凤，果真砍得血价满天。不须说，我终于亮出的"岁寒三友"与"犀牛望月"，简直把整个车厢都点着了。惊诧声、怪责声哄然而起：呀！你小子，哪儿挖出来的金矿？你小子独门独食，不仗义呀！你小子这回，可死活花了大钱了吧？

为我解围的，却是王鲁湘。他笑吟吟捧出了一个近乎脸盆大小的龙凤砚台，满车又是一片哗然。那镂空扭曲、佻达飞扬的龙凤，确非那些油光光、粉嫩嫩的行货可比。说：野有遗贤呢，谁让你们只知道跟那些村长、支书们串热户去？

窗外闪过了衰草萋萋的荆轲塔。那道风萧萧的易水一枯见底，早已寒光逝尽。朋友们争相传看着我的那两方奇砚，惊羡连连。我便夸张地笑着，默认了花出去的大价钱。我知道自己的这一分虚荣是为那个汉子争的，迷离雨雾中抹不去的，却是嵌在那陋室与奇砚之间的，他的委顿的面影。

我记得，我没有向同伴们细说这两方砚台后面的蹊跷故事。我也没有问王鲁湘，他遇到的，又是一位什么来历的"遗贤"。我甚至不相信这样的巧合：易水一别后，我和鲁湘的各自际遇，会与那一回易水访砚的经历，有着什么特殊的、可以穿凿的关联。只是，这些年浪迹天涯，这方"犀牛望月"砚，却是一直陪伴在我的漂泊行旅之中的。无论是孤灯读长夜，或是孤身走长程，它时时像易水边那片逝去的枯河寒光一样照着我的无悔，又时时像故乡的一方暖土、一爿新岸一样，熨慰着我的无眠。

1995 年 11 月 20 日写于新泽西衮雪庐

台北访茶

天雨,路湿,躲到骑楼下想起:不要忘了买两斤台湾茶叶。对了,这是忠孝东路,去年到台北,也是临要登机以前,就是在附近一家茶庄买了几斤上好的茶叶。冻顶乌龙,文山包种,香了我好一路的行旅。何不就近访访去?

"老茶客了,老板娘,认得我吗?"没太费周折,我就在内街里找到了这家"铭裕茶行"。门面不大,下雨客稀,老板娘笑盈盈迎上来,却没认出我来——自然。

我提醒道:"去年,美国来的大陆客,买了好一堆茶叶,还顺便买了你两把宜兴紫砂壶,一把便宜,一把贵,你还帮我编了一条壶盖辫子,可记得?"

"噢噢,想起来了,"老板娘笑着把我让到一个黄藤木根雕的茶座上,"我当时还问你,大陆人,怎么要跑到台湾来买紫砂壶?你说的北平话我还特别记得,你说,回不去,解馋。对不对?"

"对对,回不去,解馋。"我漫应着。不想又触着了心间的那一丝隐痛。

说话间,屋里坐着的另一位男客——像是她的亲戚,已经给我奉上了一小杯酽茶，撩起一缕浓香。

"这是今年的春茶吧，好香。"

"不，春茶早过了，现在喝的是冬茶，刚刚下来的冬茶。"

"冬茶？"我听着新鲜，"冬茶没春茶好吧？"

"我们台湾喝茶要喝新茶，新茶都好。台湾的气候不分春冬，只要雨水、节气顺了，两造的茶叶一样好。"

我想我是露怯了。在大陆，只知道春茶好，一斤雨前龙井，怕不要倾家荡产。老茶客，似乎都只喝第一造下来的茶。

我告诉她，在美国，我这个大陆人，最常喝的，也是台湾茶。店里卖的大陆茶叶，包装好的罐装茶往往来年隔代，散装茶又总带着一股仓囤湿气，茶味尽失。我每月去一次纽约，都得要上"天仁"，买一两磅台湾直销来的新鲜乌龙茶。

"直销纽约的？那还新鲜什么哟！你在我这里买的，全都是我们自己乡下茶园里种出来的茶。茶好，价钱呢，只是你在'天仁'的一半。"

她似乎马上揣摩到了我的心思，"不哩，不是推销我的茶叶，你闻闻，你闻闻，花你那价钱，在美国，只能买到这种等级的茶；在我这里买到的，至少是这种等级的茶，你看看这叶片，这茶色。"她打开一个大茶桶，抓起一把茶叶，用指头弹弹，让我嗅嗅；再掀开一桶，抓起一把，又弹弹，嗅嗅。果真香气各异，却也都带着一种新炒上市茶叶的泥土气和锅头气。

"这样吧，"她偏着脑袋用小计算器帮我算了算，笑着，"今年的冬茶量少价贵，恐怕你在我这里，不必要买头一等的冻顶乌龙，可是你却可以买到头一等好的文山包种。瞧，这是我们茶园送去参加比赛得奖的茶叶。"

"茶叶比赛？"

"赛呀，年年都赛，要不，我们台湾的茶叶怎么会这么好？阿杜，"她招呼里屋的熟客，"请给这位先生换一壶我们的'文山包种'，让他开开眼界。"老板娘语间，顿时溢满豪气。

"台北县石碇乡八十二年冬优良文山包种比赛会。编号：423。"我念着茶叶罐上的文字，不觉间，一股熏香扑鼻。白瓷茶盏中，淡琥珀色的茶汤，抖出了满屋异香。

——可不就是青草一样、晨露一样、山岚天籁一样的香气！抿一口，清冽冽的满口甘醇，沁透肺腑。却又不是人工添加的花香料香，而是悠悠然、淡淡然发自芽尖叶瓣的醇美馨香。那一年春暮，我曾在杭州西湖边的三潭印月，喝过一杯新上市的龙井，那清透沁人的香气恒久难忘，却仿佛天人一瞥似的，以后喝过多少赫赫名头的名茶好茶，那纯香美韵，却再也无缘把晤了。没想到如今在台北，在细雨中这家不起眼的茶肆，仿佛三生有约似的，我又和"她"相逢了！

雨声淅沥。斟盏之间，我和两位新识的"茶交"细论起两岸的茶经来。

我说：都说"大陆酒，台湾茶"。我非酒客，无法评价台湾的酒品；可台湾茶里的所有荣光，却似乎都被"冻顶乌龙"独沾了。依我看，就茶而论，这"文山包种"其实是更"台湾"的。大体言来，台湾茶以香胜而大陆茶以韵长。以乌龙比，台湾冻顶茶品清冽，带草香，有股冲劲；而大陆安溪、武夷乌龙则茶品醇厚，带土味，后劲很足。其间喜好因人而异，其实是难分伯仲的。但以茶香计，"文山包种"却有一种大别于"雨前龙井"或者"碧螺春"的独特香气，香得更彻底——香若有音、有韵、有灵，非常的"台湾"。

老板娘呵呵地乐了："你说得还真有一套！那你该好好为包种打抱不平呀，这样也就为我们的小店打招牌啦，我们'铭裕'的乌龙好，可包种更好！"

哈哈大笑。笑话絮语之间，一罐罐茶叶打包好，我又该动身起行了。每一回我都是这样匆匆来去，每一回我又都是为台湾茶倾囊而出。老板娘忽然从柜子里拿出一把丝线，说：对了，还记得你去年走得急，你买的两把茶壶只给你编了一条壶盖辫子。你把这丝线带回去，再给另一把壶编条壶盖绳子。很好的壶，这么远的水路，壶盖要摔碎了太可惜，就这样三把线搭着，很好编的。她向我比试着。

我收下丝线，谢了她的厚意。"回不去，解馋。"忽然想起去年买壶时我说的这句话。紫砂壶，台湾茶，共着北美的一天冬雪和半炉红火，相伴的是几本中文报刊再加一台中文电脑——可不就是此时彼地、漂泊颠连中自得其乐的一幅"地球村蜗居图"！人生在世，可以有许多企求，拢尽归齐了，其实也都非常简单。兢兢业业或者蝇营狗苟，走到天尽头，不也就是为了寻觅这一壶茶、一杯酒的温热吗？天涯处处，都有这么一壶热茶烘暖着你，夫复何求呢？

出得门，老板娘追出来，递过一个信封，是要寄给美国亲友的圣诞卡。怕赶不及，烦请我捎到美国代为邮寄。"邮资就斗胆让你破费啦！记得明年再来，喝我们'铭裕'的好茶呀！"

我揣上那个圣诞卡，在细雨中慢慢走着。才恍觉，薄暮中的台北街道，原来浸满了温湿溟蒙的冬意。

1994年暮春于新泽西普林斯顿

天地之门
——休士顿纪行

"上天有路,入地无门。"那天初抵休士顿,我的加州大学老学长Z兄,聊起此地闻名的两大企业——美国太空总署(NASA)和石油公司,用这样一句俗语拉开了话匣子。

他感叹道:现在,人类仰望星空,几十亿光年外的遥远太空,借助于射电望远镜,都可以描画出明确、细致的星系图来了;可是,如果从原始智人进化的历史算起,我们人类踏在脚下已经有上百万年的这片近在咫尺的土地,从地表、地壳、地幔到地心,究竟是怎么样的一幅图像,人类至今还是懵懵然的。所以,今天,也许我们可以准确预知外星撞地球的轨道和时间,却对几乎每日、每时都会发生的地震束手无策,这就是为什么科技再先进的国家、部门,至今都无法作出准确的地震预报的原因。

一席话,说得我茫然错愕又遐想联翩。

我的这位语速飞快、喜欢直来直去的老哥们儿Z君,当年和我一起在洛杉矶加州大学(UCLA)的合作宿舍打滚玩闹、扫地洗盘子,现在,却是此地——也是全世界——最大的一家石油勘探服务公司的技术高管，干的就是给地底世界描图画像的营生。用专业术语，就是地内世界的多维成像专家。这位毕业于老北大地球物理系的最资深的"洋插队队员"（1981年就赴美留学），是当今世界名列前茅的地内成像专家。所有石油勘探、油田定位，亿万投资的获利或受损，都跟他的工作息息相关。所以在行业内每每一言九鼎，一句话就决定一个几十亿元投资，或暴利或泡汤。

"你真的要一幅幅地，把地底下的岩层构造画出来吗？"我很好奇。

"不是画出来，是算出来。"Z君得意地笑着，"打一个简单的比方，就像日常检查身体，通过照X光来探究病源病像，我们是给地球这个大身体照X光，通过各种高科技仪器获得的亿万种数据，通过各种复杂的模式运算，计算出地底的具体成像来。"他看我还是满脸狐疑的样子，笑声响亮，"呵呵，可真的是一幅幅图画——由电脑描画出来的三维成像呢！"

"这么说来，"我真的有无数的疑问，"如果大家都是依靠电脑的数据，使用共同的计算模式，你的计算和别人的计算，难道不会是大同小异吗？怎么判断孰优孰劣、谁高谁低呢？"

他的笑声更响了，"你们搞文学艺术的人，不就最讲究个分寸感吗？这种分寸感，落实到数据消长、计算模式的把握上，可就是天大的差别了。在这个行当里，同行们最怕我这位Mr.Z说的一句话是：你算错了。这句话我不会轻易说，可我要这么一说，他们的脸色就唰地白了。我总对他们说：不用紧张，不用紧张。我会把结论先告诉他们，再慢慢让他们明白，计算的过程错在哪里。你知道，随便在哪里钻一口井，扔出去的就是一亿美元，你这个计算位置，直接关涉的就是老板荷包的消长，也关涉到他们本人职位的生死存亡呀！"

我一时肃然。

确实很难想象，这地底世界如此深邃浩瀚的奥秘，在他口中说来，好像玩儿似的轻快。更难想象，地表、地壳、地幔、地心，这么缥缈玄奥的名词术语所连接的未知世界，怎么一下子就离我这么近？仿佛眼前的Z君，就是那个刚刚从凡尔纳的科幻经典《地心旅行》里走出来的"李登布罗克教授"一样！

"跟你举一个更贴近也更残酷的例子：关于最近的日本地震。"他略略敛住了笑容，"越严重惨烈的地震灾害，对于做我们这一行的地球物理学家，就提供了越丰富、越宝贵的地内构造信息数据，也最是可遇不可求的认识地内构造及其成像的大好良机！"

"呵呵，你这，可真是另一种意义的幸灾乐祸呀！"我调侃道。

"不错，每次地震完后，最忙碌的是这样两拨专业人士——地面的救灾抢险专家，和我们这样的地内专家。"他脸上神色仍旧那样淡然，"我们这些地内专家，需要不失时机地捕捉住地震释放出来的每一个细微数据信息，再把已知的庞大数据库组合起来，置放到一定的计算模式里，运算、观察，就可以更深入地了解一个全新的相关地域的地内成像。你来得时间很巧，如果在日本地震刚发生那段时间，对不起，我就顾不上陪你这位小老弟啦！"他呵呵地笑着。

"地狱"——"天堂"。我在想，"地狱"的幽深莫测，在Z兄的描述里几乎给"数码化"和"多维化"了；而"天堂"呢？那个被康德认为人类最值得敬畏的两个"东西"之一（另一为"心中的道德律"）——那个人类每每敬畏仰望的，星光灿烂、浩瀚无际、深邃无比的星空与太空呢？

很巧，这回造访休士顿，本来是为着一场关于海外华文文学的专题演讲。接待我的来自台湾的美南作家协会 S 大姐的先生，姓名开头的字母也是 Z。和上面那位姓 Z 的"地内专家"相对应，这另一位更年长的 Z 先生，恰恰是"管天"的——他是在休士顿美国太空总署（NASA）工作超过三十年、退而未休的航天专家。那天，休士顿的早春风和日丽，老 Z 先生亲自开车带着我们参观 NASA，他熟门熟路，领着我们在贴着大小标记、符号的门楼间穿梭来去，四处穿制服的人员都恭敬地纷纷向他点头招呼——原来，他，Z 先生，正是管辖那架闻名天下、当时行将退休的美国航天飞机的热处理总工程师，是 NASA 直接参与设计、建造和发射、监测航天飞机运行的主要负责人之一！

参观 NASA 的大半天，于是成为我近年人生中的一段真实的童话之旅。头顶那片永远伴随着神秘和梦想的璀璨星空，那些往日那么遥远的、仿若神话一般的故事——无重力生活、太空漫步、关于地球和太空之间的往返轨道，关于航天器穿越大气层时生死攸关、需要严格把握的热处理数据，等等，在他的娓娓道来之中，一霎时，简直成了活现在眼前的传奇——一个个有温度、有气味、有细节、有质感的具体存在！

金阳若酒，鸟鸣似笛。休士顿四季如夏的和暖熏风，在耳边轻轻地吹着。Z 君领着我们参观 NASA 航天员训练中心和研发中心的一路上，像叙说着琐细家常一样，跟我们讲述当年震惊全球的"两次摔航天飞机"事件——1986 年那次"挑战者"号发射升空随即坠毁以及 2002 年"维多利亚号"返回地球在大气层焚毁的两大太空发生的人类大悲剧。这位如今白发萧萧却温煦心细、富有幽默感的 Z 先生，不单是两次大事件的亲历者，而且，是参与调查造成事故具体技术责任的人。令人惊诧、感慨的是：他是负责航天飞机"热处理"部分的专职工程师，两次大事故的发生，又都与"热处理"有关；而最后调查确认的结果，他却都不是具体的责任有关者，在两次与"热处理"相关的惊天大事故中，他这位"热处理专家"，竟都能幸运地"全身而退"——成了"不幸中的万幸"这个中国成语的最佳注脚！

只是一念之差或着一二数据之差，茫茫星空的壮伟探索之旅，就成了灵肉瞬息间毁灭的惨烈血火之旅……这些摄人魂魄的故事，在老Z君道来，显得云淡风轻又举重若轻，却听得我大眼瞪小眼地惊诧连连。在NASA附近的一家中餐馆午饭的时候，他拿到一个幸运谶饼，笑着指着上面的英文谶语说：你看，这上面写着——走过高山悬崖以后，只要你稍加留心，就一定会看到瀑布流水。哈，真被它说准了，这真是我的"命"！

他望着绿影蓊蒙的窗外，轻轻叹了一口气说："命运好像总是这样安排我的——专业生涯中遇过很多悬崖、深渊，但只要你在每一个小关节上不粗心、不放弃，有问题先要追问到底，就是悬崖、深渊在前，你最终都能化险为夷。"

我心头微微地一震。

Z先生掰着手指给我们计算：从1981年开始，美国的航天飞机在地球与太空轨道之间来回飞行了一百三十多次。他几乎从一开始——从第三次一直到第一百二十二次之间，都是负责这个航天飞行中关于热处理的总负责人。他随即举了那两次惊天大事故中他始终没放过的"小关节"为例，"好像冥冥中有个声音始终提醒着我，这些常态下显得不重要的小关节，正是非常态下的关键所在，所以在最后的事故调查中，恰恰就是这样不起眼的小关节，成了调查结果里的关键性症结，同时也帮我廓清了责任，一切都像是命中注定！"

听起来，这位世界顶尖的科学家竟然如此信"命"，喜欢谈论宿命的"命定"，让我暗暗生奇。不过仔细想想，他言及的，其实正是天道中的人道——人为所左右、所对话的天命。原来，在浩瀚的可敬畏的星空之间，渺小的人力却不能自甘渺小；在宇宙巨大的空无之中，"小关节"竟现出了它奇伟的"有"的分量——人最需要敬畏的，是那种由敬畏自然、敬畏无限所产生的有限的能动和努力——无论是"常态"或"非常态"的人生际遇，微末，都是力量，微末，就是力量啊！

我忽然想到前面那位"地内专家"Z先生提到的"分寸感"，它和这位航天专家一再言及的"小关节"，可谓不谋而合。

我心头一时变得豁亮——原来，打开这道天地之门的无垠奥秘的，掌控这道奥秘之门的那把神奇的钥匙，恰恰不是"大"，却是"小"——从微末处着眼，于细碎里求全，在跬步里攀高行远，以卑微虔重面对天宇浩渺。在宇宙的空无面前，在未知和认知的浩瀚无边之中，人的能耐，人的尊严，也包括人的局限，事物的极限，不正是这般呈现的吗？

休士顿春日的蓝天深邃无垠，碧透欲滴，让我想到余光中先生当年那个引发过争议的名句："天空蓝得如此之希腊"。美南暖暖的和风熏得人昏昏欲睡。回程路上，我记得我真的在老Z先生的车子里酣睡了一觉。及至从混沌中醒来，觉得心神灵廓一清如洗，连日来在休士顿"上天入地"的见闻经历，便好似过电影一般，在眼前走画。车轮奔转，联翩的浮想便随着那些流动的画面，在美南大地上驰骋起来。"……从生到死有多远？呼吸之间。从迷到悟有多远？一念之间。从爱到恨有多远？无常之间。从古到今有多远？谈笑之间。从你到我有多远？善解之间。从心到心有多远？天地之间……"想起近日在网上流传的这一组短语，我便想往前接龙下去——"从天到地有多远？咫尺之间。从人到神有多远？毫微之间……"

2011年3月13日起笔于休士顿归途；

结笔之时，竟是2013年12月22日的圣诞前夜了，于康州衮雪庐

记住那双脚
——墨尔本战争纪念碑抒怀

以道佐人主者,不以兵强天下。其事好还。师之所处,荆棘生焉;大军之后,必有凶年。

——老子

不是计划中的行程,却给我带来意外的震撼和感动。

临离墨尔本前一日,老友小韩(应该是"老小韩"了,知青时代的金兰之交)坚持要带我到中心市区走走,说是墨尔本的都市繁华,其实毫不逊色于悉尼的。我却选择了去看市中心的植物园——还是不能忘怀那些澳洲特有的植物与生态景观吧。

这是一片梅兰竹菊和棕榈仙人掌可以共时共生并且各呈极态的神奇土地。自植物园登车离去,心上满盈的,依旧是飞红走绿的蓬勃生意,车子却慢了下来。小韩说:"这里是墨尔本很有名的战争纪念馆,要不要看一看?"

驻车漫步前行,一座仿希腊巴特隆神殿的巨石建筑远远耸立在广场尽头,斜阳下,大色块大明暗,劈然而起,幽亮生光。墨尔本战争纪念馆（Shrine of Remembrance，又称为忠烈祠或圣者纪念馆），最初的建筑原意，是为纪念在第一次世界大战中为国捐躯的维多利亚州市民，但很快就被当作澳洲的主要纪念场地，以悼念在战争中丧生的六万名澳洲人。现在，它则被用作悼念所有为国家服役的澳洲人的战争纪念馆，成为澳洲最大的战争纪念建筑。每年的澳纽军团日（4月25日）和休战纪念日（11月11日），在这里都会有隆重的纪念仪式进行。

我随意阅读着草坪护墙上的介绍文字，不经意抬头，视线立刻被迎面影壁上的那座雕像所吸引——这是一个面容有着强烈"憨澳"（澳洲人的自我调侃）特点的战士塑像。横枪而立的高壮身架，山岩般斧削的五官，凹陷的眼窝透闪着质朴锐利的光芒。那种警惕中透着紧张、紧张中流露出疲惫的神情，是一个真正经历过战火，又仍在战场上站立守望的普通士兵所特有的。

我打量着他，一时觉得，我面对的是一个有血有肉的躯体——你的母亲，不就是日前那个在坎恩斯牧场上刚刚挤完牛奶抹着袖子向我们旅游车朗笑招手的白发妇人吗？你的父亲，不正是在"十二门徒"滨海路上那个从运矿砂卡车上跳下来、忙着帮路边一辆抛锚车子出主意、递扳手的红脸汉子吗？我认得他们，就像我认得你，其实就是前晚在悉尼大街上迷路，那个热情而又谦恭地为我绕了三条街带路的憨小伙一样。是的，你和我的青春，都是同一样花季的青春；你和我的父母亲，都是同一样每日傍晚翘待儿女归家的父母亲；只是如今，你的花季，凝成了这么一堆用鲜血白骨铸就的青铜，而我，已经成了比你当年的父母更年迈、却同样在翘待儿女归家的"准老人"了……

战争和战场，一时间离我变得那么近，那么触手可及。在下一座掩映在绿树下的座雕前，更让我一时肃然屏息。这是一匹拖步缓行的垂头老驴,驮着一个容颜孱弱、似在呻吟的伤兵;牵驴的士兵战友用肩膀帮扶着他,在泥泞中怅望远方,踯躅前行。不,这不是战争的想象,这是战争的真实:每一个肉体,每一滴鲜血,每一声呻吟,都因你我此刻在这蓝天绿草之间的存活,而凸显出它的如同圣箴、如同天问一般的意义及其质疑——

战争——战争是什么?什么是战争?

战争的意义在哪里?战争的有意义牺牲和无意义荒谬,又在哪里?

关于战争,每一本教科书都会这样告诉你:

战争是一种集体和有组织地互相使用暴力的行为。广义来说,并不是只有人类才有战争。蚂蚁和黑猩猩等生物都有战争行为。

人类的战争,是政治集团之间、民族(部落)之间、国家(联盟)之间解决矛盾的最高斗争表现形式,是解决因利益冲突引发的纠纷的一种最暴力的手段,通常也是最快捷最有效的解决办法。战争,也可以解释为:使用暴力手段对秩序的破坏与维护、崩溃与重建。

自人类出现以来,战争就一直没有停止过。战争和文明始终交错,既对人类文明的发展和进步起着催化和促进作用,又时刻威胁着人类自身的生存。另外,由于触发战争的往往是政治家而非军人,因此战争亦被视为政治和外交的极端手段。

……还可以详引出无数不同门派、不同类型细目的关于"战争"的解释:比如"民族战争""革命战争""宗教战争"以及"常规战争""高科技战争",等等,等等。

我却想刻意去无视,这些关于"战争"的干巴巴的教义和定义。

散布在草坪四周的立雕、圆雕,白石大殿上的浮雕、壁画,重复着各种不同的战争图景：硝烟、烽火，战马、战旗，呐喊、冲锋，车轮滚滚、前仆后继……

我不是一个历史虚无论者或者乌托邦主义者。临风怀古，我知道人的历史无法逃避战争、漠视战争或者超越战争。我也知道，几千年人类文明史上的那些耀眼虹霓、斑斓色泽和悠远情调，有多少册页，都是被战争的鲜血和牺牲所染就、所照亮的。正是因为战争的残暴，才辉映出凛然走向残暴的身影的英勇高大；正是因为对死亡的恐惧，才突显出为战争牺牲奉献所叠加出来的每一个微末生命的超常价值。……

但是，我不能由此无节制地讴歌下去。因为我马上就遇到了"正义战争"与"非正义战争"的诘问——难道，"非正义战争"的牺牲，与"正义战争"的牺牲，有着同样的价值吗？或者，更可以这样反问：难道，无论"正义"或"非正义"战争所牺牲的躯体，不是同一样活生生、血淋淋的躯体？在这样如山岳堆积、如地层累加、如河流凝固一般的血淋淋的躯体面前，那个各说各话、高高举起、轻轻落下的"正义"和"非正义"，难道真有什么实质的意义吗？！

此一刻，战争于我，绝不是干巴巴的教义。它是淋漓鲜血，它是血火劫难，它是生离死别，它是被无情撕裂的儿女情长、亲子之痛，是父母和亲人的撕心恸哭……

战争的荒谬，就是这样，被历史的血渍显影出来了。

眼前的战争纪念馆，本为参加第一次世界大战的澳洲阵亡者而建。我不禁想起不久前读到的这样一则与"一战"有关的逸事——

以揭示"荒谬"主题名世的法国作家卡缪，对自己的父亲从来没有印象。他的父亲，是第一次世界大战时第一批被派到战场、又第一批在战场丧生的人。直到四十岁那年，他才找到被埋葬在战场附近的父亲的陵墓。当他看见墓碑上的两个数字"1885—1914"，他算出了父亲战死那年是二十九岁。二十九岁！四十岁的他，竟然比埋在地下的父亲还要年长！刹那间，他领略了战争是人世间最大的荒谬——战争竟然造成了让儿子比父亲年纪更大、由儿子来怜惜父亲的古怪结果！（见杨照《我们没有权利弃守的人文底线》）

清风和煦。我在这片南半球的绿茵草坪上漫步，我的思绪，却袅散萦绕到了滔滔大洋相隔着的，那片曾经发生过无数群雄逐鹿、金戈铁马的战争与杀伐的故国土地上。清初词人陈维崧，就曾对明清改朝换代所造成的兵荒战乱，写下过这样一首《虞美人》："无聊笑捻花枝说，处处鹃啼血。好花须映好楼台，休傍秦关楚栈战场开。／倚楼极目添愁绪，更对东风语。好风休簸战旗红，早送鲥鱼如雪过江东。"

映着青春楼台的好花好风日，若然要与关河枯骨、深闺独守、凝血家书、冰封笑容等等相关相连，战争所撕毁的，其实正是人之所以为人、人性之所以区别于兽性的那些最根基的东西。因之，千年前的一代诗圣杜甫，就在他的名诗《洗兵马》里，发出过如下呼吁："安得壮士挽天河，净洗甲兵长不用"。

我心里默默怀想吟诵着古哲先贤们的诗句，漫步徐行在广袤的草坪绿野上。听见小韩在耳边轻轻说："走，去看看那个设计很独特的战争纪念碑……"走过那盆哀悼牺牲英烈的长明火，不意间抬头，蓦地，我整个人仿若被雷击了一般，呆立在那里！

映着湛蓝湛蓝的天空，我最先看见了那双脚。

那是一双阵亡战士的残足，被六位抬棺将士以棺板托举着，又被巨大的方碑拱护着，屹立在南半球的朗朗青空下。

我的视线始终离不开那双脚。它仿佛还在滴着血。那个棺板上我们看不见的阵亡身躯是如此的沉重,以至六位抬棺者的面容都是扭曲的,脚步是沉重迟缓的。这沉沉的脚步声,一时在我耳边隆隆响起来——不,我知道这是幻听,心头隐隐响起的,是贝多芬《英雄》交响曲第三乐章《葬礼进行曲》的旋律。那悲怆沉缓的旋律,此刻就和这抬棺将士的画面一起,充溢于蓝天绿野、天地乾坤之间……

眼前的图像把我震慑得莫名以言,泪水,便抑制不住地涌出眼眶……这是最具像、最真实的战争场景,也是最广义、最悲切的人性呼唤:

不要以任何崇高的名义轻言战事,轻启战端!世界上没有什么比生命——比那一双耸立在青空下的残足,比那个被战争血火带走了生命的躯体,是更崇高,也更重要的东西。此乃因为,生命,是人类存在的最高形式;和平,才成为人类的最高价值!

珍视和平,就是珍视生命。而珍视每一个微末的生命,鄙弃毁损生命、践踏生命尊严的暴力和战争意识,正是我们人之为人的良知和人文的底线!

一时间,被称为"20世纪最伟大的战争小说家"——写过反映第二次世界大战的著名的"战争三部曲"《战争风云》《战争与回忆》和《凯恩舰哗变》的美国作家赫尔曼·沃克(Herman Wouk),在《战争风云》的"作者前言"中说的一段话,浮上了我的心头:"如果世上确有和平存在,那么这种和平并不是基于害怕战争,而是基于热爱和平。它不是行动上的限制,而是思想上的成熟。"

写到这里,耶鲁校园那座校标式的建筑——哈克尼斯大钟楼的灰黑巨影,忽然在我眼前闪现。如同墨尔本的战争纪念馆一样,那也是为着纪念在"一战"中捐躯的一位名叫哈克尼斯的耶鲁学生,他的母亲捐出了家庭的所有而建起的这座以他命名的大钟楼。那天,负责弹奏塔楼里的钟琴的我的华裔学生小王,邀我在她轮值的时间登楼,观赏她的钟琴弹奏。顺着石头楼道陡峭的旋转楼梯向上攀缘,小王涨红着脸,跟我讲述了那个将近百年前在战场上失去儿子的母亲的故事。我仰望着尖塔顶部那些巨大重叠的大钟,随着小王以白嫩的拳头在键盘上的敲击,我耳边震响起悦耳的轰鸣——带着音乐旋律,当当当,当当当当当……钟乐在耶鲁的哥特式楼群间回响,向着彤云密布的天际,四散飘漾流播。我听见了一位失去儿子的母亲的哭声和呼号——那是止战的钟声,那是呼唤和平的钟声;那是每天都定时响起来的,那些千百年来牺牲在各种战场上的战士的歌哭……

记得,在横跨大洋洲和北美洲的越洋航班上,墨尔本青空下那双高耸的残足,始终捶打着我的视网,令我久久无法安眠。我倚着白云簇拥的舷窗,写下了这样的诗句:

双足卧云天,战云担两肩。
沉沉移蹄步,霏霏撼山川。
一擎飞戈剑,千家断脉泉。
旌旗掩落日,白雪哭荒烟。

2012年7月25日起笔,2013年12月22日结篇,康州衮雪庐

秋光神笔

"绮色佳——Ithaca，是荷马史诗里尤利西斯的故乡。""'绮色佳'的中文译名出自胡适，从他早年在此地留学一直沿用至今。"你想想，带着这么两种绮丽的印象踏入康乃尔校园的秋光里，会招引出什么样的浪漫期待？可是，这一回的远程秋游，却是友人盛邀而临时起意的——"带着术后的夫人，好好出来散散心吧！"妻罹患上某种早期恶疾，虽然术后康复良好，却一直为是否要步入闻说中如同炼狱一般的放、化疗而纠结不已。我俩，又该以一种什么样的心情，踏入绮色佳这场秋光的盛宴？

时辰似乎不好。周五下午，上完课就携妻匆匆上路，晴好的天色却很快变成了夜路漫漫，辜负了好一路的秋色画廊。翌日却预报有雨，为"择席症"失眠的妻因为晨早补觉又耽搁了半天时间，待得出门，头顶已经是彤云密布了。

重阴逼压下的绮色佳，自有一种沉雄瀚静的气度。车子穿越层林，一如穿越沉凝的色块，嫩黄、绛紫、焦褐、赤红……一方方，一叠叠，噼里啪啦撞击着车窗。几次举起相机叫停，跳下车来却又失措无着——满眼都是颜色，天地间只见明丽娇艳交错，却因乌云压顶而显得凛然然一片冷傲。该如何聚焦，如何落镜，才能捕捉此时秋光的神韵？及至行抵此行中的第一个瀑布——从古旧水磨坊的楼亭步出，转过山崖，整个人都惊住了：奔雷走电的色彩巨流自长天泼下，化作脚下这一匹飘丝卷缕的飞瀑白练。一道日光从沉云隙间挤出，如同天地舞台投下的一柱追光灯，眼前，枫林欲滴，溪山欲染，秋色欲流，只有无语飘冉的白练，在倾诉，在独舞。震耳的水声就成了秋光的代言，磅磅礴礴，充天盈地，反而一下子，把四山的各种人声林涛虫鸣兽吼，全都慑住了，敛静了，尘世的喧哗被沉到了岁月深处，神思，魂魄，心智，也就被秋色揉抚着，洗涤着，变得澄明起来。

我们一行人都住了声，只是默默听着自己的足音和喘气声，在燃烧着又轰鸣着的色彩画廊里向高处攀爬。好像是为着在这个天地大色盘面前"输人不输阵"，妻今天换上一身火红的毛衣，步子走得飞快，那一枚红点，便在山色霞彩间跳跃。果真下雨了。或密集或稀疏的雨点，并没有浇灭我们惜秋赏秋的热情，反而一若放烟走雾的舞台效果妙手，雨气提升了色温，千林万树，更是红的愈红——红叶似血；黑的愈黑——黑干如铁。淅沥雨线中，这大红大黑的对比，好一似飞扬着的红裙黑靴，竟是很有点西班牙"斗牛士舞"的色彩韵致了。

细数下来，那个雨气濛濛的下午，我们竟然走览了绮色佳的四个瀑布——每一山每一瀑，都是那样声色夺人，一若浓缩了三四个国家公园的景观分量！及至第二天的行程——到北纽约州一片仿若遗世独立的山林里探访两位在那里隐居写作的老友，在倒映着斑斓七彩的湖塘边，品着红酒茶茗，绿草坪，红屋子，议国是，谈诗律；再漫步到藏在老林中的山寺里去撞响一口巨钟。那一刻，峰鸣谷应，满目的沉红醉紫，一时间仿若被这阵訇訇然四山回荡的钟声震醒了，点化了，变成了天地间一片跃动着的色彩交响；那色块、色朵、色流，便随着那交响，在眼前翩翩舞蹈起来……

欧阳修《秋声赋》云："嗟夫！草木无情，有时飘零。人为动物，惟物之灵。百忧感其心，万事劳其形……"斑斓秋色中，我举着相机，在取景框里收入远处妻子顽强攀缘的背影，忽有一悟：古人悲秋，是感其霜红若花之后的木落凋零；其实，木落凋零背后，却孕育着天地间一场浴火重生的涅槃——霜红似火，落叶萧萧；繁华落尽，必会再萌新芽新蕊；落红化春泥，春泥养护来年的春草，春树，春花……秋光，正是一次复旦轮回的重生之旅！不期然地，那片郁结心头的雾霾，似乎也被绮色佳这支秋光神笔，一点点化开了，点化了……

2013 年 10 月 26 日晨，康州衮雪庐

西湖晨茗

时差缄觉,天未亮就醒了。窗外的西湖仍沉在一片古寂之中,看看手机五点不到,微信却提示有新讯息。瞄一眼,吃了一惊:是广州姐姐昨晚发来的——一位五十年前的中学同班同学,此时正在杭州出差。世界之大又世界之小,时光之长又时光之短,一瞬间都聚焦在这条微信上面了。一个激灵跃起:会议议程今早恰没有安排,何不,就此来一场五十年老同窗的"西湖奇幻"之聚?

——五十年。说长,真长;说短,也真短。这次落榻杭州的这座矗立西湖边的新新饭店,叫"新新",却刚刚过完了她的一百岁老生日。痴愚若我,已经在款式古久的旅舍廊柱之间,与冥冥中在此盘桓过的胡适之、蔡元培、徐志摩、丰子恺、巴金以及杜威、芥川龙之介等等华洋先贤的足音魂魄,遇合把晤过了。可是,饭店门前不远的白堤、苏堤——苏东坡和白居易在此地的时空遇合,相距了多少年?你我在此地与白、苏、林逋、岳飞、武松、苏小小……的遇合,又遥隔了多少年?断桥上许仙与白娘子的相遇呢?还有,倒下去又重新立起来的雷峰塔,与五代吴越王钱俶相关的宝俶塔,又已经在时光之流里,站立绵延了多少年?

握手相拥。阿 B 和我的身影投漾在湖波晨雾之间，竟恍惚有若黑白默片里的残缺剪影。

"做戏，都编排不出这么巧！"阿 B 抹着被晨风吹乱的花白鬓角，一边步上旅馆台阶，一边感慨着，"怎么竟然就会这样子，隔着大半个地球，两个大半个世纪前一起流鼻涕的同学，忽然就在西湖边碰头相聚？"

"为了这一刻，"我夸张地大笑，"西湖已经等了我们至少一千年。"

"不不，怎么敢让西湖等？"阿 B 的反应更快，"是我们早就跟西湖约定了，这么一个千年之聚！"

"呵呵，什么千年之聚？"我赶紧说，"也就五十年吧，跟西湖比，我们还没那么老，年轻着呢！"

借着大话调侃，我们都在笑，却隐隐见出彼此眼波里的异样。

历史，将西湖聚焦为一只时光的巨眼，凛凛打量着每一位过客。任是再显赫的旅人行者，再戏剧性的聚合相逢，在她面前，都要显出渺小、卑微。

共进早餐后，沿着西湖边漫步。

断桥，柳丝拂面，隐隐听见远处的丝竹袅袅，是晨起的大妈们在弄弦歌舞。白堤，淡荡的晨霭间人影绰绰，不时从湖面上传来几声水鸟的啼叫。一缕淡淡的桂花香气，则梦一样魂一样地，在我们身边忽隐忽现。我们俩像回到了少时，一时疾步跳走，拉开距离，遥声应答；一时又缓步徐行，吟吟低语，相对苦笑。

"太神奇了！太神奇了！"眼前的良辰美景，刺激得阿 B 的感慨如同止不住的咳嗽一般地重回反复，"大老远的西湖边，天那边的耶鲁，几十年前的纪中老友，忽然就这样碰头相聚，你说奇不奇啊？"

西湖。耶鲁。纪中。五十年。这样几个本来毫无关联的字眼,忽然"混搭"在一起(据说"混搭"正是目下最"潮"的时尚流风呢)。一通微信波流的小转折,就让这茫茫大千世界里两个游尘似的颗粒,接上了头——高科技,就是那双掌控人世离分聚合的"上帝之手"吧?五十年前我和阿B就读的纪中——广东中山纪念中学,坐落在孙中山的故乡翠亨村,也刚刚度过她建校八十周年的生日;而我此刻寄居栖身的美国耶鲁大学,则已经是三百一十多岁的高龄了。当年,阿B是班上每科必"A"的"学霸",却阴差阳错,至今为无缘于大学教育而顿足抱憾;而我,这位从小偏科、数学总是不及格的"科盲",却在下乡失学十年后因祸得福,不仅挤上"文革"后恢复大学招生的头班车,而且随即负笈留洋,至今更忝为"常青藤盟校"之教员。两人的个性、声口依旧,而彼此的际遇、容颜早已不复当年。当年,我陪着无端罹罪的姐姐批斗游街,在落难时始终陪伴着我的,就有这位彼时算是"根正苗红"因而无须强送下乡的阿B;这些年间,我在诸般时代风潮里载浮载沉,无论在台上、在路上,光环耀眼或者跌落低谷,始终远远地在身后用温煦的日光、有形的呵护默默撑持着我的,就有众多位如同阿B一样的"糟糠"老友们。人世的繁华沧桑,情义的弥久愈新,大概莫甚于此了吧。

要了一壶龙井,就傍着西湖边,坐在平湖秋月的亭子下。"是老茶吧,都快要入冬了。"我随口说。"不,是新茶,是十月刚下来的秋茶,"递开水的伙计抢着说,"我们前头柜台卖的茶叶,都是新上市的秋茶呢,就像迟桂花一样。"

"秋茶?迟桂花?"听着颇新鲜,我和阿B对视一眼,"什么是迟桂花?"

"迟桂花,就是最晚一茬开的桂花。"伙计带着咬字细碎的江浙口音,"今年当季的桂花已经开过了,你们现在西湖边闻到的桂花香,就是迟桂花香,就像晚一茬的秋龙井,产量不多,也很香的。"

秋龙井。迟桂花。透过湖光,我举起茶烟袅袅的玻璃杯,茶水中浮沉垂立的旗枪叶芽,不像老茶,果真还是葱绿可人。呷一口,口感香淳,虽不若明前、雨前龙井的香气清锐逼人,却也茶汤细滑,淡香萦颊,余韵回甘。

"你别说,虽然绿茶品类繁多,我最喜欢的,还真的就是龙井,"我大口品咂着茶汤——敝人其实有愧"茶人"雅号,虽半生须臾离不开茶,可喝茶从来都是大杯大饮的,属于"牛饮"一派,"都说绿茶必须喝新茶,可放了些日子的老龙井,喝起来,也别有一番特殊的豆香韵味……"

"你这是以茶喻己吧,"阿B想点破我,"说的是我们这些老家伙,老友鬼鬼,"他冒出一句粤语,"还是不服老,也不显老,就像这西湖的秋龙井,迟桂花,老也有老的韵味,迟也有迟的精彩。"

"呵呵,这倒是你的联想丰富了,"我连忙辩解,"咱们算是秋龙井,迟桂花?这比喻不算高明,我可没有这么想。"

"哈哈,就算是我的专利吧,"朗声笑着,阿B给我杯子里又续上热水,"你看这西湖,把我这个粗人,也变得像你一样的酸文假醋了呀!"

"呵呵呵……"

笑声在湖波间抖颤。看得见波光被笑声漾动的波纹,如同我俩脸额上的皱纹一样。

我知道阿B是有感而发。按说在国内已该是"退下来"的年龄,他这回到杭州的出差,其实是先到上海参观一个德国纺织品的年展,然后再绕道杭州来探访合作十几年的老客户。"我年年都要跑这么一趟的，这个年展一次也没错过，"湖光映着阿B略有白鬓、却还是黑蓬蓬的一头茂发，"不然，你的产品就跟不上趟呀……"

天色晴好。湖面，湖畔，游丝一般地，仍旧袅动着迟桂花的浅淡香气。

我大概算是西湖边罕有的"龙井豪客"，又往自己的空杯里，续上了不知第几轮的热水。

记于"郁达夫文学奖"杭州终审会归程航班，

结笔于2014年12月15日，康州衮雪庐

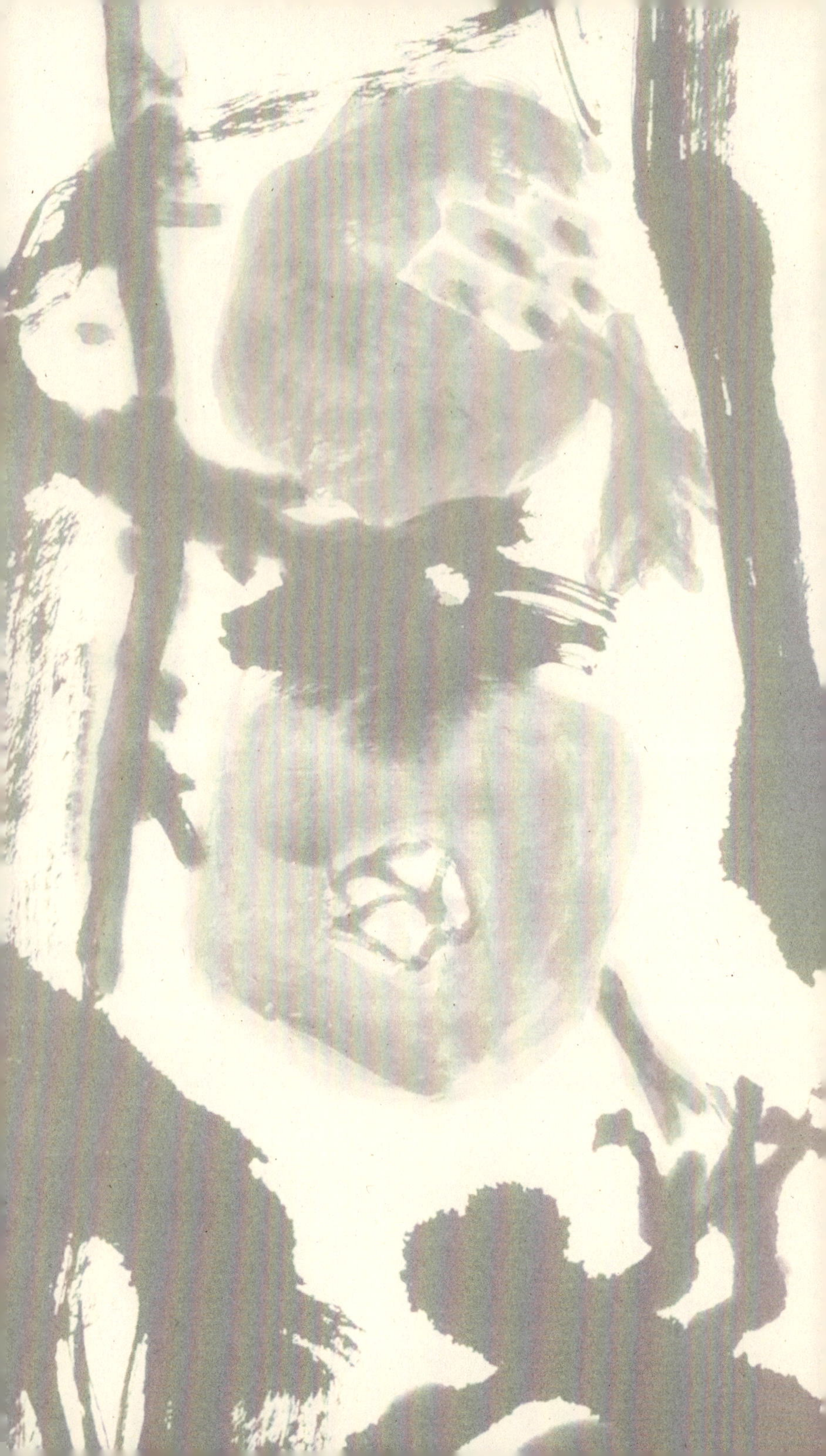

辑四

昨夜几枝

"人生紧要处"的引路人
——记金钦俊老师和我的"1977"

老一辈中国作家柳青,曾说过这样一段被广为流传的话:"人生的道路虽然漫长,但紧要处常常只有几步,特别是当人年轻的时候。没有一个人的道路是笔直的,没有岔道的。有些岔道口,你走错一步,可以影响人生的一个时期,也可以影响人的一生。"我以往很少提起,柳青和他的《创业史》,其实可以算是我文学道路上的第一位真正的领路人。他的那本耗费了毕生精力书写的厚笃笃的大著《创业史》,当时被我下乡的知青同伴撕去了封皮,用一颗大铆钉钉在宿舍门楣上,用作大伙儿出入上茅坑时可以随手撕下来用的手纸,是被我用一摞经过清理的杂志替换下来的。《创业史》,从此成为一个十五岁的少年人孕育自己的"作家梦"的温床和沃土——在烈日灼烤的地头边捧读《创业史》,在乡间昏暗的油灯下抄录《创业史》,成为我青嫩的人生记忆中最深切、最恒久的一道刻痕。然而,那个似乎由柳青的《创业史》引领出来,在人生的"紧要处"重重推了我一把、搡了我一把的人——也就是俗话说的"命里贵人",我却至今从未形诸笔墨。他,就是我今天这篇追忆小文里要提到的,我的母校中山大学的荣退教授——金钦俊老师。

记忆的画面，还是要回到那个忧患重重、风云变色的年代。从1968年到1978年，整整十个年头——我的从十五岁到二十五岁，最稚嫩也最珍贵的青春岁月，都是在海南岛的大山大野间度过的。父兄系狱的"杀关管子弟"（比当时什么"黑七类""可以教育好的子女"的名头更吓人），全连队年龄、个头最小的知青"细崽"，孤独沉默往还、可以一个星期不发一粒声的哑巴"强巴"（电影《农奴》中的假哑巴角色），酷暑中一天要弓着腰挑一百多担水浇地的橡胶苗圃工，还有，晨昏牧放八十六头黄牛的深山放牛娃，等等，都是当年贴在我身上的名头标签，也是可以把人压垮压折的无名重负。柳青的《创业史》及悄悄伴随的文学梦、作家梦，成为我在艰困严酷时光的唯一救赎。在古早年间流放此地的我的本家先辈苏东坡的海南儋州"儋耳山"下（当地叫"纱帽岭"，我猜此名与苏东坡和"春梦婆"那个"翰林昔日富贵，一场春梦耳"的故事相关），一盏灯，几本书，一支笔，陪伴我度过了多少个山风嘶啸的漫漫长夜；也最终，因为坚持读书和写作，手中的笔，成了改变自己命运的真实利器。从1970年开始，我在大会战工地写的那些表扬稿，陆续登上省报《南方日报》和《兵团战士报》后，我先后担任过兵团的师、团报道组员；我的第一篇文学习作——散文《修筑长城的人们》整版刊发在1974年夏秋的《南方日报》之后，又先后被借调到《南方日报》写作组、省出版社少儿组以及省创作室（即后来的省作协）与珠影厂剧本写作组，等等，参与过当时广东众多"奉命文学"的写作，有各类小说、散文之类的文字，陆续在当时的《人民日报》《南方日报》《广东文艺》等全国与省市报刊发表。也因为如此，我错过了很多知青当年翘首而盼的招工、招生机会，被爱才的海南农垦及当地领导一再"扣住不放","肥水不流别人田"。最夸张的一次，是1974年末广东省委组织部下了商调函，作为全省五个候选人之一，要把我调送北京"中央五七艺术大学"编导班（即后来的北京电影学院编导系）进修，据说学院宿舍门上都已写上我的名字，却被当时的海南农垦最高领导人抗命不从，坚不放人。后来获知，海南当年就被定为副省级的"特别行政区"，有相对的自主权，即便省委组织部的商调函也无奈它何。为了"彻底"把我留住，海南农垦局把我从儋州西培农场上调到海口，并打破惯例为我专设了一个"创作员"的编制。当时的农垦局领导（时任海南特别行政区委副书记）找我谈话，笑眯眯强调了一番"组织对你的重视和培养"以后，说道："小苏炜呀，只要我×××在这个位置上一天，你就甭想逃出如来佛的手掌心！"

我是1977年深秋，在海南三江围海造田工地某个海天迷茫的夜晚，从工地广播里听到恢复全国高考的消息的。当时，知青下乡运动进入第九个年头，各种"运动"弊端已然充分呈现，成为"文革"苦海里的一艘行将沉没的破船。当年一起下乡的知青同伴，无论新知故旧，能脱离"苦海"的，都通过各种手段——参军、招工、招生、病退、顶退，"走后门"甚至"督卒"（偷渡），等等，陆陆续续先后离开这艘"沉船"了。身在海口的我，送走了一拨又一拨"脱难"的老友，我知道这次高考，是我浮沉在"苦海"里能抓住的最后一根稻草。这次围海造田大会战的总指挥，正是当年那位笑眯眯强留我的副书记。因为恢复高考被视为当时"抓纲治国"的战略部署，我申请参与1977年高考，得到了副书记的首肯；便在每天一身泥一身水的围海工地奔波里，开始了我的高考复习，并在正式考试前一个月，被批准离开工地回到海口，准备应对这迈过攸关人生大坎儿的关键一役。

可是，一个十五岁只读过初中一年级半学期就被迫中断、随即上山下乡的娃崽儿，尽管曾经在乡间的灯油下熬坏了眼睛，熏黑了书页，但如今翻着那些仿若天书、重若千斤的数学、物理、英语的书页，我除了抓耳挠腮地长吁短叹，就只剩下打瞌睡的份儿。到了海口考场（记得是设在府城当时海南师院的课室），文、史、哲、地理的考题还好说（后来听说我的相关考分也还不错），一到数学考题我就只能抓瞎，匆匆做了初中数学方程式的那一道题（还不知是否做对了），便讪讪然交卷了。两个月后，"文革"后第一次高考录取通知发榜，我的"名落孙山"，既是自己多少有些心理准备的，却又是带着一千个不甘一万个沮丧的——一个又一个，我再次把知青同伴送离海口，送上大学旅程。孤身照影，我知道自己或许此生此世，都无法离开海南，脱离这个"知青"身份了。

记得1978年春节刚过，我亲自把考上北京大学的把臂好友黄子平送回广州，送上了北上的列车。我们俩因同在海南开始写作生涯而结为莫逆，在这次"千军万马挤独木桥"的1977年高考中，相约一起报考北大、中大。他个性内向，又历来背"右派子弟"的家庭包袱，竟把高考的"最后志愿"报给"海南通什师范"这样的山旮旯"学院"。我当时大表不解："大家都巴巴地盼着离开海南，你为什么还要选这么一个鸟不下蛋的'最后志愿'呀？"这位日后成为知名学者和批评家的"平哥儿"当时竟如此告我：我就是个"我要读书"的现代"高玉宝"（这是我们这一代人熟悉的一位"革命传奇人物"，《半夜鸡叫》和《我要读书》都是他写过的名篇），我知道自己出身不好，只要能赶上高等教育的末班车，脱离这个"知青"身份，再不济，也可以有个"海南通什师范"垫垫底呀！有着"老高一"文理双优底子的"平哥儿"，最后却惊喜万分地被北京大学中文系所录取，在当时简直是令大伙儿敲锣打鼓狂欢达旦的大事！在广州，我陪着他，和一众小哥们儿不知说过多少次甜里带酸的"壮别话"，吃过多少回一醉方休的"壮行酒"。汽笛轰鸣，列车嘶啸。送走"平哥儿"和一大拨考上各路大学的知青"神仙"，又只身踏上十年间渡海无数次的"红卫"号海轮，摇摇晃晃、晕晕沉沉地回到海南岛。"两间余一卒，荷戟独彷徨"。当时孤身一人、四顾茫茫涌上心头的那种悲凉感，我日后曾一再用过这个譬喻来形容：我，大概是"知青上山下乡"这艘"沉船"的"船长"。一定得等船上的旅客都获救了，离船了，才能自己或者随船沉没，或者最后孤身离去。我当时给刚到北京大学报到的黄子平寄去一首送别小诗，题为《埋下头来，走！》——那，是我十五岁那年，陪着被剪去半边头发的小姐姐游街示众后写下的一首叫作《把你的头，低得低低》的小诗之后，又一次在诗中的"低头"；反却是，在触摸到自己内心里那点孤愤与"孤奋"之后的，又一次向命运老人的"昂头"。我知道自己又来到人生的一道新隘口，我只能重新孤身上路，披风沐雨，千山独行。接到黄子平从北京寄来的同韵和诗——《我又在长安街上走》，我心绪万端，摊开了从广州带回来的一大摞当时陆续新出的中外名著，甚至拟好了一部新长篇小说的提纲，准备开始闭关读书写作，打发海岛那些前路前景渺茫无尽的漫漫长夜。

都说，命运在向你关闭一道门的时候，会悄悄打开一扇窗。我却对此，浑然不知。

那是海岛上一个烈日朗照、天空一碧如洗的初夏午后。出其不意地，我的顶头上司——农垦局宣传处处长，忽然带着党委办公室的一位干事,急匆匆跑到宿舍来找我,令我大惊失色。

处长满脸严肃地说:"组织上一直都在关注你多年来申请入党的要求,一年前派你到三江围海工地锻炼,就是组织上对你的培养和考验。只要你今天答应我这个要求,"指了指身边的×干事,"明天,党委办公室就会正式讨论你入党的问题。"

虽然,因为多少年背着沉重的"出身包袱",申请入党,既是我梦寐以求的自救手段却又是一个遥不可及的梦想,此时我却很好奇:"×处长,你要我答应的,究竟是什么要求?"

处长说:"组织上的态度很明确,只要你放弃上大学的想法,马上就可以吸收你入党。"

我更纳闷了:"这次高考我的数学考砸了,没有过录取分数线,已经上不了大学呀!"

处长抿抿嘴笑了,只好亮出底牌:"中山大学派出两位教授,专程从广州飞过来,现在就在隔壁的办公室等着你,准备对你再作一次面试。如果你答应组织的要求,你就不需要去见他们。"

"什么?!"我震惊得跳了起来,脱口而出:"不不不!我不要入党!我要上大学!上大学!我我我,我要马上去见他们!……"

本文的主人翁,这时才真正出场了。

站在我面前的,是两位吟吟笑着的陌生中年人(说"中年人"是我当时的感觉,其实金老师担此劳碌奔波的"特招"重任,恰在于他属于当时中文系的"少壮派")。代表中大中文系的是金钦俊老师,那时候他顶多四十出头,身材修长,黑发朗目,眼里带着盈盈笑意,有一种谈吐不凡、风神俊逸的翩翩风度。另一位,则是大学招生办负责行政工作的老师。

我万万没想到,在"文革"后第一批大学生——史称"77级"已经开学整整三个月之后,我迄今大半辈子人生中最要紧、最关键的命运转机,就这样在倏忽之间出现了!

原来,事情的起因,需要追溯到我回广州送黄子平进京上大学的春节假期间,我曾到当时的《广东文艺》(即后来的《作品》)编辑部送一篇稿子。我走后,编辑部的工作人员议论纷纷:听说苏某人这回报考了中山大学中文系,因为数学分数太低,没有被录取,太可惜了,等等。言者无意而听者有心。当时在场的、历来像母亲一样善待每一位青年作者的好编辑郭茜菲老师听在耳里,回到家就向她的先生——中大中文系的资深教授、著名文艺批评家楼栖言及。楼教授听罢大为惊讶,要求妻子把苏某人历年来在《广东文艺》刊发的文字找出来,他要审读一遍,然后提交到系里讨论(这些内情,是郭茜菲老师日后告知我的)。最后,决定是否对苏某"破格录取",需要日夜兼程赴海南、湛江完成两个面试使命的责任(另一位系里考虑需要重新面试的考生,是湛江的知青诗人马红卫——马莉),就落到了当时中文系的"青年才俊"——金钦俊老师身上。

此时的金老师看出我略带紧张,便用几个"什么时候下的乡","广州家住哪里"之类的日常寒暄话宽慰着我,随即便进入正题。

金老师直接说明来意:代表中大中文系对我进行面试,考虑是否给予"破格录取"。他先从读书聊起,问我最近在读什么书?我记得我当时刚刚读完"灰皮书"——苏联小说《多雪的冬天》,正在读《叶尔绍夫兄弟》,于是就从苏联小说,谈到我以前偏爱过的屠格涅夫小说和散文,还读过巴尔扎克与罗曼·罗兰;中国小说里我们聊到了柳青、赵树理、周立波和李准、马烽等乡土作家,我特别谈到柳青《创业史》

对我的影响。我还记得，当时的气氛根本不像是在面试，完全像是两个老少读书人的促膝交谈，彼此交换着读书心得。因为我聊到的中国作家都是写农村题材的作家，金老师便告诉我：现代中国小说的最高成就，都表现在农村题材的写作上。聊到诗歌，我谈到因为知道郭沫若的《女神》受的是美国诗人惠特曼《草叶集》的影响，于是也曾找过《草叶集》等外国的翻译诗歌来读。金老师便说：他年轻时对诗歌的热爱，也很受《草叶集》的影响，等等，等等。之所以在整整三四十年过后还记得这些谈话细节，是因为日后在中大中文系的专业课上，陈则光老师在他教的中国现代文学史课上讲过："乡土文学"是"五四文学"的最高成就；还讲到郭沫若的《女神》与《草叶集》的关系，当时我心中一亮，马上就联想到金老师当初在海口"面试"我时的谈话。"面试"的气氛于是变得很轻松。金老师不时在点头、微笑，我也渐渐完全放松下来了。现在想来，金老师或许当时马上就了解到，我在下乡十年中，确实一直在自己找书来读，没有完全荒废光阴吧。

谈话末了，金老师向陪同前来的招生办老师点点头，这位老师马上从随身的书包里掏出了一份打印好留着空白的公文信函。两位老师当场补签好相关日期，填写上我的名字，金老师便微微笑着正式递给我，说出了那句从此我改变人生走向的话："苏炜同学，祝贺你，你被中山大学中文系正式录取了！"他紧紧握着我的手，仔细叮嘱道：请你留心上面的报到时间，并尽快办好转户口、档案等相关手续。

"漫卷诗书喜欲狂"，"青春作伴好还乡"！1978年5月4日早晨（这个日子我永远记得），在77级大学生入学整整三个月后，我怀揣那封金钦俊老师亲手递予我的中山大学录取通知书，踏上下乡十年后的归家旅程，登上了那艘我自从十五岁到二十五岁、承载过我无数汗泪歌哭、甘苦哀乐的"红卫轮"。我至今清晰记得,诗圣杜甫的《闻官军收河南河北》的这两个句子,当时是怎么样顽固执着地在我脑海心中跳跃、吟唱,直至萦满南中国海霞彩绚丽的整个海天。我清晰地想起十年前——凄风惨雨的1968年的那次下乡登船,在夜海茫茫的公海上,我守着两大木箱抄家后捡拾留存的父亲的藏书,默默在日记本上写下的那句话:"不要绝望"。还记得当时录下的"名人名言":"为什么大海的涛声永远浩荡澎湃,因为它懂得自强不息。"正是这样的大海涛声,支撑我走过了漫漫长夜。此时,我在猎猎的海风中,又一次感受到时代风云的全新撞击,"不负时代,不负使命",我在心里留下了对自己的默默叮咛。

我当时并不知道,"文革"中下冤狱被关进死牢五年、刚刚"解放"不久的老父亲,此时正顶着满头白发,亲自站在广州河南洲头嘴码头,翘首迎候他的自小离家出远门、成年后曾经见面不相识的最小的儿子归来。但我分明看到,自己已然走出了"人生紧要处"的最关键一步,而扶持我迈出这一步的,正是代职着一双时代巨手的非凡力量的金钦俊老师的慧眼和决断;我的虽不长却遭逢过种种坎坷、不幸的人生,竟然如此万一地万幸,在微乎其微的机缘下赶上了高等教育的末班车,而引领我登上这辆时代末班车的,正是由郭茜菲、楼栖,包括决定对我破格录取的中文系吴宏聪、王起老师等等这样的"命里贵人"所遣派来的过海天使——金钦俊老师!

"代职着一双时代巨手的非凡力量",金老师,确是当之无愧啊!日后我听说,金钦俊老师,其实是广东1977年恢复高考艰难而仓促的整体运作中的一位重头角色——1977年高考广东考区的作文考题——《大治之年气象新》,金老师,正是出题人。自此,我把金老师不但视为恩师，也视为忘年知友（77级同学因为社会历练深广，我们在校时和离校后，一直和许多任课老师保持着亦师亦友的关系），遇到课业上以及日常个人的问题，都会大胆坦诚地向金老师请教。我清晰记得：入学中大后，因为担任中文系学生文学杂志《红豆》的主编，我曾为此多次登门向金老师求教求助；在《红豆》因为发表了"大胆"文字而受到各方压力时，金老师曾向我明确转达过当时系主任吴宏聪老师和王起等老师对我的大力支持。我和同为"破格录取生"的马莉多年来都一直觉得，金老师和我们俩是灵犀相通的。我还记得，当我和马莉在中文系的课业和课外活动中表现优异时（比如我的两门专业课——中国现代文学课和当代文学课的期终考，曾都获得了破纪录的满分100分；又比如当马莉在校期间不断在《作品》《人民文学》和《诗刊》上发表的诗歌时），金老师每次见到我们俩，所表现出来的那种特别亲切和欣喜安慰之情，是如何深深地熨暖我们的心。所以毕业这些年来，我和马莉一直和金老师保持着亲切紧密的个人联系。（前不久中大中文系77级同学高考四十周年聚会，主办者联系不上刚刚病愈杜门谢客的金老师，吴承学兄马上"知根知底"地找到我，很快就和金老师接上了头。这，也算是我为这次自己因故无缘出席的历史性聚会所作的小小贡献吧，呵呵。）

"不负时代，不负使命"，确实也成了马莉和我这些年来沉潜掘进，执着前行，自强不息的最大动力。1977年恢复高考，不但改变了一代人的命运，更彻底改变了一个国家从教育到文化的整体风貌，也成为刻在我和马莉个人身上最深刻也最幸运的一道生命留痕。此生此世，不管我们身在哪里，也不管我们是在人生低谷还是在事功高处，我们将永远铭记着人生山荫道上那一双双知人知遇的慧眼，永远感念那一双双借助于时代之力推助着我们的大手暖手——中山大学中文系的各位贤厚师长,特别是——引领我们、搀助我们前行的金钦俊老师。

                                    2017年12月28日晨,康州衮雪庐

大个子叔叔
——下乡第一章

"这是你自己缝补的蚊帐吗?""嗯。""你裁剪这些旧衣服做什么用?""下乡。""下乡?你今年多大了?""十五。""噢……"

我答着话,却没有抬头看问话的人,一仍埋头在家中那架旧缝纫机的匝匝劳作之中。那是1968年的深秋,那时候,父亲与哥哥已经被关进警司监狱。家中厅堂里正处在一片抄家后的狼藉之中。各种翻乱的书籍纸张、破衣杂物,摊满了一地。我带着妹妹,护着祖母,日夜应付着一拨又一拨由各种"工宣队""军宣队"带来的抄家队伍。我平生第一次学会了用脚踢人——因为上门抄家的一位瘦脸汉子竟然用自行车链条抽打我的祖母,我冲过去就狠狠踢了他一脚。我也平生第一次学会了抽别人巴掌——那一回,他们从"牛棚"押着我母亲回来抄家,母亲临走前让我给她找一块肥皂,待我在慌乱中把肥皂找出来,押送母亲的吉普车已经起动了。围在家门前看热闹的一群邻居孩子就对着我大声喧哗起哄,我揪住为首一个野小子,狠狠抽了他两巴掌!然后把那块肥皂"啪"地砸到那个远去的吉普车后窗上。对的,我还写出了平生第一首抒发个人情感的"反诗"——"把你的头,低得低低……"那是在我陪着我的被剪掉了半边头发的十七岁姐姐游街批斗以后，偷偷在心头默诵、然后零星记到了本子上的诗句。是的，我是那个年代的"愤青"，不，"愤少"吧，十五岁的"男子汉"，却要担负起应对一个被"阖家铲"（粤语：全家倒血霉）的大家庭的全部"日常事务"——探监、探"牛棚"，无休止的抄家，写检举揭发材料，到父母单位追索生活费……终于，自觉扛不住了。我想走得远远的，离开这个可怕的家！当时规定的下乡年龄是十六岁——那是"文革老三届"中最小的"老初一"的年龄。我因为上学早，挤上了"老三届"的尾班车，便向学校军宣队一再恳求而终于获准，以不足龄又身背家庭黑锅之身，挤进了浩浩荡荡奔赴海南岛的下乡队列里。出发在即，我翻找出姐姐哥哥们穿剩的旧衣服，日夜缝补、洗染、剪裁，也顾不上刚才那个问话人似乎略带同情关照的语气，在缝纫机的匝匝声中，只用眼睛的余光扫见——那是一个穿军装的大个子。他的身影，很快就化入了警司再度派来搜集父兄"罪证"的抄家人群里。

我是1968年11月16日（这个日子我记得很清晰），在广州太古仓码头登上"红卫轮"，和当时将近十万之众的广州中学生一起，奔赴海南岛农垦（后改为兵团）第一线的。出发前一天，一个邻居孩子——就是那天在家门前起哄的其中一小子，上门告诉我：马上到孙大姐家一趟，居委会有事要找你！

孙大姐？我心里冷然一震：不就是那位时时佩着红袖章在街区里吃吃喝喝的居委会主任吗？"文革"以来，我们家就始终处在对门那位被邻居叫作"老鬼"的街道积极分子的日夜监视之中。这种时候，孙大姐要找我，能有什么好事呢？！

"死猪不怕开水烫"。我没敢惊动此时已陷在一片临行凄怆中的祖母和妹妹，怀着忐忑却略带麻木的心情，踏进了孙大姐的家门。

孙大姐是一位操北方话的军属。虽然嗓门大，喜欢咋呼，但为人厚道，在街道里人缘是不错的。她的家不大，用一个大柜橱隔出了小饭厅和后睡房。孙大姐一脸严肃地把我领到后面的睡房。掀开门帘，我不禁打了个寒战：一个仪容端整、穿着四个口袋干部装的军人坐在床前小桌边，见我进来，点头示意我坐下。看出我的紧张，他让孙大姐给我倒一杯水。在孙大姐出去的当儿，他轻声问：你不认得我？我摇摇头。见孙大姐端进水来，他正色道："军区专案组需要补充一点材料，我要单独和他谈一谈。"

待孙大姐走出门去，他才换了一个和悦的脸色，说："你不记得了？那天，你在缝纫机前补蚊帐，裁剪旧衣服……"

我这才蓦地想起，他就是那次警司的二次抄家搜查中，在客厅里有点心不在焉地向我问话的那个大个子军人。我抬头打量他一眼：当时他三十七八岁，国字型的宽脸，高鼻大眼，双眉浓黑，北方人的隆厚五官中，透着憨实，也透着威严。"你家庭现在的情况，我是了解的；我也知道，你明天就要下乡到海南岛去……"他的语气忽然变得温婉起来，"那天，看见你——这样一个小男孩，家里出了这么大的事，还这么安静地踏着缝纫机，裁补这么一大堆的旧蚊帐、旧衣服……我就想……找你谈谈……"

我惊讶地望着他，脸上却极力显得平静、冷淡——那是我经历过诸般抄家、盘问之后，开始打造出来的一种"少年世故"：我等着他的"先礼后兵"……

"我看得出来，你是一个听毛主席话的好孩子，你要相信党相信群众。党的政策是：出身不由己，道路可选择……"他依旧严肃地向我说着当时的流行话语,我却听出了他话里流露的善意和暖意,"你明天就要出发到海南岛去了,你一定是第一次出远门——你叫苏×,对不对?"他的话音变得凌乱而急促起来,"我当然知道你是苏××的儿子,苏×的弟弟……"他喃喃说着这两个当时在军区小报上、在东山满大街打着红叉的大字标语上反复出现过的名字,"可是我想告诉你,你千万不能背家庭包袱,一定要走出自己的路。你年纪还这么小,人生的路还这么长,你自己要坚强、努力,不要把前途看得太灰暗……"他站起身来,"你明白我的意思吗?"

我直直望着他,默默点点头。"我不能多坐了。你也要赶着收拾行李。我没有别的事情,因为不方便上你家去,所以让孙大姐请人把你叫过来……我们就握个手,再见吧!"

我慌措地站起来,我的十五岁的瘦嫩小手,被他的温暖大手紧紧一握,很快就松开了。我记得我连一句道谢的话都没有说,就被孙大姐送了出来。我依旧一脸茫然地向前走着,走向自己人生的第一步,走向那个锣鼓喧天而汽笛声、号哭声和口号声同样震天的早晨。我在"红卫轮"驶向公海的苍茫夜色里,想起了这位大个子叔叔留给我的话——"人生的路还这么长,你自己要坚强、努力,不要把前途看得太灰暗……"他是专门为着给我说这几句话,从军区跑过来"私会"我的。在他的国字型的面影浮现在无边黑暗之上的那一刻,我心中升起了明亮的灯火——那是照亮我人生暗夜中的第一盏灯火。我记得很清楚:我回到透风的船舱里,在日记本上写下了这句话——"不要绝望。"我随后把自己抄录的一句"名人名言"写在下面:"为什么大海的涛声永远浩荡澎湃?因为它懂得自强不息。"

整整四十年过去了。在多少天涯跋涉、海国颠连的日子里,我会时时念想起这位大个子叔叔——在我人生起步的那个非常年代的非常时刻,似乎刻意又不经意地搀扶了我一把、熨暖了我一把的大个子叔叔。大个子叔叔,你在哪里?这些年来,我时时念想着你,常常向我的亲友、妻女提起你,也曾试图向从前的"军区专案组"打听、寻找过你。可是岁月苍苍,人海茫茫,你的身影早已消失其中而无从找起了。可是,你在我年少心中点起的那盏灯火——爱的灯火、人性的灯火、自强的灯火——至今尚未熄灭,甚至转化为我的"童子功",这就是我——这个当日的"绝望少年",至今还时时被友人们讪笑"好像从来没见你绝望过"的一个前因和潜因。

2008 年 10 月 4 日于耶鲁澄斋

蓝手
——下乡的第一段秘密

在耶鲁课堂上,给洋学生们讲解萧红的小说《手》。那是一个染坊劳工的女儿,因为有一双黑褐紫蓝的手而遭受学校师友歧视的久远故事。我也曾有过这样一双被染料烫染成异色的手。我是带着这样一双蓝手,踏出自己迈向生活的第一步的。

在粤语里,"阖家铲"(全家遭恶祸)这个词,几乎是最高量级的诅咒语。在1968年末那个萧瑟的秋冬,这个词,竟然成为我家——一个知识分子家庭的显著标志。在无数次抄家批斗和十数位直系、旁系亲人被关押之后,年少的我和妹妹,最常听到街坊叹息的就是:这家人,被"阖家铲"了……我和妹妹那时候最爱唱《红灯记》。静夜空屋里,"临行喝妈一碗酒……"被我们的童音号成了一种淋漓凄厉的宣泄。于是,下乡海南岛,对于我,就成了最大的解脱。那些日子,我一边应对着三番五次的抄家,一边为自己准备着下乡的行装。钱是没有的。家虽被抄空了,行李铺盖总归不成问题,难办的是衣服。都知道体力劳动费衣服。在家中兄弟姐妹的排行里,我上面都是姐姐,两个哥哥的年龄相距很远,我只能打点姐姐们穿剩的旧衣服下乡,可是,那都是一些花花绿绿的女装旧衣啊！似乎无师自通，我跑到东山口那家化工原料店，只花了不足一块钱，就买回来几包靛蓝、纯黑染料。用家里那口炒菜的大锅烧了一大锅水，把染料投进去煮沸，便将从屋里搜罗到的大小花衫旧衣浸泡其中，烟熏火燎地烫染起来。染衣服最要紧的是颜色均匀，衣服浸泡在滚沸的染料里，得不停地翻搅。临时作工具的筷子一根根折断了，便只能下手应急。如是三回两回，两天三天，一双本应嫩如葱管的十五岁的稚手，就这样被烫红了，烫起了血泡，烙染成了一片瘀青怪蓝——我清楚记得，也许是特殊的"化学反应"，无论染料的黑、蓝诸色，最后烙染到皮肤掌纹里的，都一概是一种古怪的蓝。而且我随后就惊骇地发现：手背巴掌上烙染的古怪蓝色，竟然一洗再洗都无法洗掉！出发在即，可我……古代罪犯有"黥首"之说，这双"蓝手"，可不就要成为我这个"阖家铲"的黑出身的一个耻辱的标记吗？！

我不想渲染悲情。如果是写虚构小说，这双"蓝手"自然可以生发出一段凄美的故事。但在我当年真实的生命起航中，我把自己这双蓝手，藏掖得很深。不管是无人送行孤身登上"红卫轮"赴海南岛之日，或是长途颠簸憋尿抵达儋州村庄之时，我都随时小心规避着，不要让自己那双瘀青怪蓝的巴掌露眼示人。倒不是怕"出身"忌讳，却是唯恐身上劣质染就的"黑蓝工装"，一旦因"手相"露了底，"苏某人穿的其实是女装花衫！"必定要沦为知青堆子里长久拿来捉弄的笑柄。

记得，抵达西培培胜队的第二天出工，就是砍山开荒。我在收工时掌心打满血泡的疼痛中，竟然感到暗暗惊喜——我发现：按老工人指点，用海南岛特有的"飞机草"揉烂成汁敷贴伤口以后，我巴掌上的蓝痕紫斑，很自然地被遮盖了！并且，随着蜕皮生肌，日晒雨淋，这双蓝手，在下乡一个多月后，就彻底褪色复原了！平素我是个藏不住什么秘密的人。但这双蓝手和那些女式花衫染就的"黑蓝工装"，却是我下乡伊始，成功秘藏住的一段大秘密。我想直到今日，我当年的农友伙伴们的乡下记忆里，是不会存有苏某人的这个"花衫蓝手"的印迹的。

2008年10月7日于耶鲁澄斋

书箱渡海
——下乡第一难题

黎明前，街市一片黑咕隆咚。堂哥用单车尾架驮着那两个沉甸甸的肥皂箱，我自己背着行李背包，手上提着网兜兜着的水桶杂物，气喘吁吁赶到十六中的操场集合报到。"哎呀，誓师会都快开完了，你怎么才来呀？"同班的阿阮向我抱怨，"马上就要上车去码头了，你……"队伍已经开始散开移走，他见我纹丝不动，推了我一把，忽然一惊一乍地喊叫起来，"哎呀！撞鬼！你这两箱装的是石头呀？死倔倔地搬不动！你你你，你怎么上得了船呀？！"

我嘘了一声，不让他声张，却越发愁眉苦脸起来。

这是我多少天来的心病：下乡前的集训里，军宣队早就宣布了出发登船时的行李规定——每个人的行李，以你自己能够身背手提的为限，超量的，一概不准上船！"你们是去接受再教育的，不是去乡下享受的！资产阶级骄娇二气……"我心有不甘。我早拿定了主意：要把家中父亲那些抄家没抄走的书籍，能带走的，全都带到乡下去。可我万万没想过，平日觉着轻飘飘的书页纸张，会是这么吃人的死沉！待我在满地散乱的书堆里千挑万拣，做着"不能不带"的选择，还是塞满了整整两个木条肥皂箱,沉得如同两块生铁疙瘩。随身的铺盖行李早已经"超负荷",我的十五岁的嫩肩膀,怎么可能把这两箱铁疙瘩驮到船上去呢?

可是此时,书,对于我,就是汪洋里的孤岛,荒漠里的绿洲。我当时其实并没有多少"知识就是力量"之类的自觉意识。在眼前无休止的抄家、批斗、检举揭发和划清界限之中,我只知道下乡是一种逃离,而书本,则是我可以藏身的城堡。在这座"城堡"里,有《鲁迅全集》,周一良主编的《世界通史》,河上肇的《政治经济学》,梁启超的《饮冰室文集》,还有《老残游记》《古文观止》《中国文学史》与《诗刊》《文学评论》……独独没有流行小说——这是父亲这位"老学究"的藏书残余,日后,这成了我这座"城堡"与乡间频繁的地下书籍交流里的"硬伤"(没有人要交换我那些无趣的"石头");可在漫长的失学岁月里,这两箱书,真的成了我自己一所私设的"学府",一个可以逃避外界纷扰的港湾……

"你发什么傻呀?……阿强!阿强!"阿阮在一边大声叫嚷起来。阿强是我另一个同班同学,将要下乡到同一个山村连队的。五大三粗的阿强背着自己鼓囊囊的行李跑过来,用脚蹬蹬那两块"石头",苦笑着对我摇摇头,"死马当作活马医吧!"阿强一挥手,"你们背上自己的行李,一人一只手,提走一个箱子;这个,我来——"

天刚蒙蒙亮,只见阿强一发力,把另一块"生铁疙瘩"扛到了自己肩头,向我吼道,"走人啦!驮重的不能停步,你懂不懂?!"

阮镜清,陈伟强!失联多年,我不知道你们今天究竟在哪里?我也相信,你们大概早就忘记了当年帮我"护驾"两箱书登船渡海的"伟大壮举"了。可这两箱书对于我人生的深久意义,我将永生难忘;

也将永生记住你们的名字、你们的帮助！不过，当初我们都还是愣小子一个，没有那么多愁善感。记得，在"红卫轮"启航的汽笛声中，擦着淋漓大汗安顿好我这两块"石头"，你们俩还直拿我开心，"你呀，你比在朝天门码头登船的甫志高还不如，还要拉上两个脚夫，可真够'资产阶级骄娇二气'的啊！"

嗨嗨，在那个"火红年代"硬背着一大堆红黑杂沓的旧书下乡，可不，我真成了《红岩》里的那个"叛徒甫志高"了呢！

2008年10月12日于美国康州衮雪庐

胶杯猪肉
——下乡第一餐

晒谷场上悬起了一盏炽白的煤油汽灯，打足气的阀门嗞嗞地响着。歪斜的篮球架下是一排排由民办小学课桌拼接起来的餐台，四处弥散着粗粝冲鼻的肉菜香气。听到菠萝蜜树下的铁轨"大钟"一敲响，我们探头探脑的，就从地场边两排大仓库里涌了出来。"带上你们的饭盆！"队长在叫喊，"按刚刚分好的班，排队进场！"

这是我们抵达乡间的第一顿晚饭。早晨，农场接人的大卡车从海口秀英港码头接上我们，就马不停蹄地向西线的山区疾驶。一路上丘陵起伏，路况颠抖，四野愈来愈荒凉。中午抵达场部时下车歇息，开了一个短暂的欢迎会；随即又分班登上卡车，在蔽天的尘土中颠肝倒肺地摇晃了将近一个小时——漫长得恍若一个世纪，憋着一大泡尿跳下车来，人都有点站不稳了。抹抹眼睛打量四周：眼前高耸着一座大山，蔽天的绿树掩映着几顶瓦屋和茅草房。一排小学生敲锣打鼓地站在村口向我们喊着欢迎口号。"厕所在哪里？""什么叫厕所呀，是茅坑吧？"野孩子们叽叽呱呱笑闹着乱指。当我终于在野地里"解决"回来，五六十人的男女队列，已经分别在两间大仓库里安顿下来了——

日后听说，我们培胜队的知青有幸住进了砖墙瓦顶的"国防仓库"，大多山区连队的知青，住的都是漏雨透风的茅草房。还是靠着阿阮和阿强的帮手，我的那两箱"石头"摞起来，小油灯一放，就成了床前有模有样的"书桌"；打满补丁的蚊帐挂起来，更有了一种间隔感——我的乡间"书房"，就此落成了。

"哎哟！这是什么肉呀？这么肥，怎么吃呀？""有得食你就食啦，食完这杯肉，你就卖给这里啦！"我听着高高低低的议论声，从热气腾腾的饭箩里盛好米饭——第一餐的米饭是随便吃的，领了一胶杯猪肉，端着饭盆来到五班的饭桌边，第一次看到了我的班长洪德江——这位我日后生命中的"贵人"，那时三十七八岁的样子，笑起来两颊边总是漾起两道又像皱纹又像酒窝的深沟，问我："你也是五班的？你有多大呀？"我知道自己当时尚未发育周全，年龄和个头都是知青堆里最小的，只好笑笑，点头坐下，也不敢多言，听到他朗声回答着别的知青伙伴的新鲜问讯，"对呀，这就是平时装胶水的胶杯，放心，这些胶杯都是崭新的，不敢用洗不干净的旧胶杯来招待你们广州仔……""往后要天天吃这么难吃的肥肉？噢呀呀，学生哥！这可是队里今天特意为欢迎你们来杀的猪呢！往后……？"饭桌上的气氛其实很热烈，虽然我也看见有两三位女生悄悄把肥猪肉倒掉（在日后的"忆苦思甜教育"里，她们自己作了"斗私批修"），还有一两位在低头默默抹眼泪的。我埋头吃着，细细地咀嚼，连筋带汁，吃得很香。坦白说，这是好几个月来我吃上的第一顿带肉的饱饭了。自五月父亲被捕之后，父母工资冻结，广州家里早就陷入了三餐难继的恐慌。为此我曾在领薪日带着妹妹到父母单位吵要生活费不果，还真的动过对那些在车站大包小包等车的老头子们"抢了就跑"的贼念头。如同普鲁斯特从姨妈家一块甜饼的气味，引出了他的《追忆似水流年》一样，我当时对下乡生活不但没有抵触，甚至还带几分感激和庆幸，就是从这顿"胶杯猪肉"开始的。以至几十年过后，为自己的知青回忆立题，我立马就闻见了那杯烹调粗糙的猪肉透过岁月烟云传来的略带焦煳味的袅袅熏香。我后来曾在一组尚未掌握好平仄对仗的《往事杂忆》旧体诗里，作过如下的描述：

一双蓝手红潮中，酒钱三文数我穷。
买得舱前秋枕厚，漏记夜半透船风。
狂写初篇咬新字，漫洒凡思铸短虹。
谁叹窗头白饭少，你梦寒霜我梦钟。

2008年10月18日于耶鲁澄斋

对着大山读书
——"儋耳山"与"纱帽岭"

"千山动鳞甲,万谷酣笙钟。"这是北宋大诗人苏东坡当年贬谪海南岛儋州(古称儋耳)时,"过儋耳山梦中得句"。我下乡所落户的培胜山村,就傍在这座"儋耳山"——儋州最高峰"纱帽岭"的山麓。每天一抬头,望着我、迎着我、拥着我的,就是这座云蒸霞蔚的"儋耳山"。仔细打量,那山峰斜斜耸立的圆顶,可不正毕肖一顶宋代官人的"乌纱帽"!说不定,如今这山名,还真的与老祖宗坡公当年丢了乌纱帽沦落天涯,与儋州老妇"春梦婆"一席谈话后,悟出"翰林富贵,一场春梦耳"的掌故有关呢!

每天踏露出工,纱帽岭总是抖扯开一天的霞锦迎候我们;傍晚下工,又抛洒开万千金丝银线,为我们疲惫的身影送行;月明之夜,山峰上拂漾的那一片纱岚,总像在悄悄向你述说着一个什么故事。这种时候,我就会时时望着山巅发呆:遥想八百多年前,"罪臣"坡公苏轼所日日面对的,应该就是这同一座青峰,同一缕烟霞,同一片月色吧?这么一想,就不由得在挥汗劳作的大山环抱里,寻着了一点寄托,一点慰藉。尽管,在那个"横扫一切"的年代,背着"杀关管子弟"的吓人包袱，我对苏老祖东坡居儋年间的各种行迹遗址的好奇牵念，只能藏在心里，暗暗念叨。但是，和当地农人交谈，你会听到带川蜀口音的"东坡话"；队里难得一回的杀猪吃肉，伙房的鉴叔会告诉你"今晚做东坡肉"（其实就是红烧肉）——这种时时感受到苏东坡在儋州的古远存在，朝夕间踏抚的正是老祖宗的履痕足迹的心理氛围，是一直伴随着我的整个培胜岁月和海南生涯的。

回想起来，那时候的心理颇为矛盾微妙：一方面深知那个年代，"知识越多越反动"，总唯恐文字罹祸，所以出发时带着一瓶蓝墨水，曾向身边友伴宣称"一瓶墨水了此生"发誓从此与笔墨绝缘，甚至屡次拒绝队里分派的诸如抄写黑板报之类"文字美差"（出一天墙报可以抵一天工哪）；但另一方面，又把王国维的"人生三境界说"，李白的"天生我材必有用，直挂云帆济沧海"等"名人名言"，偷偷抄写在私藏的本子里，天天下工回来就埋头写日记、记笔记，顾不上当时身后时时风闻的"苏某人就是爱读黄书"的窃窃私语，旁若无人地点灯熬夜读书到深夜。

记得，几乎从第一晚的日记开始，我就给自己制订了作息与读书的时间表，从第一天出工开始，我就在随身的锄头、砍刀之外，在挎包里带上了自己计划要读的书本，正式开始了自己日日对着大山读书的"耕读生活"。"自此虚身问潮去，夜雨潇潇读子瞻"。这是我在若干年后，回溯这段大山读书的日子写下的诗句。苏东坡就是以"子瞻"之名，而被朝廷权势者刻意贬谪到"儋州"来的。

班长洪德江，就是日常里最鼓励我读书、最喜欢看我读书的那个人。我听说，在我们广州知青抵达培胜山村之前，洪德江算是村子里的"秀才"，队部里订的那份《人民日报》几乎都是被他一个人翻烂的。他在老家文昌读过初中，写得一笔龙飞凤舞的好字，喜欢扎到知青堆里跟我们纵论天下大事，还不时会发出一两句"周总理就是今天的孔明诸葛"一类的惊人之见。我记得那一回，我用一堆旧的《红旗》杂志，向几位高中同学换取他们钉在门框上当茅坑手纸用的那本脱皮掉脑袋的《创业史》——把旧书报钉在门上当"公用手纸"，而不是像当地老乡一样用竹棍、树叶、土块作"净身工具"，这算是"广州仔"带给山村的"卫生新风气"——那堆"虎口夺粮"用的旧书刊，就是班长洪德江帮我到队部里搜罗到的。他果真见多识广，还给我留了个心眼，说：用旧杂志当手纸一般不会出问题，因为《红旗》里不会有图片，不像《人民日报》几乎天天都有领袖像，闹不好，就要被"上纲上线"！

他眯眼笑着，把清点过"没问题"的旧书刊递给我，颊边，又漾起那两道既像皱纹又像酒窝的深深的笑纹。

2008 年 12 月 13 日于耶鲁澄斋

队长的眉头

马灯昏黄的光焰下,我看见队长的眉头,越皱越紧。

队长梁汉武那道长长的寿眉,是我从下乡第一天、见到他的第一刻起,就留心注意到的。队长是土改干部出身的老农垦,他那时应该还不到五十岁,身材瘦削,双颊清癯,本来是两道长到发际的长长的剑眉,却已在眉根泛白,并且长出了蜷曲的白丝。此刻,那白丝更纠成了一团,乱麻麻的,对着眼前这些岁口不一、各怀心事的知青娃崽们。

队里正在开展"清理阶级队伍"运动。这是我们下乡后的第一课——几乎在抵达培胜山村的第二天晚上,我们就见识了这场在全国来势凶猛的"清阶"运动在乡下基层的不凡阵势。人人过关。每一个人都要上台——站在马灯下那张小木桌前,向全队公众念一张自己填好的表格,并且申述自己在"史无前例的伟大运动"里的表现。我就是在那时候,听说了"那大武斗""中和枪战",甚至"儋州独立国运动的头头逃进了山里打游击"等本地奇谈的。我们这些广州知青在当地没有什么"运动表现"需要申述,队长皱紧的眉头,主要是为了知青手中那张越念越玄乎的"阶级队伍申报表"而来。

我猜想，队里一下子来了五六十号年轻新嫩的城市知青，几乎占了全队人口的三分之一强。队长和支书们，本来是打算按照他们在出工几天后的观察，在知青里建立起一支方便管理的骨干队伍的。可是如今，按照这"阶级队伍申报表"一评估，似乎全都要落空了。下乡西培的广州知青大都来自十六中，十六中曾被改名为"中山医学院附中"，生源大都是知识分子子弟。在那个"火红年代"，属于"臭老九"的知识分子家庭，大概没几个会是"干净溜溜"的。偏偏，知青里少数几个按说"根正苗红"的"革军"（革命军人）、"革干"（革命干部）出身的，不是娘老子正关在"牛棚"里受审查，就是该位仁兄自抵达山村以来就在称病不出工；或者即便出工，也是在"晒咸鱼"——懒嗒嗒地扶不起来。唉，知青里的"革命阶级骨干队伍"，该怎么形成呢？

终于轮到我上台。

我的最小年龄和最矮个子，本来就在知青堆里显得特异，这"阶级队伍申报表"一念，全场顿时鸦雀无声了。是的，广州知青里，"黑出身"本来已经不少（我记得，最多的出身成分是"伪职员"），可是没有谁，比我当时的出身更"黑"更吓人的了。一个多子女的大家庭，两位成员关了正经监狱不说，母亲关在"牛棚"，连几位姐姐都成了"牛鬼"，也在接受"监护审查"！我低头沉声，向"党组织和革命群众"如实讲述着自己的家庭成员现状。我不知道"警司监狱"这样的吓人字眼有没有令整个山村颤抖，但我清楚看见：当我照本宣科地说完——几个月来，这套话我不知已经在"军宣队"和"工宣队"们面前重复过多少遍——"我宣布断绝跟父母亲的关系，坚决与反动家庭划清界限"，移步离开马灯小桌时，班长洪德江望着我的眼光，是那样惊骇不已；队长那道死死纠紧的白眉毛，简直能拧出水来。

几天后，因为分到了苗圃班，我到司务长那里去领水桶、扁担等工具。转过身，我第一次在库房的窃窃私语里，听到了"某某人是'杀关管子弟'"这个字眼——那时候，这是比"黑七类子弟"更要吓人得多的狠字眼。又一次，我看见了队长那两根能拧得出水来的白眉毛。

2008年10月23日于耶鲁澄斋

班长的身手
——"砍芭"的学问

下乡使用的第一种劳动工具,就是砍刀。这是海南岁月中给我留下最深印象的劳动伙伴。

"这是什么家伙呀?"抵达山村的第二天早晨,队里给我们分发劳动工具,每人一把锄头,一把砍刀。锄头倒是熟悉的——一根粗木杆勾着半页铁脑袋,笨笨憨憨的样子,像压在肩头的"傻男人";砍刀呢,却就有点陌生了——长长的木柄上弯出一颈铁黑,锋亮的白刃微微咧嘴笑着,好似带几分娇羞,那是扛在肩头的"小女子"。从此,这一阴一阳的两个铁家伙,便伴随着我渡过整个山村生涯,陪着我在大山里修理地球,歌哭笑闹。

"砍芭是什么?"出工路上,我问班长。"砍芭就是砍山。""砍山又是什么?""砍山就是砍荒,砍掉荒林杂树,开出环山行来种橡胶。""那为什么叫砍芭呢?""噢?你的问题真多。"五班长洪德江瞪我一眼,摸摸自己的脑袋憨笑起来,"哎哎,对呀,为什么叫砍芭呢?"他问身边走着的七班长,"对呀,砍芭也不是海南话,只是叫习惯了,就没人问由头了。"在乡下那些年,从来没有人能向我解释清楚"砍芭"一词的由来，可"砍芭"与手上这把砍刀的学问，可就大到天上去了。（我后来注意到，"砍芭"是亚热带林地特有的名词。云南、东南亚等地，凡种热带作物的地方，开荒也都叫"砍芭"，北方则全然没有这个说法。我估摸，"砍芭"是由早年"卖猪仔"到"南洋"种橡胶的老华侨传进来的"番话"。）

上工第一天就是砍芭。我们分成班组，听班长略作解说，一排人等距离面山而立，抡起砍刀，就朝着眼前的荒芜浓绿——或灌木树林，或簕竹藤蔓——噼里啪啦地砍将过去。就像今天上流人士打的高尔夫球，只有一个简单的挥杆动作却据说内里乾坤浩荡一样，这使用砍刀，也就是一个"挥杆"动作，可用力的落点，刀锋的角度，以及落刀的方向，可都大有讲究着呢！我是全班个头最小的，一根细脖子顶着一个四眼脑袋。班长洪德江领着我，三下两下就砍到前面去了。我使劲挥臂抡砍，一刀下去，虎口震得发麻，往往不是刀把被藤木弹了回来，就是刀锋被树干豁口夹住了。班长回头看看我，也不言声，挪挪身子又收窄了我的"领地"，直到烈日下我已经大汗淋漓，巴掌布满血泡，身上手上早被划得七抹八道的，脸上则滚烫得像煮熟的虾米；实在是累得眼冒金星了，我要负责砍的林带，还像一条窄窄的秃尾巴拖在全班的进度后面。这时候，班长才一身轻爽地走回来，拿过我的砍刀一看，咧开像两道深皱纹的"酒窝"，呵呵笑起来："你看看，才小半天，你的刀锋就卷刃了！"我吃惊打量着他："班长，你怎么砍出了这么一大片芭，好像连汗水都没见多流几滴！"班长抬头望望太阳，抿嘴一笑："砍芭第一件事，不是要看刀看树，要先看看日头、山头和风头。""日头、山头和风头？"我大吃一惊，"有这么多古怪？"班长笑道："海南日头毒，别说你们学生哥细皮嫩肉的，就我们老农工，也不敢跟它对着干!"它指指阳光下的树荫走向,"砍芭,第一个就是要找对站的位置。看日头,就是要尽可能站在树木顶着日头的阴影里,砍起芭来才会不晒不热,轻爽凉快!""噢?那——看山头呢?""就是看山坡的斜度和走向。"他指点着,"你想啊,你迎着杂树林挥刀,这树木丫杈哗地倒下来,不就一下子把你满身划出道道来了?今天砍的矮灌木还好,要是砍粗点的大树,你的山头坡度和落刀的角度找不对方向,再被迎头风一刮,这倒树劈头盖脸向你砸下来,可就麻烦大了!"我心头豁然大亮。事实上,倒树伤人,这是开荒砍芭中最容易出的危险事故。"你看……"他拿过砍刀,走到一棵手臂粗的苦楝木前面,抬眼打量一下山头坡度,问我:"你说,该从哪里下刀?"我跳起来,指着树木偏斜向坡下的方向,"这里!对吧?"看班长笑着点头,我得意地抡起砍刀,"慢着!落刀的地方不对!""为什么?""这种粗圆的苦楝木,用来做锄头柄最好了,从低里砍,留着它可以派用场。你看,锋口要这样下……"班长站到树荫里,轻轻挥动胳膊,从下往上一刀,再从上往下一刀,只见侧边刚刚落下第三刀,"闪开!"噼啪一声,一棵穿天的小乔木就顺着坡度和风势,哗啦啦,毫不费力地倒了下去!

"班长!"我瞪圆了四眼,惊佩得说不出话来。班长拿过我手里的卷了刃的砍刀,咧开他的皱纹酒窝一笑,把他细俏利落的砍刀扔给我,"你用我的好刀吧!傍晚收工,到我的茅房来,我教你怎么磨砍刀!"

他扛起我的那个折了半边脸蛋的"小女子",噔噔噔,又跑到砍芭队列的前头去了。

2008年11月22日于耶鲁澄斋

巴灶山的蛇神

"热带雨林是地球的肺叶。"那天，偶尔从报章上读到这句话，冷不丁地，我触到了自己心头掠过的一阵忐忑。一段尘封的记忆，蓦地苏醒了。

1970年，我十七岁，正在海南岛下乡。在乡下那些无忧无虑而又各怀心事的同龄知青中间，我是过得最为战战兢兢的一个。都知道"黑七类子女"是"文革"年头最压迫人的头衔之一，其实还有一个更吓人的名称，叫"杀关管子弟"（家庭中有被枪毙、关押、管制之人的子弟），一有风吹草动，这些人都是可以随便治罪。鄙人正被归为这后一类"子弟"——一个知识分子背景的家庭，竟然有两个成员关了正经监狱、四个进了"牛棚"。所以，平日只是埋头干活，既不敢高声言笑，更不敢出头露面。尽管改不了爱文学、爱读书的习惯，却发誓与笔墨绝缘，连给连队写黑板报的"美差"也不肯干（抄写一片墙报，可以记一天工）。

那一年，海南岛军垦农场的"开荒大会战"正上下闹得红火，我们连部后面的巴灶山上会聚了两三千人，日夜里锣鼓动地、杀声震天的。这一天，我正在喊着"杀杀杀"的口号倒树砍荒的队伍里挥汗猛干，被高音喇叭点名叫到了连队的"会战指挥部"。"你有没有良心？"队长劈头就是这句话，"听说你从来不肯为连队写墙报、表扬稿，现在兵团上下都在为落实林副主席的什么什么指示日夜苦战（一说到报纸上的语言他就舌头打结），谁不是搭上半条命的干？你还写不写了？"

"队长，我……"队长平日待我不薄，我知道，他并没有对我"上纲上线"的意思，只是因为现在各连憋着劲儿在会战工地上争抢风头，他为我们连的名字和"事迹"在全团广播里出现得太少，发急罢了。"我给你两天工，你交不出一篇在全团打得响的稿子来，我唯你是问！"他凶巴巴的口气里藏不住日常对我的善意，临了又扔下一句话，"出身不由己，道路可选择嘛！"

事后我想过，如果没有这"两天工"的诱惑——烈日暴晒之下每日十小时以上的"会战"，我确实已累得七窍生烟了；我能不能扛得过队长的人情压力或者被"上纲上线"的恐惧？大概是不能的。为了这"不由己"的出身，我在那要老命的"可选择"上，可得卯着劲儿表现。总之，在那"两天工"里，我写出了一篇日后确实在全团"打响"的稿子，这篇稿子随即被省报刊用，并且在一夜之间改变了我的命运——我由此先被团里、后被师里、再被兵团作为"笔杆子"挖掘出来（在"出身"问题上，兵团主政的军人干部比较不信邪），直到1973年，我的"杀关管子弟"背景终于成为有关领导"整党"时的问题而把我重新下放回连队为止，我作为所在师、团关于"开荒会战"的专题报道员，几乎跑遍了全师数县所有的会战工地。现在回头想来，我目击了整个当时被称为"改天换地一片红"，而实际上是海南岛完整的热带雨林带被人为毁灭的全过程。

那真是一场疯狂的杀伐和浩劫。海南岛的热带作物种植本来曾经有过一个严格的发展规划。明令：相应的海拔高度和四十五度以上的坡地不宜种橡胶，必须保持原生植被，不许砍伐开发。可是，在那个到处鼓吹"最最最"的年头，不知从哪个犄角旮旯里挖出了"林副主席"1959年的一段"大力发展橡胶，满足人民需要"的题词，于是，兵团上下宣称要"五年内结束洋胶进口的历史"，海拔高度和"四十五度坡地"的植胶限制，被视为迎合"帝修反封锁阴谋"的一部分而被强行取消。一场横扫灭绝海南岛热带雨林的风暴，在"最大的政治任务"的层层加码下，一发而不可收拾。

海南岛西部本来有一大片林木葱笼的红土丘陵。巴灶山的热带雨林，更是和许多瑰丽迷人的传说连在一起的。从我们刚到连队那一天起，就从当地的老农工嘴里，听到了各种关于巴灶山的"蛇神"的传说。说是巴灶山的野林子里生养着一条千年巨蟒，身长无量，绵延数里；身粗如大树，上面长满了青苔和杂草。这"蛇神"平素难得见到，可每每露面，都会昭示什么灾祸发生。所以，队里十数位有幸见过这条巨蟒的人，都在大惊失色之余对它顶礼膜拜，绕道而行。至于"蛇神"的各种习性更是说得绘声绘色，有说它在夜半胶林里会轻轻叫着长得漂亮的割胶女工的名字的；有说巴灶山每年的山火，都是"蛇神"蜕皮后自己点燃老皮引发，以毁灭行迹的，等等。总之，我在巴灶山下住了三年，听了三年的"蛇神"的故事，却从未见过它的真实踪影，渐渐，也就把它当作神话来听了。

1971年冬，我来到巴灶山背后属于另一个师团的武装连采访，这个武装连是一个全师出名的开荒连，百十号人无一异性，一色是精壮的小伙子。那天傍晚，我刚一抵达连部就吓了一大跳，只见山溪边上连队食堂的窝棚前，一溜是晒成黑炭般的赤条条的小伙子在排队打饭，一个个全然一丝不挂，顶多肩上随便搭一条潮汕的方格水布，捧着饭盆，提着水桶在溪边晃来荡去，追逐打闹。指导员（他也是光着膀子）见我吃惊，笑笑说："天实在太热，本来这些后生仔们连在工地干活都是'剥光猪'的，让外面来人看见实在不雅观，被我一再以军令禁止还有人偷偷剥光的，下了工洗澡吃饭，反正连里没有女人，我就拿他们没办法了。"我这个"四眼田鸡"，随后自然就成了这些精力过剩的后生仔们取笑的对象。因为不肯脱光洗澡，更因为我一顿只吃半斤米的饭量（他们全队的平均饭量是八两，每顿吃一斤两斤的比比皆是，许多人的脸盆和饭盆是共享的）。为了维护这个全师的"开荒牛"典型，他们每天供应伙食不是三顿，而是六顿，除了正餐以外，早午晚各加一顿水煮蕃薯。吃了干，拉了吃，工地上到处可见这里一堆、那里一堆的"蕃薯屎"。这方圆数十里的荒山野林，几个月间就变成了挖满植胶洞穴的秃山头，就是在他们"一斤米、一两力，一泡汗、一泡屎"之中完成的。几天之后，我和这些主要来自潮汕地区的青年全混熟了。一个深夜，他们和我胡吹着山里开荒遭遇的各种奇闻逸事，突然向我讲起了遇到"蛇神"的故事。

"蛇神？你们说的又是什么'千年大蟒'的鬼话吧，"我打断他们，"那别吹了，我比你们知道得更多。"

"骗你是小人，向毛主席保证！"他们争先恐后向我述说起来：在那以前，他们倒是从来没有听过什么"蛇神"传说的。这一天，他们的开荒突击队砍杀到一片山窝老林子里，一棵棵千年老树、百年古藤，在他们简陋的砍山刀下断裂倒伏，却唯独有两三棵参天老树，树身断了，藤蔓砍净了，却总是倒不下来。"倒树不倒，老命不保。"在山里伐过木的人都知道，倒向不明的大树随时可能突然砸下，是最要命的险况。累昏了头的小伙子们决定罢手，等吃过午饭、养足精神了再干。

"大概是几两米下肚，大家伙儿变得'心红眼亮'了，"班长对我说，"我刚回到山窝口上就听见一阵狂叫乱喊：蛇神来啦！蛇神吃人啦！一个个吓得满山野乱跑。不许慌！我大声叫着，壮着胆子往山窝里走，什么动静也没有，抬头向那两棵不倒的倒树望去，起先我什么也看不见，再一定神，呀！我头皮都麻了起来！原来这两棵大树的树身枝丫上，从这棵树到那棵树，缠绕着一条比水桶还粗的大蟒蛇！蛇头伸在这棵树的树顶，蛇身纠缠在两树之间，尾巴却盘在第二棵树的树腰上，粗糙如树皮的蛇身在缓缓蠕动，可被它缠绕着的两棵倒树，却纹丝不动！我吓得脸都白了，回过身，撒脚就跑呀！"

我听得汗毛都竖了起来。我深信，那一定是山那边我们巴灶村里人常常谈论的那条神秘的巨蟒。想必是连山遍岭的开荒砍伐，把它一步步逼进大山背后最后的一片山窝野林子里了。

"后来呢？后来那蛇神怎么了？"

"后来，还用说？在我们这儿呢！"一个个争相向我拍起肚皮，"都吃进我们肚子里啦！"

我望着他们的肚皮，那些黝黑斑驳的肚皮们，一个个似乎真的显出了异样。

"别打岔！"班长说，"那时全连都闹翻天了。四眼，你写文章的当然可以说，战天斗地，还怕这什么牛鬼蛇神？我们可吓昏了头，只怕这巨无霸从树上悄了窜溜下来，能把我们全连人一口一个的全吞下去！连长是退伍兵出身，二话不说，带上机枪排扛上一挺机关枪，架到山窝口上，对着两棵倒树就是一通乱扫！足足扫了十几分钟，先是听见那条大蛇像是娃娃一样尖声惨叫，随后便听见一阵轰雷般的巨响，那两棵倒树和那大蛇一起噼里啪啦拍打下来,在四面山坡溅起一片血痕……"

我愣了半响,"你们真把蛇神给吃了?"

"不骗你,一条蛇,一个机枪排还抬它不回来。我们全连加菜吃了一个月,没吃完。指导员是从山那边调过来的,他敬那蛇神三分。那几天他到山外边开会去了,回来听说了机枪扫死蛇神的事情,脸色立时变了,连忙找来元宝蜡烛要在连部拜祭,被连长一顿臭骂堵回去了。不过那蛇肉,后来他也吃了,嫌粗,说有鸡屎味。"

以我当时的"表现欲"和认识水平,我明白这是一个既有"战天斗地"又有"路线斗争"的好题材,我事后写的这个开荒连的报道,题目就叫《巴灶山的蛇神》。

也许真的是应了"蛇神现,灾祸出"的传说吧,仅仅过了不到两年,1973年中,我曾随同一个生产检查团重访巴灶山背后的这个师团。那时林彪已经垮台,"林副主席"的"什么题词"和这狂垦乱伐的路线已经成了新的批判对象。我这个必须随风转的御用笔杆子,竟又是带着任务下来搜集"批林批孔"材料的。我记得那是一个夕阳西下的傍晚,我来到当日的开荒连,站在巴灶山头上四面眺望。当日砍荒挖穴种植的满山橡胶苗,因为高坡度土地根本不宜植胶,早在台风、暴日的夹击下变成"香头脚",埋没在杂乱的荒草灌木之中。开荒连的建制那时已整个取消了,只剩下当日赤身裸体的后生仔们打闹追逐的那个窝棚的断壁,孤零零地立在溪水边。不过,这条当日常常爆发山洪的山溪,这时候已经几近干枯断流了(而我们连所在的巴灶山麓,日后则连往常伸手可瓢的水井都变成枯深的苦井)。飞鸟尽,兽迹绝,偌大的一片山野变成了连绵的秃头岭,在夕阳下敞露着血一般殷红的红土荒地——那真正成了一片淌血的、苦旱的蛮荒之地啊。

我忽然想起山窝倒树上盘缠的那条巨蟒蛇神，在它连同老树倒下的那一瞬间发出的娃娃一般的惨叫和溅起的血光。那是自然之神，向辱损他们的人类发出的悲怆的呻吟和警语。只是这警语，旋即便被那个年代更为惨烈的人间浩劫所淹没掉了。我已经不记得，自己今天对于威权、神道的叛逆心态，是不是源自那一刻间感悟到的沉痛；但至少，林彪倒台后所伴随的一代人的觉醒，是和我们当时当日生活在社会底层的各种切身际遇紧紧相联的，其中，也包括了自己当日的虚妄、迷狂和媚世——包括，对那种为了"表现"而必得随风而转的尴尬角色的自省和忏悔。

1987年夏天，我陪同我在哈佛大学的社会学教授沃格尔（傅高义）到海南岛做调查，回到了当年下乡的巴灶山麓。走进老场部的坡地，就看见当日被称为"国防公路"的农场主道，因为多年水土流失而留下的沟沟壑壑。我和教授一起见到了已经满面风霜的老队长，我听说巴灶山下的老村队，至今没能从当年的荒唐中恢复元气，许多老农工已经从日渐低产、老化的胶林离去。我在小汽车的颠簸中向教授讲述了当年这一带狂垦乱伐的经历。我说：生长在海南岛西部纱帽岭山脉的热带雨林，其实早在十年前就从地图上消失了。不瞒你说，我曾经是它的真实的谋杀者之一。他疑惑地望着我。我向他说起了那个"蛇神"的故事，以及我参与的报道"红×月"的故事。我说：人损毁了自然，首先是因为社会损毁了人，包括，被损毁、被扭曲的青春。

他依旧是那样目光迷茫地望着我。

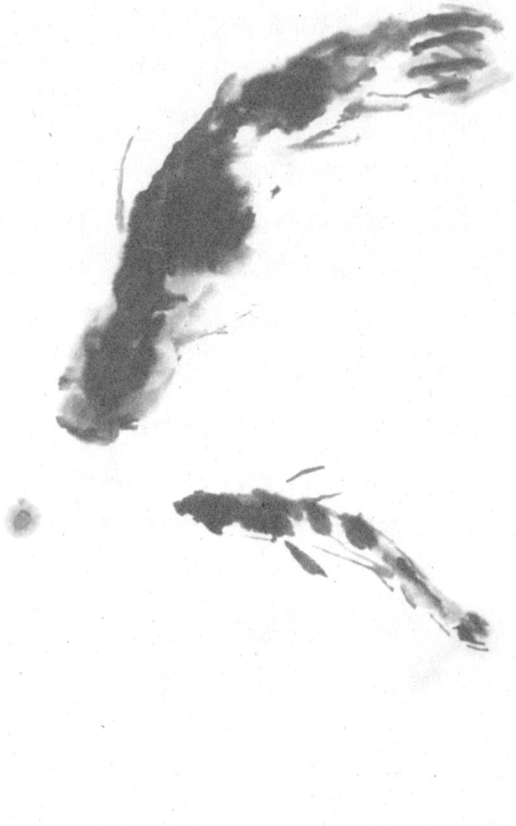

辑五 江湖相忘

雁犹如此

一大早送完孩子上夏令营，想起张充和先生最近好像身体微恙，便顺路折进去看看老人家。在中文世界里，女性被唤作"先生"——虽然有点"政治不正确"的味道——算是一种至高的尊称。年过九旬的张充和先生正是我们耶鲁华人小区里受尊崇的一位老人。她是大作家沈从文的妻子张兆和的妹妹——抗战时期重庆、昆明著名的"张家四姐妹"之一，因为在书法、昆曲、诗词方面的极高造诣，与沈尹默、张大千、傅抱石、章士钊等一代宗师都有很深的交谊，被人们称为"民国时代的最后一位才女"。每次拜访张先生，总爱听老人讲点民国时代的人物故事。老人家身体健朗，每天依然坚持读书、习字，在她习字的案桌边上，摆着一幅美须飘髯的张大千俯身在水边给一只大雁喂食的照片。已经不知是第几次了，老人家又给我讲起了张大千和这只大雁的故事——

抗战年间，张大千曾经面壁敦煌数年，在敦煌石窟的洞穴里临摹、习画。有一天傍晚在鸣沙山下的月牙泉边散步，他救起了一只受伤的大雁。以后每天，他都要带上当时极为匮乏的食品，到泉边喂养这只大雁。大雁身体渐渐复原，和张大千成为好朋友，每天一落晚，无论风雨阴晴,都要守在湖畔边,等候他的到来,陪着他散步。这幅喂食照片,就是当时相随的中央社记者罗杰米(译音)现场拍下来的。可是,日子一天天过去,张大千离开敦煌的日子临近了。离情依依,张大千生怕令他的大雁朋友伤心,便不等天晚,早早率领众人登车离去。没想到,车子刚刚驶过月牙泉,天上便传来一阵大雁的哀鸣。众人抬头看去,一只大雁就在头顶上一圈圈地盘旋,追着车子,发出尖厉的唳声。张大千赶紧让车子停住,他刚刚跳下车,那只大雁便嘶鸣着从高空俯冲下来,直直扑向他的怀里。张大千搂住大雁,泪水潸然而下。他抚摸着大雁,大雁也久久依偎着他。众人都被这一幕人雁相依的情景慑住了。良久,张大千拍拍大雁,把她放飞到空中,大雁一声尖唳,打了一个旋儿,终于消失在大漠青空之中。张大千挥挥手,登车离去……

每次说到这里,张先生眼里都噙着泪花。"这张照片,是我亲自向罗杰米夫人讨来的。他曾经写过这个故事,感动了无数人。每次念着,我总想起一首曲子,可是怎么找,都找不到它的出处了……"

张先生用混杂着安徽乡音和江浙口音的温婉调子,向我轻轻吟诵起来:"……你自归家我自归,说着如何过;我断不思量,你莫思量我。将你从前予我心,付予他人可。……"

"动物的情感,其实与人世的冷暖炎凉,是完全相通的。"张先生喃喃说道。

青空。雁唳。大漠。远鸿。这是我心头漫过的图景,也是眼前流过的诗境。是的,一袭布衣,俯仰苍穹;有所牵挂而来,无所牵挂去;既知万物有灵,更轻身外之物;人生重情重义,却可淡看聚散浮沉。我本来想把"树犹如此,人何以堪"的悲声易字入题,不料跳脱心头的，却是嵇康的句子："……目送归鸿，手挥五弦。俯仰自得，游心太玄。嘉彼钓叟，得鱼忘筌。郢人逝矣，谁与尽言。"

我久久凝望着那张照片。相框边上倚靠着一小块玄色的人形石头。"这是我日后在敦煌月牙泉边捡拾的，你看看，像不像一个小小的站立的观音？"张先生轻轻说。

2004 年 7 月 6 日于耶鲁澄斋

香椿

在海外生活,很多日常琐细,都可以勾动你的乡思:一瓶泡菜、一包茶叶、一丛竹子、一支牡丹,等等。但是,几乎没有什么东西,比香椿,更带乡土气息而更显得弥足珍贵的了。我本南方人,香椿的滋味是到了北方做事时才开始品尝领略。那时候就知道,此乃掐着时辰节气而稍纵即逝的稀罕美味。美国本土只长"臭椿"(被视为常见有毒庭院植物),不长香椿。这些年客居北美,看着妻子时时为香椿梦魂牵绕的,不惜托京中老父用盐腌渍了再塞进行李箱越洋带过来;身边的朋友,为养活一株万里迢迢从航机上"非法偷带入境"的香椿种苗而殚精竭思的样子,我这个"北方女婿",真是"心有戚戚焉"。

可是,神了吧?那天,顺路看望张充和先生后,正要出门,老人招招手:你等等,刚下过雨,送一点新鲜芽头给你尝尝。"什么新鲜丫头呀?"我故意调侃着她的安徽口音,待她笑盈盈递过来一个塑料袋子装着的"丫头",打开一瞧,人都傻了——天哪,那是一大捧的香椿芽苗!嫩红的芽根儿还滴着汁液,水嫩的芽尖尖袅散着阵阵香气,抖散开来,简直就是一大怀抱!这不是做梦吧?这可是在此地寸芽尺金、千矜万贵的香椿哪,平日一两截儿就是心肝宝贝,老太太顺手送你的,就是一座山！看我这一副像是饿汉不敢捡拾天上掉下来的大馅饼的古怪表情，张先生笑笑，把我引到后院，手一指，又把我惊了一个趔趄：阳光下的草坪边角，茂盛长着一小片齐人高的香椿林！"这可是从中山陵来的香椿种苗呢！"老人说，"我弟弟弄植物园，负责管中山陵的花木，这是他给我带过来的种苗，没太费心，这些年它就长成了这么一片小树林。"

不经意，就撞进了一座金山银山。这段香椿奇遇引发的惊诧感觉，其实，就是我每一回面对张充和先生的感觉；同样，也是我的"耶鲁岁月"里，内心里常常升起来的一种日日置身名山宝山中，唯恐自己耽误了好风景、好人事、好时光的感觉。

张充和，出于敬重，大家都唤她"张先生"。稍稍熟悉民国掌故的人都会知道，这是一个连缀着许多雅致、浪漫、歌哭故事的名字，在许多仰慕者听来，更仿佛是一个从古画绫缎上走下来的名字。她是已故耶鲁东亚系名教授傅汉斯（Hans H. Frankel）的夫人，当今世界硕果仅存的书法、昆曲、诗词大家。自张爱玲、冰心相继凋零，宋美玲随之辞世以后，人们最常冠于她头上的称谓是——"民国最后一位才女"。因为大作家沈从文的夫人张兆和是她的亲姐姐，她的名字常常会跟沈从文联系在一起——今天湘西凤凰沈从文墓地的墓志题铭，就是出自她的手笔。她是民国时代重庆、昆明著名的"张家四姐妹"之一，集聪慧、秀美、才识于一身，是陈寅恪、金岳霖、胡适之、张大千、沈尹默、章士钊、卞之琳等等一代宗师的同时代好友兼诗友。她在书法、昆曲、诗词方面的造诣很深，早在20世纪30年代就曾在北大开班讲授，享誉一时。她的书法各体皆备，一笔娟秀端凝的小楷，结体沉熟，骨力深蕴，尤为世人所重，被誉为"当代小楷第一人"。在各种当今出版的昆曲图录里，她的名字是和俞振飞、梅兰芳这些一代大师的名字连在一起的。1943年在重庆粉墨登台的一曲昆曲"游园惊梦"，曾轰动大后方的杏坛文苑，章士钊、沈尹默等人纷纷赋诗唱和，成为抗战年间一件文化盛事。这两天翻阅孙康宜老师的《耶鲁潜学集》，里面详记了一段当年同样轰动海外的雅集盛事：1981年4月13日，纽约大都会博物馆中国部在即将落成的仿苏州园林"明轩"，举行盛大的《金瓶梅》唱曲会——雅集缘起于普林斯顿大学的《金瓶梅》课程，邀请张充和根据古谱，以笛子伴奏的南曲方式，演唱《金瓶梅》各回里的曲辞小令。张充和时在盛年，一袭暗色旗袍，"素雅玲珑，并无半点浓妆，说笑自如"，以九十六回的《懒画眉》开篇，《双令江儿水》《朝元令》《梁州新郎》，一直唱到《罗江怨》的"四梦八空"而欲罢不能，最后以一曲《孽海记》中的《山坡羊》收篇。映着泉亭曲径、回廊庭榭，张充和在宫羽之间的珠圆玉润，不必说，听者是如何的如痴如醉，掌声是如何的如雷如潮。大学者夏志清、高友工、牟复礼（Frederick W. Mote）、浦安迪（Andrew Plaks）、舞蹈家江青等等都是当时的座上宾。文中还记述了张充和的一段回忆：1935年前后，她坐在苏州拙政园荷花丛中的兰舟上，群贤毕至，夜夜演唱昆曲的盛况——真是好不俊逸风流、艳声盖世的流金岁月！（见孙康宜《耶鲁潜学集·在美国听明朝时代曲》）

你想，这样一位本应在书卷里、画轴里着墨留痕的人物，如今年过九旬却依旧耳聪目明、端庄隽秀的，时时还可以和你在明窗下、书案边低低絮语、吟吟谈笑，这，可不就是人生最大的奇缘和福报吗？

我不敢冒称是张先生的忘年小友。只是因为住得近，日日开车总要顺路经过，年前傅汉斯先生久病离世以后，惦念着老人家的年迈独处，我便时时会当"不速之客"，想起来便驻车敲门，探访问安，陪老人说说话，解解闷。于是，时时，我便仿佛走进一部民国事典里，走进时光悠长的隧道回廊里，让曾经镶缀在历史册页中的那些人物故事，重新活现在老人和我的日常言谈中，让胡适之或者张大千，陈寅恪或者沈尹默，不敲门就走进来，拉把椅子就坐下来。窗外长街寂寂，夏日浓荫蔽天；远处碧山如画，残霞若碧。嚣扰的车声、市声，都被推到了细雨轻尘般的絮语深处。我时时就这样和老人对坐着，喝着淡茶，随手翻着茶几上的字帖，听着老人家顺口叙说着什么陈年旧事。那是让一坛老酒打开了盖子的感觉，不必搅动——我几乎甚少插话，就让老人的悠思顺着话题随意洒漫开去，让岁月沉酣的馨香，慢慢在屋里弥散开来……

"……牡丹和芍药，一种是木本，一种是草本，在英文里都是Peony，花的样子也差不多，所以美国人永远分不清，什么是中国人说的芍药和牡丹的区别。"有一回，谈起后院的花事，就说到了牡丹和芍药，"张大千喜欢画芍药。喜欢她的热闹，开起花来成群结队的。他那几幅很有名的芍药图，就是在我这里画的，喏……"她往窗外一指，窗下长着一片茂密如小灌木般的刚刚开谢了的芍药花丛，"他画的，就是我家院子这丛正在开花的芍药。画得兴起，一画就画了好几张。又忘记了带印章在身，他留给我的一张，题了咏，没盖印，印子还是下一回过来再揿上的……"我本来就知道，这座娴静的庭院里，到处都是张大千的印迹——书法题咏，泼墨小图，以及，敦煌月牙泉边与大雁的留影……没想到，眼前的苍苔、花树，就是画坛一代宗师亲抚亲描过的。

说着牡丹、芍药，老人的话题又转到了梅花上，"……这地方，牡丹、芍药好种，梅花却不好种，种了也很难伺候她开花。那一回，耶鲁博物馆要搞一个以梅花为主题的中国历代书画展，央我去帮忙，"老人眼瞳里闪着盈盈的笑意，"这种时节，上哪儿去找梅花呀？为了布置展厅，我们就在当门处立了一棵假梅花。梅花虽假，我留了个心眼，开展以前，就在假梅树下撒上一片薄薄的小花瓣。一下子落英缤纷的，果然可以以假乱真了呢！你猜怎么着？第二天开幕式，大家愣住了：那假梅树下的落英花瓣，全没啦！一问，原来是馆里的黑人清洁工，怕失职，连夜把它打扫干净了！"老人呵呵地笑了起来，"我跟她们解释，不要扫不要扫，都留着，她们无论如何不明白，你再撒上花瓣，没一会儿，她就给你扫干净啦！你说多扫兴呀！"老人顿了顿，忽然敛住笑意，"可是细细一想哪，你扫什么兴？这些清洁工，才真是把这梅花当真了呢！你是假心态，人家是真心态，可是你想以假乱真，不就恰恰让这清洁工，帮你实现心愿了吗，你还扫什么兴？……"

看着老人脸上飞起的虹彩，我心里一动：就这么一个随意的掌故，这九旬老人的话里，可是有思辨、有哲理的哩！老人呷了一口茶，"周策纵听说了——周策纵你记得吧，就是那个研究'五四'的白头发大高个儿，那一年他还专门请我到维斯康辛开了半年昆曲课——就为这事写了一首诗，题目就叫'假梅真扫'，我还记得其中的两句……"老人顺口就念出了句子，"假梅真扫，你说有意思不？……"

这是从我和张先生日常的谈天说地中，随便拈出来的一个例子。只要提起一个什么话头，你等着吧，老人准可以给你洒洒漫漫、连枝带叶、铺锦敷彩的，说出一段有史迹、有人物、有氛围，每每要听得你瞪眼咂舌的久远传奇来。在今天这个记忆迅速褪色消逝的世界，我珍视老人每一点涓涓滴滴的记忆。只要天色好，心情好，每回踏进这道门坎,就像是踏进一道花季的河流,我觉得自己像是一个撑着小船溯流而上的采薇少年(在董桥称的"充老"面前,可不就成了少年),首先得把脑袋瓜子腾腾空,好留出空间,记住左岸上哪儿是菱花,哪儿是荠菜,右岸上哪里有木槿,哪里有灵芝……

有一回,带故世多年的老作家章靳以的女儿章小东夫妇造访张充和——他们上耶鲁看儿子,她的先生孔海立教授,是老评论家孔罗荪的公子。老人搂住小东,亲了又亲,看了又看,搬出了黄裳文集言说着当年对靳以的"践约"旧事,给我们点着工尺谱唱昆曲,由靳以又讲到巴金、万家宝(曹禺)、老舍……恨不得把那段重庆的锦绣日子,一丝丝一缕缕地全给揪扯回来。自此登门,老人便常常会跟我念叨——"老巴金"。"……老朋友都走光啦,也不等等我,只有老巴金,还在海那边陪着我。"老人说得轻松,却听得我心酸。确实,环望尘世,看着往日那些跌宕、倜傥的身影就此一个个凋零远去,自己孓然一身的独立苍茫,日日时时,缠绕着这位世纪老人的,会是怎样一种废墟样的荒凉心情呢?"十分冷淡存知己,一曲微茫度此生。"那天,张先生向我轻轻吟出她新近为友人书写的她的旧诗句子,似乎隐隐透露出老人内心里这种淡淡的哀伤。

可是,不。你感觉不到这种"荒凉"和"哀伤"。老人虽然独处,日子却过得娴静有序。有沈家侄女介绍来的朋友小吴一家帮着照应,张先生除了照样每天读书、习字,没事,就在后院的瓜棚、豆架之间忙活。"……老巴金好玩呀,"那一回,张先生要送我几盆栽剩的黄瓜秧子,边点算她的宝贝,边给我说着旧事,"……那时候陈蕴真正在追巴金——还没叫萧珊,我从来都是蕴真蕴真地唤她。蕴真还是个中学生呢,就要请巴金到中学来演讲。巴金那时候已经是名作家了,人害羞,不善言辞,就死活不肯。蕴真她们把布告都贴出去了,演讲却办不成,蕴真气得,就找我来哭呀……"老人笑着弯起了月牙眼儿,像是眼前流过的依旧是鲜活的画面,"嘿,我们这边一劝,巴金赶紧来道歉,请出李健吾代他去演讲,这恋爱,就谈成喽!"

阳光,好像就在那些短促的音节间闪跳,"抗战那一年,我弟弟和巴金一家人逃难到了梧州,就住在一座荒弃的学堂里。听说晚上睡觉,不知谁抽烟,引起了火灾。大火就在铺盖上烧起来,大家都慌了手脚,巴金说:不怕不怕,我们都来吐口水,浇熄它!哈,他说要大家当场吐口水!吐口水管什么用呀!后来还是谁跑到外面找来水盆子,才把火浇灭啦!"老人呵呵地笑得响脆,"呵,那年回上海,跟巴金提起这件事,他还记得,笑笑说:我可没那么聪明,是我弟弟的主意。你看巴金多幽默——他说他没那么聪明!……"

日头下,搭好棚架的瓜秧、豆秧,满眼生绿,衬着探头探脑的青竹林、香椿林,托出了老人生命里依旧勃勃的生机。

那一回,就因为念叨"老巴金"说得忘情,几天后见着先生,她连声笑道:"错了错了!我上回给你的瓜秧子,给错了!"我问怎么错了,她说:"说是给你两棵茄子秧,却给了你两棵葫芦秧,我自己的倒只剩下一棵了,你看,是能结出这么大的葫芦瓢的好秧子哪!"

厨房墙上挂着的,果然是一个橙黄色的风干了的大葫芦。

"不怪我吧?那天你忙着说巴金……"

"怪巴金!"老人口气很坚决,却悠悠笑起来,"嗨,那就怪我们老巴金吧……"

…………

都说：每一段人生，都是一点微尘。我最近常想，那么，浮托着这点微尘的时光，又是什么呢？这些天赶稿子，写累了，会听听钢琴曲。听着琴音如水如泉的在空无里琮琤，我便瞎想：时光，其实也很像弹奏钢琴的左右手——大多时候，记忆是它的左手，现实是它的右手。左手，用记忆的对位、和弦，托领着右手的主体旋律——现实；有时候，记忆又是它的右手，现实反而是它的左手——记忆成了旋律主体，现实反而退到对位、和弦的背景上了。"那么，未来呢？"我问自己。"未来"，大概就是那个需要左右手一同协奏的发展动机，往日，今日，呈现，再现，不断引领着流走的黑白键盘，直到把主体旋律推向了最辉煌的声部……

面对张充和，我就时时有一种面对一架不断交替弹奏着的大钢琴的感觉——老人纤细玲珑的身影，或许更像是一把提琴？她是一位时光的代言者，她的故事就是这乐音乐言的本身。也许，今天，对于她，弹奏华彩乐段的右手，已经换成了左手——记忆成了生活的主体，现实反而成了记忆的衬托？其实，人生，在不同的阶段，记忆和现实，黑键和白键，就是这样互相引领着，互相交替、互为因果地叠写着，滚动着，流淌着——有高潮，有低回，有快板中板，也有慢板和停顿……所以，生命，这点微尘，才会一如音乐的织体一样，在急管繁弦中透现生机生意，在山重水复间见出天地豁朗，又在空疏素淡中，味尽恒常的坚韧，寂寞的丰富，以及沉潜慎独的绵远悠长啊。

是的，我的"耶鲁时光"，也是一架左右手不停轮奏着的大钢琴。我在想，自己，怎样才能成为黑白键上那双酣畅流走的左右手？……

午后下过一场新雨，我给老人捎去了一把刚上市的荔枝。听说我马上要开车到北部去看望在那里教中文暑校的妻子，充和先生便把我领到后院,让我掐了一大把新冒芽头的香椿。

2005年6月20日—7月6日,于美国康州衮雪庐

绿腰长袖舞婆娑
——张充和与昆曲的故事

和充和老人聊天,常常都是从茶几上的书本引出的即兴话题。

那天去看她,小几上摆着一摞跟昆曲有关的书。有"青春版"《牡丹亭》的演出报道结集,还有一本由俞振飞题名,名为《姹紫嫣红》的"昆事图录"。翻到其中"张家四杰"一节,正收录了他们张家四姐妹——张元和、张允和、张兆和、张充和与昆曲结缘的故事,还有姐妹们各自在昆曲舞台上的演出剧照。(据张先生说:三姐兆和其实没有唱过昆曲,戏倒是懂得很多,只是各种谈昆曲的书里都爱这么写——"张家四杰"。)看着那些蛾眉淡妆、婀娜多姿的身段姿容,陈年的黑白图片上似袅起一缕缕兰菊的馨香,我便和张先生谈起了她生命中另一个重要东西——昆曲。

张先生喝一口淡茶,慢慢说道:"我学曲学得很晚。小时候读的是家里的私学,十六岁才正式进学堂——进的就是我父亲在苏州办的'乐益女中',那时候我的几个姐姐都上大学去了,家中女孩子就剩下我,我就开始跟着学校的昆曲课听昆曲、学昆曲。那时候我父亲的学校是开昆曲课的,一个星期上几次课,有专门的老师教,几个学生一起学。慢慢就觉得不够了,父亲便单独给我请老师。我的昆曲老师姓沈,名叫沈传芷,我唤他沈先生、沈老师,是昆曲界'传'字辈的名角儿……"

我笑了:"又是一个'沈',张先生你注意过吗?你生命中有好几位'沈先生',都跟你最重要的经历有关。"

张先生眼睛一亮:"哎哟,真的哟,他们都是姓沈哟!"

"哎哟,又有鬼哟!"我几乎忍不住要学着她的口气,可是我把话咽住了。

她微笑着又沉入了回忆之中,"这位沈老师什么都会,小生、冠生、正旦、花旦、小旦的戏,他都会唱,就是不唱老生。他教我的时候,其实还不到三十岁。"

我问:"那时候昆曲的演出,很兴盛吗?"

"其实也不。那年月,上海舞台上唱昆曲的,只有传字辈的一个班,在'大世界'中演出。战前那几年,就开始不太有戏唱了。苏州离上海近,我父亲就请他们过来教曲。沈老师先在苏州教,后来又到青岛去教。我有两个暑假就专门跑到青岛去,跟沈老师学戏。先学唱,再学表演。一个戏要学好几个礼拜呢。那时青岛唱昆曲的人很多,第一年我跟我弟弟宗和一起去,他也学戏,住在太平路海边一座别墅里。第二年跟青岛的曲友熟了,就住在一个孙姓朋友家里。那时候,家里请了笛师,听曲唱曲,花了很多时间和心思……"

我说:"我记得从哪一篇文章里读过……有一段时间,你夜夜坐在苏州拙政园的兰舟上唱昆曲……"

她笑笑:"是孙康宜的文章吧?有意思的是,战前那几年,我常在拙政园那条船上唱戏,战后呢,我又回到拙政园,却是在那里教书。

那时候的'社会教育学院'设在那里,我是代我弟弟张宗和的课,在那里教书……"

话说到这里,被一个电话打断了。像是一个越洋长途,张先生拿着话筒和手里的纸张,眯眼辨识,向对方娓娓细道。原来,这是另一位"沈先生"——沈尹默先生的儿子,越洋打来的电话,请张充和帮助读校刻在一个古棺上的一段沈尹默墨迹的拓片。拓片的复制件,显然是从电脑网络里传来的,我接过来,帮助张先生一起辨认着——

题王晖棺玄武像

沈尹默

昔闻巨蛇能吞象,今见蛇尾缠灵龟,
四目炯炯还相像,思饮怨×孰得×。
物非其类却相从,蛇定是雌龟是雄,
相与相违世间事,悠悠措置信天公。

沫若老兄嘱题

张先生帮助辨识出了好几个淹漶不清的字眼,其中两个字眼,却实在无以确认。我却道出了心中的疑惑:怎么拓片上的字迹,不太像是沈尹默先生的书风?

"我也觉得不太像。不过这至少经了三次手的拓上再拓,可能就走样了。"放下电话,张充和轻轻叹了一口气,"沈先生的这个小儿子姓褚,没跟沈先生姓,跟生父的姓,却跟沈先生最为亲近……"她随后道出了另一段沈尹默的辛酸故事,"沈先生的第二个太太没生孩子,这个儿子是褚保权的侄子,抱过来的时候已经十几岁了,他亲眼目击了

"文革"红卫兵的残忍冷酷。那时候,沈先生天天在挨批,戴着一千七百度的近视镜爬上爬下地应付批斗。怕自己的书法文字惹祸,就叮嘱年小的儿子,让他把家里藏的自己所有书法纸张全部放到澡盆里,淹糜淹烂了,再让他趁着天黑蹬自行车出门,偷偷把这些烂纸张甩到苏州河里去。沈先生这个儿子现在想起来,就心痛得要出血。沈先生多少宝贵的书法作品,都是这样经过他的手,毁在那个年月里了!所以,他现在要编沈先生的书法全集,见到父亲的任何一点遗墨遗迹都不放过,拼了命似的四处搜求……"

屋里的气氛变得沉重起来。我不愿意老人过于伤感,便掉转话头说:"我们还是回到另一位沈先生,回到昆曲,说说你学戏、唱昆曲里好玩的事儿吧!"

"……当时,跟我一起学戏的,还有我的继母。"一浸入昆曲的回忆,张先生就舒展开了眉头,"她叫韦均一,本来是父亲办的乐益中学里的一位老师。继母只比我大十五岁,我们一起学戏。她爱画画,我爱写字,她看我写字可以一看看个大半天。家里的人都不喜欢她,但她喜欢我,跟我很亲,我们像两个很好的朋友那样相处。"张先生忽然呵呵笑了起来,"哎哟,我继母有一个事,我一直不知道,一直到了美国,甚至是直到前几年才知道,原来我的继母,当初是个地下党——就是共产党的秘密党员!"

"是吗?"我很好奇:"那,你觉得你父亲知道吗?"

"我知道我父亲不是共产党。但我也知道,父亲办的学校里,当时我的好几位老师,都是后来很有名的共产党,比如张闻天、匡亚明。还有一位侯绍裘,当时就被国民党抓走,用乱刀刺死了。1949年后,我的继母在苏州的博物馆做事,听说她一直很受当地政府的尊重。我的小舅也是地下共产党，一直在学校里教书。那年我见到日后当了南京大学校长的匡亚明，他告诉我：那时候，我改你们的国文卷子，你父亲改我的。其实我父亲比他也大不了多少岁，父亲办校的时候才三十多岁。……哎，我们说到哪里去了？"

我直乐。其实我喜欢顺着老人的思路，这么随意洒漫地说开去。我说，"再回到昆曲吧，你第一次正式登台，是在什么地方？"

"在上海。也还是战前那几年的事。在上海兰馨戏院，唱《游园惊梦》。我唱杜丽娘；唱花旦春香的，是李云梅；唱柳梦梅的小生不记得了，大概是当时上海现找的年轻人。同台演的还有《蝴蝶梦》。那是正式的演出，不是普通学校那种玩票式的表演。"

我说："都知道你在重庆登台演的那场《游园惊梦》曾经轰动一时，很多名家、大师都出来写诗唱和，那是哪一年？"

"1941年吧。昆曲，我确是在重庆年间唱得最多，在师范里教，在城里登台唱，劳军也唱。在昆明那一段，教过人，但没登台，因为找不到搭档。"

"唱得最多的是哪几出戏？"

"《游园惊梦》《刺虎》《断桥》《思凡》，还有《闹学》……《闹学》我大姐唱的小姐，我唱里面的春香，花旦戏。当然，《刺虎》唱得最多，那是抗战戏嘛。"

"你跟俞振飞配戏，是哪一年？"

"那大概是1945、1946年，抗战胜利后的事了，在上海，很大的一场演出，唱《断桥》，他唱许仙，我唱白娘子，我大姐唱青蛇。"

我提出要求："再讲一点跟昆曲有关的好玩事儿。"

她朗声笑道："咳，好玩的事儿多啦！……要唱戏，首先得找人配戏，就是要找跑龙套的。在重庆，那一年演《刺虎》，我是属于教育部的，要唱戏，龙套就得从自己所在的部门里找。开会商量，那四个龙套就在酒席上定了，就找王泊生。他原是山东戏剧学院院长，现在教育部任职；还有陈礼仁，社会教育司司长；郑颖孙，音乐教育委员会主任；还有卢冀野，就是卢前，他既会写诗写曲，又会弹古琴。这些人都算教育部里的官员，人面都很熟的。那天是劳军演出，要大家捐款，各部会的长官都要来看。开场锣鼓音乐一响，他们四个龙套一出来，大家全都认得，全场就拼命鼓掌。龙套一出场就拍手掌，这唱昆曲的可从来没见过；这四个人又当惯了官，像在台上演讲，别人一鼓掌他们就点头鞠躬，越点头掌声就越响，结果他们点头鞠躬个没完，场上场下的笑成一堆，幸亏不是在我上场前，不然这戏，可真就唱不下去啦，呵呵呵……"

张先生轻声笑起来，边笑边站起身来，似乎想起了什么，便蹒跚着脚步——老人家腿脚已经不算太灵便，走到一边的书架上，拿下一个由蓝灰印花手帕包裹着的小本，慢慢向我展开——

"这个小本子哪，抗战这些年一直跟着我，跟到现在……"

这是一个名叫"曲人鸿爪"的咖啡色硬皮小册页，翻开来，巴掌大的尺幅，内里却乾坤浩荡。原来，这是各方名家曲友当年为张充和留下的诗词书法题咏和山水、花鸟的水墨小品，简直可以用"精美绝伦"名之！

张先生翻到其中一页，"喏，这就是卢冀野——卢前，当时即兴写下的诗句——"

鲍老参军发浩歌，

绿腰长袖舞婆娑。

场头第一无侨事,

龙套生涯本色多。

卅年四月十三日,充和演刺虎于广播大厦,颖孙、逸民、泊生邀同上场,占此博粲。卢前时同客渝州也。

我仔细翻看着这本留下幽幽时光痕迹的略显陈旧而保存良好的《曲人鸿爪》,一时竟爱不释手。里面唱和、题咏的,有吴梅、杨荫浏、唐兰、罗常培、樊诵芬、樊少云、龚盛俞、杜岑等等我熟悉或者不熟悉名字,这本身就是一件珍贵的历史文物。我注意到包裹的手帕上已经系着一个写上编号的小牌,想必是张先生自己请人作过清点的。她的话音絮絮地在耳边流过——

"这种《曲人鸿爪》我一共存有四本,这是第一本,因为小,好带,反而不容易丢——这些年丢掉了多少好东西啊。不过,里面的内容分量,倒是一本不如一本了,我想以后有机会,我会把它们印出来……"

——"曲人"。我注意到这个说法,想到自己多年来喜欢的古琴。爱古琴的人,则喜欢把自己称作"琴人"。古琴——昆曲,这果然是中国传统文化的双璧呢。

2007年8月30日于康州衮雪庐

张门立雪
——我和我的耶鲁学生跟随张充和学字、学诗的故事

夜寂西窗微雨侵，轻纾颜帖对灯临。
笔间自觉骨筋浅，砚畔谁知世味深？
点雪捺霜横浪迹，一收一顿一沉吟。
先生教我出锋处：立似青山卧似琴。

这是我的一阕题为《习字》的古体诗习作。记述的是2008年开春，我领着两位耶鲁洋学生邵逸青（Adam Scharfman）、温侯廷（Austin Woerner）"张门立雪"，跟随九旬老人张充和先生研习书法、学写古体诗词的故事。

说起来，这与2007年底我率领的耶鲁学生中文辩论队，在北京中央电视台获得国际大学生中文辩论赛冠军的故事相关。在CCTV这个号称"汉语奥林匹克"的世界级擂台上，耶鲁队苦战三轮，舌战"洋儒"，先后打败了亚洲代表队韩国梨花女子大学和欧洲代表队英国牛津

大学，最后站到了冠军领奖台上。邵逸青和温侯廷，都是当时耶鲁辩论队的主力。当日，邵逸青用整整四分十六秒的"长时段"，一口气背诵的苏东坡《前赤壁赋》，字正腔圆，声情并茂，不单震惊了全场，赢得长久持续的雷鸣掌声，据说把央视大楼办公室里随兴看着荧屏直播的高层领导和工作人员也惊动了，纷纷从办公楼涌到一号演播厅，好奇打探这位吐珠漱玉、潇洒从容的"洋小子"是何方神圣。温侯廷则更技艺惊人，除了辩论赛上妙语如珠，他竟然敢在数亿中国观众的注目下表演中国古老的国粹——古琴！说起来，这是他借用我那把颇有来历的古琴（事见拙文《金陵访琴》），在波士顿向一位台湾来的老师拜师学艺，只利用暑假三个月，就学会了这门非常讲究练手练心的独特技艺，为大家弹唱琴歌——李白的《秋风辞》和王维的《阳关三叠》；夺冠当晚，他甚至可以用古琴为现场朗读《红楼梦》"葬花词"的耶鲁学生苏克思（Nicholas Sedlet）即兴伴奏，他儒雅从容、指法娴熟，令现场好几位学琴多年的"琴人"惊叹不已。2007年那个深秋，"耶鲁学生的中文辩论"成了中国观众和互联网上热议的话题（日后央视也把他们辩论的录影一播再播），他们几位也一时成为粉丝无数的明星级人物。学生争气，为耶鲁争光，我这一位当领队和教练的老师自然与有荣焉。从中国回来，我对邵、温两位"高足"说：带你们向当今硕果仅存的世纪老人、"国宝级"的国粹大家张充和先生学习书法和诗词，可是千金难买的学习中国文化的绝佳机遇，这，正是对你们的最高奖赏！

记得是2008年开春，草坪上还留着残雪的午后时光，我带着邵逸青和温侯廷，如约敲开了张先生北港宅所的大门。邵逸青本来正在选修孙康宜老师的中国古典诗词课，先前已经在孙老师引见下开始跟张充和学习书法，说起来，我反倒成了我的学生的"后学师弟"。于是，我和我的学生们马上以平辈相待，先后同时，成为了充和老人此生中大概最后一拨的"书法入室弟子"（老人还有另外一位最后的"昆曲入室弟子"张琬婷，也是我引见的耶鲁研究生，在此不细述）。"跟我学书法的洋学生，有一个中文字都不懂，却把字写得非常好的，"充和老人指着墙上一幅像是墨漏痕一般的古树摄影，"你看看，这是我最得意的一个美国学生拍的摄影作品，他把在书法里领悟到的感觉放到摄影里——现在是一位很有名的摄影家呢！你们两位，中文学得这么好，又修的是文学专业，只要用心，肯定可以把书法学好！"这是我们围坐在饭厅的大案桌上，研好了墨，铺开了纸张，张先生给我们上第一课的开场白。

总是从研墨开始。张先生不允许我们为了贪图便捷而使用现成的瓶装墨汁。她自己就从来不用现成墨汁。言谈中对今天那些用墨不讲究、只是随便用现成墨汁"对付着写画"的写家、画家们，一直颇多微词。说到用墨，说来奢侈，我们这几支嫩笔杆儿，在张先生家研墨用的墨条，几乎全是古董——印象中用过的至少是民国时代的墨，还用过清代、明代的墨，墨条外观不一定古雅——有干裂后用胶布缠着的，还有重新用老法子蒸粘回去的碎墨，但大多数墨锭，至少都有五六十年甚至过百年的历史，而且常常都是明、清、民初名家出品的古墨精品（日后我才知道，原来张先生是一个藏品丰富的古墨收藏家）。"我按我老师的办法给你们批作业，"老人笑吟吟说道，"写得好的字，用红笔打个小圈圈；写不好的字，用黑笔打个小叉叉。"她用朱砂红笔给我们批改书法作业卷子，研墨的朱砂墨条竟是乾隆时代的，小小一方，掂起来重如铁块！近些年充和老人为中外机构题写的许多大字题匾——从"史丹福大学东亚图书馆"到"清华大学国学院",一概都是气象浑穆、骨力雄厚、墨酣字透的隶书大字,用的也是清代的墨条。老人告诉我:所用的墨汁简直成盘成钵,都是她亲自研磨的。"为了琢磨写好那几个字,我这几天都没睡好,"那个早晨,张先生把刚完工的"史丹福东亚图书馆"竖体长条幅展示给我看,听到我的感慨惊叹,略带点得意的神情吟吟笑道,"光是试笔,就用掉我好些墨呀!睡不着,我干脆就爬起来磨墨,得要先备出一大盘墨汁来。不然,写到兴头上,墨水跟不上了,多扫兴哪!呵呵,最近为写这几幅条匾,整整磨掉了我的两根好墨呢!"

除了研墨,第二个讲究的是握笔与运臂。"不是运腕——用腕力;是运臂,用肩臂的力量来写字。来,你们摸摸看!"老人向我们捋起了袖子,让我们捏摸她手臂上的肌肉,感受她挥毫走笔时的力道。果真,九旬过半的老人,也许体格已经不算健旺了,但从肩膀到肘子的肌肉线条,都是紧绷结实的,简直一若少女,难怪她研起墨来霍霍生风。这也让我们理解,重视研墨,首先是为写字以臂膀发力热身;老人甚至有时会突然握笔发力,向我们展示悬腕写字时内在力道的异同:"你看,这一笔下去,用臂力,会写成这样;只用腕力,就成了这样……"老人边挥毫边向我们解说,"习惯了使用臂力运笔写字,写多久都不会累,对于我,写字,就是一种最好的休息。"老人时时告诉我,她日常应对失眠、疲累的办法,就是写字,写字就是她的"Meditation"(打坐)。

"中国书法,是从'点'开始的。"在我看来,这是书法理论中相当独到的"张充和论"。充和老人非常重视笔墨中的"点",反复要求我们练习"点"的落笔、走锋和收锋——先写好一"点",再把"点"的运笔化进横竖、撇捺,体味保持中锋走笔的感觉。张先生要求我们这几个习字的新丁,一定要从临摹颜字——颜真卿开始,而且一开始就临颜字晚期的"颜勤礼碑"而不是早期的"多宝塔碑"。"写颜字,首先就要从写好他的'点'开始,并且一定要保持中锋运笔。"对颜字,充和老人也有自己独到的看法,"现在市面上一般看到的颜体字帖,笔画都太肥大,所以有人不喜欢,说颜字笨拙,土气,有人临颜字,就故意写得字体架构肥肥胖胖的。其实,那是知其一,不知其二。"张先生拿过我复印给学生的《颜勤礼碑》,指点着上面的笔画说,"其实,很多人对颜字的理解,都被那些低劣的裱拓误导了。"张先生给我们示范着颜字的运笔方法,一边说道,《颜勤礼碑》是晚清民初年间出土的。小时候教我的朱老师是位考古学家,他给我临的颜字,是直接从刚刚出土不久的《颜勤礼碑》的碑文拓片上,未经裱拓,直接裁剪成字帖让我临写的。那时候我看到的《颜勤礼碑》原拓,字体瘦削,笔画并不肥大。现在看到出版的各种《颜勤礼碑》,那些过于肥大的笔画,显然是被裱拓的过程撑大了的!"充和老人此言,确实别具观瞻手眼,也为我们学习颜字增加了新的认识角度。老人为我们走笔示范着,"写颜字的运笔跟写别的体不同,确实,它的每一个字里,总有一笔是特别厚重的,但它的撇捺方式,需要这样转笔,提按出锋,力道要含在里面……"

2008年从春到夏,每个周四下午课后,我便带着邵、温两位学生,登门北港张宅,跟随充和老人习字。我们几乎临了整整一年的《颜勤礼碑》。她嫌市面上一般出版的颜体字帖不好,特意从她的书架上为我们找出日本平山堂出的书法字帖系列，找出版本更加精准、印刷也更加精美的颜体字帖，让我们复印临写。"颜字是打根基的字，把颜字写好很重要。我现在每隔一两年，都要拿出颜字帖来，认真临一临。"张先生一再向我们强调，"有颜字的底，就能写好大字，写好隶书——隶书也适合写大字，"老人一下子又沉入了回忆之中，"那一年，七七事变以后，我用大幅白布写了'国难当头'几个大字，挂在苏州乐益女校的高墙上，我写的就是颜体字。"老人话里一时溢满少壮豪情，"'国、难、当、头'，每个字有这么大！"她展臂比画着方圆，"写楷书，只有颜体适合写大字，别的体写大字不好看，要么就写隶书。我做小孩的时候喜欢写大字，年纪大了，反而喜欢写小字……"

体谅到九旬老人的身体状况，我总是注意，把每周习字课的时间，都控制在一小时左右（这些年我和老人家的见面聊天，每次也都不超过一小时）。每每在老人和两位洋学生热情互动、意犹未尽之时，我就客气地叫停，及时告辞，免得让老人过劳。可是，2008年春季学期结束后的暑假，老人还是忽然发病住了医院。待老人出院后，我怕让老人累着，便准备把秋冬学期的书法课取消了。不料，张先生听说了，连连摆手说不，很坚决地对我说：我喜欢教你们写字，这两个学生很用功，也很有悟性，我教得高兴，我是老师，我要坚持每周给他们上课。"写字累不着我的，一写字就让我快活、舒坦。"老人一再这么说。那段时间，我确实非常踌躇：虽然按年岁说，张先生身体尚算健朗，但毕竟进入暮年，体质日衰，生怕自己稍有唐突闪失，就会再让老人身体出状况；便找日常照顾她的小吴，以及身边来往密切的孙康宜、陈晓蔷等老师认真商量。大家都说：只要老人家高兴就好，在写字的事情上，一定要遂老人的愿，不要扫她的兴。于是，秋季开学，我又带着邵逸青登门（此时温侯廷已毕业离校），重新开始了每周四下午在北港张宅的书法课程。

"程门立雪"的典故，来自一个古人求师受教的著名故事。专门收集宋人程颢、程颐兄弟言论的《二程语录》，其卷十七所引一条，即"程门立雪"之最初资料："杨初见伊川（程颐），伊川瞑目而坐，二子侍立。既觉，顾谓曰：'贤辈尚在此乎？日既晚，且休矣。'及出门，门外之雪深一尺。"

此典故的日后流传，则把学生问师的场景置于师门外——为待师教，学生立于门外深雪中而不觉其苦。这个故事强调的，是对师承的虔重和坚持与坚忍，所谓"继后传衣者，还须立雪中"之谓也（唐人方干《赠江南僧》语）。

从研墨、运腕、临写颜帖起步，一两年间，我和我的美国学生跟随张充和老人习字，虽未曾吃苦受困，确也曾顶风冒雪，风雨无阻，并甘之如饴。我自己，除了跟随先生习字，则还加上了"学诗"一项（本来，2010年我介绍我的助教张琬婷向老人学习昆曲时，张先生也要求我跟着一块儿拍曲学曲。可是自己实在缺乏唱曲的慧根，听过一两次课就打退堂鼓了）。2007年夏天在台北，围绕古体诗词的当代传承话题，我与作家张大春有一个"打擂台"的戏约，我自此便开始做古体诗词的功课。于是，我便常常将自己新写的诗词习作，送呈充和老人求教。

我记得，最早请老人家评点的，是一首我写给海外一位立言成就卓然而命运坎坷的友人的贺寿诗，诗曰："笔写千山雪满衣，寒襟素立对鸦啼。危城钟鼓惊溟壑，边地弦歌动妄思。捣麝成尘香愈远，碾梅入冷芳益奇。人间岂信佳期误，更待佳期春柳枝。"

当时敢于在先生面前"献丑"，也是因为听到了身边友人的厚意美言，我自以为可以在老人面前"拿得出手"。没想到，张先生读罢，马上提笔在颈联"捣麝成尘香愈远，碾梅入冷芳益奇"上，画了一道浅浅的杠杠，说："这两句，合掌了。"我问："什么是'合掌'？"老人笑着把两个巴掌合起来，"你看，这样手指跟手指的相合相对，诗的意义重叠重复，诗境反而就窄了，这是写律诗的大忌。"我一时恍然有悟，便顺手又把我刚刚写出的一首词，写在记录本上请老人指教。是《奴儿近》的词牌，词曰："秋来展卷红叶上，满纸飞霜，满纸飞霜，一天星斗看文章。/长空雁字两三行，水远山长，水远山长，古今心事付苍黄。"

老人读罢，点点头，缓声说："平仄可能还要调一调，要严格按词谱走。词原来是能唱的，其实音律上更讲究。就如平声，阴平阳平的字眼落到韵脚里，唱起来都不一样的。唱昆曲就很有这样的讲究。不过，你写诗喜欢用明白字，路子是对的。我不喜欢把诗写得曲里拐弯的，费解，让别人看不懂。其实，文字的浅白，也可以写出诗味来。古人的好诗，大都是明白晓畅的。"我确有醍醐灌顶之感。我早就从张充和的《桃花鱼》里，读到她善于把日常生活入诗，并且以清浅文字写出蕴藉诗意的超凡本领。我日后学诗，喜学唐人的直抒胸臆，不喜宋后诗风的曲笔雕琢，就是深受充和先生的影响。自此，我便随时将日常的诗词习作打印成大字本，方便请动过眼疾手术后视力减弱的老人指教。充和老人深通音律，一诗在手，不必吟诵，只要浏览一遍，马上就会点出问题：这里出律了，此处失韵了。在我如今保存的诗词习作稿本上，还留下了先生用铅笔做的画杠微批"五平，孤仄""四仄""三平尾",等等。我时时会为此犯窘、惊叹:"张先生,这平仄音律,好像你不须过脑子就找出了问题,怎么我一再小心,还总是会犯错呢?""这是一种习惯,就是古人说的童子功,"先生吟吟笑道:"从四五岁开始,我祖母和朱老师就教我读诗、念诗和作诗,其实还真的没有怎么特意教我音律,读写得多,平仄音韵这些东西,早就自然而然地融会在里面,变成一种习惯了。"

跟充和老人学诗,还发生了这样一件趣事:"万山新雨过,凉意撼高松。旅雁难忘北,江流尽向东。客情秋水淡,归梦蓼花红。天末浮云散,沉吟立晚风。"这是2009年夏天老人送给我的一幅字,上面是一首以楷体法书写在旧宣纸上的五律。当日,充和老人赠字后,含笑向我提出要求:回家做做功课——查查这是唐宋诗里的何人之作?我不敢怠慢,随后数日,简直是调动了一切检索手段——从翻古书到搜寻"百度"和"谷歌",却都处处碰壁,一头雾水,查不出任何结果来。此诗作者,究竟是唐宋的何方神圣?某日,翻阅先生赠的诗集《桃花鱼》副本才恍然大悟:原来,这是张充和青年时代在重庆时期的诗作《秋思》!从充和老人故意考问我的调皮谐趣中,也可以看出她在古体诗词上的自信——此诗,确有"不输古人"的大家风范也!

春花秋月,寒来暑往,霜红雪白。我带着我的耶鲁学生登张门就教,习字学诗,只恨时日苦短,每次一小时的课时,似乎一眨眼就完了。每个周五下午,在我的耶鲁办公室,则是我和邵、温几位"张门学生",自己关起门来埋头写字,临帖做功课的时光。犹太裔家庭背景的邵逸青,对书法学习最为用心,也始终持之以恒地习字练字,跟充和老人结下了很深的感情。每次见面、离去,与老人的拥抱、吻颊,总是深情款款，很得老人的疼爱。"邵逸青总让我想起汉思年轻时候的样子。"好几回，张先生笑盈盈道，"汉思也是犹太人，他们俩很多举止习惯，很相像的。"难怪老人会不时亲昵地拍拍邵逸青的脸，对小伙子习字的勤谨和坚持，褒扬不已。2008年春天，听说邵逸青的毕业论文要写陶渊明，老人主动提出：要给邵逸青的毕业论文题署封面。老人这一"厚待"，简直让小伙子受宠若惊，欣喜不已。

邵逸青至今还常常说：跟张先生学习书法，是他的耶鲁岁月里最珍贵也对他人生影响最深刻的一段经历。因为品学兼优，邵逸青毕业时获得本科生最高荣誉的"木桥奖学金"（Woodbridge scholarship），被耶鲁校长雷文（Levin）点名留校，在校长办公室任职一年，于翌年被牛津大学硕士课程录取，赴英国留学。临行依依，邵逸青几乎在登机前夕，还专门从纽约长岛家中赶回耶鲁向老人辞行，请老人给他再上一次书法课。当天的课时，破例地被老人一再延长。充和老人专门为邵逸青写了一个精美的扇面送行。"人生不相见，动如参与商"。告别的一刻，一老一少不舍相拥，一再吻别，鲽鲽深情，令我动容。

我永远会记得这样一幅图景：步出张门，邵逸青一步一回头；老人的历尽世纪风霜的脸庞，就始终久久贴在门框玻璃上，道别的挥手，似乎也凝固在那里不动。邵逸青不让我开车，挥手让老人离去，小窗玻璃上却仿佛一幅恒定的贴画，始终贴着老人凝望的面容。邵逸青热泪泉涌，掩面饮泣不已；我驾车离去，摇下窗，最后一次向老人挥手致意，悄悄地，抹去了溢出眼角的泪水。

2012年5月4日于耶鲁澄斋

我的"美国父亲"
——傅高义老师

傅高义老师为本书所作短序,是一年前傅老师造访耶鲁时,听说我要出一本散文随笔精选集向他求序,他满口答应,回到哈佛后很快就用英语写完传给我的。中文翻译初稿是我太太刘孟君做的,我做了简单的修订。

这个"中国儿子"和"美国父亲"的说法,却真实地发生在2004年春,在哈佛大学为傅高义老师荣誉退休举办的盛大酒会上。当时傅高义老师几十年间培养教育的学生(很多位都已是各大学的名牌教授和社会各领域的"大腕"角色),从四面八方跨洲过洋回到哈佛来庆贺他的荣退。酒会上,傅老师搂着我,向所有来宾介绍——"这是我的中国儿子"。我当场热泪盈眶。当时我自己的父亲刚刚去世不久,我向大家述说着自己尚未走出的失父之痛,哽咽着说:傅老师,你当然就是我的美国父亲!自此以后,每次见面,我和傅老师都会笑着以这个"儿子"和"父亲"的称呼,相拥问好问安。

傅高义老师今年(2019)已年近九十了。傅老师的成就和名声这里无须我多言,我和傅老师夫妇以及我们两家人之间发生的许多故事,这里也很难一一细表。我这里只想简单说明两点：其一，傅高义老师几乎从来没有意识到：他其实是决定了也改变了我人生走向的第一位关键人物。他在上述短序里回溯的1980年，正是中国改革开放伊始、百废待兴也枯木逢春的年代。那样乍暖还寒的早春季节，大学校园里陆续出现了一些到访的外国教授的身影。最早出现（1979年秋）在中大校园的洋人面孔，其实是傅高义老师的哈佛学生、时任洛杉矶加州大学（UCLA）助理教授的林培瑞老师（Perry Link），他在做中国现当代小说的研究和翻译，他是因为读了学生杂志《红豆》而主动联系到我这个主编的。我记得第一次学校外事办安排的我们"和外国教授见面"，是让我领着《红豆》编辑部的编委们（记得有陈平原、毛铁等多位同班同学），敲开了林培瑞老师当时住的小洋楼的门。因为陈设简陋的屋子里没有更多凳子椅子，我是蹲坐在矮凳子上和第一次见面的"洋教授"谈话的。一开口，就让我们吃惊不已——林培瑞老师的中文竟然字正腔圆！日后我把他引荐给学校文工团，他和中大博士生一起搭伴上台讲相声，我们才知道，林培瑞还是真正在北京拜过师的侯宝林第一位"洋人弟子"，这些，都是后话了。这以后，我们和林培瑞老师有了更多的个人交往，他成了可以和我们盘着腿一起挤在学生宿舍里喝茶聊天的好朋友，这是傅老师上述回忆里提及我"很愿意"也"很敢"跟"外国人"打交道的一些前因。1980年夏天，傅高义老师作为访问学者造访中山大学的时候，热情迎候、接待他的是他的学生——林培瑞老师，此时却正利用暑假将到北京做访问和研究工作；他便郑重地把在校园里接待、帮助傅高义老师的任务，委托给我，因此这才有了我和傅高义老师夫妇的结缘。通过一个夏天的交往接触，傅老师在临离开中大前夕郑重地约我谈话，在说了很多感谢的和鼓励的话后，主动向我提出：你应该争取机会到美国留学，你就申请去哈佛，我可以给你作推荐。我当时很感吃惊意外，马上回答说：可是我的英语很差，听说读写的水平几乎等于零啊。傅老师甚至马上送我两盒空白录音带，带我去见外语系的加拿大专家琳达，要求她亲自给我做英文辅导。林培瑞老师随后从北京回到广州，听闻傅老师热心推荐我去美国留学，这才告诉我：过去这几个月间，他通过你认识我的好几位同学，已经私下联络我，希望我推荐他们赴美留学，可是从来没见你提及。现在既然傅老师热情推荐你去哈佛——哈佛是首先要求"托福"成绩的，英语入门的门槛很高；你不如申请我们的加州大学（UCLA），我给你作推荐。UCLA的语言系很牛，不承认"托福"成绩，录取后要先通过他们自己的考试，这反而在英语水平上给你一个缓冲变通的机会。

"到美国留学？""两位美国教授主动给你推荐？"在旁人看来，这无异于"天上忽然掉下的馅饼"。可"赴美留学"之意，却在我心中引发了前所未有的巨大风暴。当其时，我正陷入一场学生时代激情澎湃的热恋之中，同时刚刚写出了自己平生第一部长篇小说——也就是已定于1982年春在《花城》杂志刊发的《渡口，又一个早晨》。当时我的"作家梦"正酣，"恋爱梦"正甜，而恰恰是"留学梦"从未萌发过、进入过哪怕"大脑皮层"的表面。可是，只要自己点头首肯，在当时情境下难于上青天的"赴美留学"之大梦，就可以轻轻松松地兑现，"Why not？"为什么不呢？有什么好犹豫的呢？！家人、亲友、同学都如此诘问。我最后的选择是——狠狠一咬牙，赴美留学去！我人生里程发生的根本性转折，就这样发生了。我当时这样回答质询我"为什么要走"的朋友——"我想出去看看真实的世界，先把自己打碎了，再重新捏巴起来。""如果打碎了再也捏巴不起来呢?""那也活该。"

二呢,则就想说明,傅老师在上述短序里某些记忆细节的不尽准确。比方,傅老师谈到我陪同他一起回到我下乡当知青的海南岛农场的故事,其实不是发生在1980年我刚刚认识他们的那个夏天,而是在1987年——也就是我已从哈佛"海归"回国后的第二年。过去两年间我在哈佛一直担任他正在撰写的《中国改革的第一步——广东》的中文助理,这次是利用他访问中国时亲自陪他到海南岛做田野调查。又比方,傅老师提到和我家人的接触,已经发生在我1986年"海归"回国,任职于北京中国社科院文学所以后;他以为我的兄弟姐妹都考上了大学,是因为帮我在广州接待过他们夫妇俩的其中一位姐姐,曾经请傅夫人在她工作的华工大校园宿舍小住的缘故。至于短序中,把我是在哈佛还是洛杉矶加州大学获得硕士学位弄混了,则是老人家记忆的偏误所致。我是1982年春赴洛杉矶加大(UCLA)留学,获硕士学位后应傅高义老师邀请,以访问学者身份在哈佛费正清中心担任研究助理,曾先后在傅高义老师家居住达两年半之久。我们朝夕相处,每周至少在一起吃一次"中文晚饭"(傅老师要求我邀请校园里的中国学生学者和他一起吃晚饭,饭桌上只说中文),今天好些位名满天下的业界"大咖"们,如樊纲、蔡金勇、钱颖一等,当年都曾是傅老师家"中文晚饭"的常客。有趣的是,我还在傅老师家里,陪同接待过如韩国金大中(他当时落难,从监狱里直接被美国政府送到哈佛)等声名显赫的客人呢。

也许是由我开的头,自我1986年中离开哈佛后,傅老师在哈佛校园内的家,就真正成了到访哈佛的中国作家、学人们的羁旅驿站。许多知名作家、学者都曾短期在傅老师家落脚小住。可以说,傅高义老师对中国了解深、用情深，近些年各种关于中国的著述论著都能理据充分、独具史识价值，与他拥有众多如我一样的"中国儿子"般的中国好友是密不可分的。他曾跟我推心置腹地谈过：过去年间的一般西方汉学家，都习惯以一种"局外人"（Outsider）的身份来审视、研究中国，能真正从"局内人"（Insider）的角度——也就是"站在中国看中国""在中国语境内深入了解中国"的角度，是极少极少的，这是他今后做中国现、当代社会研究，要努力的方向。我想，他的研究当代中国的专著出版后广受中外学界的肯定，其立论和史识尽可能地贴近历史真实，就与他采取的这种广泛采访接触中国朋友以掌握第一手材料，尽最大可能"站在中国看中国"的新异视角有关。

我这个"中国儿子"和我的"美国父亲"——傅高义老师几十年间的交谊故事还有很多很多，这里很难一一细述。上面略举的两点，就算是回忆瀚海里的几朵小浪花吧！

2019 年 5 月 25 日于耶鲁澄斋

豆青龙泉双耳瓶

——追念史铁生

是在加勒比海邮轮上听到铁生骤逝的噩耗的。2011年新年钟声敲响的瞬间,接到了北京传来的不祥电讯。那天从海上归来,早晨把女儿送到学校,我转身就进了附近的花坊,买了一束黄白菊花,回家找出了那个豆青开片双耳瓶,再从电脑里印出一帧铁生的遗照,小心仔细地,置放在插好的花丛中。

隔着一道大洋,我想为铁生,也为我自己,安排一个小小的、私己的追思仪式。

我和铁生大致同龄,同属下过乡的"老三届"和"老初一"。与铁生的众多好友相比,我和铁生的交往历史不算久远,却也足够深、长。深的是心,长的却是距离。所以我常说,我和铁生之间,属于一种"过心之交"。回想起来,认识铁生,应该是由建功(陈建功)介绍引见的,大概是1984年夏天,我从美国留学的半途,为两年后的回国工作进京打前站的时候(建功后来纠正我:说他引见我见铁生,应该是1979年夏天我到北大参与办《这一代》杂志,和他初识的时候)。和铁生有了比较多的来往,则是1986年底我自哈佛回国,在社科院文学所落脚以后。

那时候，或许我算是最早的"海龟"（海归），所以单位给了我一点特殊待遇——作为单身汉，却为我分了一套单间一单元，就在当时很有名的海淀双榆树"鸳鸯楼"青年公寓。那个年头，对于北京的同龄人，能拥有这么一个独立的居住空间，确是非同小可的事情。于是很快，我的双榆树小居室，就成了当时北京文学界和学术界圈子里的一个小据点。日后蜚声遐迩的"赵越胜沙龙"（北京青年学术圈子）和北京作家的小圈子，都常常在这里聚会。

在当时北京几个文学圈子里，我和铁生算是"一伙儿"的，经常玩在一起，泡在一起。1987、1988、1989那两三年间，铁生和我们几个——建功、万隆（郑万隆）、李陀、张暖忻、何志云、小楂（查建英），还有黄子平、陈平原以及朱伟、鲍昆（摄影家），等等，常常在一块玩儿。所谓"玩儿"，其实不是别的，就是聚在一起聊文学，办杂志，开作品朗读会，商量和张罗各种有意思的文学活动（今天这么说起"聊文学"似乎很稀罕，其实在当时北京的氛围里，我们这一伙算"纯文学帮"，已经开始显得有点稀罕了。我们当时叫"抡"——"抡小说""抡评论"什么的）。清晰浮现在记忆屏幕里的，有这么几件事：

当时我的留学生小说集《远行人》刚刚由北京出版社出版，但此书没能进李陀等人的法眼。当下先锋实验小说正热潮滚滚，他认为我的写法太老旧、拘谨。查建英也是最早写"留学生小说"的。她写出了一个短篇系列，发在南京、上海几个刊物上，写得神采飞动，其中的中篇《丛林下的冰河》还在手稿阶段，李陀读完觉得"苗头很好"，又传给我们大家看，就商量着召应大家聚到我的小家，好好聊一次。李陀还对我说："顺便敲打敲打你。"那时候，我们大家都乐意这样被互相"敲打"。

每次这种聚会,铁生总是手摇着他的大轮椅车(那时候他还没有机动轮椅车,是手动带链条的那种),早早地就从雍和宫边他当时住的小院出发,至少要经过一个多小时的旅途跋涉,才能抵达我的在北三环魏公村附近的双榆树公寓。因为住得远和路途不便——想想,当时的行人道还都没有残疾人便道,铁生的手动轮椅,一定是贴着车流飞驶的马路牙子,一点点蹭过来的——可是,铁生反而常常是来得最早也最守时的一个。每次看见他的轮椅从电梯升上十六楼,满头汗光地出现在我家1657号小居的狭小过道里,他冒出的第一句话总是:"我没晚吧?"大家夸他是最早到的,他便憨憨地笑着说:"路远,我这是笨鸟先飞呀!"

在那种讨论场合,铁生并不多言,总是眯着他那双永远带笑的细长眼睛,眸子在黑框眼镜后面沉静地闪烁。但每一开口,他的明晰意见总是一语中的,让你明白:他是最好的倾听者和有关议题最深的"解人"。他不但是听进了,而且是马上就吃透了才吐出来的思考精粹,绝无废话渣子。那晚讨论的直接结果,就是修改后的查建英《丛林下的冰河》在《人民文学》发表后,获得了广泛好评和热烈反响,并成为她出版的第一本小说集的书题和压卷之作。我记得就连这个文集书题,也是在黄子平(查的大学同班同学)当晚的建议下改定的,因为"丛林"和"冰河"本来是两个互相矛盾的意象,以此作题目,显得很特别,也大气。

在我家举行的"作品朗读会",为两位兄长辈作家的友情之聚,是1988年初春的故事。我在海外别的回忆文字里曾记述过这次铁生也在场参与的难得聚会,碍于篇幅与相关原因,这里不打算详述。值得一记的，倒是为办《东方纪事》，铁生和我们大家一起热心投入。应该是1988年春夏之交，当时任职《人民文学》的朱伟以个人名义，承包了江苏省一份连年亏损、濒临关门的纪实文学杂志《东方纪事》，准备移师北京，另起炉灶，甩开膀子大干。此事最早商量出基本眉目，就是朱伟拽上李陀等我们这一伙儿，在我的双榆树1657小居几次碰头敲定的。当时的若干聚会，铁生也都摇着他的轮椅车来了——因为铁生行动不便，我记得日后进入具体编辑程序，朱伟、李陀和我还专程带着稿子到铁生家聚过一次。

这种个人承包、用外省书号但在北京搭编辑班子、自主编辑组稿、最后到江苏成刊然后推向全国的办刊方式，在当时实属创举，我们大家都有一种"第一个吃螃蟹"的兴奋，也纷纷想出各种栏目点子，并设置了自主组稿的各栏目主持人，野心勃勃要办出"中国头一份泛文化杂志"。"泛文化"也是当时文化圈子的流行字眼，就是不要囿于文学，或纪实非纪实等专门行当，要广泛涉及社会、文化与历史，同时又以文学和文化为重心。这样的栏目设置和主持人选，可以看出当时的人际网络和大家的勃勃雄心："封面人物"（李陀）、"四时佳兴"（林斤澜）、"感悟与人生"（苏炜）、"自然、灾祸、人"（钱钢）、"东方闲话"（刘心武）、"当代艺文志"（黄子平）、"文化潮汐"（史铁生）、"东西风"（林培瑞、查建英）、"读书俱乐部"（陈平原）等。当时，我们这些栏目主持人都是一身担数任——组稿、写稿兼编稿，多管齐下。铁生负责的是一个很吃重的"泛文化"栏目，我记得第一期的"文革研究"专题，也有他一篇分量颇重的回忆散文。有意思的是，坐在轮椅上的铁生似乎行动不便，但他朋友多，接触面广，真个是"眼观六路，耳听八方"，他组起稿来反而显得毫不费力，总听见他对不时向各位催稿的朱伟说：我这边的稿子早拢好了，你来拿就是。

1988年秋天，《东方纪事》新刊一出便"打响了"。某长篇纪实文学以及关于某年上海肝炎流行病的调查报告等高质量的文本，在当时产生了巨大的轰动效应，一时可谓洛阳纸贵，震动朝野，报摊书亭的杂志被抢购一空。当时，带着"湘军"在新建省的海南创业的韩少功，也循《东方纪事》的路子，把他新创办的走"严肃的通俗"（少功语）路线的报纸《海南纪实》带到北京来编辑和组稿。每次进京，因为自京广线凌晨抵达的火车一出站，天蒙蒙亮时他不好打搅他人，却可以坐直达海淀的公车无拘无束敲开我的家门，所以当时少功进京，大都是落脚在我的小居，夜夜睡沙发。少功的几次编辑组稿聚会，也都是在我家办的。自然都是大家随便买点德州扒鸡、酱牛肉、粉肠什么的，撕着鸡腿，喝着啤酒，边吃边聊。这种聚会场合，自然也少不了铁生。或者说，在我这个"东道主"看来，每次聚会，只有摇着轮椅满脸闪着慈亮光泽的铁生到了，才算是"达标"了，功德圆满了——我这里用了"慈亮""功德"这样的佛家字眼，是因为当时大家都有一个说法，说铁生笑融融安坐轮椅的样子，有"菩萨相"，像是一尊"拈花微笑"的菩萨样子。铁生总是微笑着不置可否，大概因为，这种说法他已经听过多回了。

现在老友们回忆起当年的"沙龙"聚会，都会提到一个特殊的记忆影像：为了上我家聚会，铁生摇着轮椅顶着风雪赶路，轮椅在半途中断了链条而困在酷寒中的惊险故事（可参看查建英的《八十年代访谈录》），但一般都语焉不详。那其实是一件让我"记恨"至今的、与大导演陈凯歌有关的逸事（凯歌兄，若你有幸读到，切莫生气，我相信当时是你的"无心之失"）。

1988年底,陈凯歌根据阿城小说改编的电影《孩子王》摄制完成,在北影厂的小放映间小范围试片。当时看片子的有二三十人,我们几个应该都是李陀召来的,铁生也在场。看完影片,陈凯歌过来问大家的观感,李陀看大家呐呐难言的样子,便说:三言两语的,怎么谈得清楚?这样好了,咱们为这专门聚一次,大家仔细聊聊。当下就商量:定在某个周六的晚上,聚到我家来,认真跟凯歌聊一次。陈凯歌算是我家聚会的"新人",我还特意把我家的地址和电话都留了给他(那时候双榆树的青年公寓有总机和分机电话)。结果,那个周六傍晚,北京下起了入冬以来少见的大雪。看着窗外大雪纷飞的,我以为大家都不会来了。没想到,门铃一响,进来一个;门帘一掀,又进来一个,都是满头满身雪花的样子。可是,极为少见的,从来只有提前、说好一定会来的铁生,却迟迟没见现身,大家不由得担心起来,也觉得这种恶劣天气让铁生出门,实在是不该,几乎要声讨起此时召集大家"讨论文学"的李陀和我来。正在纷纷议论间,门开了,铁生和他的轮椅车像一堆小雪山似的缓缓挪进来,后面推着他的是同样雪人般的万隆,他一边大口呵着热气,一边大声说:咳!比过雪山草地还辛苦!原来,冒着大风大雪手摇轮椅赶路的铁生,在还没走到从雍和宫到双榆树三分之一的半路上,轮椅的链条就突然断掉了!风雪之中,铁生还是依凭双臂之力,推动着两个轮子艰难前行。幸好这时,被同样赶路过来的郑万隆遇见了。万隆便赶忙推着铁生,两人顶着凛烈的大风雪,终于一轮一坎地,抵达了我的双榆树"1657"!

抖掉雪花,为二位奉上热茶(我家里总有一等好茶),大家都为铁生在这样的风雪天坚持出门感佩不已。按说,此时该到要"谈文学"的时光了。点着人头,却发现:最需要现身的主角却没有踪影——那是陈凯歌，因为当晚的聚会，就专为讨论他的电影新作《孩子王》而来，他自己反倒不现身！我们大家一时都愤愤然起来。自然，"缺席审判"式的批评讨论还是可以做的——因为大家普遍对《孩子王》的电影改编很不满意，对造作、板滞的电影语言有一大堆的意见和建议。可是，话题说尽了，热茶喝凉了，凯歌还是没有影子。按说他有我家电话，若是临时因为天气或别的原因缺席，也应该打个招呼的，可是，直到每次聚会的"极限"时间到临（十点半前，一般以我家楼下的公车的晚班车次为限），他陈凯歌老兄作为聚会的主角，却始终就没有丝毫音讯！当晚散聚，风雪略住，我记得是万隆和建功两人联手，把铁生和他的断了链条的轮椅推回家去的，整个冷冻泥泞的路程，他们足足走了两个多小时。平日体弱多病的铁生，后来好像竟没有因为这一次的长途顶风冒雨而犯病，这是我当时额手称幸的。

可是，我们无故缺席的凯歌老兄呢，在下一次见面场合（记得是在小西天电影资料馆放映刚完成的王朔某部小说改编的电影或是贝特·鲁齐的《末代皇帝》的试片间，二者必其一），我见到陈凯歌，问起他来，他把脑袋一抓，连声低呼：哎呀，忘了！我最近为出国的事忙昏了头，压根儿把那天聚会的事儿，忘光了！我当时真想敲他一记脑壳子！却只是调侃他：你老兄，不会是因为害怕听到我们大家七嘴八舌的说长论短，而隐身不见的吧？他着急分辩说：不骗你，真的是忘了！抱歉抱歉！记得当时我没向他提起，双腿截瘫的铁生为了赶这次聚会，在大风雪中轮椅断了链条的故事，若然，我想，他会更为此懊丧不已的。

上面几件逸事，算是我和铁生交往中的"公众叙事"。我们俩像兄弟一般交往中一些"私人叙事"，以往我从未与他人言及，或许铁生也不会向他人提起,此刻,却一波一波地在眼前浮现。

老友们都说,半生残疾的铁生目光远,心气高,热心肠,心胸宽,人缘好……他比大多数正常人更正常,更健朗,感情也更丰富。无论是作为一个作家和一位个人,还在铁生健在的当时,内心里与私下里,我们大家都不吝用"伟大"的字眼,作为对于铁生的作品和人品的基本评价。可以想象,用今天的语言,铁生会有很多"粉丝"。一般读者对铁生作品和人品的爱戴,更是不在话下。况且,80年代的中国正是铁树逢春,铁生又正是处在这么一个青春鼎盛的年华!被人爱——几乎没有一个认识铁生的人不是深深钟爱这位半身截瘫的智者贤者;爱他人、爱世界——对身边的每一位亲友、每一种花草自然都施与至诚深挚的爱,这就是铁生的本真生活,我想也是铁生的作品里总有一个博爱主题的原因所在。但是,作为个人,其实在以往,我从来很少想象过,铁生对爱情生活的具体感受。

大概是1987年末到1988年中这么一段时间,我注意到,铁生似乎有些日子没见到了。因为他身体状况的原因,铁生有时候不会在我家的聚会场合出现,我开始也没太在意。铁生有很多密切交往的好友。在我的朋友圈子里,建功和万隆,包括他们的夫人,与铁生的关系最为亲近。某一天,记忆中,是万隆给我打的电话。告诉我:铁生最近不愿意见人,很多好友到访都吃了闭门羹。原来,是铁生又犯了老心病。过去这些年来,据说有一位性格开朗的女孩子深爱着铁生,铁生也很爱她,她曾经带给铁生许多快乐。可是,真正进入到实质性的交往(也许是确定关系或者谈婚论嫁?当时万隆语焉不详),铁生却婉拒了这位女孩。就是因为太爱她,铁生才不敢接受她的爱,怕自己截瘫的残疾身体,耽误了女孩子的青春和前程。铁生拒绝得很决绝,女孩子几经努力还是得不到铁生的回应，最后伤心地走了（好像是出国了？我听闻过好几种版本的铁生爱情故事）。女孩的离去，却让铁生更深地受伤。好几个月里，据说铁生情绪低沉，闭门不出，不见朋友，也不准任何人跟他谈论相关的话题，身体更见衰弱了。而最近这一段，或是此事的旧伤又触碰上了新痂，铁生又已经多时杜门谢客，不出门也不见人了。铁生的父亲、妹妹和好友们都为此焦虑不安。万隆在电话里说：我跟建功想来想去，我老婆也是这个主意，觉得由你上门，跟铁生走动走动，也许是比较合适的。都知道铁生跟你很投契，你刚从美国回来不久，你上门去看他，铁生不好拒绝你。

我那时候还是个单身汉，也刚刚经历过一段伤痛恒久的失恋。铁生也是单身汉，可是每逢建功、万隆等老友总闹着说要给我介绍一个"王彩凤"时（说我什么都不缺，就缺一个老婆，哪怕是找个"柴火妞"呢！故名"王彩凤"，甚至说要把我的"1657"小居命名为"栖凤楼"），这个在聚会中常常调料似的话题，铁生却从来不参与起哄。我怎么想象得到，在铁生日常吟吟的微笑后面，藏着这么一段痛楚逾常的感情经历！一辆自行车，一个破书包，无论炎凉寒暑，我当时在北京穿街过府地四处买书、淘唱片、侃大山和访友蹭饭，是我的"光棍"生活常态。于是，我便把饭，"蹭"到铁生家去了。

"蹭饭"，倒不是刻意的。铁生和父亲那时还住在雍和宫附近胡同里的一个灰砖小院里。以往每次上门，都可以看见门上贴着一张铁生手写的小方块条子，大意是：因为本人的身体状况，不接受没有预约的访客；敬请一般到访者，谈话勿超过××分钟，等等。虽然我们这些老友熟友到访，其实每次都超过了××分钟还是被铁生一再挽留，但我们确实也都很注意，一般不会在铁生处停留太久。可是，那些日子上门，铁生院门上的条子换了，换成了类似"本人最近身体状况不佳，不接待访客"之类的直白文字。那是一个冷冰冰把门的铁将军，很多熟友好友，都因此知难而退。

大概我的"海龟（归）"身份（那时其实没有这个说法）确实略为特殊，按惯例，每次登门，都是伯父先出来开门，看见是我，伯父会对着铁生紧闭的屋子喊一声：铁生，苏炜来看你！然后，伯父就会笑吟吟对我说：铁生让你进去。现在想来，铁生那一段时间的纠结状态，大概属于一种忧郁症或者自闭症吧？进得门来，还是那个卧床四面环着书架的小屋，多时未见，坐在轮椅上的铁生显得疲惫而憔悴，只是笑容和暖依旧。我装作不经意路过，每每掏出书包里的"猎物"（或买的旧书、或淘的唱片，等等）跟铁生炫耀，随即，便大大咧咧跟铁生海聊起各种美国见闻和留学趣事来。那年代，海外的留学生活总是一个吸引人的新鲜话题。铁生天性敏感，好奇心重，我的那些海外趣闻每每说得铁生哈哈大乐，说着说着，就把时间忘了。这时候，伯父会掀开门帘进来，说：铁生，我们就留苏炜下来吃饭吧。看见铁生点头，伯父会特别高兴，铁生便说：你看，我爸留你，你就别客气，好好尝尝我爸的手艺！

回想起来，那段时间，我在铁生家大概蹭过三五回饭。我不知别的好友有没有享受过这样的"殊荣"，我甚至已经忘记我跟铁生和伯父一起吃过什么了（炸酱面肯定是常有的，还有别的米饭小炒之类），但我清楚记得，铁生喜欢我的到临，每次我的那些天南海北叽里呱啦的瞎扯，总是会让铁生高兴，舒展开眉头，拉开话匣子。他平日话就不多，但我记得铁生仔细向我询问过残疾人在美国的具体处境、福利待遇和就业情况。我跟铁生讲起美国所有马路上、公共场所必有的残疾人步道，每辆公共汽车和校车都设有的让残疾人随轮椅升降就座的特殊装置；我还跟铁生讲起：我在加州大学的日文课上和一个口眼歪斜的残疾人配对子练习，老师照样会对这位口齿不清的同学提问，而全班同学从来都耐心等待她结结巴巴的回答，不会有任何特殊的反常反应。这一切，在80年代的中国，确实是匪夷所思的奇闻，铁生每每听得动容，感叹说：对于残疾人，那简直就是天堂一般的生活了。话题渐渐拉开。虽然我一次也没有触动铁生那个伤心的话题（铁生也从未正面提及），但是，我却向铁生坦白谈到过自己在大学和留学期间那段大喜大悲的恋爱和失恋经历，谈到自己至今未能走出情感的阴影，谈着谈着就动了感情，长吁短叹起来。铁生还设身处地地为我开解。于是两人越谈就越投契，心气越近，小屋里的气氛也越来越和煦。伯父有时候进来递茶送水，看见铁生脸上渐渐显出的宽颜，自然也暗下高兴。所以有那么一段时间，我算是那个灰砖小院一位颇受老少主人欢迎的客人。

我与铁生之间的"过心之交"，还不能不提及这件曾让我感到很难落笔的事体——我在此姑且隐去所涉之真实姓名——此事之不能不提，因为它也可以看出平素以性情温厚、广结善缘著称的铁生，内心里的刚烈之气。那是1988年中的某一天，我从社科院文学所每周一次的"正式上班"完后，蹬车路过，顺便去看看铁生，发现他当时满脸愠怒之气，有点感到诧异。细聊下来，原来，他刚刚看了当时正当红的某知名作家新发表的中长篇，以一种油滑冷漠的文风语调，隐晦但行内人一看就明白的叙述文字，嘲弄一位在政治风潮中落难的同辈作家。铁生看罢恼怒气愤不已，为此生了大半天的闷气。"我们文学所的同事，刚刚也在上班中议论此事呢！"我向铁生叙说着坊间大家的议论，"我最受不了的,是此人在字里行间透出的那种幸灾乐祸的嘴脸!""这是最典型的落井下石!"铁生少见地涨红了脸庞,滚推着他的轮椅在小房间里转圈,"这样乘人之危,连基本的为人底线都没有了!此人的文风人品卑劣到这个地步,真的是让我产生——生理性厌恶!""生理性厌恶"一语,这是我明确记得的,也是我听到过的铁生嘴里冒出过的最激烈的对人事的臧否之语,而这,恰好吻合了我读此人那些毫无节制的油滑文字的真切感受。

此事,其实很可以看出铁生在纷纭世态面前的刚正腰杆和担当肩膀。他的不畏权势,勇于为落难朋友两肋插刀,敢于在社会公义面前拍案而起、挺身而出的为人行事风格,众多义举这里难以一一细表,却正是铁生这么些年来广受身边友人和文学同行由衷尊崇和深挚爱戴的原因之一。

1984年,当时的总书记胡耀邦访日归来,曾有过邀请三千日本青年访华的"中日友好船"盛举。为纪念这一历史事件,国务院曾指定由著名的浙江龙泉窑,烧制一批仿自宋代哥窑的豆青开片双耳瓶,作为"国礼"赠予参与者作纪念。我的一位江南好友的父亲,恰是这批"国礼"精品制作的主事人。1988年底,好友因事进京(我也带他出席了那次陈凯歌《孩子王》的北影放映间试片),让我惊喜的是,他给我千里迢迢带来的,正是一对当年"国窑"烧出的豆青开片双耳瓶!曰:那是出窑后做质量检查时发现微有瑕疵(如有气眼等),按惯例要一概敲碎销毁的次品,父亲给悄悄留下来的。"你看看,对比整个成品的精美隽永,那点小瑕疵,简直不算什么啦!"

我望着这一对绿润如玉、造型敦朴厚重的国窑精品,细阅着瓶底"中日青年友好联欢纪念"的篆书印鉴,第一个念头,就想到要把这双

"国礼"的另一半,赠予我的"过心好友"——铁生。我知道铁生虽然不嗜收藏,但他对各种文房器皿的品味高雅而独特,家中也多有朋友赠送的各种奇巧珍品,比如他向我展示过一件贾平凹送他的可能是汉代的陶罐,对其造型和工艺的评点,就曾让我对他的"玩物"功力刮目相看。可以想见,当日的铁生,会以一番怎么样的欣喜珍爱之情,从我手中接过了这件有特殊意义的"国礼"赠品。

生死契阔,世事如烟。这个成双却独处的豆青龙泉双耳瓶,经历了跨世纪也跨洲过洋的颠扑流离与风云血火,多年来竟然奇迹般地一直陪伴在我身边。2004年初夏,当我在暌别京师整整十五年后第一次在京中与铁生重聚,踏进那个对于我显得略略有点陌生的公寓单元,我记得,铁生和我在轮椅上相拥后的第一句话,就是——铁生轻轻推开我,指着当门的书橱说:你看看,你认得这是什么吗?

正是那个豆青龙泉双耳瓶,我赠予他的"另一半"——还是那样闪着莹光,绿润如玉地立在那里,和我们对望着。

这么些年,她一直陪伴着铁生,守护着铁生,就像我的心魂我的牵挂也一直陪伴着他守护着他一样——她,成为铁生和我的这一对"过心之交"之间的一个最好的生命见证,友情见证。

此一刻,这"另一半"的豆青龙泉开片双耳瓶,闪着静静的莹光,又一次立在我眼前。

铁生的遗容,在瓶花间吟吟微笑。

铁生,我知道我的这个想法很可笑——人寿,往往不如物寿。有一天,或许我也随你而去了,你我都不在了,这一对豆青龙泉双耳瓶还会在,还会留存于尘世间;你我相交相知的心魂,就还会附丽在上面,还会带着她自身的生命光华,在岁月尘埃、炎凉世态间流转递接,沉凝生光。我祈望——也许是奢望吧，我的这段不经意的文字，会成为这一对豆青龙泉双耳瓶的不老传奇，沉入岁月深处，并传之久远。

2011 年 1 月 10 日起笔；
2013 年 12 月 20 日结篇，康州衮雪庐。

附 《哭铁生——海上惊闻噩耗急就》

酹酒荒涛碎酒杯，涛声代我哭千回！
文章倾国残躯立，厚德聚人金石开。
寂寂故园惊雁逝，凄凄夜海孤鸿徊。
温眸暖频音容现，宽掌再难抚我哀。

【小注】吾兄史铁生双足残疾，却有一双厚壮、融暖的大巴掌（我曾向他言及，他笑答：当然，那是我生命的支点所在呀）。每回道别，铁生紧紧的一握，一若春阳在捧，暖透心扉——而今已矣！往矣！

急记于加勒比海游轮旅途，2011 年元日零时新年钟声乍响之时；
订正于元月 2 日长途驾车归抵耶鲁之夜。

佛拾
——写给端端

隘口

踏进产科病房的时候,妻眼中一直蓄着泪——心不甘。本来怀上端端以来一直好好的。不呕吐,能吃睡,上山下海地都没出过状况,怎么医生一个诊断,就变成了急危病人?妊娠中毒症:高血压,水肿,蛋白尿,胎儿在腹中生长停滞。必须立即住院,把孩子马上生下来——也许,就是今天。

天地失色。日后住院护士说,当时我和妻脸色煞白地走进来,话都说不灵便了。

孕期才进入第七个月,做妈妈的,怎么忍心就此把怀里的孩子撂到嚣烦的尘间?"没有自觉状况"的坚持,并没有使医生的口风松懈,却好歹延缓了悬在胎儿头上的手术刀子;同时,却又把更为严峻的抉择,落到此时兼具丈夫和父亲双重身份的这具凡躯之上——保大人,还是保孩子?我在惶乱之中看着转眼间陷于高热状况的妻,目光迷散,满脸赤红，头上身上登时插满了管子。我知道自己踏入了跌宕人生中的又一道隘口。才刚刚是昨天，妻还在为我迎候远地客人，满屋是新居女主人的欢声。那淡淡的眉风与悠悠的笑意犹在眼前拂动，第一个闪过的念头便是：如果世事不能两全，保住妻的平安第一吧。然而，望着妻斜斜隆起的小腹，那小生命依旧一无挂虑地在内里蠕动着。六七个月来为她的降临，胎动、心音、性别、命名，忧喜种种，已然为雕镂在家庭轨迹上的深深辙痕，心中不觉黯然：难道生命的分量，竟可分长幼轻重的吗？都说童稚无辜，莫非，还要让这无辜自娘胎便已天成，以印证俗世人生之无力、无能与无奈吗？！

抬眼望去，隘口之上，烟霞渺渺而风光险恶。我知道，"两全"即是"完美"，而"完美"，却是俗世的海市。但是，一点朝露而顿成花树，生命本身即是神赐的。神界的标准，不可以俗世的尺度度之。人生可以充满陷阱，生命却容不得缺损；唯有这奢侈的"完美"，才足以体证她的价值和分量。

我对自己说：生命之旨即是神之旨。鱼与熊掌，我都要兼得。必须两全，必须完美。

鼓点

妻的血压报告不断出来，持续的最高压：200。
端儿的被仪器放大的胎音，像鼓点一样在我耳边嘭嘭响了一夜。
第一个长夜熬过，妻的险容显出了颓危。那鼓点声，时隐时现。
大人孩子我都要，医生。我说。
孩子能在我怀里多待一天，我就要抢回一天，医生。妻说。

晨早，医生穿着仪容端正的西装和我们作正式的谈话。容不得延宕了。这是初产孕妇中后果最严重的一种不明病症。一俟病发，不但母婴危殆，而且必将留下后遗症。看着我和妻固执的眼神，他又说：我明白，为着昨晚注射的那支加速胎儿肺部组织发育的激素，能让孩子在妈妈的子宫里多停留一刻，孩子降生后的健康指标就增加一分。说罢，又脱下西装换上制服，抬进一台超声波仪器，对腹内胎儿现况再作一次扫描，说：如果只考虑母亲，这一刀昨天就该切下去了。好吧，同时为着母亲和孩子的平安，我把可以给我作决断的时间，一分钟一分钟地拆开来使用。医生背转身，我和妻，同时落泪了。生育本是造物自然的呼吸与节律，为什么我和妻儿，却要经受如许的波折？妻每一挪动身子便每一呻吟。我握着她的手，安慰着：医生说了，尚找不到病因的解释，这是命。命即是自然，我们就坦然顺从自然，顺从命运安排吧。三小时一次抽血验血，随时查验胎动胎音。脚步匆匆而轻轻。满室的机器仪表、光波曲线，伴着那一阵阵起伏的鼓点声，闪烁呼鸣。这确乎是一个战场的意象。我知道，自己正一手挽着妻子柔弱的臂膀，一手牵着孩子嫩红的小手，就站在那道命运的隘口上，迎向那电闪雷鸣。

又一个夜半，妻忽然惊醒，见我坐在床边，说：你去睡一会儿吧，你眼角都红了。我笑笑：陪送过多少朋友在病房熬夜，都快成"陪病专业户"了，好不容易轮上陪自己妻儿熬一回，甘之如饴，甘之如饴。笑过之后却是凄然：妻没听完我的调侃便已昏睡过去，陷在高枕里的脸庞已见浮肿。命运留给我们一家子作抉择的时间，已经不多了。

午夜时分，护士又一次推进来超声波仪器，说：主治医生沃尔伦斯从家里打来电话，要求再一次监测胎儿的情状，随时准备应付突发变故。荧光屏幕上,再次看到端端睡在母体里的轮廓鲜明的侧影,护士忽然轻声欢叫起来:你们看,孩子在呼吸!孩子能够有自主呼吸了!屏幕上,是一片一鼓一张、一起一伏的黑白混沌。我和妻对此茫然无措,护士却乐颠颠地关上仪器,临出门,又用指头比画着圈圈说:完美,完美,这是沃尔伦斯医生最乐意听到的消息。事后我们才知道,那支催动早产儿呼吸系统在母体内提前发育成熟的特效激素,在四十八小时内发生作用了。妻和我的坚持,为端儿争取到了这性命攸关的一天。

监测胎儿的仪器上,记录心电图曲线的记录纸,波峰起伏,流泻如瀑布。

鼓点,那命运隘门上嘭嘭嘭敲打着的生命的鼓点哟!

礼佛

我忽然把目光投向了妻子床头那尊小小的文殊菩萨像。

是昨夜里专门开车回家把她请来的。傍晚又验过一次血后,妻带着高热昏睡过去。社工人员进来问我:有没有什么信仰?我摇摇头。她说她是基督徒,她很乐意今晚请几位教友过来,在这个特别的时刻,为我的妻女平安,向神祈祷。我婉谢过她,更觉心头凝重。妻女命运瞬息间陷入危殆,平日好强好胜的自己,一时顿觉无助也无力。我不是神的弟子,既未信过天主,也未入过佛门。但此时此刻,这种祈望上苍佑护的渴求,蓦地逼临了。

我在登车返家的一刻,念想里浮漫开来的,却是屋中厅堂里那尊多年前不期而至的释迦大佛的面影。

三四年前的一个雨夜,我开车从普林斯顿镇上的住区经过。车灯扫过路边一个小小的活影,冷雨中显出几分寒索。驻车细看,竟是一尊半人高的佛像,仰翻在当地人家每周定时堆到门前的垃圾杂物里。佛头半断,座身、面容满是泥垢。心下叹息:也许是某个猎奇的洋人置放花园的点缀品,不明所以又不知痛惜,将佛祖如此轻贱吧?当下停车,抱起残佛便驶返居处。放到清水里沐洗干净,寻来膏泥补塑好佛头佛身。本来只是抱着一种惜物之心,把它作为一件艺术品置于案前。不料那佛像立定,仪态肃穆巨沉,满屋一时沉光落暗,小小的斗室,忽然显得过分庄重华严了起来。朋友中有学佛的见了惊叹连连:你与佛有缘了,你是有缘人了!不然,这么一尊弘然大佛,怎么就会遗落在路上,又偏偏被你拾着了?这个拾佛故事甚至传回到北京,友人万里迢迢捎来一个缎绣锦盒,里面是一尊牙雕的佛像。信上说:都说你与佛有缘,暑假上了一趟五台山,就惦记着为你请来了这尊文殊菩萨像……

在家中洗浴过后,我把平日置于书房的小尊文殊菩萨请下来,轻轻摆放到大佛身边,然后,焚起了三支檀香。素来有在一天劳碌之后,深夜焚香读书的习惯。夜阑中,那细细的馨香可以融开书页与心扉的辛冷。所以,家中便时时总备有檀香。此刻,那淡香拂面,释迦佛祖与文殊菩萨的慈颜在烟气里浮动,我闭目合十,刚刚在心中默默许出第一个愿想,忽然觉得,眼圈微微热了起来……

嘭嘭敲打着的胎音声中,妻显出略带安谧的面容,熟睡过去了。文殊菩萨的慈颜透过各种管管线线向我浮拂过来,在隅角里,融开一片宁慧的光。

红鸟

晨光裹着沉云,消毒水气里夹着雨腥气。沃尔伦斯医生走进来:手术在十一点三十分开始。只吐出这么简短的几个字,递给我一张签字的表格。随即,接产士、麻醉师、社工人员鱼贯而入,自我介绍,呵长问短,病房里顿时弥漫着一种临战前的气氛。护士捧进来一身叠好的绿制服,请我换上,然后,请我在那张表格上签字。

我签下了那个牵系有两个生命责任的名字。搁下笔,看见窗外飘起了雨丝。

自动门开合,妻的病床消失了。我被领着去看孩子将要长驻的早产儿特护中心,听到了值班护士们一路的祝福声:祝贺你,马上就要当父亲啦。祝贺。祝贺。祝贺。这声音听着刺耳。心中忐忑:此时的我,难道真是一个值得被祝贺的人吗?

妻躺在手术台上迎接我的,是平静的眼神和光润苍白的脸色。我紧握着她的手。我感觉很好,她说,你呢?她显然在安慰我。你好,我就好。孩子也会好。我低声说。我知道自己心里很乱。我还在想着那个"完美"——"我们"的完美。禁不住悄悄抚摸着揣在怀里的佛像……

当一声脆亮的、尖细的啼哭,从细碎的金属碰击声里腾越起来,我看见了障幕外我们的孩子仍在血色中蹬踢的身体。生命,一个完整的、而且显然也是完美的生命,从你我的血脉中淌流出来的生命,就这样倏然降临了。妻把我的手捏得紧紧,却闭上了眼睛,眼角淌着泪珠。孩子在离开母体的瞬间,就被护士飞步抱离了产房,迅速送到对面早已准备好的暖箱、器械面前。我的紧张揪扯的目光撞上了一片示意的眼色，匆忙松开紧握妻的手，向我的、我们的孩子奔跑过去。

似真若幻。她就在我的颤抖着的巴掌中啼哭着，蹬踢着。还带着母亲体液的身体，那么小那么小，大概还不足两磅重吧，却又那么完整那么完整，连骨碌碌转着的小眼睛上的双眼皮儿，连细如纤绳的手指上的小指甲盖儿，都一一逼现眼前。孩子转眼便被簇拥着的暖箱送走了。环伺的护士、社工轻声向我祝贺，我迎向还在手术台上的沃尔伦斯医生，连连道谢。他向我递过一个笑意的眼光，沉声说：不要碰我。她很小，但她很好。我笑了，在妻的耳边轻轻说了一声：放心，端端挺好的。妻随即便在麻醉药性中沉沉睡过去了。她的睡容显出了多日来少见的安详——那是一个母亲的美丽的安详。

雨后的傍晚，空气里弥漫着清冽的青草气息。从早产儿中心的加护病房看过刚刚完成出生检查的小端端走出来，发现自己的心境很奇特：小端端超小的体重，虽然不算医院记录里最低的，却是现下全产房里最轻最小的一个，顷刻已经闻名遐迩。但是，内心里升起的，却又不是本来应有的忧虑，反而是直觉带来的自信：小端端一定会有非凡的生命力。你看她，小眼睛滴溜溜的，躺在我的臂弯里听我跟她说话，竟然就大模大样地打起呵欠来！……从多日里压抑的来苏水气味里走出来，忽然发现：这医院大楼外的草坪花园，原来竟修剪得如同皇家御花园一般的精美讲究。美人蕉的火红，君子兰的橙红，细叶海棠的紫红橘黄，都是一层层渐渐淡淡地叠染出来的。我在花叶间的小道上漫步走着，忽然听见哪里传来一阵阵清脆的鸟叫声。

叽啾啾，叽啾啾，叽啾啾，那叫声欢快而执着，分明是直直朝向我啼鸣的。仰脸看去，就在我头顶不足一米高的树枝上，上下欢跳着一只全身赤红的小鸟。我定住脚步，望着它，它也定下来，和我对望着。

侧侧脑袋，眨眨眼睛，然后又继续啾啾啼唱起来。我忍不住就对它说起话来：小红鸟，我们小端端出生啦，我真的当上父亲啦……我就这么傻傻地和它说着话，这只仿若通灵的红鸟，真的就那么定定地听着，也不跳，也不飞，抖抖翅膀，甩甩脑袋，似乎真的在领会我话里的意思。直到我实在说累了，没话了，刚一停嘴，它忽然扑地飞起来，在我头顶盘旋着啼叫了几声，消失在落霞熏染的清空里。

每一个生命都是偶然，每一个偶然里都有奇迹。我想。

佛拾

老辈人说：人到世上走一遭，有人是来追债的，有人是来报恩的。端端，你呢？

她在早产儿中心的暖箱里，住了整整两个半月。除了日常的护理给养，竟然从来没有发生过病理性的症状。既没用过一般早产儿须臾离不开的呼吸机，也没并发过任何器官性的毛病。医生、护士都说：在这样超小体重的早产儿里，实在是极为罕见。那位从一降生就护理在她身边的高个子护士总是说：爱米丽可懂事呢，她一定是觉得自己来早了，挺抱歉，所以，就从来不给我们添麻烦。那一阵子，家中一盆新栽的金瓣兰花正开得灿烂，开足了一个月，满屋都芳郁着"王者之香"。那是一种中国兰与西洋兰结合的品种，花名就叫"中国金童"，实在没有比这更奇巧的了。我们这两位新上任的父母，每日里带着一身兰花香气往返于医院和家中，我们奇迹一般的小端端——爱米丽，真的也成了医生、护士口中的"中国金童"——golden baby 了。

那一段日子何其漫长。每日巴巴地盼着上医院的时光，又巴巴地盼着暖箱里的小女儿快快地长。平日看见路上走的、怀里抱的、小车上坐的孩子都会心头泛酸：哪一天能轮到我们小端端呢？在妻的忧郁眼神里，我永远是乐观开朗的，既来之则安之的。只有在夜阑时分，焚起三炷香，坐到释迦佛祖的座像面前，把自己交给那一片澄明的虚空，我才能真正卸下面具，敞开心扉，叩问一下渺远的另一个自我，听一听冥冥中的神明对我的指点召唤。西哲说：人是会思考的芦苇。生命的脆弱，如同生命的偶然一样，真的有如渡海的一苇，或浮起，或沉没，或升之如一帆，或渺之如一沫，往往只在一念之差，一瞬之间。宇宙大千，迷茫混沌，又是谁在把玩这生命的荣衰、一苇的浮沉呢？人，来到这个世界上，又是凭借什么，以渡海一苇之身，可能得到一苇渡海之果呢？……

一晃眼，小端端已经度过她的周岁生日了。

我最近时时想：一定是佛，把端端平安地带到了我们跟前的吧？记得钱钟书有一本书叫作《写在人生边上》，可见，人生真的是"有边"的。我深信，确实有一个神奇的力量，把端端孱弱的生命，从这"人生边上"拾捡回来的。不然，怎么可以想象，不足两磅重的那样一堆血肉凡胎，竟能抗顶得住人世间的诸般险恶，并且自降生以来，历尽惊涛骇浪却始终纤尘不染、无病无灾？如今，每一个到家中造访的朋友都难以相信，眼前这个欢蹦乱跳，笑起来满屋都是星星月亮的孩子，就是当日暖箱里那个比一只小猫小狗还要蔫小的小不点儿。生命的神奇，生命的伟大，即使在这么一株小小的芽苗上，也是要让人肃然动容的啊。

最神奇的一幕，发生在美国人最钟爱的本土传统节日——感恩节的那一天。

这是当年渡海登上新大陆的第一批"五月花"号的先民们，为着感念土地的收成、上帝的赐予而专门设定的节日。那一晚，一大群当年加州大学的同学聚到一位老学友的新居欢度佳节。听说了小端端早产的惊险故事，大家都不胜唏嘘。我便讲起主刀医生半夜里从家里打来电话，要求再做超声波扫描，以便掐准最佳时机让端端出生的故事，大家都深为感慨：我们幸好遇上了第一流的医院和医师。正这样说着，坐在地毯上玩耍的小端端忽然站了起来，就在我们不经意之间，她竟然摇摇晃晃地迈开了步子。妻惊叫了一声：看，端端会走路了！可不，她张开两只小臂膀，就在大家的欢呼注目下，乐颠颠地迈开了小步。随即，便在各个厅堂一圈一圈地转悠起来。这一幕来得如此突然，我和妻都一时呆住了：在此前两天，她才刚刚学会站立，勉强只能在我们的臂弯里走出哆哆嗦嗦的两三步的！

这样的巧合实在是太奇妙了。记得当初沃尔伦斯医生提醒过我们：早产儿值得忧虑的不是智力，而是体能。肢体的发育是否正常，又以一周岁半以内的学步能力为标志。小端端，仿佛是特意要选定这样一个日子——感恩节，迈出她人生的第一步，展示她的生命奇迹的。她是要借此向痛惜她的土地、佑护她的神明、爱抚她的父母长辈，表达她的虔敬和谢恩啊！

窗外冷雨霏霏。我看着融融灯光下，小端端张开小手摇摇晃晃迈步的身影，像一只被幸福熏醉了的小燕子，怯生生地拍打着翅膀。我的眼角忽然湿润了起来……

1995 年 12 月 3 日于美国新泽西衮雪庐

诗人之矛
——追记一段欧洲历险旧事

致命一击

我简直心力交瘁了。又是罢工！意大利仿佛是一个以罢工为图腾的国度，在我从罗马往返希腊雅典的半个月旅途中，在内陆，在港口，我已经见识过三次深受其害的地铁、海港罢工。没想到，在我花完了最后一笔旅行费用，准备自罗马登车前往德国法兰克福，然后登机返国之时，又遇上了意大利铁路工会宣布的：二十四小时全国铁路总罢工！

对于我，这简直是致命的一击：我身上的余钱，只够支撑我登机前的两天费用，是绝无可能再换乘其他交通工具赶往法兰克福的；而我已经持用一月辗转数国的"欧洲火车月票"，也将同在这一天内过期失效。尤为严重的是，即使罗马车站二十四小时后准时复工，按照欧洲火车时刻表的班次，我已经无法在十七个小时的行车之后准时赶上法兰克福机场的航班，而我在纽约购买的廉价机票，其预定日期是"关闭性"的，无法变通。灾难由此将连锁发生：我在德国的签证时效以机票的时效为界，假若误了机票班期，我不但将沦为"非法入境者"，而且将"非法滞留"欧陆，身无分文，举目无亲，那可真要"呼天天不应，叫地地不灵"呀！

风云变色。我站在罗马车站刹那间变得空落落的月台上，从心底凉到脚底。刚刚半个小时以前，我还是骄傲而自得的：在这个多事的秋冬季节里，正是伦敦、巴黎街头处处挨炸，整个欧洲笼罩在恐怖主义的惊吓之时，我却在留美归国以前，一意孤行，特意为自己安排了这一次只身万里的"欧洲流浪"。在一月数国的跋涉之间，一个独行者所遭遇的种种难题、困扰，终于被我一一"闯荡"过来啦！我曾在马德里车站夜宿时对付过警察的纠缠和流浪汉的追打；曾在爱琴海小岛的巨石上仰待天明；还曾在希腊的柏查斯海港，和一群共同露宿的北欧青年吹着口琴欢歌达旦……从此，我将可以有一段唬人的欧洲浪游经历，向哥们儿胡"砍"海吹啦！我狠了狠心，在梵蒂冈的圣彼得大教堂外，把旅途中千省万省剩下的一点余钱，买了三座罗马的大理石雕塑，想象着当这沉甸甸的石头家伙们搁在那尚子虚乌有的未来"厅堂"时的风光——老天爷，那简直就是拿破仑的凯旋门一般的风光呀！可是此刻？！……

罗马火车站显示列车时刻表的巨大荧光屏，和我的脑袋瓜一样，一瞬间变成一片空白。入站口的警卫已经撤除了，警察们聚成一小圈，插着手悠游地聊着大天儿，我驮着沉重的"拿破仑"行李，一瘸一瘸地向各位打听着可能有的例外班次，得到的答复都是：耸耸肩，指指荧光屏的小白脸，然后用意大利语向你道一句：操（再见）。我把沉重的行李存回到车站临时储物处，用手指捏捏裤兜里剩下的三十美元。

"操……"金发女郎用绵绵细语向我道别,我发狠地用京片子回了一句:"操!……"

我忽然想起了丹尼丝女士。

我奔向了电话亭。

丹尼丝女士

为着这位丹尼丝女士,我简直觉得,我对意大利的一切抱怨都是有失厚道的。

昨晚,我和两位在希腊船上认识的香港朋友结伴抵达罗马时,已是十时许,罗马旅馆的昂贵难找是出了名的,于是我掏出纽约朋友写给我的她阿姨在罗马的电话,试图在这位中国大陆的访意学者居处投宿。电话挂通,接电话的却不是我要找的"周老师",而是她的意大利房东——在政府机关任职的丹尼丝女士。原来"周老师"近日到米兰开会去了,"不过,周的朋友就是我的朋友,你们今晚可以住到周女士的房间里。"丹尼用英语热情地说。喜出望外。素昧平生,丹尼丝女士不但亲自用车把我们接到了她的小家中,还给我们送来了热腾腾的晚饭。今早,她的一声温软的"操",已经把我们这几位不速之客送走了(香港朋友是当天的航班),难道如今,我还好意思再去叨扰她们一家子吗?

"来吧,回到我家再商量,你坐地铁来,我开车到站口等你。"电话里,丹尼丝仍旧是那样一片热忱地说。

又是热气腾腾的意式晚餐。丹妮丝是一位四十出头的知识女性。她让我一边吃着一边说话,我的话没说完,她已经拿好了主意,笑着说:

"问题可能没你想象的那么严重。分两步走，明天一早，我到航空公司去帮你改换航班，把从法兰克福起飞改为从罗马直飞香港，你至少可以多出一天再看看罗马，机票价钱应该是一样的；你呢，身上留的钱确实太少了，我想你可以到你们中国驻这里的领事馆去请求帮助，我跟他们的教育组很熟，周就是他们介绍到我这里来住的，我马上就给他们通电话，他们一定会帮忙。"

那一晚，我竟然睡得很香。

第二天一早，丹尼丝女士领着我一起出门，她要赶在上班以前和航空公司联系我的机票改换，同时给我指好去中国领事馆的路，约好了下午和她见面的时间、地点，末了没忘记叮嘱我一句："你可以抽出小半天时间，补看昨天错过的西斯廷教堂，到罗马而没到米开朗基罗的《最后的审判》，太可惜啦。"

中国驻罗马的领事馆，地处罗马一个环境优雅的高尚区。我按图索骥很快找到那里，手里还攥着丹尼丝给我写的给某位官员的便条，可是，我连大门也没让进去。

"为什么？他们因为什么理由？"丹尼丝在办公室迎接我的第一个眼神，就让我明白：她与航空公司的交涉毫无结果。丹尼丝听到我的陈述后吃惊地站起来，"不对，他昨晚在电话里挺客气的呀，怎么会这样呢？怎么会呢？"她见我沉默，换了一个口气："可是你下午到西斯廷教堂了吗？进去了？见到米开朗基罗了？好样的！我就喜欢你这样！再大的难事也大不过看一眼米开朗基罗呀！这是你带来的一个好消息，那我也告诉你一个好消息：刚才我听到广播了，铁路工人今晚九点准时复工。我看现在的唯一办法，你还是用你的火车月票，先赶到法兰克福去。月票过时的问题，由罢工的铁路方面负责。这样吧，先回我家吃晚饭，我今晚送你上火车站。"

晚饭后，我正在略作收拾，丹尼丝把一叠钞票塞到我手里，说："我知道你今天进了西斯廷教堂，身上更没钱了。这一点小钱，就算下午的米开朗基罗是我请你看的。"她把钱一张张打开，让我认清它的具体面值（到意大利旅游的外国人，常常就因为弄混意币面值而受骗），又说："很抱歉，意大利现在的经济情况很不好，我只能帮助你这么一点小钱了。我算了一下，如果没有意外，它是能够帮助你顺利抵达法兰克福的。"

我手上捧着这重如千钧的五万里拉（当时约合五十美元），和丹尼丝紧紧拥抱。任何道谢的话，此时都显得苍白无力，可是我仍旧喃喃地告诉她，关于中国传统说法里的"命里贵人"，我说她就是上天赐予我的"命里贵人"，我将永志感激。同时没忘记，让她代我也谢一谢并未谋面的"周老师"。

在罗马车站和丹尼丝拥别，跳上了穿越瑞士苏黎世转往德国法兰克福的快车。前路茫茫，我知道这五万里拉已经和我一命所系。我在汽笛声中向罗马告别。"贵人"！我为自己在艰危之中的幸运，心头一时充溢着一种冥茫的感激之情。

又生横祸

在节奏明快的轰鸣声中，我在黎明前的薄亮中醒来，窗外掠过了一片峻峭而熟悉的山影。噢，白雪盖顶的阿尔卑斯山！我曾在电影中、画幅中以及多少诗篇名著中眺望过无数遍的这座众神之山，如今就傍在我的臂弯之间。我连忙掏出照相机，把身子探出车窗外，乐颠颠地狂拍一气。不料，一只有力的大手把我揪了回来。

"危险。"他用英文说。眼前是一个戴黑大盖帽的笑眯眯的乘警。我心里一阵哆嗦，害怕他查看我的已经过期的火车月票，连连抱歉。"你的护照呢？让我看看。"

他接过我的护照，来回翻看了两遍，神色变得严肃起来。

"你没有办理奥地利的入境签证？"

"什么？奥地利？我不需要进入奥地利呀。"我仍旧装作满不在乎。

"这里就是奥地利。"乘警对我紧绷着脸，"你已经非法进入我国国境了。"

我整个儿傻眼了。我清清楚楚记得，我是按着罗马站台的指示，上的是自罗马到瑞士苏黎世的火车。怎么一觉醒来，却糊里糊涂进入了奥地利（事后分析有两种可能：一是罢工刚结束，罗马车站仍陷于混乱；一是意大利的火车，常常在同一个车次里拖着驶往不同目的地的车厢，旅客得留心中途的转换。很可能是我在半夜熟睡之中，被从瑞士转到奥地利来了）？

我掏出机票指手画脚地好一通解释，乘警只是耸耸肩，走了。我好歹松下一口气，列车却已在一个两山夹峙的边境小站停了下来。那位乘警笑眯眯地请我下车，把我带到车站上一个带绿栏杆的小屋里，用奥地利语和里面的人咕噜了几句，向我招招手，回身跳上列车——那巨无霸就这样把我扔在这个不知名字的山旮旯里，一溜烟儿，跑了！

绿栏杆小屋里是一片严阵以待的气氛。这些大概是边境海关的关员们却不会半句英语，向我咕噜咕噜半天，把我的行李翻了个底朝天（那些白白胖胖的石头大卫、维纳斯们，正摆着优美仪态打量着我），然后向我伸出大巴掌，重复地咕噜着一个要求。终于，我从一个角落里传来的破碎英文里听明白了：钱，钱，他们要罚我的钱！

求爷爷告奶奶也没有用。因为"非法入境"而补办签证，他们要罚我至少是八十美元以上的签证费。可是他们翻包掏底的，只从我的钱包里找到丹尼丝送给我的顶多价值五十美元的意大利里拉，连同一堆零币。狗东西！他们居然毫无恻隐之心，罚！罚！罚！把我身上所有可能搜走的钞票、钱币，全部搜刮个干净！

一夕之间，再一次身无分文、一无所有。命运，又把我撂到了奥意边境的阿尔卑斯山脉这个无名小站上。

阿辽沙

口干舌燥。浑身上下哪儿都在疼。才是早晨七八点的时光，我紧裹身上的大衣，仍旧抵不住十一月山区的早寒。小站里外杳无人迹，我木然瘫坐在站房里的长椅上，呆望着窗外那两道寒光四闪的铁轨，箭样的射向远方。胸腔在隐隐作痛。脑子再一次陷入空白。我知道自己生理和心理的承受限度，都到了临界点。眼前只见一个不见底的幽黑的深渊。我还能找到回家的路吗？我的"欧洲流浪"甚至我的生命里程，难道就将终止在这个万里之外、鸡犬不闻、无人知晓、言语不通的阿尔卑斯山边境小站上？啃上几口罗马车站带上来的面包，咽两口仅剩半瓶的矿泉水——这就是我眼下赖以生存的全部家当。赤条条来去无牵挂。我心中忽然闪过一丝自嘲的微笑。可以把那些石头大卫和维纳斯、掷铁饼者们在这儿摆摊儿拍卖，换一点活命小钱吗？对了，还有包里那几盒还来不及拍摄，在欧洲显得相当昂贵的柯达、富士胶卷？衣服杂物是值不上几个钱的，可照相机值钱呀，还是日本的尼康相机……我在胡思乱想之中昏昏沉沉睡了过去,蒙眬之中,听见耳边响起一个声音。那个声音非常真切,至今想起仍觉得神秘。

对的,就是陀思妥耶夫斯基的《卡拉马佐夫兄弟》里,那个佐西玛长老临终前对三兄弟中的老三阿辽沙的一段讲话——

阿辽沙,你去吧,你带着你的使命从修道院回到人间俗世去吧。阿辽沙,你记住,你是这样的人,哪怕把你放到撒哈拉的大沙漠里,或者放在遥远的中国的都市里,你都会活着走出来的。因为神赋予你的天性,使你成为一个在任何情况下生命力都不会泯灭的人……

(当这段历险经历结束以后,我特意重读《卡拉马佐夫兄弟》,发现溟蒙中我把小说里两段不同人事、情景的话混合一处了。书中相近的话是这样的:米乌索夫……在注意地观察了阿列克塞以后,有一次对人说过这样一段妙语:"也许这种人是世界上独一无一的,你可以不给他一个钱把他放在一个百万人口的都市的广场上,他也决不会丧命,不会冻饿而死,因为马上就会有人给他食物,把他安排好,他自己也会很快给自己安排好的,并且这样他并不需要做多大努力,受任何屈辱,照顾他的人也不会感到什么困难,相反地,也许还会觉得这是个乐事。")

那一刻,眼前闪过阿辽沙穿着青灰色长道袍的小小的身影。我蓦地一惊,从长椅上坐了起来,对自己说:对的,我就是阿辽沙,我就是那个命定的阿辽沙。我现在就走在那个苦学无边的大沙漠里,我一定能走出来……

我至今仍然没有成为任何类型的宗教信徒。但在当时,我确实陡然感受到一种神赐的力量。我从长椅上站起来,在狭小的站房来回踱步,闻到了从哪儿传来的早餐咖啡的袅袅香气,倏然振奋起来。我想,凭着身上现有的面包和水，我至少可以在正常的精力状态里支撑一天。在这一天里，我需要做的最重要的、免于日后陷入真正绝境的事情是：以尽可能快的时间回到火车上，离开这个偏远小站。只要走到有人群的地方，阿辽沙就得救了！

天已大亮，仿佛是那阵早晨咖啡的香气，带来了熙攘的人群。我重新走回到那个绿栏杆的小屋前，我发现那几个把我搜剥干净的人，一直在默默地观察着我、议论着我。我掏出我的欧洲列车时刻表向他们打听列车班次，他们竟然呱啦呱啦地争先抢话，几乎激动得语无伦次。

一个半小时以后，我跳上了驶往德国法兰克福的火车。

"寻找美国佬"

窗外是一片灰黑调子的原野。列车的轰鸣声让我稍稍定神，想到的第一个字眼是：钱。我必须设法弄到一点活命的小钱，摆脱目前这种"饿死边缘"的"赤子"状况。我盘算着，在欧洲游客中，美国人比率高，也比较单纯热情；我可以设法在车上找到从美国来的旅客，凭着我身上的哈佛大学身份证，获得基本信任（美国一般人对哈佛的崇拜，远甚于英国人对牛津、剑桥），然后向他们说明我的真实情况，向他们借一点明确日后偿还的小钱。这个念头刚刚成形我就笑了：这不是纽约街头最典型的诈骗模式吗？你不是也常常成为这种模式的受害者吗？哈，难道现在，我将要在别人眼里，成为这类故事的主人公？

从车窗上照出了自己的蓬头垢面。理理头发抹抹脸，咽下一大口唾液——硬着头皮试一回吧。

"Excuse me, Are you an American？"我一道道敲开列车厢座的门，谦恭十分地问：您是美国人吗？

"No！ I am not！"得到的是一色否定的回答，并且常常伴以白眼和不敬。我忽然想起一般欧洲人的对美国又羡又恨的情结，显然，我的唐突是撞到枪口上了。

舔舔舌头，挺胸收腹——去他的，我不信偌大的火车活生生就搜刮不出一个美国鬼子来！

逐个逐个厢座地敲门，更加举止有度、温文尔雅。可是，果真是整列车厢都被我问遍了，硬是没有——"真他妈的，莫非是欧洲的美国佬全死光了？"我绝望地骂着，却忽然发现：列车不知什么时候已经长久地停了下来。

慕尼黑！我艰难地拼出这个德文地名的时候又吓出一身冷汗——活见鬼！我又中了什么邪，误上慕尼黑来了？连忙飞身下车询问。原来，去法兰克福必须在这里转车。当我驮着我的那些石头家伙们气咻咻抢上另一趟列车，前脚刚刚踏进车门，列车打了一个呵欠，轰隆启动了，天！

惊魂未定，又已经居心叵测：还要把我活见鬼的"寻找美国佬"计划，在这一趟列车上试一遍吗？

几道门无望地敲下来，已经饥肠辘辘。你"收山"吧你！你吃饱了撑的，还是节省点卡路里滋润一下你自己危哉呜呼的小命吧你！

越南华侨——罗南发

我已经决意放弃这一计划了。坐下来小歇，发现行囊中的面包和水，行将告罄。"正常精力范围"眼看不保啦。我忽然恍觉，似乎在慌不择路的换车之间，站台上曾经闪过一张东方人的脸孔，他会不会就在这趟列车上呢？这个念头刚刚在脑海里盘桓，我一眼瞥见：窗外正有一个仿佛的身影掠过。追出去一看：不错，正是他！一阵狂喜袭过，脚步却缓了下来，我在想：假如一问之下他是一个日本人，我就作罢了，犯不上触这个霉头。欧游一个月来，路上结交过无数异国朋友。萍水相逢，这些"新吉普赛人"们往往一见如故，彼此默契相助。唯独路遇的为数不少的日本游客，却总是与人若即若离，少有相处愉快的经验。

我终于又敲开了一道包厢门，迎向我的是一张亚洲中年人的丰满的长脸。我用英文打过招呼，问："你是日本人吗？"

他笑笑："不，我是中国人。"

"中国人？！"我惊喜地叫道，"你来自大陆？台湾？香港？"

"不，我是出生在越南的中国人。"

"那——你会讲中国话吗？会？太好啦！国语？广东话？"

一秒钟以后，我们已经用广东乡音，稔熟十分地聊了起来。

他是1975年申请到西德的越南华裔难民。现在一家人已经在德国的曼海姆工作定居，这一回，是从慕尼黑探望亲友归来。

我向他介绍完自己的情况，单刀直入，谈起我现下面临的困境，希望能得到他的帮助。他一边听一边叹气，并且摆手制止了我试图掏出证件，让他"验明正身"的努力，说："出门在外，谁不会遇到一点难题？我要能帮上你的忙，是我们有缘分。"

这一句温热的话，几乎没把我的泪水激出来。

他问我："不知你需要多少钱？我身上现在只有一百马克（当时约

五十美元），如果不够，我可以到前面的大站银行机器上取。不，还是这样吧，你带上这一百马克，千万不要轻易花用它，或被人偷了、没收了它。你先到法兰克福机场查问航班，看能不能找到变通的办法；如果有问题，你到时候再用这一百马克买一张火车票，回到曼海姆找我，我会再为你想办法。"

从他手上接过一百马克，我的第一个念头是想一头跪下，向他表示我刻骨铭心的谢忱。可他马上打断了我的感激话语，连连说："大家都是中国人，快别说这些，太见外了，太见外了……"我在随身的旅行日记上留下他的地址、电话，也给他留下了我的中国地址和电话。他叫罗南发，德文名字：Quach. Namphat。我愿意在自己的生命履历和读者的记忆里，永远记下这个名字。

此时此刻，我才在陡然放松的神经里，感受到肌体深处极度的疲惫。我把行李搬到了他的厢座，和他一路聊着天，说着说着，竟不觉靠在他的肩头睡过去了。好一场梦魇连连的昏睡呀！在火车的缓停中他把我轻轻推醒，原来是曼海姆到了。紧紧握手，相互祝福，直到他的身影消失在车外迷蒙的冬雨中，我才发现，我挥动在窗外的手，已经冻得通红。

在抵达法兰克福以前还有一段小插曲。乘警查票，发现我的欧洲火车月票已经失效。我向他分辩：因为意大利铁路罢工……他说：可这里是德国。我们不需要对意大利的罢工负责。我寸步不让：可我买的是欧洲月票，这里是欧洲，不是吗？然后和颜悦色向他解释：这次的意大利罢工不单影响了我的火车月票，而且影响了我的飞机航班。我向他出示我的过了期的飞机票，他细细看过，面无表情地拿过我的过期月票，走了。趁着乘警转身，我记起罗先生的话，慌忙把那性命攸关的一百马克，藏到了行李中最隐秘的角落。我做好了最坏的准备，哪怕为此把我拉到铁路警察局去，我也要纠缠到底，决不能再被搜刮走一角一分！

可是，那位乘警，再没有回来。

谢天谢地，要老命的法兰克福，终于到了。

机场奇遇

人海茫茫。法兰克福机场之大，简直如同一个宇宙都市，星云密布，流光走电。我一脚踏进机场，仿若一叶迷舟漂落汪洋，马上被这血盆大口似的无边纷乱震慑住了。人流急匆匆地从我身边淌过。这里，飞机起落的第一分钟都会有晚点，有误机，有事故，有横祸，谁会在乎你——一个浪迹天涯的中国穷学生的沉浮来去？

已是晚上九点，我注意到各个国际航班的服务处都已经关门。我很方便地找到了一辆行李车（免费！），把我的石头行李搬了上去，茫然地推着往前走。我不知我该上哪儿去，也不知下一步该怎么走。更具体地说，如果我的过时机票已经彻底失效，我能怎么办？难道我还能硬着头皮退回到曼海姆，回到罗先生为我预备好的无力而挫折的求助之路吗？

饥肠辘辘，眼冒金星，却不敢动那些"活命钱"的念头。

就在我不辨东西，把车子随意推上一个电动斜梯的时候，我忽然觉得，有一双大手，轻轻拍了拍我的肩膀。

回过头，是一个身材壮硕、西装笔挺的洋人长者，笑眯眯地用英文问："日本人？"

"不，中国人。来自中国。"

"中国？台湾？北京？"

刚说完"北京"两个字，他就兴奋地向我伸出手，紧紧握着，用生涩的中文道一句："你好！"

我开怀笑了。现在想来，我笑得甚至有点居心叵测。他接过我的推车推着，忙不迭地说："我刚刚从北京旅游回来，我一个人背着一个背囊，在中国走了三个星期。北京人真好。我喜欢在城里到处乱走，迷了路，就掏出身上的旅馆钥匙，上面有旅馆的中文名字，递给任何一个人，都会热心给我指路，在西安也是这样！噢，你呢？你也是一个人到这里来吗？"

我简单介绍了自己。我注意到他一边和我说着话，还一边和过往的熟人、柜台打招呼，猜想他可能是这个机场的什么工作人员，便直接告诉他我遇到的麻烦故事。他一听，爽快地说："没问题，别担忧，跟我来吧！"

我将信将疑地望望他："真的？能行？"

哈哈大笑："走吧走吧！"

这一个人和这一段奇遇的出现，一下子把我投入一种似梦似真的恍惚状态。我云里雾里地跟着他走，听见他絮絮地说着：找他们意大利航空公司，他们不但要负责为你改机票，还要负责你的旅馆食宿！他脚步奇大，说话奇快，我急急跟在他后面，远远听见他用德文和这个柜台嘀咕争辩，向那个柜台摊手耸肩，终于站定，对我说："这些刁钻家伙！意大利航空公司说，是铁路罢工，不是他们意航罢工，所以不肯负责任。你买机票的这家中东海湾航空公司飞香港的班次，早飞走了，他们在机场的代表干脆没了踪影；而且，我查问了一遍，今天所有公司飞香港的班次，都已经离港了。"

他看我叹气、沉默，笑着拍拍我的肩膀："别忧虑，小伙子！你还没吃晚饭吧，跟我走，吃过晚饭我送你到旅馆去。"

我原地不动。我想起罗先生的叮咛：无论如何不能把身上的活命钱——那一百马克随便花了去。

他两眼笑盈盈地打量着我："怎么啦？"

我坦白地告诉他："我身上没有钱，我不可能……"

他推起我的行李车就走，"走吧走吧，我邀请你，到前面的饭馆去，我的太太还等着我们一起吃晚饭呢。"

果真又遇上"贵人"了吗？

我低头看了看自己：满身皱褶、污垢斑斑的黑大衣，下面是一双由白变黑的破球鞋，更不必说满脸的尘土胡茬了，这副德性，配去享用"烛光晚餐"吗？

果然是一个烛光闪烁的高贵处所（法兰克福机场内的酒吧饭店，一个个都是气象非凡的）。我的身影跟随在他的后面，还推着一车子病歪歪的石头行李，一出现就聚集了满桌惊诧的目光。原来除了他的珠光宝气的夫人，还有一圈朋友等着他的到来。他把我让到了他的夫人旁边，先用英文把我介绍给大家，说："这是我刚认识的中国新朋友，像我一样勇敢的、背着一个背囊就独自到陌生国家去的人。"然后又用德语，说了说我现下遭遇的困境。

桌上一片感叹之声。

我勉力笑着和各位一一打招呼，刚坐下，他——我奇遇的奇人，又为什么事风风火火地跑出了门去。

大杯大杯的德国啤酒送上来。他的太太无奈地目送着他的背影，把头凑过来，低声用结巴的英语问我："你知道他是谁吗？"

我摇摇头："不知道。"

夫人笑了，一字一句地说："你很幸运。他就是今天，上帝赐予你的，在现在这个世界上，最能帮助你的人。"

我问："他是谁？"

全桌的人都笑了，争先恐后地说："你真会认识人呀！他嘛，他不单是整个机场上最热心帮助人的一个人，而且是这里最有权力的一个人——他是管理现在法兰克福机场的最大的头头之一。你不会相信吧？"

我整个儿呆住了。

命运对我的猝不及防的厚待，真的让我傻了眼。

贝克尔先生

确实，这是我迄今为止的生命里程中，所遇到过的最富于戏剧性的奇迹。尽管人生履历中充满死去活来、绝处逢生，似乎已成为我的一种宿命。他名叫赫伯特·贝克尔 (Herbert Becker)。名片上的职务是：法兰克福机场股份公司"对外联络代表人"(Representative External Relations)。

深夜里，贝克尔开着他的奔驰车把我送往旅馆。带着啤酒的微醺，我似乎仍然对自己莫名迎受的幸运将信将疑。刚才，在晚饭后，贝克尔先把我带到他的办公室，让我用他的工作电话通知香港的亲人，以免他们为接不到我的飞机而受惊吓；他还打了一圈电话，为我安排机场附近的旅馆，结果全部客满，便把我带上，前往他家所在的新伊森堡市（New Isenburg）邻近的旅馆去。一路上，他的兴致很高，问我在美国学的专业，在哈佛的研究，在中国的生活，未来的打算，有没有女朋友，等等，等等。

我终于用并不流畅的英文，插话道："贝克尔先生，我好像现在还在一场梦中。我想问明白一个问题——可能是一个愚蠢的、却是我耿耿于怀的问题：你为什么要这么热心帮助我？帮助一个和你素不相识、毫无关系的人？"

他侧眼看看我，笑笑："事情有这么复杂吗？有这么严重吗？"

"是的，"我说——以一种"严重"的神情，英语却说得磕磕巴巴——"在我们中国人的传统里，有许多关于不能接受没有来由的帮助一类的俗话，比如：无功不受禄，不受无由之惠，不吃嗟来之食，等等，我需要有所明白。"

"很简单，这个来由太简单了。因为你现在是一个最需要帮助的人。难道这也有悖于你们中国的传统吗？"

我们都呵呵笑了起来。

过了一会儿，他认真说道："我想，我是不是也需要弄明白，我为什么要帮助你？可能是因为，我刚刚结束的中国旅行，得到过许多素不相识的中国人的帮助，所以，你就成了我乐意回报给中国人的那个人？"

"那……"我说，"如果我不是中国人，你今天就不会这样帮助我了吗？"

"噢，不不，不会的，决不会的。"他连连摇头说，"你看，我们把一个简单的问题复杂化啦，复杂化啦！你刚才一定听到我太太的抱怨了吧，我确实常常喜欢帮助那些我遇到的需要帮助的人，对，任何有需要的人。正如我有需要的时候,我希望有人不计较我是什么人,而只在乎我的需要,像我帮助你一样地帮助我。"

我默默注视着他的轮廓鲜明的侧影。

贵人。我又一次想起了这个宿命的字眼。有一句前些年很流行的格言说:他人是地狱。从存在主义所着眼的自我中心而言,这句话只是一种"存在情境"的描述,并不能视作"存在主义"的道德判断(如同批判者们讨伐的那样)。但是,恰恰正是在这样一种"存在情境"之中,这句话也可以换成截然相反的另一个说法:每一个自我,都可以是他人的"贵人"——雪中送炭或者救死扶伤的"命里贵人"。正因为生命中充满陷阱、遍布"地狱",每一个自我的每一个存在时刻,便都有可能需要被拯救或者成为拯救者,如同贝克尔说的,你我他,其实永远都可能是那个"有需要"的人……

世界上许多复杂玄奥的道理,其实"稀释"开来,都是这么简单。

夜色像湛蓝的河流一样从车窗两边掠过。我沉吟了一会儿,说:"对于我,那就只剩下一个答案——我应该感谢冥冥中全知的神明,让我在最需要帮助的时候,遇到一个最能帮助我的人。"

贝克尔笑了:"你们那里的青年人,也这么相信神的力量吗?"

车子驶入新伊森堡市,我发现,路两边的行人似乎都认识贝克尔和他的车。他一路上和人们乐呵呵地打着招呼,告诉我说:他曾在这个城市当了十年的市长,去年大选他所在的党失败以后,才转到法兰克福机场担任现在的职务。他把我送到一家小巧整齐的家庭式旅馆去。老板娘高兴地喊着他的小名,乐颠颠地跑上跑下为我张罗房间、卧具。一切安顿好了以后,贝克尔向我道晚安,说:"好好睡一觉,你一定已经累坏了。明天是星期六,我早晨九点来接你,先请你到我们机场的中国饭馆吃一顿中国菜,让你认识几位我的中国朋友。下午,我需要陪太太去为圣诞节购物。你是学文学的,法兰克福是我们的大文豪歌德的出生地,你既然来一趟,我让我的中国朋友陪你去看看。傍晚,我们在市中心最大的露天圣诞购物市场见面,一块儿吃晚饭,那时候事情就会有着落了,怎么样?"

送走贝克尔,我回到自己的房间,灯火融融,窗明几净,多日积劳之后的沐浴,真若琼脂玉液的滋润。可是,我却没有丝毫睡意。瘫软在床上,侧着睡,仰着睡,趴着睡,都无法让自己进入梦乡。一整夜,法兰克福的星空上都是我的炯亮的眼睛。

一切来得太突然,太凑巧,也太神秘了。我本来也许会为这一场横祸,在远地,遭受无尽的灾劫;却未想到,可以遇到一个比一个更加慷慨、更加有力,也更加神奇相助的人。我知道我并不是那个神的使者阿辽沙。我也无意把我的幸运简单归于宿命。但我从中确实感受到,冥冥中真有一个力量在默默引领着我,帮助着我。这是一种超越世俗、超越功利,同时也超越自然节律与世道常规的至高无上的力量。我说不清楚这种力量是什么,但,我真实地感受到它,我由衷地敬畏它,感激它。

早晨的第一道阳光照进来的时候,我在沉沉的梦乡之中,梦见了我的白发飘飘的母亲。

"感谢歌德"

闹市之中的歌德出生旧居,本来已经毁于第二次世界大战的战火(战争之后,整个法兰克福被夷为废墟平地),我在肃穆之中所面对的,其实是一个复制的古迹，可这并不影响我的如对青山、如晤故人一般的瞻仰的心情。我在歌德的再造旧居里留连上下，从印象最深的两样东西里，似乎找到一点什么和自己的微茫的联系。一是，旧居中到处可见的中国瓷器。甚至有一个小过厅，整个是用中国瓷器和明清家具陈设起来的。二是，异常奇妙地，我发现歌德成年以后的所有画像——特别是侧影，竟然酷似贝克尔先生。

"对呀，发式变一下，简直就是一个人似的！"陪同我的两位中国留德学生——贝克尔介绍我新识的朋友，同声惊诧道。我笑着说："也许这一回，佑护我的就是歌德的在天之灵吧。一个学文学的愣头青，慌失失地跑到他的灵魂驿居地来闯祸，他就化成一个现世的贝克尔，扶持我一把，以免搅了灵界文坛的安宁。"

我们都为这个虚玄的想法，在旧居行走，变得轻手轻脚起来。

傍晚，我在市中心的圣诞购物市场和贝克尔夫妇相聚，在晚餐饭桌上，我向他们讲起我在歌德故居的发现，甚至向他们出示了我特意买的歌德画像明信片（这是我历险以来第一次放胆花用那点"活命钱"），把他们夫妇俩说得放怀大乐。

大笑过后，贝克尔从怀里掏出一个信封，告诉我，他已经和我搭乘的海湾航空公司联系过，他们的廉价机票无法转换其他公司的航班，而他们下一趟飞往香港的航班，则要在两个星期以后。他知道我的德国过境签证已经逾期，便当场决定，为我买好了明天自法兰克福飞香港的香港国泰航班的机票。

我接过机票一看，圣诞假期前后，票价飞涨——单程票比双程票还贵，贝克尔为我花了两千一百多马克（约合当时九百美元），买的是一张"最便宜"的双程票。

"就算是我送给你的圣诞礼物吧!"贝克尔笑眯眯地说。

我……我能说什么呢?一个谢字,太轻巧了!可又有什么样的字眼,可以表达此时我感受到的感动和震撼呢?

"不不,贝克尔先生,你的这份礼物太沉重了!我不知道应该怎样报答你,可我无论如何,一定要偿还你的!""Pay-back"这个词,在英文里同时有"报答"和"偿还"的双重含义,我那点可怜的英语已经太不够用,有点语无伦次。

"孩子,你别谢他了,你就感谢歌德吧!"贝克尔太太笑指着桌上的画片说。

"诗人之矛"

降临欧洲大陆的第一束阳光,已经提前降临到我身上。因为我今天起了一个大早,也因为今天是我终于可以结束坎坷多难的欧洲浪游的日子。

归程在即,我却对这片曾经似乎噩梦连连的土地,生出无限眷恋。

不,不是一种"幸运的矫情"。似乎我把人生交予的这场豪赌,眼看就要毫发无损地赌完了,甚至赌赢了,我需要表现一点胜利者的矜持;而是为着,本来是我故作"少不更事"状地给自己安排的这次欧洲历险,命运,却在我的不经意间,突然雷鸣电闪,让我窥见了人生中的许多严肃沉重的真面——恰恰就是被这些年所流行的、几成"主流意识形态"的"玩世现实主义"们视为子虚乌有或者无足轻重的那些真面。

仁爱。情义。推己及人的恻隐之心。自然生发的对于他人的责任。

神圣的、不可玷污、不可讪笑的那些超越功利也超越势利的情感。

在一场猝不及防的灾劫之中，正是这种同样让我感到猝不及防的幸运，使我蓦然在一片混沌之中，看见了如同这阳光一样自然而明亮的人性的本义。

我，真是不虚此行了。

晨七点，贝克尔先生如约到来，和我一起，在老板娘忙忙叨叨的热情里共进早餐。看着他掏出信用卡为我结算了两天的房费，我深觉一个谢字，并非多余，却显得苍白无比。小车绕城而走，贝克尔依然一路和早起的行人打着招呼。我提出要求，坚持要顺路经过他的住宅，亲自向夫人致谢、道别。他甚至很为我的提议所高兴，说：我要让我的妻子看到你的真诚的感激，减少一点她对我平日"太乐于助人"的抱怨。这话，让我心头微微一震。

晨风似乎是有色有味的，水灰色，蛋清味儿。贝克尔一路轻松地哼着歌，飞快说着话，我却一言不发，心情凝重。他开着他的系有特殊标志牌的奔驰车，从机场后门，通过层层关卡，一直把我送到登机舱口。但是，预料之中而力图避免的麻烦，仍然发生了。因为一再耽搁，我在德国的过境签证早已过了期。尽管贝克尔动用了他的特殊权力为我"走后门"过关斩将，但登机前最后一道的验证警员，还是把我一把逮住了。

贝克尔亮出了他特殊的机场工作证。可海关警员并不认识他。恰值恐怖主义骚扰欧洲的季节，眼前这位持过期签证的东方人，居然可以混过重重关卡直抵机舱口，必定"来者不善"！一个电话，召来了五六位荷枪实弹的警员，登机口立时剑拔弩张。幸好，随后赶到的海关负责人一眼就认出了贝克尔，贝克尔用德文向他们解释着我的遭遇，终于释解了疑窦。他好像还为自己的"违规",向警员们道歉。

一场骤起的风波,顷刻消散。

在警员发还护照,为我放行的一瞬间,我紧紧抱住了贝克尔,泪水盈眶而出。

贝克尔也紧紧地搂住了我,说:"你一觉醒来,就可以见到爸爸、妈妈啦。"

我抹着泪水说:"贝克尔,你什么时候退休?你退休后到中国来住一段时间吧,我愿意像陪伴我的爸爸一样,好好陪伴你、侍奉你!"

贝克尔哈哈大笑起来:"哎呀,炜,我有那么老吗?我真像一个快要退休的人了吗?哈,我告诉你吧,炜,如果你真要感谢我的话,再过二十五天,明年的1月5日,是我的五十周岁生日,你就为我的还不算太老,庆祝一番吧——我乐意收到一件你为我捎来的中国的生日礼物,那对于我,意义太特殊啦!"

我高兴地说:"好极了,我一定把礼物准时给你捎到!"

再次拥别,贝克尔把我搂得生疼。两天的生死之交,让我恍觉累积了半辈子的交情。用佛家的说法,这就是缘吧。大俗话里说:惜缘惜福。我应该怎样回报、怎样珍重这一段奇缘呢?

蓝天在上,绿野在下。我倚着舷舱,默默陷入了冥思。

多少年后,我读到捷克的"书生总统"哈维尔的一段话,曾经让我一下子闪过当日在万里碧空之上的这一段冥思。哈维尔在叙述他的政治理念的那篇著名的《失乐园》里这样说过:"……死亡并不意味着结束。因为一切一切都在某处被永远记录下来,永远地给以评价。这某处在我们的'上方',我称之为'神的记忆'。这是宇宙、大自然,以及生命的奥妙体系中完整的一面。信徒们称之为上帝,一切都要受它裁判。真诚的良知和真诚的责任感，总结起来，大致只有解释为一个无声的假定的表现，就是'上面'有人在观察我们，而且'上面'可以看到一切，没有一件事会被忘记。"（引自陆似羽中译）

在当时，经历给予我的启示也许是朦胧而微茫的，但我明确感受到的，正是这种"神的记忆"所昭告于我的良知的律令。我对自己说："学会感激。""感激"，是人的良知的底线；学会感激，就是学会良知的真义。"偶然"是不可以儿戏视之的。你更不可以把"偶然"中充满的对你的善意，视为儿戏。我在以后的一篇短文里这样写过：我不敢用玩世不恭的态度，去看待自己生命中这种种的"幸运"奇迹。毋宁说，每一次的"幸运"，都增添了我对于生命的虔敬和对于这个世界的善意。我应该报偿。不仅仅是用钱用心去报偿那些对我慷慨相助的人们，而且更应该以深蕴着太阳与大地予以自己生命的全部温热，去面对每一分每一寸阴晴圆缺的世界……

欧罗巴大陆渐渐远去。视野之下，就是碧如翡翠的地中海，仿佛可以看见爱琴海上的岛群，像撒落的白贝壳一样闪着亮光。我拿起路上随走随写的日记本，想为这旅途的结束记下一点什么，可刚刚提起笔，睡神已经袭来。朦胧中忽然闪过，我在雅典的旅途中曾经记下的古希腊诗人阿格洛科斯的短句——《诗人之矛》：

我靠长矛揉制面包，
弄到伊斯玛洛酒。
我将酒饮尽，
然后倚靠这支长矛。

我忽然觉得，在这次欧游奇遇里，我找到了自己生命中可以倚靠的"诗人之矛"了。

我把短句写下，然后沉沉睡去。

窗外，瀚海中初升的明月，恰如一盏天灯，照彻澄宇，透进一脉微明。

附记一

我终于有机会形诸笔墨，向国内读者朋友讲述这段历险奇遇了，有一种如释重负之感。这些年来，每一回向身边友人讲起这段匪夷所思的故事，都催我写下，每每因时因事而中途辍笔。

然而，我不能忘怀对这一段经历的欠负。

不，不是一般金钱、或者人情的欠负。早在当日抵达国门之时，我便把贝克尔先生为我购买机票的钱，以及丹尼丝和罗先生借给我的"活命钱"（合计约一千美元），分别悉数给他们寄回去了，尽管这几乎用尽了我留学积蓄剩余的全部。我还赶在贝克尔生日以前，为他准备了一份别具一格的生日礼物：两座造型脱俗的中国黑石雕，一件送给夫人的可穿也可作装饰品的清装丝棉袄（我注意到，贝克尔家里，挂满、摆满了各种东方情调的饰物）。我把礼物及时送到了德国航空公司驻香港的办事处，及时顺利地把礼物转送到了贝克尔手上。

是的，你猜对了，是对冥冥中的那个"它"。那个哈维尔说的"上面"——那个"神的记忆"的欠负。

我深信，善是一种超越性的情感。良知具有终极价值。任何永恒的东西都具有神性。你可以戏弄现实，但你不可以戏弄永恒。这个永恒不是别的，正是规定着、制约着也创造着多少不同族群、不同宗教、不同时空的人类还能"像人一样"地活着,并且期待活得更美好、更丰富也更真实的那些——人性深处的基本元素,以及由它所积聚、所升华出来的超越俗世利害的奇异力量。

只有在骤发的灾劫之中,你才能蓦然发现这个隐然存在并且无所不在的力量。

我知道,我的"幸运"和我的"感激",都因为我感受到了这个力量的分量。我需要为"它",留下一点文字的见证。

重改于 2002 年 4 月 20 日,耶鲁澄斋

附记二

我没有想到,这个更像虚构的、仿佛神迹一般的奇遇故事,在将近过去三十年后,还会有下面这样一个美好的尾声——

上述文字,曾在 2000 年前后的《南方周末》刊载,然后于 2003 年收入我睽违国内读者多年后的第一本散文集《独自面对》里。没想到,上文提到的"贵人"之一——德国越南侨民罗南发先生,他的在德国出生、长大的女儿后来在大学里学习中文,竟然在一次偶然的阅读中,读到《独自面对》中的这篇文字,惊讶万分地在文中看到——完全准确无误的、自己父亲的德文名字。她马上向父亲求证此事(父亲以往从未向家人言及),在得到父亲确认后,她马上到耶鲁大学网站上查到我的电邮地址,并以流利滔滔的长篇英文来信,与我联系上了。2011 年深秋,新英格兰满眼红叶的季节,罗家女儿利用她在纽约联合国机构实习工作的机会,把父母亲——罗南发先生和夫人接到美国,随即便被我邀请到耶鲁校园;我的那段将近三十年前的欧洲奇遇,

由此接上了一个真实而浪漫美好的新段落!

可以想见,岁月如歌,我和早已退休多年的罗南发先生夫妇在耶鲁校园的相见相拥,是何等的惊喜欢欣与温馨蕴藉。更奇妙的是,罗南发先生告诉我:他早在女儿向他确认我的名字和相关故事之前,就知道了我,并确认这位"苏某"就是当年他在慕尼黑列车上帮助过的中国愣头青了!我大惊:"真的吗?为什么你会知道?"他答曰:作为海外中国人,他是香港《明报月刊》的忠实读者。我发表在《明报月刊》上的每一篇文章他都读过。因为我当年给他留下了真实姓名和详细地址,而这个作者"苏某"的名字又与我当年给他留下的记录重合,他就认定二者会是同一个人。"咳,这巧合,还是太不可思议了呀!"我仍旧觉得匪夷所思。他笑着说:你记得吗?当年我们在火车上聊天,你自我介绍自己是一个写作多年的作家。我当时心里私下嘀咕:这么一个毛头孩子,自称是"作家",不会是吹牛吧?你看看,就是因为你的"作家"身份我才敢确认是你,也才能让我女儿找到你啊!

我们俩,此时已同是两鬓斑白,不禁朗声大笑起来。

那个十月秋风朗荡的夜晚,我把罗南发先生一家子请回家里,向他们一一介绍着我的家人和往昔来路故事,吃了一顿"孩子她妈"精心烹制的丰盛晚饭。

2015年夏天,由我写作歌词的交响叙事组曲——知青组歌《岁月甘泉》在欧洲首演,我曾有机会和妻子一起回到睽别多年的德国法兰克福。可惜的是,我提前联络罗南发夫妇,他们一家此时却正在台湾度长假(罗夫人是台湾出生的);而我试图寻找的贝克尔先生——掐着指头算算,此时的贝克尔应该已八十多岁了;法兰克福的华人社区友人倒是知道他,也记得他,他始终是一位热情如火、也和当地华人社区保持良好关系的地方贤长,但因为早已退休多年,也和大家失联多年,我短暂的停留,倒是很难再与这位当年的"大贵人"再续前缘了。

就让我的美好记忆,永远保留着当年那个"救命贵人"——酷似歌德侧影的、性格风风火火而开朗坦荡的贝克尔先生的鲜活影像吧!

2020年2月1日编后补记,康州衮雪庐

犹子之谊
——记大友巴顿

犹子之谊，倍切他人。

念往抚存，五情空热。

——李商隐《祭侄文》

白雪山坡

洞穴是在第一场冬雪之前就挖好了的，医生提醒我，他的时间不多了。一上了冻，山上土硬，你就再也挖不动了。

我知道。但我不相信。

"他"就是我的大狗巴顿。那天，做完检查，医生叹了口气说：你们需要作一个决定，什么时候让他安睡过去，恐怕，这是对他最好的安排。我默然。我知道英语里说的"让他安睡过去"是什么意思。按照人一岁狗七岁的说法，十三岁的巴顿今年已该有九十一的高龄，算是高寿了。耳聋，目瞽，体重在一年内整整减轻了一半；由于后腿肌肉萎缩造成的行动不便和排泄失禁，已使他很难像以往一样安居户内。

虽然专门为他在库房里准备了狗屋，可又怎能经得住冰点以下的酷寒？我答应了医生，在过完我为他设定的最后一个感恩节生日以后，就作出决定，并且咨询了处理后事的相关安排。

可是，回到家我和妻就改变了主意。事缘于巴顿的突然出走。那天，趁着一场冬日罕见的大雷雨之隙，我在后院山坡上开始为他挖掘墓穴。天刚落黑却发现，巴顿不见了。前院后院大呼小叫都不见踪影。百思不得其解：本来环绕院子有完好的栅栏，况且巴顿年迈，步履蹒跚，往常就是栅门洞开，他也懒得跨出半步的。怎么可能因为修房工人的短暂疏忽，他就乘隙出逃了呢？顶着寒风，打着手电，绕着住区转了一圈又一圈，往日那么具体亲近的一堆活物突然渺如黄鹤，像是在人生的某个关节点上一脚踩空了，脚步不禁也和心绪一样飘忽起来。回到家，四壁一时变得空落落的。妻说：我想一定是巴顿知道了吧？我觉得他听得懂我们跟医生的谈话，所以不辞而别了。我心头一震：可不是吗，巴顿的通灵通性，早就是家里久远的传奇。以往凡是有客人如约登门，往往来人还隔半条街，他就开始躁动（而门外过往的一般行人他却无动无衷），吠声刚落，访客门铃一准就响起来。至于搬家、旅行、出门散步、为他洗澡、带看兽医……总是还未付诸行动，他就先自作出或喜或悲或躲或逃的反应，让人惊诧莫名。我和妻反复琢磨过其中的缘由，认定除了从声音、气味上察言观色，巴顿还习惯于旁听我们的日常谈话，善于从中捕捉到字词的基本意义。可是，那都发生在巴顿的青壮年，如今垂垂老矣，难道他仍保有那份魔幻式的敏锐和直觉吗？

一夜辗转，一家人失魂落魄，为那无声消失的巴顿。

出走的巴顿终于在第二天傍晚从镇上的动物保护中心领回来了。

我和妻就此断了念。我知道，只要巴顿"一息尚存"一天，我们就会陪伴他一天。只有造物主有权掌控生命的荣衰，我们无由替代自然。何况，对于生与死，对于生的神秘与死的尊严，动物的直觉感悟力，常常是超乎人类贫乏的想象的。好在巴顿却好像从此活转了过来，能吃、爱睡，腿脚也略显灵便。为他缝制了一件御寒冬衣他穿着不喜欢、屡穿屡蹬，便只好每夜临睡前哄他盖上厚厚的褥子度夜，他也每每能够安睡到天明。尽管仍旧需要每天捡、洗他随时随地漫天挥洒的失禁之物，不敢说甘之如饴，却也心甘情愿了。

那片白雪覆盖的山坡，渐渐被我遗忘了。

血火之缘

设想一具焦灼的赤身蓦地从熊熊烈焰中被扔到茫茫雪野上，是一种什么样的感觉？

那一年，芝加哥雪暴连连。我从彼岸渡海而来，孑然一身，跌跌撞撞，襟怀里千疮百孔地透着风。有午夜抱枕无言哑泣只觉忧愤难平却又深感无力无助的时候，也有面壁自语四顾苍茫虽知迷途却无以哭返的时候。天下着微雪，站在芝大校园的巴士站等车，看见站牌边贴着一张英文告示，劈头写道：你知道感恩节是一个给予的日子吗？现在有这么一条可爱的小狗，需要你的给予……我打去了电话。第二天早晨，一个黑人孩子敲开我的屋门，领进来的"可爱的小狗"却把满屋人吓得鸡飞狗跳。这……这……这哪里是你想象的可以撒欢把玩的宠物？这是一条牛高马大、吠声裂耳的黑黄大狼狗（我那时对狗的类别还没有概念）。惊魂未定，小孩撂下狗就要走，说是父母的车就在街角等着他。追出去再问一声狗的名字,小孩嘀咕着说了一个"麻烦"(trouble),抹着眼泪跑了出去。狗要紧追上去,我心惊胆战地把他紧紧搂住,他拼力挣脱我,就在公寓的过道里来回狂奔起来。室友们一个个紧闭房门躲进房里,老兄长的妻子闷声嚷着:快把它送走吧,送走吧!你养不了的,太吓人了!不啻是扔下了一颗炸弹。好不容易平静下来的生活,忽然闹起了大地震。偌小的空间,大狗在没命狂奔,踢踢踏踏之声犹如坦克铁蹄的蹂躏。恐惧、兴奋、爱怜、理智……一时搅得我茫然不知所措。攥在手里的狗绳,细看只是一截普通的跳绳;附送过来的食盆用具,也是简陋不堪的。我在一片混沌的思绪中勉强拼凑出新客人的来历:这是一条没有得到过善待的狗,快两岁了。也许是因为家境贫寒,小男孩不知从哪儿弄来的狗子从来就没被家人接受过,况且,一定又闯过不少祸,故名曰"麻烦";于是在一个"给予"的节日,被父母强令送走。我顺口给他起了一个新名字,胡乱吆喝起来:巴顿,过来!巴顿,过来!巴顿……

新荣升的巴顿将军不买账。他在屋里的过道整整狂奔了一夜。只有在大门稍有动静的时候才嗖地停住步子,然后是撕心裂肺的狂吠:汪汪汪汪,汪汪汪汪,汪汪……

也许,必得再把他送走?深夜,筋疲力乏躺在床上,却忽然获得一阵奇异的、久违了的松快感。我发现只是在适才那一整天无名、无序的骚乱折腾中,多月来压迫着自己的那些故事——那些伟岸的光环,那些意义的巨影,才忽然消遁了,被冲缺、被遗忘、被挣脱了。种种不想涉足又不得不参与的犹疑、不愿从众随俗却又不敢特立独行的恐惧,似乎倏地烟消云散了。我幻想领着雄赳赳的巴顿在芝加哥危机四伏的漫天风雪里散步的情境。我幻想新的和谐,像是雪花于雪、雨雾于风一样的自然明快的和谐。不需要高堂讲章，不需要华丽词藻，也不力图证明任何东西。没有意义。没有意义的意义。寻找没有意义的意义。不知道如何寻找没有意义的意义……"啊，谁能把我的思想从逻辑沉重的枷锁下解放出来？我最真诚的激情，一表达出来就走了样……"（纪德）

我睁着眼睛，望着黑洞洞的天花板发呆。隐隐约约，听见一个窸窣的声音在床边蠕动，一团黑影轻悄悄靠近了我的铺盖。我递过眼去，笑了：他不知什么时候沉静下来，像一个怯生生的孩子一样，两个爪子试探着挠我，见没反应，又悄悄地将头向前一步探出，再挪前……

自然，那是巴顿。第一夜，他就成了我的枕边人。

宛若初恋

那茫茫雪野从此变成诗意的家园了。

凌空，箭也似的射出一道雪点纷飞的弧线，落下来，溅起雪霰的白莲。一下雪他就叼着绳圈闹着要往外跑，小蹄子踢踏得多欢快，你就有多欢快。沉迷户外，不肯回家，知道时候到了就开始跟你要小把戏，窝着身子、睨着眼睛，指东走西、顾左右而言他。自作多情兼好争风吃醋，远远见到同类就隔着几条街开始长吆短吼。长吆是调情，短吼却是挑衅——人眼看的都是狗，狗眼里却把同性异性、冷暖亲疏，分得贼清。落难寂寥的寓居因了将军的光临而蓬荜生辉，似乎一下子显得门庭高贵了起来。巴顿将军！巴顿将军！芝大李教授一进门就喜欢这样大呼小叫，直摇头："嘿，都说狗仗人势，岂知这里可是人仗狗势呢！"为着一位登门的留学生惊呼：你这领养的是名种狼狗——德国牧羊犬哩！从此我更喜欢如此解嘲：谁说虎落平阳被犬欺，我们可是虎落平阳因犬贵呢！真叫作人有人缘，狗有狗缘。这位被原主人命名为"麻烦"的落难将军，大概"同是天涯沦落人"之故，和出入这个寓所的每一位仁兄，都显得特别有缘。李君每天进门最喜欢干的一件事，是把身体平摊到巴顿身边的地板上，模仿巴顿"太他妈舒服"的睡姿；嗜烟如命的甘君偏偏喜欢在女士面前隐瞒"烟史"，刚动念躲出门外吞吐，鬼灵精的巴顿先就叼着出门的狗绳朝他摇头摆尾，只好窘在大家的哄堂大笑之中。黑气森森的海德公园因了巴顿大将军的巡视而从此变得清风如许，以致儒雅文弱而又散步成癖的同住兄长，很快就成为巴顿"最铁的哥们儿"。巴顿的原则很简单：谁带他出门多，就和谁亲。兄长的话可说得豪情万丈：有了将军陪伴在侧，哪怕写作写到夜半三更，芝加哥再恐怖的街区，我都如履平地啦！

逆向牧行

一夜之间，淘检出中文世界里许多的不公。

翻翻辞书，凡是与"狗"相关的文字条目，几乎无一不是穷凶极恶的：狗东西、狗腿子、狗男女、狗娘养的、猪狗不如、鸡鸣狗盗、狼心狗肺、狗眼看人低、狗嘴里吐不出象牙……全然的贬损句、诅咒式，咬牙切齿，不共戴天。好不容易寻挖出一个"累得像狗一样"，似乎总算是"不记功劳也记苦劳"了；一眨眼又瞄见一个"狗行千里"——大概"天公有眼"？可是马上——"改不了吃屎"！能不泄气？

巴顿却从来没有泄气的样子。

为了你的因事出门，可以不吃不喝地等待。有时是三两天，有时是五六天。无论同住的兄嫂是劝是吓，不吃就是不吃。饿得像一摊泥似的趴在门口守候，一旦见你进门，那个蹦那个跳，那个欢那个叫，真是惊涛拍岸，欢歌达旦，恨不得把尾巴摇碎了才肯罢休。然后就是当着你的面长吁短叹地吃喝，一泡长命屎尿足足要遛断你的腿脚骨还没有拉完。以后，我总算摸着了点门路：出门前，千万先要娓娓话别，委曲叮咛——出短门要说短话，出长门则要说长话，否则，就一定要做绝食寒窑的王宝钏。为着每次小别所要迎捧的排山倒海的热情，我时时须像一位忍饥挨饿以待饱餐的饕客，非冷面、空腹无以消受超负荷的热量。可是再铁硬的心肠，也经不住他的一颠三扑，七亲八舔，门外纵有压顶的冰山，一踏家门，便顷刻冰消雪散。我有时会非常奢侈地想：这小半辈子，哪怕父老娘亲，哪怕拜把兄弟，你何尝如此高高在上地、予取予夺地，领略过、享用过如许高密度的黏稠无间的忠诚？原来，就像狗对你的忠诚，是一种纯粹的、无条件、形而上、不带杂质的忠诚一样，你从狗身上获得的欢愉，也是一种纯粹的、不带杂质、不依附世俗标准、没有功利计算的十足形而上的欢愉哪！

有云：人不如猪狗。那是高贵的人鄙视卑贱的人。设若人如猪狗，会怎么样？那是开初的日子，我搂着、拽着、吆喝着巴顿时庄严思考的问题。不瞒你说，我在那段时间忽然发现了裸睡的乐趣，就是因了这一场不着边际的伟大思考。想想看，一天蝇营狗苟人五人六地奔扑下来，热气腾腾地洗浴罢，你会觉得肌肤上的每一个毛孔网眼都敞开了，软弱了，纤弱得经不起丝毫披挂了。这时候，只有赤裸裸、光赤赤地拥着暖衾，把肢体一无挂碍地伸摊开来，才是真正痛惜人道的，对得起天生母养的身体发肤的，既合情又合法的。和巴顿的相处，就仿若精神的裸睡，一如战场上、官场上下来终于可以卸下所有面具和武装的将军与士官，要爱要恨要哭要笑，都需要直杵杵、赤裸裸地才觉得人生值得去担当一样。我有时偷眼打量着我们的将军，想：什么时候，我能够像巴顿一样，欲喜欲怒、要行要止，都全凭心性驱驰；走起来踢飞漫天雪霰，卧下去足以慰藉千军，把透见心底的冰雪目光，这样放肆地一无遮拦地投向吾之所爱、汝之所恨呢？什么时候，我的笑容里无须挂悬着开启各种门户的钥匙，我的声音不必带着"有关方面"乐听的抖颤，我的襟摆不需要今天染成暧昧的红明天又染成炫耀的黄，我的屁股也不屑于担心昨儿轻侮了张三家的坐厕今个儿又蘸留下李四家的余泽呢？……

遛狗。常常分不清楚是我遛狗，还是狗遛我。我在放牧着自己的思想，我在体味着一场场精神的裸睡。曾有诗句记写那段时光：三秋两雁七箫管，一书一犬一孤灯。小蹄子嘚嘚的声响协和着呼吸的升沉、思绪的远近，可以闻得见原野上深秋麦田用机器打成圆卷的草秸垛不经意袭散的暖熟气息，可以嗅得着精神的雪片降落脸面黏附灵魂融入心扉的那袭冷腥腥的清香……好，真好，好极了……

历险弥珍

话说某一个深夜，一天的读书写作下来，想起出门溜达已近夜半，牵着巴顿从普林斯顿公寓区的林间小道走出来，却不料，被一个黑人女子堵住了去路。请帮帮我，请帮帮我！情恳意切："我妈妈得了急病，半夜里却四处找不到车，遇见你，我得救了，我得救了！"我当时并没有在意她的口气的夸张，连声问：你妈妈？她在哪儿？她就住在附近的海斯镇，开车过去不过十五分钟，你能送我一程吗？当然当然。

这就去？不不，我能带上我的姐姐吗？当然当然。不不不，是我的三姐姐，你能不能不带你的狗呢？

当然，当然——不行。

为什么？

我回身望着两位已然坐到我的车后座的高个头的黑女人，她们坚持要我把狗送回住处，不然她们说会感到害怕。我平日的"好说话"因为月黑风高而稍稍打了点折扣，我望一眼气定神闲坐在驾驶座旁边的同样高个头的巴顿，说：我的狗一定得跟我在一起，如果你们害怕，请找别的车吧。

显然是"妈妈的急病"当紧，她们妥协了，况且三更半夜，也不能对这位"义务司机"过于无理。车子很快开到了海斯镇，她们让我在路边停车稍候，急急消失在暗夜里。直到这时候，我其实还没有生疑。或许是因为女性的温言软语懈怠了我本来就不太多的警惕性，又或许因为有巴顿将军傍在身边，过多的安全感膨胀了我的怜悯心？怎样了？你妈妈怎么样了？我见两姐妹急急又跑了回来，满脸慌惶：我妈妈已经被救护车送到翠登市的医院了，求求你，求求你，能再送我们一程吗？我心里暗下敲着小鼓，翠登离此地约半小时车程，一来一回折腾下来，大概就要过后半夜了。帮人帮到底，我望一眼巴顿，走吧走吧。

巴顿一仍气定神闲，一声不吭，目光炯炯，端坐侧畔。

车子出了海斯镇我开始感到不对劲。她们指了另一条路，说是近道，走着走着我却发现，这是去翠登的相反方向。她们一口咬定：你不是本地人，不知道这是最便捷的路线。车子拐进了田间小路，又在什么街镇的巷道里打转。路越走越黑，车里的气氛越走越紧张。两位黑姐儿在后座的黑影里一直在用西班牙语咬耳朵，巴顿却忽然躁动起来。我瞄一眼仪表台，此时已走出海斯镇将近一个小时，可是，翠登，还是渺然无影。快到了，马上就到了。车子在她们的引领下又回到了一条宽敞的大路上，我却突然在一个加油站前停下车来。

我知道你们一直在骗我。请你们下车。我说。

不不不，求求你，翠登……求求你。语无伦次。

再开我就快到纽约了，翠登？见你的鬼！下车！我吼起来。

巴顿却没有吼，很绅士地扭过头，朝那两个黑影递过一个眼色。

乖乖打开车门，倒没忘记连声道谢，溜了下去。

我至今没想透，那天夜里两位黑姐儿到底想干什么。"母亲急病"自是谎话，比较合理的解释恐怕是：两位姐妹淘大概是在周末夜里吸毒吸干了水，急惶惶想找车出去买毒，便遇上了我这个傻好心的冤大头。我想过，设若没有巴顿将军陪伴在侧，很难想象，两位毒瘾在身（或者另有需要说谎的因由在身）的高壮黑女人，在鄙人发现上当受骗以后，会对我这个呆书生做出什么事情来。可以肯定的一点是：故事的结局，一定和现在大不一样。

真应了当初李教授那句话：这年头，哪里有"狗仗人势"的道理？"人仗狗势"才是金玉良言哩！

"拖油瓶儿"

婚后，妻喜欢把巴顿叫作"拖油瓶儿"。那是因为巴顿是我早在婚前甚至早在"正式"谈恋爱前就领养的狗，婚后一并"带过门"的。谈恋爱时自是少不了甜言蜜语，我曾经装模作样地问她：喜不喜欢狗？

若不,我可以送走。这是为了宣示"你比什么都重要"的万丈豪情,我其实真的没想过:如果回答是"不",我到底该怎么办。谢天谢地,恋爱中的女人也大都是豪情女子,一句"你喜欢的,我就喜欢",怕没乐得我想把巴顿摇碎的尾巴接到自己的后头去。婚是在巴黎结的。听起来是个浪漫故事,却挟裹着漂泊年头不便与人言的辛酸。巴顿却始终是其中一个快乐的话题,在罗浮宫,在香舍丽榭,在艾菲尔铁塔,谈得最多的,就是这个新家庭里的旧成员——"拖油瓶儿"!提起巴顿,刚出国门还略显拘谨的妻,倒显出少见的幽默欢快。

都知道丑媳妇见公婆难。我更知道,四条腿的"拖油瓶儿"要见两条腿的"后娘",其实是难上加难。在巴黎存了心眼作了种种提前的心理铺垫,回到普林斯顿宅所的第一晚,就统统被废了武功。代我照看巴顿的朋友刚把"小油瓶儿"领进门,已经吓得妻倒退连连:噢呀呀,原来是这么吓人的一条大狼狗啊!连躲带藏,却敌不过巴顿将军的连蹦带吼,连嗅带舔。好不容易熬到入寝时分——这可算是新婚燕尔的我俩,在美国度过的第一个"洞房之夜"呢。小俩口这厢的卿卿我我还没开始,他小油瓶儿先生已经大模大样拉长身子横到了我和妻的床榻之间。在巴顿来说,此乃"题中应有之义"——那个位置他早已陪睡经年,所以瞪大了无辜又无助的黑眼睛,惊诧于眼前这位头上和他一样长着长毛的陌生脸孔的愠怒。妻的泪珠儿连串往下坠:你你你,你到底是和我睡,还是和他睡?!我我我,我生怕听到"有他无我,有我无他"一类说出来就收不回去的狠话,慌忙把小油瓶儿拖下床,关到了门外。

天可怜见的,洞房花烛夜,小油瓶儿在门外低低饮泣了一夜,妻在门里连哭带笑辗转了一夜。我哄了门外哄门里,疼了门里冷落了门外。真正悟到做人做狗其实都有许多摆不平的难事，更不必说江山社稷的令圣贤豪杰们机关算尽愁断肝肠了。正不知日后的无尽长夜该如何打发，却不料，第二天从学校归来，进门脚一软：伟大的妻已把委屈一宿的落难将军请上了少奶奶的牙床，母子俩正打打闹闹的，好不欢快。

第二天晚上，巴顿将军堂而皇之登堂入室了，却又深解人意，在床上磨蹭半会儿便自己溜下去，静悄悄侍睡一边，让妻不疼他也难。打这以后，位置颠倒过来了：我训儿子，掉眼泪的是娘；儿子犯错，挨骂的却是他爹。以后就是"狗爹""狗娘"地满屋乱叫，直把巴顿叫作"狗娘养的"，已经毫不为忤；甚至自嘲"狗男女"，都上了白纸黑字的"狗年征文"了。不独此也，狗年光临，小两口儿开始正经八百商量：既为爱狗一族，干脆生个"狗儿""狗女"的，岂不皆大欢喜？

天佑憨人。果不其然，属"狗"的女儿小端端爱米莉，仿佛为着赶抓月份似的脚步匆匆，就在狗年中提前两个半月降生了！养狗爱狗的一家真正拥有了生年属狗的新生命，却扔给狗老爹一个天大的难题——巴顿怎么办？巴顿会乐意吗？一想起各种因狗争宠嫉妒婴孩而真实发生的伦常惨剧我就毛骨悚然——狗狗狗，你是有个够没个够？女儿早产孱弱的小身子，真的经得住巴顿将军的惊天巨吼、动辄狂奔吗？你你你，真的将要把自己的信赖和寄托，置放在这位据说在军史上有名的暴躁专横、只认死理的"巴顿"名号之上吗？！

妹妹找哥

从小，端端就把巴顿叫作"巴顿哥哥"。她知道自己生年属狗，便非常诚恳真切地告诉她每一位要好的小朋友：爱米莉真的是一条狗，书上（她把日历叫书）都这么说的，只是长得跟她的哥哥有点不一样。从此，从幼稚园到上小学，她班上的老师同学都知道，爱米莉还有一位名字叫巴顿的亲哥哥。用英文一说"My brother"，更是"较真儿"得铁板钉钉。哥哥长哥哥短的，有时连我自己也犯迷糊，上课给学生改中文错句："我家有四口人，爸爸是一口，妈妈是一口……"我说这个句子只有在我家的情况里是对的，因为我的女儿一定会说，巴顿当然是先于她出生的那"一口"。好几回，端端的小朋友到家里来玩，看见她那样当仁不让地、一无顾忌地滚在、骑在、懒在、赖在大巴顿身上撒欢儿，会同样诚恳真切地问我：爱米莉真的是一条狗吗？她，真的是吗？

我这里故意跳过了前面提到的吓人大难题，不是因为那几乎从来没有成为过一个难题，而是因为——巴顿的"讲道理"。我前面说过，我们巴顿是一条"讲道理"的狗。但凡你有了任何跟他相关的难题——出远门要送他出去寄住也好，家里来了临时寄养的小弟弟小妹妹（或猫、或狗）也好，狗食接不上了让他委屈饿半顿也好，你都得和他事先"讲道理"一番。有话则长，无话则短，看事体的轻重缓急，你都必得轻重缓急地跟他讲一番长长短短的道理。不然，没完。那些让人操心的日子，体重超小的小端端一天也离不开超常的照顾，我就一天都惦记着时要给我们巴顿讲超常的"道理"。每天晚上送走入睡的"小狗狗"上楼，我必定谦恭地跪下身来，向神情落寞趴在楼梯口的大狗狗讲道理。从宇宙洪荒人类命运，到爱你没商量跟着感觉走，不管大道理小道理，听得懂听不懂，讲和不讲，就是大不一样。端端成长过程中一刻都没离开过巴顿这个大哥哥，巴顿也就一刻都没把这个小妹妹当作外人，全因为：狗爹和他通了情，他和狗妹达了理。摆满书架的端端成长相册里几乎每一个端端边上都有巴顿的身影，一家四口，若不算上这"一口"，还真难。

最难最难的事情总要发生，也终于发生了。

本来，住过的大小房子都总有睁眼看不见的角落，"妹妹找哥"就成了我家的经典画面，随时随地上演。早上醒来的第一句话：巴顿哥哥呢？下学回家的第一件事，当然也是：巴顿哥哥呢？和小朋友疯玩着会突然停下来：巴顿呢？吃在嘴里剩在碗里的时候：巴顿呢？被爸妈批评得抹眼泪，也是：巴顿呢？……巴顿，无论此时身在天边地角，也总会风也似的从天而降，摇头摆尾现身眼前。

不知从什么时候开始，叫声"巴顿呢"？却迟迟等不见那根摇甩的尾巴了。开始只是姗姗来迟，渐渐便是步履蹒跚，以后干脆趴在角落里，抬起眼珠，鼻子哼哼，就算打过了招呼。巴顿老了，仿佛一夜之间就变得老态龙钟了。往日那么英气勃勃、四顾凛然的一条狗，因为知道自己常常管不住会犯不方便见人的错误，甚至变得有点自卑，不喜欢进屋，也不乐待见人了。我不能不打起精神，选择一个一家子都有好心情的日子，明白告诉端端：可能会有这么一天，打开家门叫哥哥，巴顿哥哥再也找不见了。我原以为端端听了会大哭大闹，"No, no"个不停。不想她听罢低下头，好久好久，才忽然问我：爸爸，你最爱我，还是最爱巴顿？这是个老问题，她以往也常常这样问我的。我回答的，当然也只能是标准答案——爸爸都爱。你是爸爸妈妈身上的一块肉变出来的，所以，爸爸又更爱你。往常她总是听罢便欢天喜地，变出别的话题花招来折腾我了，这一回，说完话她就回了自己房间，我和妻忙着别的事，也并不在意。吃晚饭时唤了半天没有动静，大声嚷起来，却听见嘤嘤的哭声。打开房门才发现，女儿埋在她的绒毛狗狗群里，泪水早湿透了半个枕头。她怀里抱着"巴珊姐姐"——那是她最爱的毛狗狗之一，在她降生的同时就在医院里为她买的，所以取了一个跟巴顿相关的名字。她大概已经和她的狗狗们特别是"巴珊姐姐"，说了好一会儿话了，见我进来，哭得更伤心，只是扭过头去，坚决不理睬我。

端端……

呜呜呜呜……

为什么呢？为了巴顿？

哇哇哇哇……我搂住她，她拼命摇头，更加放声大哭了起来。连哄带劝好半天，总算在一片哽咽饮泣中听到这句英语：爹地，you hurt my feeling, you hurt my feeling（你伤了我的心）……

爸爸刚才，说了什么不合适的话了吗？

她的英语断断续续：我不需要你告诉我那些，我不需要你告诉我那些……你应该先爱巴顿的……巴顿比爱米莉先来……你应该先爱巴顿的……

天晓得她心里头装了多少心事，又早已跟她的狗姐姐狗妹妹们盘桓倾诉了多久！这个"最爱""更爱"和"先爱"，自有着它的铁的、因时因事而异的逻辑，而孩子的逻辑，永远是天然合理的。

爸爸应该先爱巴顿的。爸爸应该先爱巴顿的……我搂着她，我的眼眶湿润了起来。

白雪如歌

巴顿又一次失踪了。

那是一年中最冷的日子。早晨起来屋里屋外遍寻不着，白雪覆盖的院子弥漫着一种不祥的平静。这一回我倒不再慌恐，披上大衣到门外转了一圈，没见影踪；又跋上雪靴在住区里绕行，一圈又是一圈，高吆低唤，仍旧全无回声。我心里明白，巴顿也许就此就在这个世界上消失了。莫非，这正是他刻意要想选择的告别方式？

昨晚天一落黑，我就注意到巴顿的反常。身体、情绪已经安稳多日的他老人家，忽然就变得躁乱起来。隔着客厅玻璃，我看见他拖着身子趔趔趄趄在雪地上踱步，赶忙跑出去把他抱回来——天太冷。你人太弱，怎么就要待在雪地上？回屋里好好暖着，啊！给他披好库房软垫上的被窝（这些日子他总是这样卧躺着），他有点不甘不愿，我又开始跟他"讲道理"。他默默看着我，目光里端然平静，似有什么要说又欲言又止的样子。可是不过片刻，他的身影又摇摇晃晃出现在雪地上了。这回我才发现，他是在往栅栏的门口方向走，往迎春花篱的豁口处走。怎么，你想出门溜达？这么冷的天，你怎么走得动呢？再把他抱回屋。"道理"仍旧在讲，碰上的也仍旧是那一道端然而执着的目光。如此反复三四回，我心里不由得一惊：莫不是，巴顿意识到自己"大限"将临了吗？看一眼他的今晚显得特别孱弱、瘦骨嶙峋的身子，忽然想起以往在马克·吐温或者杰克·伦敦的小说里读到过的——任何动物，自有其对于生死的特殊感悟。大象终老，会默默离群而去，只身消失在森林的无边黑暗之中，并且总会找到隐藏得极其隐秘的同类的墓穴；鲑鱼终老，总要万里迢迢逆流而上回游到他们出生地的溪流,平静产卵,孕育新生,然后带着一身绛紫的鳞盔,安然死去。然而,这实在是太像作家渲染出来的煽情故事了,这样如诗如歌的"光明尾巴",不会,也不可能发生在眼前我的这位瘸腿的、秃毛的、老得如此丑陋、病得如此羸弱的冒名老将军的身上。深夜里,更加让我惊诧的事情发生了:当我再一次发现巴顿瘦瘠的身影逶迤在雪地上,我听见了几声奇特的嗥叫声。我冲到雪地上,看见巴顿仰头朝向门外的天空,嘴里发出一阵阵断断续续的,像是呻吟又像是呵气一样的声音。他的身体实在是太衰弱了,那声音没待发放出来就噎在喉咙里,以致我误解了这种绝对迥异于日常狗吠的古怪吼声,是巴顿或许因为体内极度疼痛而发出的抽搐呻吟。我连忙跑进屋里跟妻紧急磋商:巴顿看来真的不行了,与其看他这样痛苦,不如真的就请医生"让他安睡过去"吧……时近午夜,明天?……

巴顿没有等到"明天"。我是在寻遍街区的角角落落以后,最后在院子边角最不起眼的旮旯里寻到他的。那个竹丛下有一个他在身体健朗时可以俯身钻出篱笆外的小空洞,他就倒伏在雪竹遮掩的空洞边上。显然,在最后的一刻他还在极力挣扎着往外走。不想就这样倒下了。我开始以为他只是睡着了,因为睡态如此安详;伸手轻轻拍拍他。盖着一层薄霜,身子已经僵硬了。这些日子看他老病日衰,或许早日解脱,未尝不是幸事。我平静下自己的心绪,踏着小雪回到屋里,悄声告诉了还在睡梦中的妻,又唤醒了周日睡懒觉的端端,一起出门向巴顿告别。刘勰有云:"情主于哀伤,而辞穷乎爱惜。"母女相拥大哭。我轻轻拍抚着她们,反而无泪、无言。巴顿陪伴我整整十一年。十一年,人生能有几个十一年?从失怙的"麻烦"到受宠的"巴顿",这些年跟着我走南闯北,当过许多友人的"护花使者",也做过许多吓人的闯祸蠢事，最值得补记的一笔，是他还当过一回父亲——六条小狗货真价实的生身父亲，而我，则从"狗爹"升格当上"狗爷"了……我极力回想着巴顿往日的种种趣事，总算压抑下心头阵阵翻涌的伤感。

只是，一个电话，让堤坝缺口了——这是我把母女俩遣开出门，自己默默收拾被单子，为安睡中的巴顿擦拭包裹的时候接到的电话。恰恰是一家跟巴顿最亲近、曾代养过他许多回的朋友的电话。刚刚提及巴顿的噩耗，朋友就在电话那边惊叫了起来：怎么就那么巧！我打电话正要说的这个话题。因为前天刚刚看过一本关于死亡学的书，特别谈到动物面对死亡各自采取的独特方式。比方，古人说的"歌哭"，指的是人类不同种族都有的哭丧、哭魂方式，在动物中，就是嗥叫。在狼的一生中，会在三种情况下发出深夜嗥叫：一是求偶，二是离群求助，三是死亡前，以嗥叫向族群道别，然后就独自离群，悄然死去。一瞬之间，我心头弦动钟鸣：一切一切，完全吻合了巴顿昨晚的"反常"表现！我想起巴顿从医院回来就无言"出走"的旧事，又记起巴顿曾在他当父亲前的怀春之日，确在深夜里发出过如狼一般的嗥叫——狗的祖先是狼。昨晚巴顿的拼力出走，是他不愿在至亲面前倒下；昨晚巴顿喉咙里拼力发出的，那是他的"歌哭"——他的返祖呼唤啊！

我语塞了。

向朋友略略提及巴顿昨晚的行止，她在电话那头已经哽咽了起来：怎么真会这样，真会这样，完完全全就好像书本里写的、歌子里唱的一样！你真该知足了，巴顿在人世轰轰烈烈跟了你一场，到死，也要这么有情有义、如诗如歌地死给你看！

我望一眼白雪覆盖的山坡，我的泪水落了下来。

结笔于 2002 年 2 月 10 日，巴顿离去一周年矣。

小鸟依人

它会死的——它会死的！

夏日一场雷暴雨，在校园前面的马路边积出一汪汪的浑水。想到今天是女儿的生日，便匆匆离开办公室，赶往接送女儿的夏令营去。不想远远地，看见路边的积水上挣扎着一个小小的身影，一个美国路人站在旁边，正在踌躇观望。走近前去，我发现是一只小鸟在水中扑腾，没多想，便弯下身去，伸手从水里捞起那个小身子，把它轻轻放到旁边隆起的树根上。噢，这是一只被风雨打落的刚刚出生的小雏鸟，湿漉漉的身上光裸着，还没长出毛来。它会死的，它会死的。那位路人似乎不忍细看，喃喃着转身离去。我放下小鸟，转身急急跨过马路，耳边似乎才分辨清楚那位路人刚才嘟囔着的话音：它会死的——它会死的！心里咯噔一下：哦，我把它从水里救起来，难道就这样让它冻饿死去吗？我犹豫着停住步子，抬头四望，侧耳静听，似乎并没有听到四周有鸟妈妈着急寻找孩子的鸣叫声。我思忖，小雏鸟只会爬，不会飞，哪怕此时它的妈妈就在附近的巢里，也对救助它无能为力的。

原来，只是这么一场普通的暴风雨，大自然里就会有多少孱弱的生命受到生死威胁啊。这么一想，我觉得自己没有理由就此掉头离去。我转身走回去，弯腰拾起那只小雏鸟，把它包裹在我的衣襟里，护在掌窝中。小雏鸟显然冻冷多时，浑身颤抖着，被我掌上的体温一烘烤，竟然舒服地闭上了眼睛，发出了嘤嘤的愉悦的声音。

我那时其实没有仔细想过，由此，我需要承担起对于一个小生命的并不轻松的责任。

"端端，今天是你十岁生日，爸爸要给你一个很大的惊喜。"

"……可是爸爸，你昨天已经送给我礼物了呀！"

"这是比昨天送的礼物更大的礼物。"

当小端端看见我临时放在车座上的小雏鸟，她欢叫起来："哎呀，太好啦，爸爸，这是太特别的礼物啦！"她伸手要逗小鸟，可是马上又缩回来，皱起了小眉头，"哟，它怎么这么小？爸爸，这样会杀了它的！它会死的！"

"我们要养活它，把它送还给它妈妈。"我郑重地说，"端端，你喜欢这个礼物吗？"

"喜欢。爸爸，可是我们得马上去找我的好朋友凯丽，她比你懂。"端端脸上的神情变得严肃起来，"好，让我来保护它。"

新孩子

我才明白，刚才那位美国路人，为什么会踌躇不前，袖手观望。

我开着车，端端用自己的体温烘暖着小鸟，按照她的要求，先行来到了她的好朋友——一位从小就喜欢观察自然和小动物的女孩子凯丽家里。惊喜过后，就是长长的忧虑。凯丽的妈妈告诉我：这里的人都知道，养护一只刚出生的小雏鸟，不是一件容易的事情。她马上给当地的几家动物医院打电话，听到的都是一片推搪、拒绝的回音。几经周折，她总算帮我查询到一个保护野生动物组织的电话，留下了求助的录音。傍晚，我刚刚为小鸟安顿好它的新窝——在一个鞋盒子里铺上厚厚的捏皱的纸巾为它保暖，暖过身子的小鸟，已经向我张开黄口大嘴，哇哇哇地讨吃了。"你现在就是它的妈妈，"电话里传来了那个保护野生动物组织一位年轻女士的声音。她告诉我：一般说来，自然状态下出生的小雏鸟，也只有百分之二十的存活率；而由人类救护回来的小雏鸟，同样有百分之八十是难以成活的。"为什么？"我心里一震。"刚出生，它生存的能力实在是太弱了。你做了一件美丽的事情，"这以后的通话中，她一直使用着英文里这个"beautiful"的字眼，"但你要有心理准备，刚出生的小鸟，最重要的就是保暖，在冷水里泡了这么半天，这只小鸟很可能活不过今天晚上。""如果……它能活过来呢？""从现在开始，每天日出之后、日落以前，你需要每十五分钟喂它一次。"

"十五分钟？"我大吃一惊，以为听错了，"是五十分钟，还是十五分钟？"

"是十五分钟。"她笑了起来，大概是不想就此把我吓住，又说，"至少是半个小时一次吧。不过，开始几天，必须要给它喂虫子——你就从地里给它找蚯蚓吧，刚出生的小鸟，需要很多蛋白质，只有虫子它才能消化。"末了，她又再一次提醒我，"不过，它会要吃很多的，你要有心理准备。有什么问题，你可以随时打电话问我，我很乐意，抽空去看看你的新孩子——如果明后天，它还能存活下来的话。"

放下电话,我呆愣了片刻——新孩子。她一口一个"new baby"——新孩子。现在这只小鸟,真的成了我的新孩子。妻这时候正在北部一家大学教中文暑校,我本来就担着"既当爹又当娘"的角色,如今,女儿之外,又多出一个——新孩子。我这才把哇哇张着嘴讨吃的小雏鸟捧到手里,仔细端详起来:哦呀,原来它是一只形貌如此丑陋的小鸟——光秃秃的身子小得不成比例,仿佛只剩下一个尖尖的嘴巴和一个尖尖的屁股,爪子却其粗无比,收拢在瘪肚子下像两张大犁耙——它不会要长成一只凶横的鹰鹫吧?老天爷,十五分钟!我需要每十五分钟就让它进食一次!一命所系,我,可不真的成了这个样子怪异的小家伙如假包换的新妈妈了吗?

不过,我心里也暗暗赌了一口气:我不相信,这个被我救起来的小生命就这么不堪一击,熬不过今天晚上!我以为过多的条条框框是美国这一类专业人士的庸人自扰——往常在中国乡村,用米汤、用谷粒救活喂大的小雏鸟,不是所在多有吗?

"饿狼"

不敢怠慢,我赶紧拿出全套家伙,冒着小雨,开始在院子的四周土地里挖找蚯蚓——那小鸟救命的母乳。下过雨的湿地,往常只要一翻弄就可以看见蚯蚓的蠕动,怎么现在,像是全跟我捉起迷藏来了?我拿着小铲子和玻璃瓶子,把院子四周的湿土挖了个遍,零零落落,三根五根,一条条无辜的蚯蚓被我捉拿归案。我设好了专用的案台,随时为我的鸟孩子伺弄食物。"劝君莫打三春鸟,鸟在巢中盼母归。"我真不知道,真实情景里的鸟妈妈,是怎样在巢中把一群时刻张着大嘴的鸟孩子喂大的？眼前只是半握大小的雏鸟而已，可我分明感到，我喂的不是一只鸟，而是一头狼，一头饿狼。什么"十五分钟"？随时随地，只要听到任何动静，它都要呀呀呀地张开黄口大嘴，跃动着身子向你讨吃，并且吃相疯狂、丑陋，时时恨不得要把我捏着虫子的指头都一股脑儿吞咽下去。

"To be? Or not to be?"——生存，还是毁灭？从那个狠命跃动身子讨吃的小生灵的饥渴里，我听到了一个生命和那个"百分之八十"的死亡巨影格力较量的心跳声和脚步声。我在第一晚的守候里并没有遵循那个"日落停食"的规定。我知道浸泡过冷水的小雏鸟，急需补充它"to be"的卡路里和蛋白质。它落脚在我家吃的第一顿晚饭，是一顿延续四五个钟头的、由十几条蚯蚓撑台的生命盛宴。

第一个长夜度过——"我们"获胜了。一大早，小雏鸟就从凌乱的纸巾丛中向我伸出它嘎嘎欢叫的大脑袋。电话里传来那个名叫"建"（Jen）的"鸟姑娘"——这是端端的称呼——的欢呼声。"He made it! 它做到了，你也做到了！本来我以为，刚出生就泡过冷水，它肯定活不下来的——你做了一件美丽的事情。"她又这么说，"不过你得小心，头一两天的喂食，丝毫怠慢不得的。"

"嗷嗷待哺"这个成语一下子具备了如此真切的压迫感，在我心力俱疲的头几天里，它成为始终重压在我心头的"生存焦虑"。那个鞋盒子居所于是也就成了我随身的"背篓"，无论我开车外出、上办公室做事，都得随时"背"上我的鸟孩子，牢记着"每十五分钟"的喂食指令。幸好是暑假，时间上和精力上都经得起如此"奢侈"的折腾；也幸好是单人办公室，小家伙吃一顿拉一回的，屋里弥满了鸟粪和坏死蚯蚓的腐臭气味。更万幸的是，素有洁癖的太座夫人恰好出门在外，不然,看我这身上、手上随时污渍斑斑、异味袅袅的怪样子,简直有点太……那个啦。

住家周围的土地很快都被我挖地三尺,搜尽哪怕细丝儿大小的蚯蚓,连同办公室周围树底下的湿地,也被我翻了个遍。小雏鸟边吃边拉,胃口越来越大,往往一顿饭就可以吃下两三条切碎的蚯蚓——而这是每小时至少两顿以上的供应!很快,这种饕餮吞咽、无时无之的"高蛋白"供应,终于接不上趟了。第三天夜晚,"地静场光"的我只好拨响电话,向"建"求援。

她告诉我:可以找钓鱼商店购买活虫子。可是半夜三更,上哪里趸摸这个"钓鱼商店"?天一亮,就要"嗷嗷待哺"的呀!

"建"随后告知的鸟食方子,经我的略加改造后,成了我的"鸟孩子"日后生存的全部依傍。这里记录于下,也为所有爱鸟和乐意营救初生雏鸟的人们留下一张可资救急的"饭票":三勺干狗食,三勺麦片,再加三勺泥土,用水完全泡软泡糜以后,再以一个鸡蛋搅拌混合,在微波炉热三分钟,放凉后置冰箱待用。"为什么要加三勺泥土呢?"我问"建"。"小鸟没有牙齿,初生小鸟的消化功能很弱,这是为了帮助小鸟消化。"可不是吗,小鸟爱吃的蚯蚓,蠕动的身体里就是饱含泥土的。

"建"

"手里有粮,心中不慌"。有了这个救命方子,我们的鸟孩子见天长个儿,两三天后开始长齐羽毛,很快就不安于他的"鞋盒子居所"了。哦,我当初,真是大大委屈我们的新孩子了——这是一只真正可以称得上美丽的小鸟呢！亮晶晶滴溜溜转着的和善的黑圆眼睛，一身丰满起来的灰黑麻花的羽毛，胸前是一片淡橘色的花点。没错，这是一只美洲罗宾知更鸟（Robin），也叫"红襟鸟""红脯鸟"。家里平日就有一个权当装饰品的鸟笼，略加收拾，那就成了我们"帕特里克"的新居所。"建"在几天后登门看望了我们的"新孩子"，确认了它的知更鸟种属和"他"的性别，我便和端端商量着，给小鸟起了一个美国男孩子最常见的名字——Patrick，帕特里克。从"建"留下的文字材料看，他是一只雄性的美洲知更鸟，被暴风雨刮落到水里时大概才出生；而存活下来的知更雏鸟，要在出生两周后开始学飞，四十天后才可以自立。"你做了一件美丽的事情。""建"把小鸟逗弄着站在她的手指上，一边赞叹着，一边叮嘱着新的注意事项，"他很健康，状态极佳，都知道小雏鸟难养，不可能比这做得更好的了。"

这时候，我才仔细打量了一下这位名叫"建"的美国姑娘：结实硕壮的个头，脚蹬一双翻毛工靴，穿着一身带绿圈图案的T恤，显然因为常年置身野外的缘故，一身古铜色的皮肤上遍布浅浅的汗毛，眉宇间显出一股子"假小子"般的英气。她告诉我们：她确是保护野生动物方面的专家，但这却不是她的日常职业。她是花的业余时间，心甘情愿投入这个无报酬的工作。"我家里养了三条流浪狗，五只流浪猫，两条受伤的蛇，还有，"她领着我和端端来到她的贴着绿圈标志的越野车前，呼啦从后座里拉出一个笼子，让我们大吃一惊：里面关着两只呲牙嗥叫的尖嘴土拨鼠，"这是一个土拨鼠的家庭，过马路的时候，它们的妈妈被汽车轧死了，还有一只受伤的，现在养在我的家里，这两只出生不久的，我得带着它们上班——因为随时要给它们喂食。"她从笼子里抓出一只尖嘴长尾巴的家伙给我们看，那两个不识好歹的家伙便发出尖厉的呲叫,张嘴要攻击她。"建"也不害怕,抓着野鼠,告诉我们它在哪里受的伤,怎么慢慢养好的,准备什么时候就把它们放生。她俯下身对端端说,"我在比你年龄还小的时候,就开始和野生动物做朋友了,我希望你也能一样。"端端连连点头,瞪大了她的黑眼睛,仰望着这位"小动物的大朋友","……受伤的小动物,有没有人类的帮助,结果会很不一样。你看,你和你爸爸做了一件多么美丽的事情呀!"

越野车离去,"建"从此成了我们小端端的偶像。她的每一句话都成了关于"帕特里克"的圣旨,并且熟记了"建"的手机号码,随时请求指示。"她多棒啊,她家里养了三条流浪狗,五只……"她向她的好朋友们介绍"帕特里克"和"建",逢人就这么说。

"新妈妈"

"帕特里克"认我,黏我,他知道,我真的是他的"新妈妈"。

自从他变得羽翼丰满以后,喂食的频率从十五分钟、半个小时逐次递减,只是,开始不甘于自己一个"人"待着,独自在笼子里熬腾时光了。只要我一在凉棚出现,他就要发出叽叽啾啾的烦躁叫声,闹着要出来找"妈妈"。每次放他出来喂食,他就要跳到我的肩上、头上,长久停留,再不肯回到笼子里去。于是,漫漫夏日时光,为着不让小帕特里克独处寂寞,我和端端都把自己午后的活动,尽量安排到了屋后这个带纱窗的凉棚里。我发现,每逢我读书读报,身体窝坐着,小帕特里克最喜欢待的地方,是我的左侧心窝口——大概那是当初,他刚从水里被我救起来时暖过身子的地方。也许是烘暖的体温加上怦怦的心跳,给了他一种特别的安全感?窝在我放在胸侧的巴掌里,他总是半眯着眼睛，嘴里发出惬意而细微的咕咕声，舒适地假寐着。以后，我就干脆常常把他放在上衣口袋里，"驮"着他在屋里走来走去、忙东忙西。不管窝在沙发看电视，趴在桌上敲电脑，他会不时从口袋里抬起头来，定定望着我；再从口袋沿口探出头去，静静打量着这个陌生的世界——"小鸟依人"。第一次，我对这个成语有了最贴切的体味。

"孩子"一天天长大了。我和我的女儿端端，一起照看着我们共同的"孩子"帕特里克——她有时把帕特里克捧在手里，"妈咪"长"妈咪"短地跟小鸟说话，我便赶紧"让贤"，把这个"妈妈"角色出让；没想到，有时候，甚至连同从北京来探亲的岳父母，也加入了这场辈分混乱的称谓战，"宝宝"出"宝宝"进的，同样把小帕特里克当看自己的孩子看待了。一家人，为着帕特里克的出现，忘记了辈分尊严，也忘记了日常琐屑，增加了忙碌，也增加了笑靥。有时捧看着怀里这长成小拳头大小的小不点儿，想：别看这只是一个微末的生命，他来到这个嚣攘的世界上，却给这些号称万物之灵的大活人们，带来多少的欢欣、多大的乐趣啊——简直连世界的意义，都由此而变得鲜活丰富了！原来，每一个生命自身，也许并无价值和意义可言。（帕特里克在我的掌窝里滴溜溜地转着他的小圆眼睛，他知道自己存在的意义吗？）生命的价值与分量，正在于它是相对于其他生命而存在的——它能给别的生命带来意义，它就递增、叠加了自身生命的意义。就此而言，人和鸟的生命是等值的，这个生命和那个生命也是等值的，它们互为参照，同样都是界定这个世界的价值和意义的存在物，参照物。哦哦，这么说来，帕特里克，简直是带着上天的使命出现在我们生活中的——那是造物主，让他昭告我们生命意义的别样思考呢！

人鸟越加相依，我的心头就越是投下阴影——我发现自己已经真的像牵挂自己的骨肉一样,日日时时为小帕特里克牵肠挂肚。一家子老嫩,都恨不得随时把小帕特里克捧在心窝窝口,真是捧在手里怕摔了,含在嘴里怕化了;甚至连同大狗亮亮,都不时用又嫉妒又爱怜的眼光,偷偷瞄两眼"狗老爹"手窝里那团可口的小肉肉了。不由得就生出这么个念头——恐怕,帕特里克真的要像我们亮亮一样,成为这个家庭一个永久的新成员了。而这,却是我从一开始就提醒过自己和端端的:把小鸟救活、养大,我们是要把他放回家——放回真正属于他的树林和天空的。

我开始帮助帕特里克练习飞翔。屋后带纱窗的凉棚正是天然的演练场,我把他托在掌窝里,往空中一抛,他便张开刚刚长全羽毛的小翼,在空气里使劲扑打。刚开始距离不足盈尺,渐渐就开始凌空翔降;没几天,便可以从我的肩头一跃,飞上凉棚悬挂着的一个烛台上了。那以后,除了喂食,我发现他就常常愿意高高地站立在那里,从俯角打量这个世界,同时开始长久地、细细而贪婪地,张望着外面的蓝天、绿野。有一天,好像是为了提醒我们什么似的,我们出落成一只俊俏的红脯郎的小帕特里克,站在那烛台上叽叽啾啾地向外张望,甚至把外面林子里一只大概是异性的黑鸟都招引进来了。怎么,是"嘤其鸣矣,求其友声",还是"关关雎鸠,在河之洲"?是求友的,还是求偶的?只是,按照"建"留下的喂养指南,知更鸟从出生、学飞到能够独自觅食、野放生存,大约需要四十天时间。"还有日子呢,你们急什么!"我把黑鸟送走,对着掌窝里的帕特里克嘀咕,其实是安慰着自己和端端。然而,他才在我们家里待了不足两个星期,人鸟之间已经变得这样难舍难分,四十天……?

我真的难以想象。

出走

果然，毫无思想准备，那个傍晚，帕特里克突然就飞走了。

因为看着他扑翼学飞之后，凉棚日渐变得窄小，我便试着把他领到户外的草地上，在绿野青空间舒展他的翅膀。在此以前，他在空阔间还有点胆怯，翅膀扑棱棱的，升不高，飞不远，顶多从草地飞扑到秋千架上，手一举，他又飞回来了。这天午后闷了大半晌，见日头西斜，凉风习习，我便又把他引到草地上学飞。没料想，刚从我的掌窝脱出身子，哧溜一下，他就腾飞起来，掠过头顶，飞过树梢，飞向高高的房顶了！我惊叫一声："帕特里克！"慌忙拉过梯子上房，轻唤着向他伸出手，他远远扭头看看我，纵身一跃，干脆飞到院外的大雪松树梢上了！

"帕特里克飞走了！"下面的一家人早炸了锅。我一脸灰败地从房顶爬下来，端端哭着用小拳头在背后捶我打我，呜呜呜地抱着姥姥姥爷痛哭，哭得小身子簌簌直哆嗦。"帕特里克！我要你回来！"她泪眼模糊地朝着雪松顶上的小鸟叫唤，哀求，"帕特里克，请你回来……请……！请……！"梯子搬过去了，放着虫子、面条的小碗端过来了，老老嫩嫩地围在树下高呼低唤，俺大老爷们的驮着微微发福的身子，大熊猫一般地攀到了树杈高枝上，眉目传情，声音抖颤："帕特里克，你还是回来吧……"可是不管用，人家小王子不赏脸，黑眼珠子朝你溜溜，你爬上一节，他就跳上一枝，就是跟你离着丈把距离地藏猫猫，你再多踩一脚就要成为空中飞人，他，可就真要凌霄而去了……

"爸爸，我恨你！"我带着七抹八道的满脸划痕从树干上出溜下来，被泪汪汪的端端用英语说的"恨"字，吓了一大跳。"爸爸，你不能把帕特里克叫回来,这个家,我不想待了!我要去找他!"啊呀,为了小帕特里克,十岁的小妮子竟然说出了"离家出走"的重话,头一扭,真的噔噔噔地甩开我,跑远了!小端端有点失态了!平素,她并不是一个任性胡来的孩子呀。她一家一家地敲开邻居的门,向她的好朋友哭诉着自己的不幸。我追过去,她背过脸不理我,噼噼啪啪甩着小胳膊往前走,我装作要发火,大吼一声:"端端,你给我回来!"她愣愣地看我一眼,止住步,回身扑到我怀里,哇哇哇哇的,终于放声号啕起来。

"呜呜呜呜,我不要帕特里克走!我要帕特里克回来……"

我紧紧搂着那个抽搐着的小身子,眼角有点发酸。

天黑下来,站在雪松顶梢上的小鸟身影,终于化进冥茫黑雾里。

"端端,爸爸告诉过你的,帕特里克长大了,就要让他飞走的……"

"可是他还没长大!他还不会自己吃饭!你要害死他的!呜呜呜……"小端端越哭越伤心,越哭越理直气壮,"我要给建打电话!建一定要批评你的!"

谢天谢地,总算还有一个"建"——一个救星、一根救命稻草,甚至——一位心理大夫。小端端果然给她的偶像拨响了电话。伟大的"建"不知道拥有哪门子独门神功,竟然说着说着,就把鼻涕眼泪稀里哗啦的小公主,说得咯咯笑了起来。

可是,帕特里克真的走了。这一晚,屋里灯不亮,灶不热,饭不香。一家子全都像神魂出了舍,都悬挂在屋外那雪松高枝上了。端端泪眼惺忪地收拾着凉棚里她给帕特里克准备的各种小玩具,我一打开冰箱看见那盘精心调制的"救命粮"就心酸。呆坐着,直想落泪。屋子里似乎带着一种风雨洗劫后的满目疮痍,两位老人哄着满脸挂满泪痕睡去的孙女儿,坐在灯影里长吁短叹——真是漫漫长夜,长夜漫漫啊。

"鸟人"

忽然想起多年前亲闻的一段人鸟故事——这故事,据说感动过大学者钱钟书夫妇。

我的一位忘年交——北京中国社科院一位老学者(当时尚在中年),在一个早春寒冷的日子救起了一只受伤的麻雀。从此,这只麻雀就成为他形影不离的最亲密的伙伴,每天陪着他读书、写作、散步、睡觉……他的好几本大部头著作都是为这只小鸟而写的——因为他发现小鸟最喜欢藏在他握笔的空拳内,随着他簌簌抖动的笔杆在拳窝里眯觉,他为此常常乐得写作终夜。如此这般地几年过去,世情由乱而治,房子由小变大。就在他换了新房、买了新冰箱的当口,因为冰箱启动的电流声惊了小鸟,那麻雀哧溜一下就蹿出窗户,飞跑了,消失了,从此无影无踪了!那几天,他茶饭不思,失了魂似的天天站在阳台上,伸手仰天呱叫,呼唤那只连名字都没有的麻雀归来。朋友们都以为他疯了。结果,皇天不负,憨人有福,两天后的一个傍晚,他还是那样茫然地伸手向空中呼唤着,那小鸟忽然自天而降,在他脑门上点了一下,翩然降落在他的掌窝里。弦动钟鸣,一家人欢天喜地。从此门窗严闭,小鸟更成了掌上明珠似的娇宠着、呵护着。他却因之平添了一桩心事,逢人就叹息:鸟寿短于人寿,设若鸟儿死在自己前面,怎么办?然而,乐极生悲的故事,似乎紧随着那新房子、新冰箱而来。没多久后,好像是新冰箱出了什么需要修理的毛病。惦记着上次的教训,他先把小鸟安顿在这边屋里,赶紧掩上门,准备开始劳作——万万想不到，小麻雀根本不乐意自己待在屋里，他刚转身，小鸟就紧随而来，就是这么一个"赶紧掩门"，天哪，他自己竟然就把飞临到门框边的小鸟，活活用门轧死了！看见麻雀滴血坠地的那一刹那间，他痛彻心扉，几乎要在鸟尸面前昏厥过去！他为此大病一场，久日卧床不起，决定要把冰冻在冰箱里的小鸟"遗体"（这是那个倒霉的冰箱第一次派上真实用场），制作为永久保存的标本。可是，此时正值"文革"后期，上哪里可以去制作这个"永久标本"？据说，好像就是钱钟书夫妇亲自帮的忙，他和妻子找到了半瘫痪状态的北京自然博物馆。博物馆的专业人员一听说这个劳师动众的"标本"任务，都以为标本活体是只什么名贵种属的金鸟银鸟，一听说只是一只无名小麻雀，他们吹胡子瞪眼睛的，简直觉得像是遇见了一对疯子一样！"专业"的大门，就这样关上了。此事后来又经过了许多周折，若干年后，我在他的书房架子上跟那只闻名遐迩的小鸟照过一面——那是用福尔马林泡在实验试瓶里的一个比拇指头略大的小小身影。据说他已立下遗嘱，这个小身影将会在他终老后，随同他一起火化归葬，人鸟一同羽化升天……

……我在哈佛大学冰雪茫茫的冬夜，听着来访的这位学者讲述自己的鸟故事，说到伤心处，他竟嗷嗷放声大哭起来，"鸟人！大家都开玩笑把我叫作鸟人！可是如今，我真的成了《水浒传》里骂的那个'鸟人'啊！呜呜呜呜……"

人鸟相依——其实，世界得以界定、存活的自然生物链条，本来就是这样环环相扣、物物相依的啊。

一时之间，我理解了那位爱鸟的忘年交的痴心痛楚——从前因为爱狗，我和妻曾自嘲"狗男女"；现如今，我觉得自己也成了同一样为鸟神伤的"鸟人"。身外的夏夜，只觉得一片冰雪茫茫。

天没亮就听到窗外鸟鸣鸹噪，我知道自己一夜没睡安稳。蒙眬中听到一个声音在叫："帕特里克回来了！"知道自己是在做梦，更埋头睡去。没想到，持续的尖叫声，刺破了黑甜睡乡："爸爸爸爸！帕特里克回来了！真的回来了！"我跳起来光着身子就冲出睡房——天哪！还没看见身影就满屋听见了叽叽啾啾的熟悉鸣叫。岳母大人一身朝露，一脸笑盈盈地走进来，乐颠颠说道：他他他——老人发不出"帕特里克"的英文名字——他饿坏啦！我一大早就睡不着，好像听到小鸟在耳边叫。爬起来出门去，走到那棵大雪松找他。你昨晚不是在树下留下一小碟碎面条吗？我一眼就看见他在上面的枝条跳上跳下，可是自己又不会啄吃，我便手拎着面条逗他下来，这不，他一下子跳到我掌心里，我就把小家伙逮回来啦！

噢噢，雨过天晴，冰雪化了，太阳出来了！笼子里，小家伙已经被岳母喂过了，正上下蹦跶着叽叽啾啾地闹着要出来找我。小端端先抱住姥姥亲了一大口，然后从我手里捧过小帕特里克，噗噗亲个不住："妈咪再不让你走了！妈咪再不让你走了！"又忙着打电话把周末正睡懒觉的"建"翻起来："帕特里克回家来了！他真的回来了！"我这个让了贤的"妈妈"赶紧回身去找照相机，手舞足蹈的，像中了什么头彩。我要把这个日子定格下来——把我们合家的欢欣记录下来，把我们失而复得、去而复返的小帕特里克的身影永远存留下来！

"端端，来，抱好了帕特里克，笑一个……"

不用说"起斯"，女儿早笑成了一朵飘飞的云霞。

"物性"

那真是帕特里克和我们度过的一段最甜蜜的时光。

小家伙好像一夜之间长大了，懂事了。不知道雪松树梢顶上那个孤伶伶的长夜他是怎么打发的——第一次离家出走的孩子，遇过鹰鹫、见过蛇虫、遭逢过虎狼吗？一定是懊悔不该早早就逃家，四野黑森森的风寒露冷，好生怕人、好生难过吧？每次给他喂食，看着他收紧翅膀恨不得把我的指头啄下去的狼吞虎咽样子，我便絮絮地数落他，他也就那样滴溜溜着小眼睛，静静听着"训导"。"子非鱼，安知鱼之乐"？我知道，这只是自己一种心情的投射。也许，正是那无边无涯的黑森空茫，青枝绿叶间的山岚水气，方才识得了真实的世界——找到了独立寒枝的孤高，羽翼拍飞的空旷，嘤鸣相求的自得自在哩！

那几天，一家子老嫩似乎想把失踪一夜的牵挂，双倍地还给帕特里克；帕特里克似乎也想把冒失出走的歉疚，用自己加倍的贴心可人弥补回来。我的肩头于是成了他固定的"高枝"，进进出出，高低上下，我读书，我做事，看电视，他总是细脚伶仃地峭立在那里，傍着我的脸颊守望世界。那样的形象组合，也许，酷似电影里、小说里那些肩头立着鹰鹫的土匪头子或黑帮大佬？只是欠了点尺寸。肩头上和我浑然一体的红脯知更鸟，或许，更像是一根乔木上不合宜地长出来的花骨朵儿吧？

我知道自己神思恍惚，又开始打偏私的主意：还是把帕特里克留下来吧。笼是现成的，家是现成的，况且他也真的自由过了自己再踅回家来的——大狗亮亮，你就打算添一个尖着小黄嘴跟你一样好吃争吃的小弟弟吧！

"建"在这时候适时地打来了电话。她很高兴出走的帕特里克知道饿了,能最后回到家里来,"不然,才出生不到两周,他独自存活不了的。"端端怯生生地问她:建,你说,帕特里克不走了,行吗?我们很爱他,他也很爱我们——你说,行吗?我拿过了另一个话筒,听到电流声那头,"建"的果然温婉得像一个心理大夫一样的声音:他是一只野生的季候鸟,他每一年需要来回飞越半个地球呢。你高兴,你知道他会高兴吗?他不高兴,你一定也不会高兴的——对不对?……我悄悄退出了这场对话,知道自己脸有赧色。帕特里克呢,还是那样没心没肺地只知道在我身上撒娇放肆,一忽儿从我的肩头蹦跶到脑袋,在脑门上金鸡独立,又从脑袋一蹬腿飞到灯架上,凌空噗的撒一泡,再打一个弯儿飞回来。

可是,不消几日光景,小鸟依人的帕特里克,果真就"翅膀硬起来了"。连续的饕餮饱餐以后身形更变得硕壮,我的肩膀只成了他的起飞平台,每次在凉棚里展翅,腾地一下,他都要把身子直直撞向那透现着蓝天白云的纱窗上,直撞得连连倒头坠地却仍旧锲而不舍的,看得我心生怜愧。我心里明白:再温馨的牢笼也是牢笼,外面的风雨世界才是他们可以安顿翅膀与灵魂的家园。小帕特里克是在用他的"行为语言",向我昭告他飞向自由、飞向蓝天的决绝之念呢!

"养之有道"。古人这么说过的。那几个晚上,斜靠在灯下读书,看着日落后饱食了的帕特里克,就那样半眯着眼睛伏在我的胸窝口上假寐,我想起许多先贤遗教,也想起当初为鸟儿几乎要焚心自抉的那位忘年交的锥心痛楚,便轻轻念起了欧阳修那首著名的《画眉鸟》:"百啭千声随意移,山花红紫树高低;始知锁向金笼听,不及林间自在啼。"对的,郑板桥也这样说过:"平生最不喜欢笼中养鸟,我图娱悦,彼在因牢，何情何理，而屈物之性，以适吾性乎？"（《潍县署中与舍弟墨第二书》）"物性"！我想，敬惜生命，首先是需要敬惜每一个生命的"物性"吧。都说"己所不欲，勿施于人"，是当今世界各个文明、种族、宗教中最具有普泛性意义的共同价值。我们的文明人类，什么时候，也能把这一"普泛价值"，普泛于万物——不但"己所不欲，勿施于人"，也学会"己所不欲，勿施于物"呢？或许，这是一种"文明的乌托邦"？所谓"文明"，从某一种意义上说，其实就是建立在对他种"物性"的役使和征服之上的。看来，人类心性的彻底解放，真正能摆脱郑板桥所说的"一笼一羽之乐"，还是一条迢迢而遥遥之路啊。

夜里，我郑重告诉端端我心里的决定：一个半星期以后，我们需要出一趟远门，那大概也是帕特里克可以独立寻食的日子，我们要让帕特里克"回家"——为他举行一个隆重的放飞仪式。

"你飞吧！"

"姥姥姥爷，我可能会有一点难过——可能。"她把中文极力咬得字正腔圆，"但是，我不会哭的，我一定。"那几天，每回谈起放飞帕特里克的话题，端端总是这样一本正经地安慰老人。因为两位老人对端端那天的失常失态记忆犹新，"哭得小身子浑身都在抖"，更成了他们反对我的决定、留住帕特里克的最有力的理由。端端便一本正经拿出"建"教导的真理出来说教：帕特里克是知更鸟，知更鸟是能、能飞出地球去的季候鸟……你们知道"地球"吗？知道"季候鸟"吗？

末两个词她说的是英语，姥姥姥爷自然不懂。

我按照"建"的指点，一如遵循伟大领袖教导，默默开始对帕特里克进行无产阶级"再教育"：延长了往常的喂食间隙，把食盘和水放在那里，让他饿了自己学会啄吃，懂得使用自己黄头小嘴作为劳动工具；从后山上采来野生覆盆子和蓝草莓，一如当初"文革"吃的"忆苦思甜饭"，让他开始品尝野果野菜的滋味；从宠物商店买回来专供喂野鸟用的小米谷粒，以改变他"五谷不分""饭来张口"的小少爷旧习；特别是，在碟子里盛上泥土，把他最爱吃的蚯蚓段段深藏在里面，好让他学会沙里淘金，按劳取酬，不劳动者不得食的阶级真理。这最后的真理，他是费了老鼻子劲才领会掌握了的——那是他能够独立觅食存活的指标性依据——小帕特里克离开我们单飞的日子，真的逼近了。

电话里请示过"建"，"伟大领袖"点了头。

那天下午，阳光灿烂，万里无云。这里使用的，是记述所有隆重庆典所采用的官式词汇。在帕特里克出走回家的两周后，也就是在我把他从那一汪浊水里救起来的四五周以后，我们选择了一个周五——我们原定出门北上、到明德暑校探望孩子妈妈的日子，把下午三时，定为举行"帕特里克先生放飞仪式"的官方时间，并告知了这一个多月来关心牵挂他的各方亲朋好友。端端的好朋友凯丽带着她的妈妈、舅舅一家子，连同一捧小鸟爱吃的蓝草莓，最早来到了。姥姥姥爷早早就把帕特里克的"大鸟笼"——这些日子他待着讨吃、练飞、淘气的大凉棚清扫干净，我为他喂食了最后一顿饱饱的蚯蚓大宴，然后，忙前忙后的，开始给"小少爷"跟他的各位"妈妈"们，合拍"毕业照"。

——难过吗？有一点小小的难过。端端也许会再一次失态，今晚也许会再一次失眠。但凉棚里填满的，似乎是比往常更加轻松欢快的喧笑声。

——不忍吗？更有一种大大的不忍。怕他想我们，怕他不习惯独处，更怕他经不住窗外世界的风雨雷电，因离开我们而造成人为的夭亡，等等，等等。

还来得及的，可以有一千个理由把帕特里克留下来，并且留下小鸟的你我没有痛苦，只有欢快。但是，这是一个在"爱他，就要囚禁他"和"爱他，就要还给他自由"之间的选择。这既是常识与权力之间的选择，也是权力和精神之间的选择。这个选择其实触及人性的最深的根基，"普适"于今天的父母与子女，皇帝与子民，国家与社会之间，这才是一个更为根本性的"to be or not to be?"——"生存与毁灭？"的要命选择啊。

三点整。那位因为堵车姗姗来迟的同事朋友是等不得了。帕特里克先生从出生到成年的毕业礼、成年礼，容不得怠延。四野鸟鸣，林幽。耳边似乎一时鼓乐齐鸣——有一道流淌着花香鸟语的生命的静谧之流，在另一个维度的某个深稳处，轻轻歌咏着，我们拥着帕特里克，来到了户外的草地上。

还是像最早从浑水里把他抱起来的时候一样，我把已然出落成"浊世翩翩一公子"的红脯黑脖的帕特里克，用巴掌护在我的左胸窝口——那是他最爱待着的位置。我低头轻轻告诉他：你长大了，可以自己出远门了，如果还有牵挂，就常常回来看看我们。他滴溜溜地转着他的小黑眼珠静静看着我。我又把他交到姥姥手上，交到凯丽手上，最后，再交到端端的手上。

端端轻轻吻着小鸟，眼里噙着泪光，中英文夹杂的喃喃话音，低得只有我才能约略听见：帕特里克，我会想你的，常常回来看姐姐，看姐姐……。她忽然从"妈妈"成了"姐姐",就像她平常对她的大狗弟弟亮亮说话一样!她果然把帕特里克送到了亮亮跟前,摇头摆尾的傻亮亮根本不知就里,"亮亮,跟你的小弟弟,说声再见吧!"

我听见最后这句话,是站在背后的姥爷说的。

"爸爸,你也吻一下帕特里克吧!我知道你最爱他。"端端把手举向我,我拂了拂手;她把手举向天空,慢慢张开了巴掌。可是帕特里克并不飞走;她回过头向我请求,我说:让他自己飞吧。

"你飞吧,你飞吧。"端端轻轻对着帕特里克说。帕特里克好像一下子醒过神来,扭转头看看我,又看看头顶,头顶,就是那片他眺望过无数回的水蓝水蓝的天空。他猛地把腿一蹬,拍动他的掀天大翼,向着那片深湛水蓝,逍遥而去。

端端紧紧搂住我,"爸爸,我不会哭,我不会哭……"

我抚着她的头,笑笑:"想哭,你可以小声哭一会儿,声音一大,就把帕特里克吓着啦……"

帕特里克的身影,消失在后山黛绿的林影中。

端端和她的好朋友凯丽相拥着,两人无言落泪。

我没有落泪。听见落霞流光里那道静谧歌咏的深稳之流,在心底的澄明里,默默流淌。

2004年10月28日耶鲁澄斋

小记

帕特里克离家单飞了几天以后,曾经回来看望过我们两回。姥姥说,一次他飞回到后院的秋千架上,叽叽啾啾地唱着;一次飞回到凉棚前的晾衣绳上，跟姥姥打过招呼，大概见我和端端不在，就飞走了。那几天，我们正在北部佛蒙特州的大山里。等我们回到家里，天天早晚在后院草地上等待和呼唤帕特里克的身影，青青草地之上，就只剩下那片水蓝水蓝的天空了。一家老少确乎天天都在想他，惦挂他。这几天山上的叶子红了，端端对我说：帕特里克一定是飞往南边找他的妈妈和朋友去了。"建"告诉过她的，知更鸟一到秋天就往南飞。明年春天他会再回来看望我们的，并且很可能就把他的家，安在我们后院周围的树林里。"……可能的，可能。"她这么认真地咬着中文字说。

就在提笔完稿的昨天，发生了一件小事：妻子下班回家，发现一只小鸟飞进了凉棚，赶紧把门掩上了。她对帕特里克没有印象，便往我办公室的电话里留了个录音：快回家来，可能是帕特里克回来看你了！端端放学回家，听妈妈一说，欢天喜地跑到凉棚，发现飞进来的只是一只小灰鸟，不是帕特里克，便要把小鸟放走。妈妈说，不等爸爸回来看看吗？她说：爸爸说，小鸟就该让它飞走的。它着急，就让它早点飞走吧！

她戴上我干花园活用的黑手套——怕小鸟啄她，把受惊的小鸟捧在手里，在那片送走帕特里克的草地上，把它放飞了。

旧游时节好花天
——爱乐琐忆：那个年代的那些故事

"像回忆'五四'一样回忆80年代。"这是近期海那边的大陆文化知识界流行的一句熟语。没有想到，我们这一辈人遭逢的20世纪80年代，与老辈人同在一个世纪身历的"五四"时代，二者都同在一个历史的关节点上开启了全民族、全社会的生机，如今都一统被称为"经典年代"了。于是，各方编辑先生的约稿坐言起行，打头的就是这个"西方音乐与80年代"的话题，朋友们软硬兼施的，又是寄刊物又是发电邮，非要我说出一点自己的子丑寅卯来。来而不往非礼也，看来，这既隔洋又隔行甚且隔了"热"的"爱乐"稿债，是非提起笔来还不可了。

先说这"隔了热"。曾经或许是京城某个圈子里排得上号的古典音乐"发烧友"之一，这大概是编辑先生没有把我忘记的原因。但这么些年下来，出洋、海归、再出洋的，人生不知打了多少个转转，说"沧桑"还真挺"沧桑"的，那为了淘一张新到的限量唱片发着烧下着雨还要从京西双榆树蹬车一个半小时跑东单跟店家蘑菇的"烧"劲儿，想想都觉得奢侈，早和"青春期躁动"的回忆搅扰不清了。音乐倒仍旧是爱着好着，但也并非独沽西洋古典一味——迷过一段民乐尤其是古琴（没法子，那是"出门人"的乡愁解药），现在还在发誓要写一篇跟古琴有关的不朽文字；流行音乐则一直从崔健、罗大佑听到赛门与戈芬科尔、约翰·丹佛和"后街少年"，有时可以跟女儿一起听着同一张热门片子而手舞足蹈却也毫不为耻；人声作品和西洋歌剧呢，仍然是最大的沉迷，但好几回，也被百老汇音乐剧的片片断断感动得泫然欲泪……总之，爱乐还是爱乐，却爱得不够以前热烈、纯粹、专一和煽情了。

但是说句自我安慰的话，这个隔洋隔行与隔热之"隔"，还是有一点好处——就是距离感造成的一种观照上的独特视野。不独看社会、看人生如此，看文学、看艺术、品评音乐也如此，时间上、地理上的距离感，有助于我们拉开、扩展对某一沉迷之物在情感上、心理上的观照纬度，反而就有助于我们更贴近历史的真实、人生的真实与情感的真实。这样想着，也就犯上了近年来大为流行的"中老年症候群"——"怀旧病"了。或许，追溯一下我们"文革"成长的这一代"爱乐人"的来路，会是一件有意思也有一点意义的事情？天晓得呢，反正柿子拣软的捏，既然"隔"之众多，先从这容易下笔的回忆追溯入手，至少是偿还稿债的易行之路吧。

"如歌的行板"："中国式的西洋经典"

这个题目也可以是："西洋式的中国经典"。有许多西洋作品，在中国如雷贯耳、声名显赫，在西洋本土产地却默默无闻或者无人问津。这种例子在文学上尤其多，以致上海陈思和教授曾在一次研讨会上指出：有许多中国人熟知的西洋文学名著，与其算"西洋经典"倒不如算"中国经典"——它成为中国几代人集体记忆的一部分，却是西方本国、本土文坛的"陌路人"。比如，被包括笔者在内的几代中国人几乎作为人生启蒙书的英国小说《牛虻》、法国小说《约翰·克里斯朵夫》。《牛虻》及其作者伏尼契女士，当今的英国人完全一问三不知。法国的罗曼·罗兰稍好，大概也只有文学行当中人才略知其名。几乎被20世纪40、50、60年代的几代中国人视为年轻人的圣经的长篇小说《约翰·克里斯朵夫》，别说今天的法国年轻人完全不识不知，对于一般西方弄文学的人也几乎是子虚乌有之物。同样的例子，其实也发生在"西洋式的中国经典"上。前不久耶鲁大学一次中国古典诗词的研讨会上，唐代诗僧寒山曾在其中占了相当重要的讨论篇幅。"寒山"是谁？相信今天一般中国人莫名所以，在西方，这可是几乎与"李白""王维"齐名的中国古代诗人的伟大代表（"王维"在西方的诗名也远比在中国为大）。我曾在上述研讨会上举出了《牛虻》等西洋小说与"寒山现象"作有趣的比照——这是中西作品在各自"经典化"过程中，由语码转换和文化误读造成的一种值得研究的有趣现象。

我的话题扯远了。引出这个话题，是因为我想起一个自己的西洋古典音乐的启蒙作品——柴可夫斯基的《如歌的行板》。我相信直到今天，《如歌的行板》的旋律都是中国年轻爱乐者们的"经典记忆"。它曾为王蒙一部中篇小说的题目，也足资证明此曲在几代人的音乐记忆中的分量。可是，1982年我头一次出洋留学，曾花了一两年时间淘唱片店而遍寻老柴的《如歌的行板》不着。问遍店家、行家，用英文翻译曲题证明是无效的，唯一可行的办法是张口哼唱老柴的旋律，但这一旋律在美国并不算为人熟知。我是折腾了好一段时间才发现，这段在中国的音乐天空如泣如诉历久不衰的《如歌的行板》，原来很不显眼地藏在老柴一个并不流行的早期弦乐四重奏作品里面。当年在中国乐迷心目中紧跟"老贝"（贝多芬）后面的"老柴"，连同他的那个弦乐作品片断，在西方乐坛的地位完全是一般中国爱乐者的想象之外的。好多年前李欧梵教授就跟我开过玩笑：一谈西方古典音乐，你们大陆作家就要跟我谈《如歌的行板》，开始听得我一头雾水！

大概是1978年的早春，那时我们"文革"后第一批进入大学的"77级"学生刚刚入校不久。记得有一天早晨，我在自己平日用来听学英语节目的半导体收音机里，听到了这段老柴的《如歌的行板》，电台播的好像还是60年代初期由俞丽拿领衔的上海四重奏小组演奏的录音。刚刚从"雄赳赳、气昂昂"的样板戏和革命进行曲的多年浸淫里醒过闷儿来，这样忧郁隽美的旋律实在有着勾魂掠魄的力量。那种不是纯粹来自听觉的兴奋，而仿佛轻轻拨动你的灵魂之弦、潜入你的冥想深处的音乐感受，是以往从来没有经历过的。柴可夫斯基的名字，自然早就从"文革"中偷听的《天鹅湖》里知道的，但《如歌的行板》给我掀开的西方古典音乐的全新帷幕，却让我忽然生出一种渴望：渴望一种"全新"的音乐，能够穿透自己灵魂上结起的硬壳，享受那一种穿出悠长的黑暗隧道而世界为之豁然一亮、一变的奇妙感觉。我就是从《如歌的行板》启蒙，发誓要一探西方古典音乐的堂奥，从而开始成为改革年代中国大陆最早的一批"爱乐"发烧友的。

我所就读的广州中山大学地处南国，紧邻港澳，多年来一直是改革开放得风气之先的前沿地带。因为家里有不少海外关系，我大概是当时同辈人中最早拥有卡带式录音机（1978年夏），并随后在1979年春天拥有属于自己的Hi-Fi立体音响的人。我的第一批古典音乐的收藏,是从香港《文汇报》前总编辑金尧如的大公子金渡江手中获得的、从立体声密纹胶木唱片上翻录下来的卡带——贝五《命运》、贝六《田园》、贝九《合唱交响曲》和比才的《卡门组曲》,老柴的第一钢琴协奏曲、《悲怆》交响曲,等等。那时候,我自告奋勇担当了大学中文系首创的业余音乐欣赏讲座的主持人,第一次给同学开讲的欣赏曲目,中国曲子选用的是小提琴协奏曲《梁祝》,因为俞丽拿的老版本录音太旧,用的还是日本西崎松子演奏的版本;西洋的曲子呢,用的就是老柴的《如歌的行板》。当时还有一个由上海译制片厂一批著名配音员录制的、描写柴科夫斯基和梅克夫人"高尚纯洁的爱情故事"(至少当时是这么介绍的)的广播剧,在大学里非常流行。我放响着《如歌的行板》,把围绕曲子的许多传说连同广播剧里真真假假的浪漫故事说了一遍,说到老托尔斯泰在首演现场听到《如歌的行板》时老泪纵横的段子,我自己被自己感动,同学则被旋律所感动,我那盘效果可怜兼可疑的《如歌的行板》卡带录音,后来不知被多少同学转录过。说来"惨烈",那时还没有双卡转录机,开始甚至还未掌握对机线录的技术,所谓"转录",不过就是两部录音机的喇叭口相对,还得关起门来把同学赶出宿舍以避杂音,其伟大效果则就可想而知——这一代人的"爱乐"生涯,就是从这样音效磕磕巴巴的《如歌的行板》开始的!

爱乐烦恼:"你为什么总是请同学到你家里听音乐?"

我的真正爱乐"发烧"生涯,其实是从我1979年春天,拥有了自己的第一套"高保真"(当时的说法)Hi-Fi立体声音响设备才开始的。我那时是有着十年农垦知青工龄的"带薪"大学生。带着三四十块钱的月薪上学，无疑使我成为班上的"大财主"之一——出门掏钱请同学吃冰棍永远是我的事情，我的自行车和半导体收音机，也一直是77级同学的"公产"，这里不细表。虽然平素对钱很少上心，但我当时却暗暗攒着钱，一门心思，是要拥有一套属于自己的高级立体音响——当时的时髦年轻人最牛×、喜欢戴着蛤蟆镜提着招摇过市的"四喇叭立体声"收录机，早已不能满足我的已经被训练得挑剔起来的听觉。1978年冬天，我和同宿舍同学顶着寒风蹬车一个多小时赶到广州友谊剧院听过一场"高保真音响"现场播放示范音乐会，那种"先锋""山水"牌子的让我们匪夷所思的"比现场更现场的音响效果"，让我当下就赌誓发愿：不拥有自己的音响组合，誓不罢休！借助于神通广大的二哥的帮助，我终于以五六百元人民币的积蓄加上二哥的贴补，从一位马上要出国的侨眷手上，买到一套八成新的二手音响组合。从此，广州家中我那个狭小黑暗的房间，才真正成为我和我的朋友们可以痴迷沉醉的音乐天国了。

今天已成为一方名家的大学同学陈平原和杨煦生（李泽厚入室弟子），是我们这个非正式的"爱乐小组"的三个铁杆成员。有那么一段时间，每天中午吃饭，他们二位排队打了饭，就会跑到我的宿舍兼学生文学杂志《红豆》编辑部报到——我那时兼任《红豆》主编，有一点小特权，和另一同学合住楼道厕所隔壁的渗水单间（一般学生宿舍至少住七个人），那就不必担心我们的"爱乐"初恋，太打搅别人了。那是我们每天中午雷打不动的一小时，属于我们几位的午饭兼西方古典音乐的补课欣赏时间。近几期《爱乐》随刊赠送的莫扎特、贝多芬、舒伯特那些今天耳熟能详的著名曲子，我们最早就是在滴滴答答渗着水的宿舍、啃着"东四食堂"的清水白菜，以我那台砖头小收录机，津津有味地听过来的。听完还喜欢发发议论，"这个作品太抽象，听不懂"，"莫扎特太贵族气"，"贝多芬比较大气"，诸如此类。受当时的"宏大叙事"之流风影响，我们那时候几乎完全听不进莫扎特而独尊贝多芬，"老柴"的容易偏于甜腻，倒是从一开始就感受到的；对巴赫的领悟，则就要到懂得莫扎特的妙处之后了。这样的"午饭音乐欣赏"当然只是预习，真正的高潮戏，是周末相约坐轮渡，再蹬车半小时回到我家的那个幽暗小间——那是我们自己的"音乐城堡"，关起门，调暗灯光，我们的"王国"渐次浮现——我喜欢把那套杂牌"高级音响"的音量调到可能的最大，以享用我们自己的"比现场效果更现场效果"的音乐盛宴。一般每次的起首曲，我都喜欢选老柴的《一八一二年序曲》，因为旋律有起伏、富戏剧性，更有炮声和人声合唱，可以充分显示那套组合音响精微俱现的效果。（那年代流行的《一八一二年序曲》版本大都有人声合唱，特别是以合唱作为开场和结尾终曲，近些年的各种演奏好像都喜欢把人声拿掉，变成纯器乐曲，听起来反而不过瘾了。）有了这样的音响设备，我们才真正开始稍稍有计划地安排自己的"西方古典补课"，开始一个个作品完整地听，从一个个作家到一个个时期，再分开一种种器乐、人声的不同音响类型的作品，听完了再大发一通自以为高深、从音乐而宏论天下的高论，并在同学面前暗暗营造出一种"不迷邓丽君而迷交响乐"的优越感。兴之所致，是享受完"音乐盛宴"以后蹬车出去找"解馋盛宴"。今天我们三人的青春记忆里都有一个"狗肉宴三结义"的故事——那是在那时刚刚兴起的珠江边一溜个体户"大排档"上，还记得那个档口叫"阳光餐室"，我们三人一边蹲着吃狗肉火锅，一边很"阳光"地放言畅谈着音乐与人生理想，从此结成莫逆。

这样的"音乐聚会"渐渐就不只限于我们三人，甚至聚会的成员，也超出了77级。更加上我自己热心肠、"人来疯"的天性，我的家常常就成了同学好友们的校外聚会点，每次聚会，自然又必然是以听我的"发烧音响"贯穿始终的。于是，便开始隐隐听到各种耳语和流言，终于有一天，班干部找我谈话来了。他开门见山地问我："听说你这个春节，请同学到你家里听音乐、包饺子？""是呀，"我一愣，有点警惕起来，"这有什么问题吗？"每年春节，班上都有一些家境贫寒的外省、本省的来自农村的同学，因为没有回家的路费，留在学校宿舍过年。我自己因为家在广州，便常常请他们到我家来一起包饺子、听音乐，聊解年节的寂寥。他的下一个问题，激得我几乎整个跳了起来："我问你，你为什么要对同学这么好，总是请同学到你家里听音乐、包饺子？"双方随后冲口而出的重话狠话，这里不宜细表，总之，他拍了桌子，我也拍了桌子。那次谈话最后不欢而散。我的"遥远梦想"，也因之从此夭折、破碎。现在想来真有点玄乎——有一句流行的话说：爱音乐的孩子不会学坏。我呢，在那以前，倒真是一个不敢有什么叛逆、出格、异端的"乖孩子"，就是因为那一场"爱乐"麻烦，哈，却让我从此"学坏"啦！

时代的进步有时候是不动声色的。今天有幸享用着豪华精美的《爱乐》杂志的年轻人，会觉得此乃理所当然，笔者这样的"爱乐"麻烦，听来似乎有点匪夷所思。其实在日后，我曾跟一些年长朋友聊起这个"听音乐、包饺子"惹麻烦的故事，他们都嗤笑我：你这算什么"麻烦"？毕竟是改革开放的年头，既不伤筋又不动骨的，若是放在早两年——"文革"中或者"文革"前，你这种邀朋友回家听西洋音乐的行止，本身就构成"非组织小集团活动"，说不定要坐班房、掉脑袋呢！把我听出了一身的冷汗。

LP狂热：UCLA的"三剑客""四大天王"与"五大金刚"

前面的烦恼故事里，还来不及述说当时"爱乐发烧"的最大烦恼：在1980年代初年，尽管拥有自己的组合音响已经实属"举世罕见"，但最稀罕难得的，却是拥有真正属于自己的，而不是限时刻、限条件辗转借来的LP33转立体声密纹胶木唱片。那时候，要么是有钱没地方买，要么是有地方买却没钱。当时各个外文书店非常有限地进口西方古典音乐唱片，完全是天价——记得买一张要一百多块人民币（最便宜的也要七十多），普通人两三个月的工资！我是连一张都买不起，仅有的十几张原版的"心血珍藏"，都是厚着脸皮千恳万求，先后托香港亲友偷偷"走私"夹带进来的（唱片那时属文化宣传品，根本不许带过海关）。所以可以想见，任何在唱片上留下的划痕，都一如划在我心上的刀痕，创痛滴血，恒久不止。

于是，就可以想象，当我作为改革开放后第一批放洋留学的自费生，在1982年春天"77级"甫一毕业就踏出国门，成为加州大学洛杉矶分校（UCLA）的一名研究生的时候，骤然面对在眼前铺展开来的广阔无边的爱乐世界的那种狂喜——大学音乐厅里那一场场原汁原味的免费或低收费的现场音乐会，西林区（Westwood）那几家不时抛出各种"出血减价"的唱片店，曲目版本浩如烟海，是怎么样一下子让我这个痴迷古典音乐的穷学生着魔，疯狂，醉迷沉溺，寝食不安。"君子固穷"，但用打工、当"住家男佣"和吃隔夜"便当"千辛万苦省下来的钱，每月要泡几次西林区的"塔儿"（Tower）唱片店淘LP，还是

"消费"得起的。除了盯准了特别的大减价日子，我一般是选择每个周五下午，把一周所有的上课、打工全部打发了以后，优哉游哉，自己一个人陷身到西林区那三家唱片店里淘金。反正"东方不亮西方亮"，同一个公司版本的唱片只要货比三家，总能找出一家最低的"出血"价位来。那时候，一般每张 LP 的新货价是美元 9.99，也就是十块钱，那是我打死也没花过的价钱——除了一两张死不降价的音乐剧唱片以外（如"Cats"—猫）；中位正常价是 $6.99 或 $7.99，那就是我们穷学生的"奢侈价"了；我们的基本"目标价"呢，是 $4.99；"狂欢价"则是 $3.99。除了二手片子或者杂牌货，$2.99 以下的价钱从来没出现过。杂牌货我们当时是从来不买的（其实那是听"版本"的耳朵段数还不够的原因），于是专录西洋古典唱片的那几家大公司的招牌——什么 DG 呀，RCA 呀，EMI 呀，TELARC 呀，DECCA 呀，等等，我们都盯得死紧，它们的录音个性、大师和乐团组合甚至价格策略，我们都耳熟能详，我们爱乐发烧的"版本学"耳朵，其实最早就是从认唱片公司的牌子开始的。

——我已经听见读者诸君发笑了：怎么说了半天"爱乐发烧"，没见你谈音乐却专谈价钱和公司招牌呀？看官，这才是"发烧"的本意所在哩！对于爱乐者（还不仅仅是穷学生），所谓淘唱片之乐，永远是——首先是："淘价钱"之乐。能以最低的价位，得到最心仪的版本，那才是最可以"牛 ×"的赏心乐事。手头相对宽绰如大教授李欧梵者，那一年听我说，普林斯顿有一家"全美第二大"的旧唱片店，可以花 $0.99 就买到一张二手的 LP 或 CD，乐得手舞足蹈的，两人结伴逃会去狂淘一气的样子，至今想来仍觉莞尔。须知，古典音乐世界，基本上已经是固态的：大师就那些大师，曲目就那些曲目，指挥家、演奏家和乐团的类型素质，也大体是眉目清明的。对于我们这些音乐消费者，区别的，只是公司的牌子和价钱。至于"淘版本"之乐——不同版本的演绎之间的微妙差别及趣味异同，除了特殊需要以外，那常常是真正的"发烧"阶段过去了以后的事情。从我自己的经验历程看，"发烧"阶段，是古典音乐的入门初恋，惊喜辨识的阶段。到了"淘版本"阶段，已经是进入彼此会心欣赏，可以谈婚论嫁、洞房花烛夜的蜜月阶段了。而现在呢，坐拥曲目甚至版本的金山银山，音乐反而听得无欲无求、无章无法，有一搭没一搭的，则就是老夫老妻，相濡以沫，老伴老伴，老来作伴的阶段了。

言归正传，我就是在每个周五下午课后淘唱片的"独乐乐"时光，发现自己"吾道不孤"的——原来跟我一样发烧的"老中"大有人在！中国大陆人的异乡见同乡，一般是两部曲：先是彼此戒备、保持距离，冷瞄一眼，便矜持十分地仰脸侧走；一旦看对了眼呢，放下身段点头打个招呼，马上就一竿子插到底，一下子俨如前世故人，交情急速升温，恨不得马上搂肩搭背、掏心掏肺地肝胆相照。这中间可以完全没有过渡。第一步如果破不了冰，则就永远形同陌路，一旦化冻，立见红霞满天。我们UCLA"老中"圈子里几位在唱片店相遇相交的爱乐发烧友，就是这样成为深交至今的终生好友；并且，很快就从"哥俩好"变成"三剑客"，又从"四大天王"变成"五大金刚"的。这样一来，每次周五的淘唱片之旅，就变得浩浩荡荡招摇过市，既有团队观念还同时渗进了竞争意识，不但要比试发烧的手眼胆识，更要比试耳朵段数，最后则要比试腰包实力了。我们这一伙住廉价学生宿舍的"老中"，那时候都没有条件在音响器材上玩发烧（因为尚居无定所，前程未卜）。真正烧着的，其实是耳朵——在廉价的音响组合上练出来的对音乐质地的耳朵辨识功夫。那时候,同一个曲目版本,只要放上个五分、八分钟,我们都能很轻易地就听出究竟是卡拉扬、卡尔·伯姆、尤金·奥曼迪、伯恩斯坦或者小泽征尔指挥的,并且哪怕从来没有听过的版本,也大体能从乐队风格、曲式处理、节奏与力度、弦乐部、管乐部和打击乐的细微组织变化等等方面,大体猜出个谱儿来。我们曾为此作过互相的测试,竟然几乎是"一说一个准儿",连我们自己都啧啧惊奇。当然,我也发现,这种"听力段数"的发烧需要有一个"感应场"。一旦烧退了,这种能力就会急骤退化。几年前我和其中一两位发烧"天王"相遇,我们曾重新玩这种"版本辨识"游戏,发觉时过境迁,大家都已经武功尽废,功力不再了。这让我想起,在海南岛当知青的年头,练就的一身只要抬头看天色,辨辨落日流霞,马上就可以准确预测一两天内以至一周内气象天候的本领,其准无比。这些年在水泥森林里呼吸人工废气,离了气象预报就不知明天该穿什么衣服,这样"看天吃饭"的本领,早就不知退化到哪里去了。

  我想,从听音乐的具体感受看,恐怕那是一般爱乐者"发烧"的几个基本台阶。从柴科夫斯基开始进入,然后是贝多芬、莫扎特、舒伯特、勃拉姆斯,再是一整个浪漫主义时期的作品——从肖邦、李斯特、舒曼到柏辽兹、德沃夏克、拉赫曼尼诺夫,等等;都有一个重新认识莫扎特从而迷上巴赫、巴洛克音乐和室内乐的过程;听进去了瓦格纳以后才可能进入马勒;能够欣赏《春之祭》和《火鸟》,就可以试试进入勋勃格、格什温了。先听器乐曲,进而人声、合唱、艺术歌曲,再到弥撒曲、清唱剧、歌剧;器乐曲则先从交响乐、协奏曲再最后落到室内乐、独奏音乐。对乐器音色的偏好呢,则从小提琴开始,继而钢琴,再到大提琴,木管、铜管……总之,上面所言,大致是跟我同辈的爱乐者共通的"发烧台阶",我们 UCLA 的爱乐"五大金刚",就这样互相攀比互相激励并互相提携着,在 LP 狂热中,跨过了这么几个台阶的。

最早的激光唱片 CD 盘在美国商店露面,是 1983 或 1984 年。那时每张至少 \$15.99 的天价,我们穷学生根本不敢问津,同时也对那种似乎毫无杂音却异常冰冷的声音,生出一种本能的排拒。所以,我们当时的心思一仍聚焦在 LP 的发烧上。以 LP 库存量计,我这位开始的发烧"老大"很快就退了位,谭琳、薛志雄、陈羽、王光宇四位,要么早爬了头,要么和我不相伯仲。几年下来,每个人都至少积攒了两三千张 LP,为"王"者如谭琳,无论 LP 或 CD,今天则都有过万的储量了。发烧后期的一段时间,用什么方式编写我们各自的唱片目录(那时候还没有 PC 电脑),就成了我们 UCLA 的爱乐发烧"五大金刚"最新研习的功课。顺及,从某一种意义上说,"现代化"即意味着"便利化"。虽然我至今坚持认为,平均而论,LP 的音色,比 CD 要来得温暖、饱满、层次丰富,所以家中存有的两三千张 LP 我至今不愿放弃,不时还倒腾出几张来过过干瘾;但是,CD 唱盘的便利,一旦上盘开机就可以"颐养天年",还是最终嘲笑了我的偏执守旧的耳朵,把我"手工操作"的、仿佛一如日本茶道似的仪式化的 LP 听碟习惯,彻底打破了——此乃后话。

北京时光:爱乐的流金岁月

1986 年底,我在取得加州大学的文学硕士学位,又到哈佛费正清东亚中心熬了两年"研究"以后,自己独自浪游一圈欧洲,然后"学成归国",选择在北京中国社科院文学所任职。如果说"海龟(归)",我大概是全中国最早的几只驮着大硬壳儿越洋回流的大海龟之一了。在当时,那是一个"逆潮流而动"的举止——"出国潮"正是方兴未艾,我的回国——彼时确是满怀改革年代的热血豪情,在京中朋友们中间,引起了持久的惊诧和震动。而最"震动"人的话题之一,则是:这小子,竟然动用海运集装箱,带了两三千张LP回国,再劳师动众地把如山如海的唱片,从广州运进了北京!

一时之间,我似乎成了京城中第一LP大户,有一个说法我始终无以核实:据说,连中央音乐学院当时的资料馆,都没有我一个人的LP收藏底气足。朱伟兄从我手中借去据说是当时全北京唯一的一套瓦格纳歌剧《尼伯龙根指环》全集转录(记得是奥曼迪指挥的费城爱乐版),后来听说,中央音院的资料室,好像也从这个"唯一"里转录了一套。我就是在这样牛屁轰轰的传闻中,和当时北京爱乐圈子里最牛气、也档次最高的"赵越胜沙龙"相遇的。

"赵越胜沙龙"?什么古怪东东?今天北京的爱乐年轻人,大概一定闻所未闻了。可是,在20世纪80年代中后期的北京文化圈子里,"赵越胜沙龙"却是一个文化符码——一个不见经传却人人口耳相传,圈子外遥相闻问而圈子内如雷贯耳的门槛极高的处所。当年以写改革年代的长篇小说《新星》轰动一时的作家柯云路,其《新星》续篇,就花了一个专章的篇幅,去描写这个当时的"京城最高文化沙龙",而且成为全书中几乎最有意思的一段。这么说吧,若要"像回忆五四一样回忆80年代",要讲起"80年代的故事",在北京,你就绝对绕不开这个"赵越胜沙龙"。

"赵越胜"何许人也?从前是中国社科院哲学所"青年研究群体"

的主力之一，专业研究的是西方当代哲学，主攻马尔库塞。气质、长相十足像个农民，却是地道的"高干子弟"——父母是副部级高干，住独家四合院，却偏偏视权势、地位之类如粪土；秉性个性乃天生的"住家男人"，却是公认的"最后的精神贵族"——妻子当时在外国留学，独自带着女儿买菜做饭的，却把日子过得有条不紊且有滋有味；人长得其貌不扬，却绝对地以"貌"取人——不凭名气也不凭学历，但非得在气质、趣味上让他看对了眼，才会把你请进家门，进入这个"往来无白丁"的沙龙圈子。咱们还是曲话直说吧——当时北京的人文知识界有三个以"丛书"为基础的文化圈子：以金观涛、刘青峰夫妇为主导的强调科学主义的"走向未来丛书"；以李泽厚、庞朴、乐黛云等人为代表的强调传统国学的"中国文化书院"；以及以甘阳、赵越胜、陈嘉应、周国平、徐友渔、苏国勋、梁治平等为核心的高举人文主义旗帜的"文化：中国与世界丛书"。这三大圈子都有一个中心舞台——就是当时北京的《读书》杂志。在这三大圈子中，"文化：中国与世界丛书"以移译西方现、当代经典学术名著为主业，以社科院哲学所的年轻研究人员为主体，同时集中了当时京中以及全国各院校刚冒头的一批最优秀的年轻人文学术骨干。今天坊间依然流行的几十部西方现、当代大部头的学术经典，就是他们当时组织人力、给予相对严格的审稿，而由北京、上海两家三联书店通力合作下推出的。

所谓"赵越胜沙龙"，就是以这一丛书的编委班底为中心组成的。"为中心"者，则就因为上面说的"以貌取人"了——不是凡编委都被欢迎踏进赵氏沙龙的门槛的，一切以赵越胜对某人的格调、趣味、气质的评估而定。据周国平兄一篇短文的回忆，当初京中某位小有名气（今天更大有名气）的"江南才子"，有一回喝醉酒，就因为被"赵越胜沙龙"拒之门外而大哭过一通鼻子。所以，鄙人虽不算他们的丛书编委，却敢号称是"赵越胜沙龙"的中坚分子之一，正是因为在友人的引见下，与赵越胜臭味相投，一见如故，而成为深交至今的知己莫逆的。应该说，这个每月至少聚会一次、每次聚会都必定设有专题并且有备而来的"赵越胜沙龙"，其最引人注目之处，并不是它的"爱乐"，反而是它鼓吹的人文主义色彩浓郁的"为学术而学术""非政治的政治"的主张，在引领当时京中整个"打开眼睛看世界"的文化思潮上所显现的号召力和凝聚力。自然，在一识"赵荆州"以后，一听他的爱乐谈吐，就知道他至少是"业余九段"的量级；再听说了我有如此数量惊人的 LP 古典音乐收藏，两位仁兄，更就是激动得抓耳挠腮地相见恨晚啦！

确实，赵越胜，是我认识的所有爱乐"发烧友"中，除李欧梵以外，另一位非音乐行当却品位"段数"极高的"异人"。听音乐，读音乐（他有时会根据可以找到的谱子、剧本和歌词，边听边读），和朋友谈音乐，然后先后陪伴两个女儿习音乐（钢琴），不但是他每日生活的必需，简直就成了他打通世俗生活和灵性生活的桥梁通道及其轴心内容。这里强调的打通"世俗生活"与"灵性生活"，我以为正是所谓"赵越胜沙龙"最特出的特征：在煮饭买菜、迎来送往的"世俗"里饱蓄灵魂心性的需求；在音乐文学、哲学宗教的精神灵性世界里，又浸润着豪饮放歌、为朋友两肋插刀的世俗。比方，赵越胜两三年前在《爱乐》上发表的《论卡拉斯》等音乐欣赏文字，其实是为十多年前"赵氏沙龙"的哥们儿谋划着要办而后来夭折的人文杂志《精神》而写的，早在手稿阶段就在朋友们中间流传并受到激赏；他在当年《读书》杂志上连发的"精神漫游"哲学札记系列，和我同时在《读书》上连发的"关于现代艺术的胡言乱语"随笔系列（在当时都有不错的社会反响），就是在这样呼朋引类、吃吃喝喝、听乐论文、品评文藻的沙龙气氛里完成的。

那是一个大家尚在青春年华而青春勃发的年代。我当时还是单身汉，赵越胜则是带着女儿当"留守丈夫"的"准单身"，两人又同在社科院上不用坐班的班，所以便有许多可以聚头一起听LP、侃版本，蹬着车子穿街过巷去淘唱片的机会和时间。作为单身和准单身，赵越胜在东三环上的两居室公寓和我在双榆树的"鸳鸯楼"公寓，在当时都算稀罕之物。两人又都爱朋友、好热闹，所以，"赵越胜沙龙"，开始先在他们家的"副部级四合院"，后在他的两居室公寓；以后，便陆续在我们两家的公寓轮流举行。两家都有的一流好音乐，便常常成为这种聚会上"热场子"的最好媒介；而朋友们中间两位最受欢迎的音乐专业人士——同是中央音院受业背景的作曲家丽达和男高音范竞马（后来还加上中央乐团的梁和平），一个伴奏一个放歌，则就更成为聚会中最亮丽的一道风景了。北京音乐厅当时为数不多的一流演出我们更是每场必到，为吕思清、范竞马的独奏、独唱音乐会，为作曲家瞿小松的最新作品发表会，为舞蹈学院刚刚起步的野心勃勃的现代舞作品的彩排，这一伙人更是四处张罗，跑跑颠颠，能量四溢。遇到春夏之际的晴好天气，大家伙儿便结伴出城郊游。浩浩荡荡的二十来人，在残破的古长城上渡夜放歌，在河北老乡的土炕上胡侃达旦，在黄松裕水库、密云水库的碧波间纵情横渡、戏水裸泳……清空下月华如水，湖山若璧，范竞马站在船头上和火车小站上高歌的一曲《我的太阳》，玉振金声而响遏行云，成为朋友们多少年后依然留连沉醉的"经典记忆"。

永远的"兰花花"

"赵越胜沙龙"的"爱乐"高潮,是 1988 年底在越胜家为范竞马出国留学举行的小型独唱音乐会。范竞马,这位来自四川凉山、获过 1987 年英国"卡迪富世界声乐比赛"水晶杯奖(男声组第一名)等多项国际大奖的传奇歌者——他的经历本身就足够写出另一本书,是北京最早的"北漂族",从四川音院停薪留职北上求学,当时正是中央音院名教授沈湘的高足,住在一处租来的大杂院防震棚里,随时都处在真正饥寒交迫的窘困状态。他的进入"赵越胜沙龙",是因为沙龙里另一位能干人物——自称"狗腿子"的诗人阿坚兄弟的引介,在范竞马,那有一种找到一个"家"的感觉(至今,赵越胜在巴黎的家和我在美国的家,都仍然可以算是他另外的"家"),在我们大家,则有一种在星空下簇拥着一枚宝钻的惊为天人之感。那么纯正的意大利美声 Bel Canto,那么坚硬如金属又柔软如丝绒的声音的质地,那么历尽千山万水千沟万壑而纹理繁复、章法井然的气息与情感处理,使我们随时都忍不住要把他的声音和贝尔冈奇、卡莱里、毕约林、帕瓦罗蒂等等这些大师相比较。在我后来更熟悉了他的演唱风格的海外生涯中,范竞马这种用生命来歌唱,用声音来塑造情感、形象的非凡能力,倒让我常常想起卡拉斯。范竞马的幸运与不幸,也许都在这里——他的歌声太多内涵、太经得起推敲了,太受这些满腹经纶的饱学之士的知音赏识了,反而就少了一点平民气而受累于贵族气了,此乃题外话。越胜前几年写的一篇评述范竞马演唱的文字,重现了多年前那个"今夜无人安睡"的盛况:在美酒、美食的醉意发酵下,当晚由丽达钢琴伴奏,范竞马从最难唱的巴罗克歌曲——博诺恩奇尼的《多么幸福能赞美你》

起唱,到《卡门》里的大咏叹调《花之歌》,再到所有人都可以琅琅上口的意大利民歌《重归苏莲托》,电影《翠堤春晓》的插曲《当我们年轻时》,以至咏叹加拿大流浪汉的英语俚歌小调……总之,借着离情和酒兴,范竞马用他变化多端的嗓音,把丽达那里有谱子没谱子、朋友们想得到想不到的古今中外曲子,都给大家痛快唱了个够。深夜,有人提议要竞马唱中国民歌,越胜点的是陕北民歌《兰花花》。第一句"青线线呀那个蓝线线,蓝个英英的彩……"就把所有人震慑住了。范竞马声音丕变,用的是一种逼狭的尖厉高腔,在美声的共鸣里揉进了嘶吼,一下子把那种"生下一个兰花花,实实在在爱死人"的拼死恋情,从牙缝里、唇舌尖间喷吐出来,爆发出来,勾魂刀、剜心剑似的闪飞起来!"你要那个死来你早早地死,前晌你死来,后晌我兰花花走……"好多人那晚都被范竞马的《兰花花》唱出了盈眶的泪水。多少年过去,时光可以淘洗尽所有往事细节,礁岩一样立在记忆河岸上的,就是这首永远的《兰花花》。

谁也没有想到,范竞马那晚的小型演唱会,竟然成为"赵越胜沙龙"曲终人散的"天鹅之歌"了,不久,朋友们星散各方。赵越胜随后携女赴法国探亲,转行从商,寓居巴黎至今已经十多年。他在巴黎远郊的家曾是我的新婚洞房,他是我的证婚人和主婚人;他一仍那样爱书爱音乐,爱美食爱朋友,同时仍旧爱精神灵性方面的思考和讨论。他的家有专门的范竞马单间,一仍常常有朋友聚会,成为海内外各方声气相通的友人们一个包容广大的驿站和港湾。更奇妙的是,我辈的爱乐发烧,也许早退了热,废了武功,赵越胜却始终是爱乐队伍里永不退烧、更永不退役的一员老员工、老士兵、老顽童。前年夏天,他托造访的耶鲁友人为我带来一段专门拍摄的录像,想让我见识一下他在家里为自己亲手打造的音乐间。荧屏上的音乐一响起来就让我陡然大惊——即便是大打折扣的录像录音，都以其音效的清晰层次、丰富的空间质感，令我惊艳不已。他在越洋电话里得意地告我：这是他特意请的设计巴黎巴士底歌剧院的音响专家朋友，为他专门设计、建造的个人音乐欣赏空间，从材料的音响力学原理到器材、机位的配置需求，都绝对是专业一流水平的。从硬件到软件，爱乐的发烧"专业"至此，在我的阅历中，或许只有作家阿城，可以稍稍"望其项背"了。我自己呢，这些年浪迹天涯，虽然爱乐"退了烧"，唯一可以告慰的是，由于命运的眷顾，如今日常工作、生活的耶鲁大学校园，有着全美排名最前列的音乐学院和戏剧学院，常常有机会免费或者低费，看到大量世界一流水平的、《纽约时报》艺术版会给予评论关注的演出和"大师观摩"——我是音乐学院各种"大师教学班"的常客，以致"常"得在他们的教研室里挂了号，会给我定期发送他们各种大师班的内部讯息。只是，日日身在名山宝山，"识宝"却难以"惜缘"——每日每时，不仅仅是音乐，耶鲁校园内值得投注心力时间去关注、参与的艺术、文化、学术活动，实在是太多太多了，每每有无以暇及之感，自己则常常为这种"奢侈的遗憾"抱愧，简直有"暴殄天物"的负罪感了。

2003年的十月金秋，我和朋友们专程开了七八个小时车，从美东新英格兰赶往首都华盛顿，出席肯尼迪艺术中心为范竞马举办的独唱音乐会。华盛顿肯尼迪中心与纽约林肯中心齐名，是西方顶尖的几个艺术殿堂之一，一位中国歌唱家能在这里举办独唱音乐会，据说是破天荒之举。他们开始似乎对"名不见经传"的范竞马的演出上座率不太上心（也许是政治之都的艺术冷感，上座率历来是肯尼迪艺术中心的心病，多少名家大师都曾在这里认栽），连中心的停车场好像都没有全部开放。结果当晚，潮涌而至的听众车辆让工作人员好一通手忙脚乱，及至范竞马以一曲亨德尔歌剧《薛西斯》的咏叹调《绿叶青葱》开场，广板的辽阔弛缓，一如春风拂遍剧场，三层楼坐得满当当的珠光宝气的观众席，整个儿震惊了，沸腾了！那晚竞马的状态极佳，声音饱满干净，华丽而润泽，配着管弦乐队的伴奏，把他最拿手的几个大歌剧咏叹调——从普契尼的《星光灿烂》、唐尼采蒂的《爱的甘醇》到柴科夫斯基的《连斯基咏叹调》，连同驾轻就熟的意大利艺术歌曲，唱得自信、松弛，深情而诚恳，唱出了一种自娱娱人的"游于艺"的境界，唱出了满场的惊呼和沉醉。下半场，一曲《兰花花》，又是那样从逼狭中骤起的撕裂高腔，仿佛一支飘着红缨的梭镖从遥远的黄土清空抛来，穿云裂石，直直掷向席上每一位已经被范竞马唱得胸口滚烫的观众心口，撞进每一个人的心弦深处——爬上这道坡，走上这道梁，范竞马和他的《兰花花》，站到了世界艺术的高伟殿堂上，当晚，完全被观众一再起立的惊叫欢呼和安哥鼓噪的大潮淹没了。"手提上那个羊肉，怀里揣着糕，冒上那个性命我往哥哥家里跑……"在这美国首善之区的最高艺术殿堂，听着黄土地上那个生死相恋的久远歌音从远古、从清溟间飘来，多少往事的尘烟被重新唤醒，我的眼角湿润了……

草毕于 2005 年 7 月 31 日，星期日，耶鲁衮雪庐

后记　光亮种种

萤火虫的光亮,弱弱的光点散漫游动成暗夜里的精灵;小草露珠的光亮,莹莹一闪便吐尽大荒大野弥散的芳鲜;茅屋缝隙透出的光亮,丝丝缕缕的天光交织出苦寒的梦想;黎明晨星的光亮,和割胶灯交相辉映成天地间微茫的私语;油灯烛火和夜战篝火的光亮,熏黑的书页与蒸腾的汗气构筑着人生悬崖上的阶梯想望……

当然,还有渡海凭栏凝望浪花水沫的邈远光亮,危难时冷眼的寒光与紧握挚亲双手对视的灼灼光亮,漫漫长路仿若蓦然走到隧道尽头骤显的炫目光亮,茫茫雪野上深一脚浅一脚留下的步履脚印的幽蓝光亮,书页字行间中西典籍焕发飞升的灵性光亮,讲台上面对蓝绿眼睛们聚焦方块字的饥渴与惊诧的异质光亮;对的,更有易感的心灵和脆弱的泪腺时时满盈溢出的热泪苦泪酸泪的暧昧光亮,抱拥着的婴孩与犬子瞳眸里汪凝着的澄澈的光亮……

凡此,不一而足……

——抱歉,忍不住"酸的馒头"(sentimental,感伤,滥情)了。此书翻览到最后一页,当我试图想为她的结篇稍稍留痕时,不期然涌到笔底下——荧屏上的,竟是这两个字:光亮。

曾经走过早熟而孤独的童年,曾经坠入过弥天黑暗与漫漫长夜,也曾经被陌路感、零余感、荒芜感填满成长道路上的每一个转折沟壑、每一颗拦路石子的缝隙……首先是因为，文字——文学，汉字——母语，成为我跌宕生命中第一道自拯的光亮，也成为臂助我半世人渡过各种挫折、危机、难关的永恒的光亮。文学，把我锻造成一个追光人。所以，当这本自己近年散文随笔文字的自选集行将付梓之时，我仰望着这道仓颉造字时令得"天雨粟，鬼神哭"的文字之光，是深怀一种敬畏与感激之情的。"我写故我在"。莽莽大千，劫幻轮回；成住坏空，如露如电。正是文字之光，劈开了鸿蒙，廓清了混沌，掰裂了暗晦，照亮了微尘。自我作为忘川之河里的一滴水珠，是文字与文学，汉字与母语，助我悟出了生命真谛，超越了尘世得失，并重铸了人生的丘壑和尺度。一晃眼，在文字从业（网语曰"码字"）——文学这条路上，已走过半世纪的长途了。在我看来，对文字（语言）的敏感，是文学的天职。文学，是语言（文字）对世态的救赎；而对语言的创造，则是文学对于语言（文字）的救赎。同样，文学是心灵的媒介，语言（文字）则又是文学的媒介，离开这两个媒介——文学、语言，人的心灵，便无安顿处。写作，就是这么一个语言—文学—世态—心灵互相救赎的过程。因之，文字于文学，向外看——外化而成的，是"意境"；文学于文字，向内看——内涵的尺度，就是"境界"。为文之路，我确是把语言——文字，放在第一位的；同时也如先贤王国维所期待，把"意境"与"境界"，放在了文学书写的第一位。这本小小集子，其实是我对文学的感恩，对文字（语言）的膜拜，对文学意境和文字境界的追寻，也是对一己心灵安顿的漫漫来路的一点回顾与瞻望。翻阅拙书到此际的读者，如果能从中读出或悟出其中三昧，就是笔者几十年笔耕生涯最大的慰藉了。

我承认，无论个性与文笔，自己都不属于很冷很"酷"的那种类型。曾经有文友诚恳针砭过我的下笔不够"毒"，也曾经有同行熟友因约稿又退稿事嫌弃过我的为文太"暖"（warm）。我想都是的，都属实，也都认账。笔耕几十年，先先后后，磕磕绊绊，写过长短小说、散文随笔、诗词论文、歌词剧本，等等，我发觉自己诸般为文的立意先行处，总是"冷"不起来，"狠"不起来，也"陌生化""距离感"不起来。对于文字表述的多向维度，这何尝不是一个弱点，一个缺陷，甚至成了某种窠臼。自己也确曾真诚地勉力过"笔路纠偏"。就以此书的篇什而论，当我从过往林林总总的文字丛林中像选材伐木一样，把它们一根根选出来拎出来时，我发现，自己反复择取的，始终还是那种"有亮度""有温度"的文字——似乎有点单一，也有点无奈，我甚至发觉，几乎舍此无他了。所以我只好干脆坦诚："光亮"与"温热"，或许正是此书的基色，也是我人生的母题吧。当此"玩狠""玩酷"的时代（讲究所谓的"×格"和"狼性"），这实在算不上什么光鲜、生猛、潇洒或时尚之举。哈，"warm"就"warm"吧！那又怎么样呢？大学时代曾啃读过《文心雕龙》，近时忽然因某文事触发而翻出来重读。《文心雕龙·宗经》提出的文章六义曰，"体有六义：一则情深而不诡，二则风清而不杂，三则事信而不诞，四则义贞而不回，五则体约而不芜，六则文丽而不淫。"《附会》篇又云：文章应"以事义为骨鲠"，"以辞彩为肌肤"，"以宫商为声气"。掩卷低回，我忽然因之释然了。人生行旅，以文为业。为文之高旨，莫过此六义也！其实，以古贤目光视之，无论"情深不诡""风清不杂""事信不诞""义贞不回"或"事义骨鲠""辞彩肌肤"，端端节节，可不都与这个人性与文字的"温热"与"光亮"相关嘛！西哲盗火的普罗米修斯和东圣炼五色石补天的女娲,自然离不开这个"温热"与"光亮";更不必说,我辈从文者所追循的先人与传统的文心笔路,从《诗经》《楚辞》到李杜苏黄、曹雪芹、蒲松龄,再从莎士比亚、歌德到雨果、托尔斯泰,从来,也都映照着这道耿耿的人性"光亮",脉动着那片浩浩的情感"温热"的呀!鲁迅夫子有云:"无情未必真豪杰,怜子如何不丈夫?"由是,我也不必为自己的"酸的馒头"自惭形秽了。文格笔性,也即人格心性。不必讳言:为人之道与为文之道,我始终喜欢自己的心中"有火"与笔底"有亮"。人生长路,心中有火,就不会被雪怒霜欺所冻僵;文学长程,笔带光亮,骄阴黑霾就无法将你吞噬。存真气,秉烛行,少极端,循平常——几十年的人生路、文学路跌跌撞撞走下来,我曾得到过许多前辈、恩师与同道、同行的点拨启迪和呵护爱重,从今往后,我想我唯一可以报答、告慰他们的,也只有这——留住自己心中与笔底的温热与光亮了!如果读者友朋们能从这本自选集小书里,同样感应到、汲取到那字行间涓涓滴滴沁出的微茫光亮和潺湲温热,这就是笔者此下最高的企盼和最大的满足了!

曾经,《远行人》,是我为文路上所铺下的第一块砖石(第一本正式印成铅字的短篇小说集);而这本自选集,却是"远行人"步入秋光时分的足印履迹了。"秋光",又是一种什么样的"光亮"呢?"青山白发空林雪,淡尽烟波是我舟。"若干年前学诗,曾套借据说为晚唐李后主的《开元乐》词意(另说此为唐代张继或顾况所作:"心事数茎白发,生涯一片青山。空林有雪相待,野路无人自还。")寄托某种"立秋""入秋"的心情。"秋光",或许正是这样一种"散淡"的心情,"散淡"之光吧。写作其实是一条孤独的长路与苦路——起步不易,坚持更难,要越过千山万水之后成为万水千山之中的一脉一叶,更是难上加难。"……你还在写呀？"时时听见当年在乡间一起寻梦的同辈文友如是问我。他们，要么已经功成名就转而饴孙伺花筑四方城，要么早已弃文从官从商并且全身而退，而我，却依旧沉迷在自己当初选择的依旧烟波迷蒙的笔耕笔路里。"……图什么呢？"确实，于今于我，在洋风洋水的域外坚持中文母语写作，已经与任何"上进""事功""名利""面子"等等无关了，但却与某种"癖""嗜""瘾""痴"相关。严格地说，虽忝顶一个"作家"虚名，写作却不能算我的一种"专业"或"职业"。因为教书育人也是自己的另一个安身立命之所，自有另一番人生风景；写作于我，总需要挤时插空而为。所以我不若许多"同期出道"的文友笔友，文字的瓜瓜果果早已满坑满谷。然而，套借老辈人骂"熊孩子"的"一天不打，上房揭瓦"句式，我现在属于"一天不写，心疲骨卸"的类型——说白了，就是写作成了一道"痒"，一种"病"，一个习惯。无论清风朗月或者雨雪霏霏，在我的耶鲁"澄斋"或者家居衮雪庐"，只要照屏面壁，进入一杯茶、一本书、一支"笔"（键盘）的世界，我就会逸思鹰扬，心智畅快，灵息通透，身骨滋润。虽然"码字"依旧艰难——我不属于"倚马可待"的快枪手，从来是"苦吟派"；但这种自讨苦吃、俗称"痛并快乐着"的雅趣，却是任何其他的自娱方式（比如看球、听乐、打牌等）不可比拟也无以替代的。想起孔老夫子言："志于道，据于德，依于仁，游于艺。"（《论语·述而》）庄子《人间世》曰："且夫乘物以游心，托不得已以养中，至矣。"一儒一道，无论"游于艺"或"游于心"，关键还在这个"游"字。我享受这种以文字悠游于生命长河与寥旷天地间——与古哲今贤把晤，与过往时光照面，同山海烟霞鱼鸟浪花会心，跟此岸彼岸东土西域对话……"悠游"，"悠游"，这是"散淡秋光"中的另一种异彩"光亮"

啊。真的，如果读者在本书的"悠游"阅读中，可以分享到笔者这种"悠游"于文字亦"悠游"于天地万物的大欢悦、大福乐——那里有一本打开的书，一扇敞开的门，一个仍有话要对世界说、永远在饥渴着"光亮"和"温热"的大孩子，你们若能认出那就是我——哈，你们，就是高山流水曲终时笔者最大的知己和知音了！

——必须打住了。"光亮"滔滔滚滚而来，"酸的馒头"却必须脚步轻悄而去了。虽不想把最后的收篇文字落到例行的冗长感谢名录里，但我还是要首先深谢——一直热望玉成此书的策划多马兄，还有从来予我以动力和鞭策的恩师孙康宜老师——若没有他们的挚诚敦促，心态过于"散淡"及慵懒的我，很可能就把此书错过了。苍天在上，不由我不常怀卑微感恩之心——天上的双亲，身边的亲眷，远方的宗亲家人，华洋母校的师长学长，更有故国故土从南到北的众多父老乡亲们，都是成就我、呵护我、推助我的最暖心的"光亮"和最"温热"的怀抱。在此，却很难一一列名致谢了。且让我把笔下这所有的"光亮"和"温热"，化作心香一瓣，遥递心心念念的神州故土吧！

2020年2月26日夜，于美国康州衮雪庐